Montesquieu

Lettres
Persanes

Édition présentée
établie et annotée
par Jean Starobinski

Gallimard

PRÉFACE

La plupart des romanciers, à l'époque où paraissent les Lettres Persanes, *se font passer pour de simples éditeurs : ils avaient entre leurs mains des mémoires secrets, des papiers intéressants, qu'ils livrent au public pour son instruction. Comment sont-ils entrés en possession de ces papiers ? Un prétexte est vite inventé... Montesquieu ne fait pas exception. Sa préface, ou plutôt son anti-préface, donne le ton. Il redouble même de précaution. Non seulement il n'est que l'adaptateur des lettres tombées entre ses mains, mais, défiant la curiosité du lecteur, il se déclare résolu à taire son nom.*

L'auteur s'éclipse (ou feint de s'éclipser). Il prévoit la critique, et s'y dérobe. Ces lettres gaies, si on l'en savait l'auteur, feraient dire : « Cela n'est pas digne d'un homme grave. » L'œuvre semblerait en opposition avec le « caractère » du magistrat. Autant laisser ces lettres parler pour elles-mêmes, sans caution, sans garant, rendues plus provocantes par l'anonymat.

L'incognito n'a pas pour seul effet de protéger l'auteur. Son identité n'eût pas été un très grand mystère, pour une police bien organisée. L'effet recherché concerne moins l'auteur, que la constitution même de l'œuvre.

Feindre que l'on publie des documents communiqués

par des voyageurs persans, y ajouter même quelques secrets intimes qu'on prétend avoir surpris à leur insu, c'est d'abord alléguer l'autorité de la vie réelle, c'est donner à l'œuvre qui sera la nouveauté du jour, le prestige d'une origine extérieure à toute tradition littéraire : c'est nier (la négation fût-elle simple clause de style) toute provenance imaginaire. Il faut accréditer *le plus vigoureusement possible l'existence effective des personnages et de leurs aventures. L'auteur s'efforce donc d'effacer les traces de son activité inventive. En poussant les choses à la limite (comme Montesquieu se plaît à le faire), l'auteur s'efface lui-même. Le système classique de la vraisemblance favorise l'annulation du romancier, au bénéfice des textes «historiques» dont il se fait passer pour le dépositaire indiscret.*

Dans le cas des Lettres Persanes, *l'effacement du romancier a pour effet d'attribuer une apparente autonomie à chacun de ceux qui prennent la plume; le livre, donné pour un recueil de missives, a autant d'auteurs qu'il y a d'épistoliers. La parole est tour à tour aux nobles voyageurs, aux eunuques, aux épouses, aux amis lointains, aux dervis. Le régime de l'ouvrage est celui de la pluralité des consciences, de la diversité des points de vue et des convictions. Proches en cela des héros de théâtre, les personnages mis en situation d'écriture peuvent obéir chacun à leur propre subjectivité, donner libre cours à leur passion ou à leurs préjugés, plaider leur cause avec les arguments, de bonne ou de mauvaise foi, que leur inspire l'humeur du moment.*

Mais le lecteur a tôt fait de sentir que, dans ces voix plurielles, dans ces sujets qui ont successivement raison selon leurs raisons particulières, un auteur caché et omniprésent se complaît à confronter les passions opposées, les dogmes et la critique du dogme, en sorte que triomphe insensiblement une raison qui résulte de la perception des rapports. *Raison que nul ne détient parmi les*

*personnages du livre (même pas le raisonneur Usbek),
mais qui se manifeste partout où la contradiction est ren-
due évidente et insupportable : c'est alors, en effet, que le
lecteur pressent le plus nettement l'exigence de la non-
contradiction, de l'universel.*

*Or la contradiction est montrée partout. À l'intérieur
de l'univers persan d'abord, c'est-à-dire entre les divers
épistoliers du recueil. La contradiction, ensuite, sépare les
religions concurrentes, trop semblables dans leurs dog-
matismes rivaux pour ne pas s'annuler au contact l'une
de l'autre ; et Montesquieu tient à nous révéler, à travers
le regard étonné des visiteurs, que la contradiction règne
au sein de l'univers occidental lui-même, entre l'ordre des
faits observables et celui des valeurs alléguées, entre les
actes et les prétextes...*

*Mais s'il importe à Montesquieu de faire triompher la
raison, par le jeu des oppositions insoutenables, il ne lui
importe pas moins de faire triompher, par ce jeu même,
le plaisir du lecteur. Tout, depuis les libertés que le tra-
ducteur-adaptateur dit avoir prises avec l'original, jus-
qu'aux formes aiguës, parfois franchement comiques,
sous lesquelles se manifeste la plus sérieuse contradic-
tion, tout est ménagé pour que jamais l'ennui ne s'insi-
nue dans cette lecture : le «principe de plaisir» est ici
tout-puissant, mais sans entrer lui-même en contradic-
tion avec l'exigence de raison. Le plaisir suppose les
apprêts et les à-peu-près qui accommodent un objet à
notre appétit. Il suppose aussi — Montesquieu le dira
dans l'*Essai sur le Goût* — la variété, la surprise, la symé-
trie : autant de vertus littéraires que l'auteur dissimulé a
su conférer à son œuvre, sous les apparences de la doci-
lité aux documents venus à sa connaissance.*

*Les voyageurs s'intéressent à tout ; tout les frappe et les
fait réfléchir : voilà le principe de la variété assuré, que
viendront enrichir encore le concert des multiples voix
féminines, les grands airs des castrats. La diversité, bien*

apprêtée, engendre la surprise; citons, entre vingt exemples, la façon tout imprévisible dont la lettre canca-nière sur le mariage de Suphis (LXX) fait suite à la lettre d'Usbek sur les attributs de Dieu (LXIX). La pensée du lecteur est contrainte à de vifs déplacements, qui ne sont pas sans agréments à force d'incongruité. (Qu'on pense à la prédilection de l'art décoratif du rococo pour le chan-gement d'échelle.) La surprise, au demeurant, est l'état d'esprit auquel le ton même des Lettres *prétend constam-ment renvoyer — tout au moins au début du livre. L'au-teur, en excusant ses hardiesses, révèle son procédé : « Ces traits se trouvent toujours liés avec le sentiment de sur-prise et d'étonnement »... Le plaisir naît de la vivacité du* trait, *de la pointe inattendue qui blesse et fait rire : et rien ne motive mieux le trait de satire que l'hypothèse d'un regard naïf, porté sur les choses d'Occident par des hommes d'Orient, venus de plus loin que le Danube, et moins rustres que le vertueux Paysan.*

De Montesquieu au traducteur-arrangeur présumé, de celui-ci aux Persans, la responsabilité des propos irrévé-rencieux est refoulée au-dehors. L'excuse cousue de fil blanc, qui met au compte de la surprise persane les traits les plus mordants, libère un franc-parler que rien n'arrête. L'insolence bénéficie de l'immunité que l'on accorde à quiconque vient du dehors, libre de tout lien et de toute obligation. (Ç'avait été la fonction du fou de cour, c'est encore, au temps des Lettres, *celle d'Arlequin; ce sera celle de l'Ingénu et de Figaro.)*

La fiction fait ainsi office de filtre. Elle oblige à ne rien écrire qui n'ait été trouvé frappant et singulier par le spec-tateur oriental. Ainsi Montesquieu s'oblige-t-il à ne rien dire qui n'ait une certaine verve, à ne rien écrire qui ne marque d'abord un considérable écart d'ignorance entre celui qui est censé parler et les objets dont il parle, — et qui n'abolisse cet écart par une manière imprévue et oblique de toucher au vif. Les propos, les idées qui, sous

la forme du traité ou du discours académique (*à quoi
Montesquieu, dans ses jeunes années, s'est maintes fois
essayé*), n'eussent été que des rappels de la morale clas-
sique, ou des aperçus rapides de la nouvelle philosophie,
les voici comme mis en tension *par leur attribution à
l'épistolier persan ; ces idées, pour qui est ici censé écrire,
sont des* découvertes : *elles sont pensées et tracées pour
la première fois ; celui qui les énonce éprouve visiblement,
à les formuler, le plaisir de la surprise. La fiction du voya-
geur persan est donc rajeunissante, non seulement pour
les objets extérieurs qu'il voit et décrit (comme l'avait déjà
fait le Turc de Marana, et quelques autres), mais pour les
vérités qu'il met au jour. Quelques grands principes, bien
connus, trop connus, oubliés, peuvent ainsi être rappe-
lés, par leur attribution à un nouveau venu qui les expose
dans l'*instant *même où sa raison les aperçoit. Un style
s'invente à travers cette mise en scène : il réduit la matière
habituelle de l'essai à la substance d'une lettre ou d'une
série de lettres ; il autorise donc à faire bref, à élaguer, à
couper court, à rendre inutiles préambules et développe-
ments. L'épistolier persan peut aller à l'essentiel sans se
laisser embarrasser de toutes les questions accessoires
qui, pour un auteur occidental, se seraient inévitable-
ment accumulées. Il ne connaît, en fait d'objections, que
celles de la religion musulmane — envers laquelle il ne
lui en coûte pas trop de déclarer sa soumission, dans les
figures d'un style orné, où la diction poétique a tout loi-
sir de déployer ses lenteurs. Ainsi la vivacité d'une pen-
sée* neuve *trouve-t-elle sa compensation dans les for-
mules sinueuses d'un langage* hérité, *dont le lecteur
français sait fort bien, dès l'*Introduction, *qu'il trouve ici
une imitation adaptée à son goût. Par la fiction persane,
Montesquieu se trouve entraîné à écrire autrement, à
mieux écrire : et ce bonheur d'écrire s'exalte tour à tour
dans la rapidité avec laquelle s'imposent les axiomes de

la raison, et dans la parodie ornementale du style figuré de l'Orient.

*

Ne pas se nommer soi-même. Ne pas écrire d'épître dédicatoire (donc ne pas nommer de destinataire privilégié). La mesure d'oblitération du nom ne s'arrête pas à la page de titre, ni à l'Introduction. Elle n'a pas seulement une fonction défensive. Le lecteur a tôt fait de s'apercevoir qu'aucun des individus rencontrés en France par les visiteurs orientaux ne porte de nom. L'anonymat fait partie du système littéraire des **Lettres Persanes,** *pour tout ce qui touche à l'Occident. Qu'observons-nous dans l'ensemble du livre ? Les seuls noms de personnes, dans les 161 lettres du recueil, sont ceux des voyageurs, de leurs amis, de leurs épouses, de leurs esclaves. Les noms de personnes, dans les* **Lettres Persanes,** *occupent la région de la fiction orientale. Pour ce qui est de l'Occident, seuls les pays, les villes, les institutions y reçoivent leurs noms : Venise, l'Italie, la France, Paris, et même Pontoise, le Parlement, l'Académie française, etc. En revanche, la règle quasi absolue suivie dans les* **Lettres Persanes** *consiste à ne désigner aucun Français par son nom, ni même à lui attribuer un patronyme fictif. Louis XIV lui-même, ni Philippe d'Orléans, ni Law, pourtant si clairement évoqués, ne sont autrement désignés que par la fonction remplie, ou par l'origine : « le roi de France », « le régent », « un étranger » (ou « le fils d'Éole »). Sitôt qu'il n'est plus question de ces personnages exceptionnels, on constatera que sous le regard des voyageurs persans, l'individu, dépouillé de toute identité personnelle, n'existe que dans des gestes et des discours typiques, qui le caractérisent comme le représentant d'une catégorie : l'éclipse du nom met à nu le rôle social, la fonction, le comportement générique. La « révolution sociologique », dont parle si juste-*

ment Roger Caillois à propos des Lettres Persanes,
*consiste à omettre la singularité des individus, pour ne
retenir que leur appartenance à des sociétés partielles, à
des groupes nettement caractérisés : qu'il s'agisse des
corps constitués (Parlement, tribunaux, etc.), des congré-
gations religieuses (Capucins, Jésuites, etc.), des lieux
publics et de leurs habitués (théâtres, opéra, cafés), des
collectivités hospitalières (Quinze-Vingts, Invalides); ou
qu'il s'agisse des grands seigneurs, des femmes, des nou-
vellistes, des savants, il est évident que Montesquieu a
voulu attribuer à ses Persans un intérêt à peu près exclu-
sif pour les ensembles et les sous-ensembles observables
dans la capitale. Quand survient un portrait, le singulier
renvoie toujours à un pluriel : le personnage dépeint
appartient à une catégorie suffisamment importante
pour être répertoriée : l'alchimiste, le géomètre, le juge,
l'homme à bonnes fortunes, l'homme qui représente, ne
sont jamais supposés être seuls de leur espèce... Avons-
nous toutefois un tableau complet de la société fran-
çaise ? Tant s'en faut. On ne tarde pas à s'apercevoir que
toutes les activités n'y sont pas. On notera que les caté-
gories professionnelles, passé la mention des arts libé-
raux, ne sont guère évoquées. Les types psychologiques et
passionnels, eux aussi, font défaut dans la description du
monde occidental. C'est que Montesquieu réserve le
registre passionnel pour l'Orient : c'est là qu'apparaîtront
la jalousie, la colère, la dissimulation. Une ligne de cli-
vage très précise sépare le monde des sentiments, cet
Orient de l'âme, et les activités de surface qui foisonnent
en France, et dont Montesquieu fait la satire à travers la
curiosité narquoise des Persans.*

*En France, les Persans ne s'engagent pas, ne se lient à
rien, n'ont pas besoin de rencontrer plus d'une fois la
même personne pour en faire le portrait. Toutes leurs ren-
contres sont des premières rencontres, aussitôt suivies*

d'une description sans appel. Ainsi le lecteur français est-il invité à prendre ses distances pour examiner, du point de vue de l'étranger, les usages de son propre pays, tandis qu'il est admis, en revanche, dans l'intimité des âmes et des corps, dans la Perse lointaine : le lecteur est entraîné dans un jeu qui l'éloigne de son milieu actuel, et qui le rend indiscrètement présent à un monde absent. Dans l'imaginaire érotique, la Perse est proche ; dans l'ironie observatrice, la France, anonyme et caricaturée, devient un continent lointain. L'équilibre des Lettres Persanes, *le rapport trop souvent méconnu, entre leur partie occidentale et leur partie orientale, tiennent à ce qu'on pourrait nommer la règle de l'égalité des produits : en multipliant la distance géographique par la distance morale, l'on trouve un résultat sensiblement équivalent pour le «roman» persan (où les âmes se confient à la lettre) et pour la critique générale de la société française (qui ne livre que des apparences extérieures).*

Les Persans sont frappés par l'extraordinaire, ils ignorent les «liaisons» entre les idées, les coutumes, les pratiques ; la notion d'étonnement, avions-nous dit, fait office de filtre : ajoutons qu'elle est un agent séparateur. Ainsi la «réduction sociologique», telle que la pratique Montesquieu, n'aboutit pas à une vue globale de la société française et de son fonctionnement, mais à une saisie discontinue et morcelée, de tout ce qui s'offre successivement comme étonnant. De lettre en lettre, la curiosité trouve de nouvelles pâtures, c'est-à-dire de nouveaux fragments détachés du tout social. La fragmentation dans le temps, qu'impose la forme épistolaire, va de pair avec la description parcellaire des types sociaux et des institutions. Sans même excepter les lettres en salves (sur les Troglodytes, sur la dépopulation du globe, sur les livres), constatons que presque chaque missive s'impose sa limite et la signale par une pointe finale ; qu'en chaque lettre, les paragraphes tendent chacun à se marquer par une attaque et par un

trait conclusif; que la phrase elle-même s'organise comme une mécanique très finement articulée. D'où souvent l'impression qu'elle donne d'élégance corsetée, de grâces serrées à la taille. Les instants successifs se détachent les uns des autres, riches chacun de leur substance propre et de leur surprise renouvelée. L'«ignorance des liaisons», que Montesquieu attribue à ses Persans, conduit à leur faire découvrir, en France, et parmi les chrétiens, l'absence de liens logiques, le défaut de cohérence : ainsi se dénoue la trame supposée des croyances et des institutions occidentales. Les connexions serrées n'existent pas, ou n'opèrent plus. Lorsque les liaisons ne sont qu'imaginaires (ou, comme le dit Valéry : «fiduciaires»), un regard non prévenu sait voir les lacunes et les ruptures. Non seulement il délie, il analyse, il «déconstruit», mais, dans son ingénuité, il aperçoit séparément ce qui n'existe que séparément. Les non sequitur deviennent apparents... Or faut-il s'étonner qu'avec des personnages ignorants des liaisons, et dont le regard est pour ainsi dire générateur de discontinuité, Montesquieu ait éprouvé, en écrivant son livre, le besoin d'une compensation ? Ces personnages, il les fait évoluer en sorte qu'ils soient «placés dans une chaîne qui les lie», il ménage, entre les divers thèmes de son roman, une «chaîne secrète». La discontinuité, telle qu'elle apparaît de toutes parts, est prise en charge par un écrivain qui veut rétablir — dans la construction du livre — une nouvelle continuité...

Discontinuité ne veut donc pas dire désordre : de même que l'anatomiste procède a capite ad calcem, *la curiosité des Persans se tourne d'entrée de jeu vers le roi et vers le pape : elle vise d'abord à la tête. Les Persans commencent par poser la question capitale du pouvoir politique et religieux; de leur base psychologique : la crédulité, la vanité des «peuples»; de leur base économique : la richesse, et la façon dont elle s'acquiert. Mais, passant aux autres niveaux de la société, les Persans ne suivent pas l'ordre*

méthodique qui leur ferait décrire, successivement, les rouages qui assurent, tant bien que mal, la marche des institutions françaises. Leur attention est attirée par les irrégularités et les accidents de cette société, par ses épiphénomènes les plus voyants, par ce qui vient y semer le trouble et le scandale : actrices, coquettes, hommes à bonnes fortunes, diseurs de riens, financiers et nouveaux riches, casuistes et confesseurs, nouvellistes, académiciens, hommes de lettres querelleurs : la liste est longue des types et des groupes que l'ébahissement d'Usbek et de Rica fait apparaître inutiles et parasitaires, sinon directement néfastes pour l'ordre social.

La suppression du nom ou le masque mythologique permettent de mentionner ce qui, sous son vrai nom, eût été tabou. (Tout se passe comme s'il existait un tabou du nom plus que de la chose.) Mais comment désigner sans nommer ? En décrivant. Si l'on feint de n'avoir pas de mot pour nommer synthétiquement un être, un objet ou une conduite, l'on s'oblige à les redéfinir dans leurs caractères sensibles. Homère devient «un vieux poète grec»; le chapelet, «de petits grains de bois», etc. Autant de périphrases : devinettes aussitôt résolues par le lecteur qui, lui, connaît les noms évités. La ruse de Montesquieu consiste à feindre les lacunes de vocabulaire des Persans devant ce qui leur est inconnu. Aphasie volontaire qui oblige à un détour, tantôt par la matérialité redécouverte, tantôt par les équivalents étrangers des mots français : prêtre devient dervis, église devient mosquée. L'effet est double : d'une part, l'on a pu désigner ce qu'il eût été dangereux de nommer ouvertement; d'autre part, l'on a désacralisé les objets et les êtres jusque-là sacrés, en les ressaisissant dans la langue profane, ou dans celle d'une religion concurrente. Que disparaisse le code linguistique où s'inscrit la conviction religieuse, il ne restera plus que la description des gestes requis par le rite, dépouillés de la justification qu'ils reçoivent par la «chaîne» qui unit les

cérémonies, les dogmes et les «autres vérités». L'acte de foi, la croyance n'apparaissent plus que sous leur aspect extérieur comme des créances *sans contre-valeur constatable — à la façon dont les créances de la Compagnie des Indes Occidentales, un moment tenues pour sûres, manquent de toute couverture : la bulle papale n'est qu'«un grand écrit» (lettre XXIV), les promesses de Law tiennent toutes dans la vertu d'un «écriteau» (lettre CXLII). Voilà de quoi mettre à nu la* sottise *de ceux qui s'y laissent prendre. La critique, la démystification consistent ici à abolir les noms qui inspirent confiance, pour montrer la futilité des choses réelles qui exerçaient sur parole un prestige abusif. Hors du code qui les consacre, ces choses ne méritent plus d'être respectées. L'effet qu'elles exerçaient sur les esprits s'appellera* magie, imposture, charlatanisme. *Ainsi Usbek, déjà ennemi des masques avant son voyage (lettre VIII), va-t-il, avec son complice Rica, faire tomber toute une série de masques et de faux-semblants : honneurs vendus par le roi de France, mensonges des coquettes, imposture de «l'homme qui représente», enrichis qui jouent au noble, personnage «travesti en ambassadeur de Perse»... Le faux monnayage est omniprésent, et les Persans le dénoncent, avec ingénuité ou avec colère, en retirant aux objets de foi leur nom prestigieux, pour ne leur laisser que la mince surface qu'ils livrent à la perception naïve. Le livre s'achève sur le spectacle d'une faillite.*

*Mais, si sévère que soit la critique explicitement ou implicitement formulée par les visiteurs étrangers, si évident que soit, dans le monde occidental, le recours au fard et aux conduites hypocrites, il n'en reste pas moins que la France chrétienne, comparée à la Perse, est un pays où l'on vit à visage découvert, où les femmes osent paraître en public, où la gaieté peut régner dans des compagnies choisies. Et, si risible que soit bien souvent le souci de l'honneur (dont Montesquieu, dès avant l'*Esprit des Lois, *fait le «principe» de l'état monarchique), il*

entraîne des conséquences publiques et privées moins redoutables que la crainte qui prévaut en Perse, en Moscovie, en Chine, bref, partout où triomphe le despotisme. Cela du moins reste inaliénablement acquis, une fois le compte achevé.

*

Usbek, Rica : du côté persan, les noms de personnes sont admirablement frappés, comme pour peindre les caractères et les humeurs. Car l'esthétique de la variété, qui appelle différences et nuances, veut que les témoins persans soient dédoublés : semblables dans leur origine, dissemblables dans leur sensibilité.

Rica est le cadet ; c'est le rieur, parfois le ricaneur. Son nom seul, pour le lecteur français, dit sa gaieté, sa liberté. On apprend qu'il a laissé en Perse une mère «inconsolable» (lettre V) ; on ne l'en trouve guère préoccupé. Et, comme il n'a point d'épouses, point de harem à administrer de loin, il peut appartenir tout entier au monde nouveau qui l'accueille avec une curiosité intermittente (lettre XXX), mais dont il adopte assez vite les manières, le badinage et le persiflage. Rien ne l'empêche de se laisser captiver par l'instant présent, d'y goûter la surprise, et de la retracer d'une manière qui en restitue le plaisir. Il ne disserte guère : il relate ; il peint vivement ses sensations. Sa plume est bonne conductrice pour la satire ou pour le conte leste (lettre CXLI : Histoire d'Ibrahim et d'Anaïs).

Rica n'est lui-même que le complément d'Usbek, qui tient, lui, le premier rôle. Rien qu'au son des deux voyelles du nom d'Usbek — voyelles qui n'appartiennent pas au nom de Rica — nous savons, par le jeu du contraste, qu'Usbek est l'homme sombre et méditatif. Quant à la lettre k par où s'achève son nom, elle augure mal de la fin de son histoire : elle se laisse lire comme l'emblème de la

cruauté punitive où le portera la fureur d'être trompé.
*Rica et Usbek sont construits selon les données de la théo-
rie traditionnelle des tempéraments. Rica : sanguin, juvé-
nile, jovial. Usbek : mélancolique, et possédant tous les
attributs de la mélancolie « généreuse » : la véracité impru-
dente, l'hostilité pour les masques et les faux-semblants
(lettre VIII), l'élévation d'esprit, le détachement réflexif, le
goût de la spéculation et des grandes abstractions, mais
aussi la pensée plus lente (lettre XXV), la propension aux
chagrins obstinés, la froideur blasée en matière amou-
reuse (lettre VI), ce qui n'exclut pas les ressentiments et
les tourments de la jalousie. Tel qu'il est imaginé, le per-
sonnage d'Usbek peut être tout ensemble l'homme mûr
qui a du mal à s'acclimater à un monde étranger, le
musulman raisonnable que l'expérience rapproche peu
à peu du déisme et du cartésianisme, l'auteur supposé
de miscellanées morales et politiques que Montesquieu
détache de son portefeuille d'académicien bordelais, le
maître morose d'un harem que le désordre envahit...*

Le jeu des différences et des oppositions, dans l'inven-
tion des noms persans, trouve à s'appliquer de façon plus
complète. La voyelle o, qui manque à Usbek comme à
Rica, appartient en propre à la fière Roxane, et à l'eu-
nuque qui fait office de bourreau : Solim. Les autres
femmes d'Usbek, moins héroïques, sont dessinées par la
sinuosité de la lettre Z, que la fiction du rococo associe
à tous les exotismes : l'initiale de leurs noms soyeux prête
un corps à l'inquiétude sensuelle et à la souplesse de
l'obéissance apparente. Zachi, Zéphis, Zélis sont inter-
changeables et presque confondues dans l'ardeur de leurs
appels et de leurs reproches à l'absent ; l'esclave Zélide,
plus gracile et légère, signe de son nom ses liens, parfois
trop étroits, avec les maîtresses qui se disputent ses ser-
vices. Un peu à l'écart, Fatmé se laisse deviner plus lourde
et plus brûlante... Tous les noms — masculins ou fémi-
nins — que nous venons de citer sont pesés à la balance

stricte du dissyllabe. Aux vénérables dervis (Méhémet-Ali, Hagi Ibbi) reviendront les noms doubles, porteurs de dignité.

Usbek apparaît d'emblée dans le mouvement de son itinéraire vers un monde différent du sien (lettre I). Il ne s'attarde guère en Perse; son pèlerinage à Com n'est qu'une formalité; il se hâte vers le savoir. Celui qui prêterait une suffisante attention à l'expérience de l'espace dans les Lettres Persanes décèlerait, dès la lettre première, l'importance que revêt la mesure des distances et du temps. Ispahan, Com, Tauris, Erzéron, Tocat, Smyrne, puis Livourne et Paris; l'espace est marqué avec précision, scandé avec toute la vraisemblance chronologique d'un voyage véritable, à contresens de la route suivie par les voyageurs occidentaux dont les récits ont nourri l'information de Montesquieu. La poursuite du savoir, pour Usbek, implique la mobilité, l'ouverture sur le dehors, et surtout le refus de rester soumis à l'autorité de la seule « culture » du pays natal. « Nous sommes nés dans un royaume florissant; mais nous n'avons pas cru que ses bornes fussent celles de nos connaissances, et que la lumière orientale dût seule nous éclairer. » Usbek renonce à tout « iranocentrisme »; devons-nous en conclure que Paris et l'Occident se voient attribuer désormais le rôle du véritable centre? Reconnaissons plutôt le caractère entièrement réversible des propos d'Usbek. Toutes les résolutions que prend ce Persan raisonnable forcent le lecteur français à une décision analogue et réciproque : n'est-il pas temps de sortir du territoire éclairé par la seule lumière occidentale? Et la première démarche — pour ébranler l'assurance liée à la coutume reçue — n'est-elle pas d'imaginer la surprise d'un visiteur venu d'un autre continent? L'européocentrisme est mis en péril par les questions hardies de cet intrus qui a su, quant à lui, s'arracher aux préjugés de son climat. (Remarquons en passant que seule la culture européenne

a couru l'aventure de renoncer à tout rapporter à elle-même ; que seuls les intellectuels d'Occident ont soup-çonné que les autres cultures avaient peut-être une égale légitimité.)

De fait, l'espace géographique des **Lettres Persanes** ne comporte pas seulement les deux capitales opposées, Paris et Ispahan ; il inclut les villes (dont certaines furent des étapes sur le parcours) où résident les correspondants-informateurs : Ibben à Smyrne, son neveu Rhédi à Venise, Narguum à Moscou, Nathanaël Lévi à Livourne ; des nouvelles arrivent d'Espagne, de Suède, de Tartarie ; l'Angleterre politique est parfaitement présente. Quand, à la fin de l'ouvrage, Usbek examine les causes de la dépopulation du globe, ses lettres successives ne constituent pas une adjonction indue au roman ; elles parachèvent le mouvement d'une curiosité expansive, qui s'intéresse au sort de l'humanité entière, sur toute l'étendue du globe, et dans toute la durée de l'histoire connue : la Chine, les Amériques, l'Afrique sont prises en compte. L'horizon spatial des **Lettres Persanes** s'élargit à l'extrême. À la série des lettres d'Usbek (CXIII à CXXII) sur la dépopulation du globe correspond, dans un registre ironique, la série des lettres de Rica (CXXXIII à CXXXVII) sur ses visites à la bibliothèque du couvent : l'évocation de l'*orbis terrarum* se prolonge ainsi par celle de l'*orbis litterarum* : toutes les sciences, toutes les histoires, tous les genres littéraires viennent doubler, par la totalisation livresque, le processus de la totalisation spatiale.

À la fin des **Lettres Persanes**, le lecteur n'aura pas seulement assisté à la confrontation de la morale de Paris et de celle d'Ispahan. Il aura fait en esprit le tour du monde. Il aura parcouru tous les lieux illustres de l'histoire : la Judée, la Grèce, Rome. Et, découvrant la relativité des absolus qu'on révère en divers lieux et en divers temps, il aura senti la nécessité de s'élever à l'universel, il aura

senti s'éveiller la sollicitude cosmopolite qui souhaite le bonheur et la prospérité de tous les peuples. Le terrain est préparé pour le triomphe des concepts universels — Raison, Justice, Nature — au nom desquels condamnation pourra être portée contre tous les fanatismes particuliers et contre toutes les intolérances régionales.

*

Derrière une première cause, une autre cause. À côté d'un motif, un autre motif. Montesquieu est passé maître dans l'art de discerner les déterminations multiples, les causalités complexes. Il sait que dans le domaine des faits humains, le déterminisme est pluriel. Dans le cas de la dépopulation du globe, nombreuses sont les causes physiques, plus nombreuses encore les causes morales qui s'ajoutent aux premières.

Il en va de même pour le voyage d'Usbek. Une première cause, «l'envie de savoir», alléguée dans la lettre première, nous paraît d'abord pleinement recevable : c'est une cause qu'on peut tenir pour nécessaire et suffisante. Mais, sitôt franchie la frontière entre Perse et Turquie, Usbek ose révéler à ses amis d'Ispahan «le véritable motif de [son] voyage» (lettre VIII). Ayant paru à la cour de Perse, il s'y est montré un peu trop zélé à «démasquer» le «vice». Non seulement il n'a pas conquis «la faveur du Prince», mais il s'est attiré «la jalousie des ministres». Courant le plus grave danger et craignant pour sa vie, il a d'abord choisi la retraite. «Je feignis un grand attachement pour les sciences, et, à force de le feindre, il me vint réellement.» Bientôt l'exil deviendra préférable, si Usbek veut sauver sa tête. Ainsi, bien que le désir de savoir soit ici un motif sincère, et non un simple prétexte, la nécessité d'échapper à l'arbitraire est pour le moins une cause d'égale importance. Le conflit entre l'exigence éthique de la vérité (démasquer le vice) et la vio-

lence hypocrite des courtisans constitue, pour tout l'ouvrage, la donnée politique génératrice : il n'y aurait pas eu de voyage en France, si la menace n'avait été aussi grave. Du même coup se voient justifiées tant de lettres sur la justice, sur la structure des gouvernements, etc. Elles émanent d'un personnage sensibilisé...

Qu'on mesure ici la part de la feinte ! Tandis que Montesquieu joue à faire tenir la plume par un Persan, celui-ci s'invente un rôle de savant pour sauver sa tête (et bientôt ce rôle devient pour lui un goût réel). Montesquieu recourt au travesti persan pour déjouer les réactions de l'Église ou des gens en place ; Usbek, comme en miroir, recourt à la fuite, pour déjouer la colère d'un despote manœuvré par ses ministres. Tout se passe comme si le voyage d'Usbek était le reflet hyperbolique de l'incognito de Montesquieu — l'un appelant l'autre. Tout se passe aussi comme si le despotisme oriental, qui fait peser la menace sur la vie d'Usbek, était l'image hyperbolique des abus de pouvoir de la monarchie française. Montesquieu, dont on sait la défiance à l'égard du pouvoir absolu et centralisateur, construit ses Lettres Persanes *en glissant, sous l'image de la France, celle de l'Orient despotique : ainsi se produit un effet de surimpression, où apparaissent soudain les risques d'une* orientalisation *de la monarchie française. Usbek écrit, à propos de Louis XIV :* « On lui a souvent entendu dire que, de tous les gouvernements du monde, celui des Turcs ou celui de notre auguste sultan lui plaisait le mieux, tant il fait cas de la politique orientale » *(lettre XXXVII).*

À la fin de l'ouvrage, quand Rica relate la relégation du Parlement à Pontoise, il développe quelques considérations sur la fonction des Parlements. Or cette fonction — dire la vérité — est exactement celle qu'Usbek, à lui seul, a voulu remplir, à ses risques et périls. Il suffit de comparer : Usbek écrit : « Dès que je connus le vice, je m'en éloignai ; mais je m'en approchai ensuite pour le démas-*

quer. Je portai la vérité jusques aux pieds du trône : j'y parlai un langage jusqu'alors inconnu; je déconcertai la flatterie, et j'étonnai en même temps les adorateurs et l'idole » (lettre VIII). Mais que sont les Parlements ? *« Ces compagnies sont toujours odieuses : elles n'approchent des rois que pour leur dire de tristes vérités, et, pendant qu'une foule de courtisans leur représentent sans cesse un peuple heureux sous leur gouvernement, elles viennent démentir la flatterie, et apporter aux pieds du trône les gémissements et les larmes dont elles sont dépositaires »* (lettre CXL). Le parallélisme est surprenant et nous fait ici apercevoir en Usbek l'alter ego du parlementaire Montesquieu.

Plus tard, dans l'Esprit des Lois, l'image du gouvernement despotique, avec ses modèles turcs, moscovites, japonais, etc., constituera à nouveau un fond menaçant : le pouvoir illimité d'un seul, régnant par la crainte qu'il inspire, apparaît comme le terme dernier d'un processus de dégénérescence à quoi toutes les sociétés sont exposées. Qu'on veuille bien y prendre garde : c'est l'avertissement que Montesquieu ne cesse de répéter : *« La plupart des peuples d'Europe sont encore gouvernés par les mœurs. Mais si par un long abus du pouvoir, si par une grande conquête, le despotisme s'établissait à un certain point, il n'y aurait pas de mœurs ni de climat qui tinssent; et, dans cette belle partie du monde, la nature humaine souffrirait au moins pour un temps, les insultes qu'on lui fait dans les trois autres »* (Esprit des Lois, VIII, VIII). La même leçon est énoncée assez clairement par Usbek, dans la lettre CII : *« La plupart des gouvernements d'Europe sont monarchiques, ou plutôt sont ainsi appelés : car je ne sais pas s'il y en a jamais eu véritablement de tels; au moins est-il difficile qu'ils aient subsisté longtemps dans leur pureté. C'est un état violent, qui dégénère toujours en despotisme ou en république »*...

Usbek quitte la Perse sous l'empire de la crainte *(prin-*

cipe du despotisme); la question de la violence est donc
placée à la source de l'ouvrage entier. Violence évitée, vio-
lence retenue, mais qui peut soudain se montrer à décou-
vert, soit dans le caprice du prince, soit dans la révolte
des sujets : «*Si, dans cette autorité illimitée qu'ont nos
princes*», déclare Usbek, «*ils n'apportaient pas tant de
précautions pour mettre leur vie en sûreté, ils ne vivraient
pas un jour; et, s'ils n'avaient à leur solde un nombre
innombrable de troupes, pour tyranniser le reste de leurs
sujets, leur empire ne subsisterait pas un mois*»
(lettre CII). Les désastres des Turcs, mentionnés à la
lettre CXXIII, en sont l'exemple incomplet. Où en trouver
l'exemple complet ? Paradoxalement, dans le désastre du
harem d'Usbek.

*

Usbek, au moment même où il quitte sa patrie, ne peut
s'empêcher de regarder en arrière. Tandis que sa première
lettre disait le plaisir de sortir des limites et d'aller vers la
connaissance lointaine, la seconde lettre, adressée au pre-
mier eunuque noir, est animée par le souci inverse : celui
de maintenir un ordre immuable dans le lieu clos dont il
est le souverain. Usbek possède, lui aussi, ses troupes sol-
dées. Il a ses gardes. Non pas autour de sa personne, mais
autour de ses plus chères possessions : son harem, ses
femmes. Il est donc, dans son existence domestique, un
despote oriental. La conduite du prince à son égard a
beau lui avoir fait éprouver les iniquités du pouvoir
absolu : Usbek exerce sur ses épouses un droit de vie et
de mort. Il veut être obéi; il invite ses eunuques, ses
femmes, à trembler à l'ouverture de ses lettres. Victime
lui-même de la terreur, il l'exerce à son tour. Lui qui
d'abord (lettre I) s'était vanté d'être le premier à renoncer
«*aux douceurs d'une vie tranquille*», il n'a pas renoncé
à conserver, à distance, la possession absolue du corps et

de l'âme de ses épouses : il veut rester le maître des consciences, par l'appel aux obligations du devoir, et par l'usage simultané de la menace, ouverte ou voilée... Or l'absence d'Usbek dure neuf ans : de quoi assurément permettre à Montesquieu de développer, dans la pénombre du sérail, toutes les variantes du désir frustré, toutes les ruses de la compensation, toutes les versions et perversions du plaisir substitutif : puisque les recluses du harem ne peuvent, comme leur époux, prendre le large, elles fuient d'une autre manière : elles trouvent refuge dans l'imaginaire, en attendant mieux, c'est-à-dire en attendant que l'imaginaire prenne corps et que l'adultère s'accomplisse. Cet événement tarde-t-il à ce point ? À la première lettre qu'écrit le premier eunuque (IX), il est bruit d'un «jeune homme». Est-ce déjà celui qui, par deux fois, reparaîtra furtivement (lettres CXLVII et CXLIX) et qui, surpris dans les bras de Roxane, expirera sous les coups des eunuques (lettre CLIX) ? Montesquieu nous laisse en décider. Il fait la part belle à la collaboration du lecteur.

Montesquieu a voulu qu'Usbek fût un ennemi des masques, un voyageur épris de savoir rationnel, et, tout ensemble, un représentant fidèle des mœurs domestiques de la Perse (selon les informations précises fournies par Chardin, Tavernier, Ricaut, etc.). Il en a donc fait un personnage double. Plus exactement, il lui a conféré deux fonctions distinctes : celle, d'une part, qui l'engage dans le rôle d'observateur des institutions occidentales; et, d'autre part, celle qui fait de lui le possesseur sourcilleux de cinq femmes et de sept eunuques, c'est-à-dire le tyran qui ne remet jamais en question le bien-fondé de sa domination. Usbek sera donc tour à tour l'auteur de judicieuses relations sur la France (destinées à ses amis masculins), et le jaloux qui s'adresse impérieusement à des êtres dont il veut perpétuer la soumission, mais que son absence (il ne le sait que trop) a rendus rebelles en puis-

*sance. Il ne suffit donc pas à Montesquieu d'avoir dédou-
blé Usbek et Rica; Usbek lui-même devient un individu
bifrons, tourné vers les généralités anonymes de la société
française, impliqué dans l'intrigue particulière où le
roman met en jeu les noms de personnes. Montesquieu
n'a-t-il pas compromis la vraisemblance de son héros, ne
l'a-t-il pas surchargé en lui faisant assumer des rôles si
contradictoires? Comment le spectateur serein de la
monarchie française et de l'histoire universelle peut-il
devenir, d'une lettre à l'autre, le destinataire inquiet des
missives d'Ispahan, missives auxquelles il répond sur un
ton toujours plus alarmé et plus violent? Comment le
témoin détaché peut-il redevenir cet époux si farouche-
ment attaché à ses possessions?*

*Le lecteur, toutefois, doit admettre le personnage tel
qu'il lui est proposé. Il doit même faire plus : il cherchera
à comprendre les contradictions d'Usbek, sans se conten-
ter de les imputer, trop facilement, à la légèreté d'un
auteur désireux de juxtaposer les agréments du roman et
les attraits plus solides de la philosophie et de la morale.
Personnage contradictoire, personnage «clivé», Usbek,
par son ambiguïté même, requiert une interprétation qui
justifie pleinement Montesquieu de l'avoir fait tel qu'il est.
Or la contradiction entre les goûts intellectuels d'Usbek
et son comportement privé est porteuse de sens; elle a
valeur d'enseignement... Si sincère et si résolu que soit
l'appel d'Usbek à la raison et à l'universel (ce dont témoi-
gnent tant de considérations sur la justice, la vérité, la
vertu, etc.), il reste par quelque côté l'homme d'une civi-
lisation et d'une morale particulières : il a été éduqué et
formé par une tradition historique. Il n'échappe donc pas
aux conditions qui lui assignent, surtout en ce qui
regarde les «mœurs», un point de vue intéressé. Mon-
tesquieu a peut-être voulu rendre évidente cette vérité trop
souvent méconnue : qu'il est inévitable de se situer à un
point de vue particulier, alors même que l'on aspire à*

*dépasser le particulier, alors même que du choc et de l'an-
nulation réciproque des orthodoxies incompatibles, l'on
souhaite voir triompher ce qui est généralement et uni-
versellement humain. Ce n'est que dans le relatif, à par-
tir du relatif, que nous pouvons partir en quête de ce qui
dépasse le relatif. Tyran mélancolique, asservi aux préju-
gés orientaux de l'honneur masculin, Usbek s'élève à une
philosophie qui, de bonne foi, tente de se dégager de tous
les préjugés. Il verra clairement le non-fondé ou le mal-
fondé de la maîtrise absolue exercée par le roi ou le pape,
mais il reste, pour sa part, exempt de doute en ce qui
concerne ses propres titres de domination : ses eunuques
ne lui sont que de «vils instruments», et ceux-ci tiennent
sous leur garde «les plus belles femmes de Perse», trai-
tées comme un simple avoir, comme un «dépôt pré-
cieux». Les épouses sont des captives, comme sont cap-
tifs les sujets du roi de Perse ou du Tsar : il faut la
permission du maître pour sortir du royaume (lettre VIII,
lettre LI). Usbek en a pâti ; il en fait pâtir ses femmes. Ce
sont là les certitudes héritées qu'il n'a pas encore su
mettre en question, les régions qu'en lui les lumières de
la raison n'ont pas encore touchées. N'allons donc pas
croire que lorsqu'il parle à ses femmes d'ordre, de vertu,
de nature, il recourt à une phraséologie délibérément
mensongère, destinée à leur imposer une éternelle sou-
mission. Ces vocables abstraits, sous la plume d'Usbek,
loin d'éveiller en lui le doute sur la légitimité de la «ser-
vitude domestique», en apportent au contraire la justifi-
cation — par un abus qui n'est sensible qu'au lecteur
occidental. Et c'est là une nouvelle mise en garde que
Montesquieu nous adresse : il est des mots trop grands,
trop abstraits ou trop vagues, pour que l'on ne désigne
pas, par leur truchement, les choses les plus dissem-
blables. À quoi ne peut servir, par exemple, le mot
Nature ? Dans le discours abusé d'Usbek, c'est la nature
qui détourne les Parisiennes de l'adultère : «Quand il*

s'agit de faire les derniers pas, la nature se révolte.» Dans la protestation de Roxane révoltée, c'est la même nature qui justifie l'adultère : «J'ai réformé tes lois sur celles de la Nature»... La révolte arrache à l'oppresseur son vocabulaire moral et philosophique, se l'approprie, et le retourne contre le maître abusif.

Le relatif qu'Usbek est incapable de relativiser réside dans le «gouvernement domestique», c'est-à-dire dans les usages et les lois qui règlent le rapport entre les sexes : voilà qui porte une signification considérable. Ce domaine apparaît comme celui qui, pour l'individu qui s'y trouve impliqué, ne se laisse pas si aisément clarifier par la raison : domaine archaïque, où la coutume est plus contraignante que toute politique délibérée. Tandis que les réflexions d'Usbek sur le droit et sur l'histoire accèdent d'emblée (avec l'histoire des Troglodytes) à la plus libre hauteur de vues, l'univers de la sexualité reste asservi à un antique système d'autorité. Il constitue presque un ordre séparé, un inconscient irrationnel et violent, sous-jacent à la quête de la rationalité et de la non-violence. C'est un laissé-pour-compte; mais Montesquieu sait fort bien que les laissés-pour-compte sont toujours comptabilisés à la longue. Si, après avoir montré que nul n'échappe à la nécessité de partir d'un point de vue imposé par l'histoire et l'éducation, Montesquieu avait aussi voulu montrer qu'une réflexion sur la société et l'histoire oblige le philosophe à ne pas ignorer sa propre situation et à ne pas s'exclure de l'examen critique, il n'aurait pu mieux construire les Lettres Persanes, *avec leur catastrophe finale, qu'on peut considérer comme la punition d'un aveuglement et d'une méconnaissance. Contre la domination traditionnelle et la coutume coranique (donc particulière) qu'Usbek a voulu faire régner* in absentia, *la révolte de Roxane, qui éclate dans la dernière lettre du recueil, en appelle, à son tour, et à meilleur droit, aux valeurs universelles. Ce sont les mots* délices,

plaisirs, désirs *que Roxane, mourante et triomphante, associe à l'autorité de la « Nature ». Dans l'imminence de la mort s'ouvre la perspective d'une raison universellement libératrice, dont Usbek n'a su formuler et vivre qu'une partie des exigences. Le courage de Roxane,* in extremis, *attestant la légitimité de ce que nous nommons aujourd'hui (un peu lourdement) la pulsion désirante, l'inclut dans l'ordre des droits inaliénables. Or, jusqu'à la lettre dernière, l'amour véritable avait été le grand absent des* Lettres Persanes, *ou n'avait trouvé sa place que dans le récit rapporté d'Aphéridon et d'Astarté : absence qui n'est pas l'effet du hasard, puisqu'elle avait rendu possible l'observation objective, le regard attentif et la mise à distance ironique. Le jeune homme sans nom, presque un fantôme, échappé des bras de Roxane, et qui tombe sous les coups des eunuques, représente la part de l'amour vrai : part clandestine, mais obstinée dans l'ombre dont elle s'entoure, et dont l'immolation entraîne la fin de la fiction, la disparition de ses principaux acteurs...*

Le désir, en Usbek, est inexistant. Il a été mis à mort par la satiété facile. Usbek écrit à son ami Nessir, en parlant de ses femmes : « Ce n'est pas, Nessir, que je les aime : je me trouve à cet égard dans une insensibilité qui ne me laisse point de désirs. Dans le nombreux sérail où j'ai vécu, j'ai prévenu l'amour et l'ai détruit par lui-même » *(lettre VI). Le champ est libre pour la réflexion, et d'abord pour celle qui se tourne vers la société des hommes.* « Je passe ma vie à examiner » *(lettre XLVIII). Mais la coupure ainsi introduite entre le plaisir de voir et le domaine désaffecté des liens charnels n'est pas assez radicale pour équivaloir à une ascèse. Quand l'homme qui croit ne plus aimer veut néanmoins rester le maître, il se laisse gagner par une réflexion moins libre, où la pensée, tournée vers les épouses mal gardées, s'afflige de voir lui échapper un bien auquel pourtant elle ne tient guère : réflexion rétros-*

*pective et malheureuse, qui est celle proprement de la
jalousie : «De ma froideur même il sort une jalousie
secrète qui me dévore» (lettre VI). Ainsi l'élan allègre de
la curiosité réfléchie, qui découvre et décrit librement un
monde nouveau, est-il contrebalancé par une réflexion
morose, de signe contraire, dirigée vers les possessions
perdues et qui, à force de tourments et d'inquiétude, voit
s'aggraver ses pertes. Quand Usbek, dans sa dernière lettre
(CLV), annonce à son ami Nessir son prochain retour à
Ispahan, il s'attend à rester captif de la réflexion jalouse
jusque dans les bras de ses femmes retrouvées. La
réflexion, à ce point, devient un véritable maléfice et va
jusqu'à égaler, par la coupure qu'elle instaure, les effets
de la blessure qui, infligée à la chair des eunuques, les a
«séparés d'eux-mêmes» (lettre IX) : «J'irai m'enfermer
dans des murs plus terribles pour moi que pour les
femmes qui y sont gardées. J'y porterai tous mes soup-
çons; leurs empressements ne m'en déroberont rien; dans
mon lit, dans leurs bras, je ne jouirai que de mes inquié-
tudes; dans un temps si peu propre aux réflexions, ma
jalousie trouvera à en faire. Rebut indigne de la nature
humaine, esclaves vils dont le cœur a été fermé pour
jamais à tous les sentiments de l'amour, vous ne gémi-
riez plus sur votre condition, si vous connaissiez le mal-
heur de la mienne» (lettre CLV). Cette dernière lettre d'Us-
bek est le pendant, symétrique et inverse, de la première
(et de la huitième) : le livre avait commencé par le mou-
vement centrifuge — vers le savoir, hors de portée des
ennemis mortels; il s'achève, en sens opposé, par la nos-
talgie centripète («heureux celui qui [...] ne connaît
d'autre terre que celle qui lui a donné le jour»), et par la
résignation : «Je vais rapporter ma tête à mes ennemis.»
Et quand le lecteur a pris connaissance de la lettre de
Roxane, le renversement se parachève. Nous avions ren-
contré, en Usbek, un impitoyable ennemi des masques
(lettre VIII), un démystificateur qui savait percer à jour*

la crédulité des Français ; or voici qu'il apparaît lui-même comme une victime de l'illusion. Il a été le jouet des apparences. C'est lui qui a été trop crédule, et qui s'en est laissé imposer par un masque : «Mais tu as eu longtemps l'avantage de croire qu'un cœur comme le mien t'était soumis. Nous étions tous deux heureux : tu me croyais trompée et je te trompais» (lettre CLXI). La lettre de Roxane, en rétablissant le règne de l'amour absent, en annonçant la fin violente des eunuques, donne à l'ouvrage entier sa pointe à la fois inattendue et nécessaire, sous l'aspect d'une revanche exaspérée. (Les figures de rhétorique mises en œuvre ici sont tout ensemble l'antithèse et l'hyperbole : l'antithèse, pour marquer le renversement ; l'hyperbole, pour qu'une seule lettre, par son intensité, fasse contrepoids aux cent soixante lettres qui la précèdent.) Du coup, nous voici obligés à relire tout le livre pour y découvrir un Usbek aveuglé, prêchant de trop loin, à ses épouses, une inhumaine vertu, attribuant complaisamment à la pudeur virginale de Roxane (lettre XXVI) une conduite que nous savons désormais motivée par la haine. Déjà, il s'égarait, il ne voyait pas clair. On retrouve dans la justification philosophique qu'Usbek donne du suicide (lettre LXXVI), l'excuse anticipée du geste final de Roxane. La dimension ironique des Lettres Persanes *ne se développe entièrement qu'à cette seconde lecture, éclairée par la brusque révélation de ce qui nous était resté si longtemps caché.*

*

Tout se renverse dans les Lettres Persanes. *Le renversement et le style à renversement est l'image de prédilection de Montesquieu, lorsqu'il évoque la tyrannie et ses conséquences. Car la tyrannie est le pouvoir porté à l'excès (le pouvoir hyperbolique) et dont l'outrance appelle inévitablement une bascule brutale vers l'excès contraire.*

Parlant généralement du despotisme, sans savoir qu'il parle aussi de son «gouvernement domestique», Usbek écrit : «Je trouve même le prince, qui est la loi même, moins maître que partout ailleurs» (lettre LXXX). Usbek avait pourtant lu des propos analogues, construits par antithèses, dans une lettre que Zélis lui adressait, et où elle lui signifiait l'indomptable autonomie d'une conscience qui ne se laisse pas traiter en objet : «Dans la prison même où tu me retiens, je suis plus libre que toi : tu ne saurais redoubler tes attentions pour me faire garder, que je ne jouisse de tes inquiétudes» (lettre LXII).

Les eunuques sont les instruments de la tyrannie : c'est pourquoi les contraires s'inscrivent paradoxalement en eux. Hommes, mais ayant cessé d'être véritablement hommes, ils sont le renversement incarné. Ils sont le lieu pivotal du renversement. Usbek écrit au premier eunuque noir : «Tu leur commandes, et leur obéis; tu exécutes aveuglément toutes leurs volontés et leur fais exécuter de même les lois du sérail [...]. Tiens-toi dans un profond abaissement auprès de celles qui partagent mon amour; mais fais-leur sentir aussi leur extrême dépendance» (lettre II). L'eunuque dispose d'un pouvoir redoutable, mais par délégation, et sans cesser de savoir qu'on l'a fait sortir du néant par l'acte même qui a anéanti en lui la puissance virile. Il est donc, à tous égards, celui qui vit la contradiction d'un pouvoir qui s'annule, ou d'une annulation physique qui se transforme en pouvoir. La perte que l'émasculation lui inflige est prise en compte dans une transaction. L'aliénation radicale devrait trouver sa contrepartie : «Las de servir dans les emplois les plus pénibles, je comptai sacrifier mes passions à mon repos et à ma fortune» (lettre IX). Mais la transaction s'accomplit-elle conformément à cet espoir? Les avantages matériels (fortune) et moraux (repos) sont-ils vraiment acquis en échange de l'intégrité sexuelle (passions)? L'impossibilité organique d'atteindre et de posséder un

*être réel, loin d'annuler tout appétit, laisse le champ libre
aux désirs vains, aux regrets, aux fantasmes. Le pouvoir,
sitôt gagné, rend douloureuse la séparation qui le condi-
tionne :* « *Malheureux que j'étais ! Mon esprit me faisait
voir le dédommagement, et non pas la perte : j'espérais
que je serais délivré des atteintes de l'amour par l'im-
puissance de le satisfaire. Hélas ! on éteignit en moi l'ef-
fet des passions, sans en éteindre la cause et, bien loin
d'en être soulagé, je me trouvais environné d'objets qui
les irritaient sans cesse* » (lettre IX). *Le chagrin de l'eu-
nuque tient à ce que, étroitement dépendant de l'objet qui
lui est de toute manière interdit, il ne peut désormais le
rejoindre que par des voies perverses : la terreur, l'inti-
midation, les châtiments. La souffrance subie par l'eu-
nuque se renverse en souffrance infligée; la notion de
revers apparaît significativement à ce propos, et le ren-
versement ne cesse de se répéter, comme un mécanisme
infini :* « *Ces mêmes femmes que j'étais tenté de regarder
avec des yeux si tendres, je ne les envisageais qu'avec des
regards sévères [...]. Quoique je les garde pour un autre,
le plaisir de me faire obéir me donne une joie secrète :
quand je les prive de tout, il me semble que c'est pour
moi, et il m'en revient toujours une satisfaction indirecte
[...]. Ce n'est pas qu'à mon tour je n'aie un nombre infini
de désagréments, et que tous les jours ces femmes vindi-
catives ne cherchent à renchérir sur ceux que je leur
donne : elles ont des revers terribles. Il y a entre nous
comme un flux et un reflux d'empire et de soumission* »
(lettre IX).*

*La seule voie compensatoire qui s'ouvre, pour une
revanche de l'eunuque, est celle de la connaissance et de
la ruse : c'est en développant un savoir très spécialisé —
en pénétrant les femmes du regard, en semant les divi-
sions et les médisances — qu'il peut établir plus solide-
ment sa maîtrise sur les créatures du harem, et même
imposer sa volonté à son maître. Tel est l'exemple que le*

*chef des eunuques noirs dit avoir trouvé chez celui dont
il tient les secrets de son art : «C'est sous ce grand maître
que j'étudiai l'art difficile de commander, et que je me for-
mai aux maximes d'un gouvernement inflexible. J'étudiai
sous lui le cœur des femmes; il m'apprit à profiter de
leurs faiblesses et à ne pas m'étonner de leurs hauteurs
[...]. Il avait non seulement de la fermeté, mais aussi de
la pénétration : il lisait leurs pensées et leurs dissimula-
tions; leurs gestes étudiés, leur visage feint, ne lui déro-
baient rien; il savait toutes leurs actions les plus cachées
et leurs paroles les plus secrètes; il se servait des unes
pour connaître les autres, et il se plaisait à récompenser
la moindre confidence. Comme elles n'abordaient leur
mari que lorsqu'elles étaient averties, l'eunuque y appe-
lait qui il voulait, et tournait les yeux de son maître sur
celle qu'il avait en vue; et cette distinction était la récom-
pense de quelque secret révélé. Il avait persuadé son
maître qu'il était du bon ordre qu'il lui laissât ce choix»
(lettre LXIV).* On voit ici s'agencer, au sein de l'asservis-
sement, une remarquable machinerie de domination, où
les ressources de la psychologie démasquante se conju-
guent avec une technique éprouvée du mouchardage
récompensé. Peu s'en faut que le maître ne devienne à son
tour le jouet d'une administration aussi raffinée, d'un
«corps intermédiaire» devenu si nécessaire à l'ordre
général. *«Je me trouve dans le sérail comme dans un petit
empire, et mon ambition, la seule passion qui me reste,
se satisfait un peu»* (lettre IX). Cette comparaison for-
mulée par le premier eunuque laisse entendre que le «des-
potisme domestique», pour fidèlement décrit qu'il soit
selon les documents accessibles, peut être lu comme une
figure érotisée du despotisme politique qui prévaut en
Orient et dont l'éventualité guette la monarchie française.
Il devient alors évident que le pouvoir absolu ne peut faire
régner l'ordre qu'au moyen d'une classe de fonction-
naires, à la fois privilégiés et frustrés, autoritaires et alié-

*nés, qui trouvent un plaisir érotique substitutif à se
rendre redoutables au peuple : ils ont en main, pour
chaque individu, la faveur et la disgrâce, les récompenses
et les peines. Grâce à eux, le despote peut de loin impo-
ser sa volonté : il en fait les agents de sa propagande, les
organisateurs de la diversion par les jeux et les activités
«téléguidées» : «Procure-leur tous les plaisirs qui peu-
vent être innocents; trompe leurs inquiétudes; amuse-les
par la musique, les danses, les boissons délicieuses : per-
suade-leur de s'assembler souvent»... On a eu raison de
remarquer* que, dans l'état-sérail, l'appareil de police et
de propagande assure une cohésion et un ordre qui mena-
cent à tout moment de s'évanouir. À quoi s'ajoutent les
risques évidents que court le maître suprême si l'ancien-
neté (ce grand principe des administrations) confère le
pouvoir à un ministre-eunuque «imbécile» : l'exemple, à
la fin des Lettres Persanes, en est offert par le faible et
crédule Narsit, qui laisse s'aggraver le désordre. Solim,
trop tard investi d'autorité, ne parviendra qu'à exaspérer
la révolte par son déchaînement sadique : une situation
s'est créée où aucune mesure, partant des fonctionnaires-
eunuques, ne peut plus parer au désastre; toutes les solu-
tions sont mauvaises : la révolution est devenue inévi-
table. Telle est la démonstration politique, insinuée à
travers le drame romanesque, et proposée comme une
métaphore hyperbolique du danger qui menace la France.
Le domaine érotique sert de lieu d'expérience imaginaire
pour une théorie généralisée du pouvoir.*

 *Car ce qui préoccupe Montesquieu — et ce qui le pré-
occupera toujours davantage — c'est la forme et le type
général du pouvoir, dans ses rapports avec le lieu et le
moment où il s'exerce; ce sont les conséquences qu'en-
traîne, dans chaque système de gouvernement, la manière*

1. Aram Vartanian, «Eroticism and Politics in the *Lettres Persanes*»,
Romanic Review, New York, LX, I, 1969, p. 23-33.

dont sont prises les décisions et les méthodes par les-
quelles elles sont appliquées. Notre époque, qui croit géné-
ralement qu'il n'y a d'injustices que d'ordre économique,
ferait bien de se remettre à l'école de Montesquieu... L'in-
justice politique a ses effets calculables.

Montesquieu, en chaque circonstance, aime à évaluer
le prix à payer : il fait le compte du profit et de la perte.
Veut-on, comme Usbek, exercer de loin un pouvoir
absolu ? Il faut alors faire régner sur une administration
d'eunuques une terreur qu'ils exerceront à leur tour. Le
prix à payer est lourd, et laisse encore le maître dans l'in-
certitude. Que vaut la sécurité acquise à ce prix ? Que
valent les protestations d'obéissance obtenues sous ces
conditions ? S'il est vrai que les femmes de Perse doivent
leur beauté à la vie réglée qu'elles mènent dans le sérail,
et si cette vie réglée implique la surveillance constante des
eunuques, n'en coûte-t-il pas trop cher ? Dans une telle
société, les éducateurs seront des esclaves ; piètres éduca-
teurs ; un interlocuteur français demande à Usbek : « Que
peut-on attendre de l'éducation qu'on reçoit d'un misé-
rable qui fait consister son honneur à garder les femmes
d'un autre et s'enorgueillit du plus vil emploi qui soit
parmi les humains ? » À cette conséquence morale s'en
ajoute une autre, démographique, dont Usbek ne se cache
pas la gravité : « Ainsi un homme qui a dix femmes ou
concubines n'a pas trop d'autant d'eunuques pour les
garder. Mais quelle perte pour la Société que ce grand
nombre d'hommes morts dès leur naissance ! Quelle
dépopulation ne doit-il pas s'ensuivre » (lettre CXIV). Le
prix, décidément, est lourd, beaucoup trop lourd au
regard d'un jugement raisonnable... À quel prix s'achète,
chez les Troglodytes, le souci exclusif de l'intérêt person-
nel ? Le peuple ne peut survivre en tant que commu-
nauté : le revers de l'anarchisme égoïste, c'est l'anéantis-
sement collectif. La série des lettres d'Usbek sur la
dépopulation du globe établit le compte — largement défi-

citaire — des conséquences du monachisme chrétien, de l'interdiction du divorce, de la polygamie musulmane, des conquêtes coloniales : c'est en hommes — mais selon une perspective tout arithmétique et quantitative — que s'évalue le prix à payer. À Rhédi qui s'inquiète (avant Rousseau) des effets maléfiques des arts et des sciences, Usbek répond, pour une fois, en assurant que le prix dont le progrès technique est payé, tout compte fait, est avantageux : et cette fois, c'est dans le langage numérique de la prospérité économique que se dresse le bilan positif.

Pesée précise des effets et des conséquences d'une politique, mais aussi des conditions à remplir pour la pratiquer; mise en équation, dans un langage approximativement newtonien, de l'action et de la réaction : c'est tout cela que Montesquieu ne veut jamais perdre de vue, quand il cherche à savoir, pour chaque forme d'exercice du pouvoir (et surtout pour la forme despotique), ce qu'elle requiert en contrepartie. Les Lettres Persanes, *c'est déjà une façon de mettre en expérience le modèle tyrannique, et de le montrer insoutenable à la longue. On trouve cette phrase dans le dossier de l'*Esprit des Lois, *qui résume sèchement, mais fortement, le résultat de l'expérience : «Il ne faut pas que les rois d'Europe s'exposent au despotisme de l'Asie; ce petit bonheur d'avoir des volontés irrévocables s'y achète si cher, qu'un homme sensé ne le peut envier.»*

Dans ses registres si variés, ses lettres discontinues, ses renversements, le livre de Montesquieu n'a finalement qu'un seul thème et ne développe qu'une interrogation unique : si l'homme ne veut imposer ni souffrir nulle séparation, et si, tout en refusant le désordre et la violence qui suivent nécessairement l'émancipation de l'appétit individuel, il rejette également un ordre oppressif qui s'établirait au prix d'une amputation de sa chair et de son intelligence, quelle organisation doit-il donner à sa vie et

*à ses institutions ? À quelle autorité doit-il en appeler s'il
ne veut sacrifier ni son désir ni sa raison ? La réponse
donnée par Usbek, dans ce livre où toutes les autorités
extérieures sont mises au défi, est un acte de foi en une
norme innée et universelle, qui s'oppose à toutes les
injonctions imposées du dehors : la Justice est à la fois
un «principe intérieur», et un «rapport de convenance»
entre les choses. C'est le joug dont nous ne saurions nous
affranchir (à moins de renoncer à survivre). L'autorité
réside dans la conscience de l'homme, juge qualifié du
monde physique et du monde moral — s'il sait toutefois
où s'arrêtent ses certitudes. Et, l'autorité fût-elle insépa-
rable de l'idée que nous nous faisons d'un Dieu de jus-
tice, c'est encore en l'homme lui-même que cette idée
prend naissance. C'est à l'homme qu'il appartient de cal-
culer le jeu des forces qui assurent la perfection ration-
nelle d'un gouvernement, en lui permettant d'aller «à son
but à moins de frais» (lettre LXXX).*

*Usbek, qui énonce ces principes, et qui sait que les
hommes deviennent injustes sitôt qu'ils «préfèrent leur
propre satisfaction à celle des autres », est lui-même inca-
pable d'apercevoir sa propre injustice. Il est l'exemple
d'une séparation persistante entre l'ordre de la réflexion
et celui des actes. L'exemple est gênant, et devrait le
demeurer. On ne s'en délivrera pas en déclarant que cette
séparation est la tare d'une philosophie «idéaliste»,
comme si le retard des actes sur les principes était le tra-
vers du seul idéalisme. De fait, Montesquieu aperçoit fort
bien tous les facteurs matériels de l'histoire, et il sait que
la préférence que les hommes accordent à leur «propre
satisfaction» est l'un de ces facteurs, et non des
moindres. À travers les voix joueuses et graves de son
livre, à travers l'échec d'Usbek, il nous engage à recon-
naître une exigence que nous ne sommes pas près encore
de savoir satisfaire : l'accord des actes et de la pensée dans
une même raison libératrice, le refus des tyrannies qui*

LETTRES PERSANES

ÉDITION DE 1758

été assemblé pour raisonner, cela choquerait le dessein
et la nature de l'ouvrage. Mais, dans la forme de lettres,
où les acteurs ne sont pas choisis[3], et où les sujets qu'on
traite ne sont dépendants d'aucun dessein ou d'aucun
plan déjà formé, l'auteur s'est donné l'avantage de pou-
voir joindre de la philosophie, de la politique et de la
morale, à un roman ; et de lier le tout par une chaîne
secrète et, en quelque façon, inconnue.

Les lettres persanes eurent d'abord un débit si pro-
digieux, que les libraires[4] mirent tout en usage pour en
avoir des suites. Ils allaient tirer par la manche tous
ceux qu'ils rencontraient : *Monsieur*, disaient-ils, *faites-
moi des lettres persanes*.

Mais ce que je viens de dire suffit pour faire voir
qu'elles ne sont susceptibles d'aucune suite, encore
moins d'aucun mélange avec des lettres écrites d'une
autre main, quelque ingénieuses qu'elles puissent être[5].

Il y a quelques traits que bien des gens ont trouvés
trop hardis. Mais ils sont priés de faire attention à la
nature de cet ouvrage. Les Persans, qui devaient y jouer
un si grand rôle, se trouvaient tout à coup transplantés
en Europe, c'est-à-dire, dans un autre univers. Il y avait
un temps où il fallait nécessairement les représenter
pleins d'ignorance et de préjugés. On n'était attentif
qu'à faire voir la génération et le progrès de leurs idées.
Leurs premières pensées devaient être singulières : il
semblait qu'on n'avait rien à faire qu'à leur donner l'es-
pèce de singularité qui peut compatir avec de l'esprit.
On n'avait à peindre que le sentiment qu'ils avaient eu
à chaque chose qui leur avait paru extraordinaire. Bien
loin qu'on pensât à intéresser quelque principe de notre
religion, on ne se soupçonnait pas même d'imprudence.
Ces traits se trouvent toujours liés avec le sentiment de
surprise et d'étonnement, et point avec l'idée d'examen,
et encore moins avec celle de critique. En parlant de
notre religion, ces Persans ne devaient pas paraître plus

instruits que lorsqu'ils parlaient de nos coutumes et de nos usages. Et, s'ils trouvent quelquefois nos dogmes singuliers, cette singularité est toujours marquée au coin de la parfaite ignorance des liaisons qu'il y a entre ces dogmes et nos autres vérités.

On fait cette justification par amour pour ces grandes vérités, indépendamment du respect pour le genre humain, que l'on n'a certainement pas voulu frapper par l'endroit le plus tendre. On prie donc le lecteur de ne pas cesser un moment de regarder les traits dont je parle comme des effets de la surprise de gens qui devaient en avoir, ou comme des paradoxes faits par des hommes qui n'étaient pas même en état d'en faire. Il est prié de faire attention que tout l'agrément consistait dans le contraste éternel entre les choses réelles, et la manière singulière, naïve, ou bizarre, dont elles étaient aperçues. Certainement la nature et le dessein des lettres persanes sont si à découvert, qu'elles ne tromperont jamais que ceux qui voudront se tromper eux-mêmes[6].

LETTRES
PERSANES

INTRODUCTION

Je ne fais point ici d'épître dédicatoire, et je ne demande point de protection pour ce livre : on le lira, s'il est bon ; et, s'il est mauvais, je ne me soucie pas qu'on le lise.

J'ai détaché ces premières lettres, pour essayer le goût du public : j'en ai un grand nombre d'autres dans mon portefeuille, que je pourrai lui donner dans la suite.

Mais, c'est à condition que je ne serai pas connu : car, si l'on vient à savoir mon nom, dès ce moment je me tais. Je connais une femme qui marche assez bien, mais qui boite dès qu'on la regarde. C'est assez des défauts de l'ouvrage, sans que je présente encore à la critique ceux de ma personne. Si l'on savait qui je suis, on dirait : « Son livre jure avec son caractère ; il devrait employer son temps à quelque chose de mieux ; cela n'est pas digne d'un homme grave. » Les critiques ne manquent jamais ces sortes de réflexions, parce qu'on les peut faire sans essayer beaucoup son esprit.

Les Persans qui écrivent ici étaient logés avec moi ; nous passions notre vie ensemble. Comme ils me regardaient comme un homme d'un autre monde, ils ne me

cachaient rien. En effet, des gens transplantés de si loin ne pouvaient plus avoir de secrets. Ils me communiquaient la plupart de leurs lettres ; je les copiai. J'en surpris même quelques-unes dont ils se seraient bien gardés de me faire confidence, tant elles étaient mortifiantes pour la vanité et la jalousie persane.

Je ne fais donc que l'office de traducteur : toute ma peine a été de mettre l'ouvrage à nos mœurs. J'ai soulagé le lecteur du langage asiatique, autant que je l'ai pu, et l'ai sauvé d'une infinité d'expressions sublimes, qui l'auraient ennuyé [1] jusque dans les nues.

Mais ce n'est pas tout ce que j'ai fait pour lui. J'ai retranché les longs compliments, dont les Orientaux ne sont pas moins prodigues que nous ; et j'ai passé un nombre infini de ces minuties, qui ont tant de peine à soutenir le grand jour, et qui doivent toujours mourir entre deux amis.

Si la plupart de ceux qui nous ont donné des recueils de lettres avaient fait de même, ils auraient vu leurs ouvrages s'évanouir.

Il y a une chose qui m'a souvent étonné ; c'est de voir ces Persans quelquefois aussi instruits que moi-même des mœurs et des manières de la nation, jusqu'à en connaître les plus fines circonstances, et à remarquer des choses qui, je suis sûr, ont échappé à bien des Allemands qui ont voyagé en France. J'attribue cela au long séjour qu'ils y ont fait : sans compter qu'il est plus facile à un Asiatique de s'instruire des mœurs des Français dans un an, qu'il ne l'est à un Français de s'instruire des mœurs des Asiatiques dans quatre ; parce que les uns se livrent autant que les autres se communiquent peu.

L'usage a permis à tout traducteur, et même au plus barbare commentateur, d'orner la tête de sa version, ou de sa glose, du panégyrique de l'original, et d'en relever l'utilité, le mérite et l'excellence. Je ne l'ai point fait : on

en devinera facilement les raisons. Une des meilleures est que ce serait une chose très ennuyeuse, placée dans un lieu déjà très ennuyeux de lui-même, je veux dire une préface.

LETTRE PREMIÈRE

USBEK À SON AMI RUSTAN.

À Ispahan.

Nous n'avons séjourné qu'un jour à Com[1]. Lorsque nous eûmes fait nos dévotions sur le tombeau de la vierge qui a mis au monde douze prophètes, nous nous remîmes en chemin; et hier, vingt-cinquième jour de notre départ d'Ispahan, nous arrivâmes à Tauris[2].

Rica et moi sommes peut-être les premiers, parmi les Persans, que l'envie de savoir ait fait sortir de leur pays, et qui aient renoncé aux douceurs d'une vie tranquille, pour aller chercher laborieusement la sagesse.

Nous sommes nés dans un royaume florissant; mais nous n'avons pas cru que ses bornes fussent celles de nos connaissances, et que la lumière orientale dût seule nous éclairer.

Mande-moi ce que l'on dit de notre voyage; ne me flatte point : je ne compte pas sur un grand nombre d'approbateurs. Adresse ta lettre à Erzeron[3], où je séjournerai quelque temps. Adieu, mon cher Rustan,

Sois assuré qu'en quelque lieu du monde où je sois, tu as un ami fidèle.

De Tauris,
le 15 de la lune de Saphar 1711.

LETTRE II

USBEK AU PREMIER EUNUQUE NOIR.
À son sérail d'Ispahan.

Tu es le gardien fidèle des plus belles femmes de Perse : je t'ai confié ce que j'avais dans le monde de plus cher : tu tiens en tes mains les clefs de ces portes fatales, qui ne s'ouvrent que pour moi. Tandis que tu veilles sur ce dépôt précieux de mon cœur, il se repose et jouit d'une sécurité entière. Tu fais la garde dans le silence de la nuit, comme dans le tumulte du jour. Tes soins infatigables soutiennent la vertu, lorsqu'elle chancelle. Si les femmes que tu gardes voulaient sortir de leur devoir, tu leur en ferais perdre l'espérance. Tu es le fléau du vice, et la colonne de la fidélité.

Tu leur commandes, et leur obéis ; tu exécutes aveuglément toutes leurs volontés, et leur fais exécuter de même les lois du sérail : tu trouves de la gloire à leur rendre les services les plus vils : tu te soumets, avec respect et avec crainte, à leurs ordres légitimes : tu les sers comme l'esclave de leurs esclaves. Mais, par un retour d'empire, tu commandes en maître comme moi-même, quand tu crains le relâchement des lois de la pudeur et de la modestie.

Souviens-toi toujours du néant d'où je t'ai fait sortir, lorsque tu étais le dernier de mes esclaves, pour te mettre en cette place, et te confier les délices de mon cœur : tiens-toi dans un profond abaissement auprès de celles qui partagent mon amour ; mais fais-leur, en

sentâmes devant toi, après avoir épuisé tout ce que
l'imagination peut fournir de parures et d'ornements :
tu vis avec plaisir les miracles de notre art ; tu admiras
jusqu'où nous avait emporté l'ardeur de te plaire. Mais
tu fis bientôt céder ces charmes empruntés à des grâces
plus naturelles ; tu détruisis tout notre ouvrage : il fallut
nous dépouiller de ces ornements, qui t'étaient devenus
incommodes ; il fallut paraître à ta vue dans la simpli-
cité de la nature. Je comptai pour rien la pudeur ; je ne
pensai qu'à ma gloire. Heureux Usbek ! que de charmes
furent étalés à tes yeux ! Nous te vîmes longtemps errer
d'enchantements en enchantements : ton âme incertaine
demeura longtemps sans se fixer : chaque grâce nouvelle
te demandait un tribut : nous fûmes en un moment
toutes couvertes de tes baisers : tu portas tes curieux
regards dans les lieux les plus secrets : tu nous fis pas-
ser, en un instant, dans mille situations différentes : tou-
jours de nouveaux commandements, et une obéissance
toujours nouvelle. Je te l'avoue, Usbek ; une passion
encore plus vive que l'ambition me fit souhaiter de te
plaire. Je me vis insensiblement devenir la maîtresse de
ton cœur : tu me pris, tu me quittas ; tu revins à moi, et
je sus te retenir : le triomphe fut tout pour moi, et le
désespoir pour mes rivales : il nous sembla que nous fus-
sions seuls dans le monde ; tout ce qui nous entourait
ne fut plus digne de nous occuper. Plût au ciel que mes
rivales eussent eu le courage de rester témoins de toutes
les marques d'amour que je reçus de toi ! Si elles avaient
bien vu mes transports, elles auraient senti la différence
qu'il y a de mon amour au leur ; elles auraient vu que,
si elles pouvaient disputer avec moi de charmes, elles ne
pouvaient pas disputer de sensibilité... Mais où suis-je ?
Où m'emmène ce vain récit ? C'est un malheur de n'être
point aimée ; mais c'est un affront de ne l'être plus. Tu
nous quittes, Usbek, pour aller errer dans des climats
barbares. Quoi ! tu comptes pour rien l'avantage d'être

aimé ? Hélas ! tu ne sais pas même ce que tu perds. Je pousse des soupirs qui ne sont point entendus ; mes larmes coulent, et tu n'en jouis pas ; il semble que l'amour respire dans le sérail, et ton insensibilité t'en éloigne sans cesse ! Ah ! mon cher Usbek, si tu savais être heureux !

Du sérail de Fatmé,
le 21 de la lune de Maharram 1711.

LETTRE IV

ZÉPHIS À USBEK.

À Erzeron.

Enfin ce monstre noir a résolu de me désespérer. Il veut, à toute force, m'ôter mon esclave Zélide, Zélide qui me sert avec tant d'affection, et dont les adroites mains portent partout les ornements et les grâces[1]. Il ne lui suffit pas que cette séparation soit douloureuse ; il veut encore qu'elle soit déshonorante. Le traître veut regarder comme criminels les motifs de ma confiance : et, parce qu'il s'ennuie derrière la porte, où je le renvoie toujours, il ose supposer qu'il a entendu ou vu des choses, que je ne sais pas même imaginer. Je suis bien malheureuse ! Ma retraite, ni ma vertu, ne sauraient me mettre à l'abri de ses soupçons extravagants : un vil esclave vient m'attaquer jusque dans ton cœur, et il faut que je m'y défende. Non, j'ai trop de respect pour moi-même, pour descendre jusques à des justifications : je ne veux d'autre garant de ma conduite, que toi-même, que ton amour, que le mien ; et, s'il faut te le dire, cher Usbek, que mes larmes.

Du sérail de Fatmé,
le 29 de la lune de Maharram 1711.

Lettres Persanes

LETTRE V

À Erzeron.

Tu es le sujet de toutes les conversations d'Ispahan ; on ne parle que de ton départ. Les uns l'attribuent à une légèreté d'esprit, les autres à quelque chagrin : tes amis seuls te défendent, et ils ne persuadent personne. On ne peut comprendre que tu puisses quitter tes femmes, tes parents, tes amis, ta patrie, pour aller dans des climats inconnus aux Persans. La mère de Rica est inconsolable ; elle te demande son fils, que tu lui as, dit-elle, enlevé. Pour moi, mon cher Usbek, je me sens naturellement porté à approuver tout ce que tu fais : mais je ne saurais te pardonner ton absence ; et, quelques raisons que tu m'en puisses donner, mon cœur ne les goûtera jamais. Adieu. Aime-moi toujours.

D'Ispahan,
le 28 de la lune de Rebiab, 1, 1711.

LETTRE VI

À Ispahan.

À une journée d'Érivan, nous quittâmes la Perse, pour entrer dans les terres de l'obéissance des Turcs. Douze jours après, nous arrivâmes à Erzeron, où nous séjournerons trois ou quatre mois.

Il faut que je te l'avoue, Nessir : j'ai senti une douleur secrète, quand j'ai perdu la Perse de vue, et que je me suis trouvé au milieu des perfides Osmanlins[1]. À

mesure que j'entrais dans les pays de ces profanes, il me semblait que je devenais profane moi-même.

Ma patrie, ma famille, mes amis, se sont présentés à mon esprit : ma tendresse s'est réveillée : une certaine inquiétude a achevé de me troubler, et m'a fait connaître que, pour mon repos, j'avais trop entrepris.

Mais ce qui afflige le plus mon cœur, ce sont mes femmes. Je ne puis penser à elles, que je ne sois dévoré de chagrins.

Ce n'est pas, Nessir, que je les aime : je me trouve, à cet égard, dans une insensibilité qui ne me laisse point de désirs. Dans le nombreux sérail où j'ai vécu, j'ai prévenu l'amour, et l'ai détruit par lui-même : mais, de ma froideur même, il sort une jalousie secrète qui me dévore. Je vois une troupe de femmes laissées presque à elles-mêmes ; je n'ai que des âmes lâches qui m'en répondent. J'aurais peine à être en sûreté, si mes esclaves étaient fidèles : que sera-ce, s'ils ne le sont pas ? Quelles tristes nouvelles peuvent m'en venir dans les pays éloignés que je vais parcourir ! C'est un mal où mes amis ne peuvent porter de remède : c'est un lieu dont ils doivent ignorer les tristes secrets ; et qu'y pourraient-ils faire ? N'aimerais-je pas mille fois mieux une obscure impunité, qu'une correction éclatante ? Je dépose en ton cœur tous mes chagrins, mon cher Nessir : c'est la seule consolation qui me reste, dans l'état où je suis.

D'Erzeron,
le 10 de la lune de Rebiab, 2, 1711.

LETTRE VII

FATMÉ À USBEK.

À Erzeron.

Il y a deux mois que tu es parti, mon cher Usbek; et, dans l'abattement où je suis, je ne puis pas me le persuader encore. Je cours tout le sérail, comme si tu y étais; je ne suis point désabusée. Que veux-tu que devienne une femme qui t'aime; qui était accoutumée à te tenir dans ses bras; qui n'était occupée que du soin de te donner des preuves de sa tendresse; libre par l'avantage de sa naissance, esclave par la violence de son amour?

Quand je t'épousai, mes yeux n'avaient point encore vu le visage d'un homme : tu es le seul encore dont la vue m'ait été permise* : car je ne mets pas au rang des hommes ces eunuques affreux, dont la moindre imperfection est de n'être point hommes. Quand je compare la beauté de ton visage avec la difformité du leur, je ne puis m'empêcher de m'estimer heureuse. Mon imagination ne me fournit point d'idée plus ravissante, que les charmes enchanteurs de ta personne. Je te le jure, Usbek; quand il me serait permis de sortir de ce lieu, où je suis enfermée par la nécessité de ma condition; quand je pourrais me dérober à la garde qui m'environne; quand il me serait permis de choisir parmi tous les hommes qui vivent dans cette capitale des nations; Usbek, je te le jure, je ne choisirais que toi. Il ne peut y avoir que toi dans le monde qui mérite d'être aimé.

Ne pense pas que ton absence m'ait fait négliger une beauté qui t'est chère. Quoique je ne doive être vue de

* Les femmes persanes sont beaucoup plus étroitement gardées, que les femmes turques et les femmes indiennes.

personne, et que les ornements dont je me pare soient inutiles à ton bonheur, je cherche cependant à m'entretenir dans l'habitude de plaire : je ne me couche point que je ne me sois parfumée des essences les plus délicieuses. Je me rappelle ce temps heureux, où tu venais dans mes bras ; un songe flatteur, qui me séduit, me montre ce cher objet de mon amour ; mon imagination se perd dans ses désirs, comme elle se flatte dans ses espérances. Je pense quelquefois que, dégoûté d'un pénible voyage, tu vas revenir à nous : la nuit se passe dans des songes, qui n'appartiennent ni à la veille ni au sommeil : je te cherche à mes côtés, et il me semble que tu me fuis : enfin le feu, qui me dévore, dissipe lui-même ces enchantements et rappelle mes esprits. Je me trouve pour lors si animée... Tu ne le croirais pas, Usbek ; et il est impossible de vivre dans cet état ; le feu coule dans mes veines. Que ne puis-je t'exprimer ce que je sens si bien ! et comment sens-je si bien ce que je ne puis t'exprimer ? Dans ces moments, Usbek, je donnerais l'empire du monde pour un seul de tes baisers. Qu'une femme est malheureuse d'avoir des désirs si violents, lorsqu'elle est privée de celui qui peut seul les satisfaire ; que, livrée à elle-même, n'ayant rien qui puisse la distraire, il faut qu'elle vive dans l'habitude des soupirs et dans la fureur d'une passion irritée ; que, bien loin d'être heureuse, elle n'a pas même l'avantage de servir à la félicité d'un autre ; ornement inutile d'un sérail, gardée pour l'honneur, et non pas pour le bonheur de son époux !

Vous êtes bien cruels, vous autres hommes ! Vous êtes charmés que nous ayons des passions que nous ne puissions pas satisfaire : vous nous traitez comme si nous étions insensibles ; et vous seriez bien fâchés que nous le fussions : vous croyez que nos désirs, si long-temps mortifiés, seront irrités à votre vue. Il y a de la peine à se faire aimer ; il est plus court d'obtenir du

désespoir de nos sens ce que vous n'osez attendre de votre mérite.

Adieu, mon cher Usbek, adieu. Compte que je ne vis que pour t'adorer : mon âme est toute pleine de toi ; et ton absence, bien loin de te faire oublier, animerait mon amour, s'il pouvait devenir plus violent.

Du sérail d'Ispahan,
le 12 de la lune de Rebiab, 1, 1711.

LETTRE VIII

USBEK À SON AMI RUSTAN.

À Ispahan.

Ta lettre m'a été rendue à Erzeron, où je suis. Je m'étais bien douté que mon départ ferait du bruit ; je ne m'en suis point mis en peine. Que veux-tu que je suive ? la prudence de mes ennemis, ou la mienne ?

Je parus à la cour dès ma plus tendre jeunesse. Je le puis dire, mon cœur ne s'y corrompit point : je formai même un grand dessein, j'osai y être vertueux. Dès que je connus le vice, je m'en éloignai ; mais je m'en approchai ensuite, pour le démasquer. Je portai la vérité jusques aux pieds du trône, j'y parlai un langage jusqu'alors inconnu : je déconcertai la flatterie, et j'étonnai en même temps les adorateurs et l'idole [1].

Mais, quand je vis que ma sincérité m'avait fait des ennemis ; que je m'étais attiré la jalousie des ministres, sans avoir la faveur du prince ; que, dans une cour corrompue, je ne me soutenais plus que par une faible vertu, je résolus de la quitter. Je feignis un grand attachement pour les sciences ; et, à force de le feindre, il me vint réellement. Je ne me mêlai plus d'aucunes affaires ; et je me retirai dans une maison de campagne. Mais ce parti même avait ses inconvénients : je restais

toujours exposé à la malice de mes ennemis, et je
m'étais presque ôté les moyens de m'en garantir.
Quelques avis secrets me firent penser à moi sérieuse-
ment : je résolus de m'exiler de ma patrie ; et ma retraite
même de la cour m'en fournit un prétexte plausible.
J'allai au roi ; je lui marquai l'envie que j'avais de m'ins-
truire dans les sciences de l'occident ; je lui insinuai
qu'il pourrait tirer de l'utilité de mes voyages : je trou-
vai grâce devant ses yeux ; je partis, et je dérobai une
victime à mes ennemis.

Voilà, Rustan, le véritable motif de mon voyage.
Laisse parler Ispahan ; ne me défends que devant ceux
qui m'aiment. Laisse à mes ennemis leurs interpréta-
tions malignes : je suis trop heureux que ce soit le seul
mal qu'ils me puissent faire.

On parle de moi à présent : peut-être ne serai-je que
trop oublié, et que mes amis... Non, Rustan, je ne veux
point me livrer à cette triste pensée : je leur serai tou-
jours cher ; je compte sur leur fidélité, comme sur la
tienne.

D'Erzeron,
le 20 de la lune de Gemmadi, 2, 1711.

LETTRE IX

LE PREMIER EUNUQUE À IBBI.

À Erzeron.

Tu suis ton ancien maître dans ses voyages ; tu par-
cours les provinces et les royaumes ; les chagrins ne
sauraient faire d'impression sur toi : chaque instant te
montre des choses nouvelles ; tout ce que tu vois te
récrée, et te fait passer le temps sans le sentir.

Il n'en est pas de même de moi, qui, enfermé dans
une affreuse prison, suis toujours environné des mêmes

objets, et dévoré des mêmes chagrins. Je gémis, acca-
blé sous le poids des soins et des inquiétudes de cin-
quante années ; et, dans le cours d'une longue vie, je ne
puis pas dire avoir eu un jour serein, et un moment
tranquille.

Lorsque mon premier maître eut formé le cruel pro-
jet de me confier ses femmes, et m'eut obligé, par des
séductions soutenues de mille menaces, de me séparer
pour jamais de moi-même ; las de servir dans les
emplois les plus pénibles, je comptai sacrifier mes pas-
sions à mon repos et à ma fortune. Malheureux que
j'étais ! mon esprit préoccupé me faisait voir le dédom-
magement, et non pas la perte : j'espérais que je serais
délivré des atteintes de l'amour, par l'impuissance de le
satisfaire. Hélas ! on éteignit en moi l'effet des passions,
sans en éteindre la cause ; et, bien loin d'en être sou-
lagé, je me trouvai environné d'objets qui les irritaient
sans cesse. J'entrai dans le sérail, où tout m'inspirait le
regret de ce que j'avais perdu : je me sentais animé à
chaque instant : mille grâces naturelles semblaient ne
se découvrir à ma vue, que pour me désoler : pour
comble de malheurs, j'avais toujours devant les yeux un
homme heureux. Dans ce temps de trouble, je n'ai
jamais conduit une femme dans le lit de mon maître,
je ne l'ai jamais déshabillée, que je ne sois rentré chez
moi la rage dans le cœur, et un affreux désespoir dans
l'âme.

Voilà comme j'ai passé ma misérable jeunesse. Je
n'avais de confident que moi-même. Chargé d'ennuis et
de chagrins, il me les fallait dévorer : et ces mêmes
femmes, que j'étais tenté de regarder avec des yeux si
tendres, je ne les envisageais qu'avec des regards
sévères : j'étais perdu, si elles m'avaient pénétré ; quel
avantage n'en auraient-elles pas pris ?

Je me souviens qu'un jour que je mettais une femme
dans le bain, je me sentis si transporté, que je perdis

entièrement la raison, et que j'osai porter ma main dans
un lieu redoutable. Je crus, à la première réflexion, que
ce jour était le dernier de mes jours : je fus pourtant
assez heureux pour échapper à mille morts : mais la
beauté, que j'avais faite confidente de ma faiblesse, me
vendit bien cher son silence ; je perdis entièrement mon
autorité sur elle ; et elle m'a obligé depuis à des condes-
cendances qui m'ont exposé mille fois à perdre la vie.

Enfin, les feux de la jeunesse ont passé ; je suis vieux,
et je me trouve, à cet égard, dans un état tranquille : je
regarde les femmes avec indifférence ; et je leur rends
bien tous leurs mépris, et tous les tourments qu'elles
m'ont fait souffrir. Je me souviens toujours que j'étais
né pour les commander ; et il me semble que je rede-
viens homme, dans les occasions où je leur commande
encore. Je les hais, depuis que je les envisage de sens
froid, et que ma raison me laisse voir toutes leurs fai-
blesses. Quoique je les garde pour un autre, le plaisir
de me faire obéir me donne une joie secrète : quand je
les prive de tout, il me semble que c'est pour moi, et il
m'en revient toujours une satisfaction indirecte : je me
trouve dans le sérail comme dans un petit empire ; et
mon ambition, la seule passion qui me reste, se satis-
fait un peu. Je vois avec plaisir que tout roule sur moi,
et qu'à tous les instants je suis nécessaire : je me charge
volontiers de la haine de toutes ces femmes, qui m'af-
fermit dans le poste où je suis. Aussi n'ont-elles pas
affaire à un ingrat : elles me trouvent au-devant de tous
leurs plaisirs les plus innocents : je me présente tou-
jours à elles comme une barrière inébranlable : elles
forment des projets, et je les arrête soudain : je m'arme
de refus ; je me hérisse de scrupules ; je n'ai jamais dans
la bouche que les mots de devoir, de vertu, de pudeur,
de modestie : je les désespère, en leur parlant sans cesse
de la faiblesse de leur sexe, et de l'autorité du maître :
je me plains ensuite d'être obligé à tant de sévérité ; et

je semble vouloir leur faire entendre que je n'ai d'autre motif que leur propre intérêt, et un grand attachement pour elles.

Ce n'est pas qu'à mon tour je n'aie un nombre infini de désagréments, et que tous les jours ces femmes vindicatives ne cherchent à renchérir sur ceux que je leur donne. Elles ont des revers[1] terribles. Il y a, entre nous, comme un flux et un reflux d'empire et de soumission : elles font toujours tomber sur moi les emplois les plus humiliants ; elles affectent un mépris qui n'a point d'exemple ; et, sans égard pour ma vieillesse, elles me font lever la nuit dix fois pour la moindre bagatelle : je suis accablé sans cesse d'ordres, de commandements, d'emplois, de caprices : il semble qu'elles se relaient pour m'exercer, et que leurs fantaisies se succèdent : souvent elles se plaisent à me faire redoubler de soins ; elles me font faire de fausses confidences : tantôt on vient me dire qu'il a paru un jeune homme autour de ces murs ; une autre fois, qu'on a entendu du bruit, ou bien qu'on doit rendre une lettre : tout ceci me trouble, et elles rient de ce trouble : elles sont charmées de me voir ainsi me tourmenter moi-même. Une autre fois, elles m'attachent derrière leur porte, et m'y enchaînent nuit et jour. Elles savent bien feindre des maladies, des défaillances, des frayeurs : elles ne manquent pas de prétexte pour me mener au point où elles veulent. Il faut, dans ces occasions, une obéissance aveugle et une complaisance sans bornes : un refus, dans la bouche d'un homme comme moi, serait une chose inouïe ; et, si je balançais à leur obéir, elles seraient en droit de me châtier. J'aimerais autant perdre la vie, mon cher Ibbi, que de descendre à cette humiliation.

Ce n'est pas tout : je ne suis jamais sûr d'être un instant dans la faveur de mon maître : j'ai autant d'ennemies dans son cœur, qui ne songent qu'à me perdre : elles ont des quarts d'heure où je ne suis point écouté,

des quarts d'heure où l'on ne refuse rien, des quarts d'heure où j'ai toujours tort. Je mène dans le lit de mon maître des femmes irritées : crois-tu que l'on y travaille pour moi, et que mon parti soit le plus fort ? J'ai tout à craindre de leurs larmes, de leurs soupirs, de leurs embrassements, et de leurs plaisirs mêmes : elles sont dans le lieu de leurs triomphes ; leurs charmes me deviennent terribles ; les services présents effacent, dans un moment, tous mes services passés ; et rien ne peut me répondre d'un maître qui n'est plus à lui-même.

Combien de fois m'est-il arrivé de me coucher dans la faveur, et de me lever dans la disgrâce ? Le jour que je fus fouetté si indignement autour du sérail, qu'avais-je fait ? Je laisse une femme dans les bras de mon maître : dès qu'elle le vit enflammé, elle versa un torrent de larmes ; elle se plaignit, et ménagea si bien ses plaintes, qu'elles augmentaient, à mesure de l'amour qu'elle faisait naître. Comment aurais-je pu me soutenir dans un moment si critique ? Je fus perdu, lorsque je m'y attendais le moins ; je fus la victime d'une négociation amoureuse, et d'un traité que les soupirs avaient fait. Voilà, cher Ibbi, l'état cruel dans lequel j'ai toujours vécu.

Que tu es heureux ! tes soins se bornent uniquement à la personne d'Usbek. Il t'est facile de lui plaire, et de te maintenir dans sa faveur jusques au dernier de tes jours.

Du sérail d'Ispahan,
le dernier de la lune de Saphar 1711.

LETTRE X

MIRZA À SON AMI USBEK.

À Erzeron.

Tu étais le seul qui pût me dédommager de l'absence
de Rica ; et il n'y avait que Rica qui pût me consoler de
la tienne. Tu nous manques, Usbek ; tu étais l'âme de
notre société. Qu'il faut de violence pour rompre les
engagements que le cœur et l'esprit ont formés !

Nous disputons ici beaucoup ; nos disputes roulent
ordinairement sur la morale. Hier on mit en question,
si les hommes étaient heureux par les plaisirs et les
satisfactions des sens, ou par la pratique de la vertu ?
Je t'ai souvent ouï dire que les hommes étaient nés pour
être vertueux ; et que la justice est une qualité qui leur
est aussi propre que l'existence [1]. Explique-moi, je te
prie, ce que tu veux dire.

J'ai parlé à des mollaks [2], qui me désespèrent avec
leurs passages de l'Alcoran : car je ne leur parle pas
comme vrai croyant, mais comme homme, comme
citoyen, comme père de famille. Adieu.

D'Ispahan,
le dernier de la lune de Saphar 1711.

LETTRE XI

USBEK À MIRZA.

À Ispahan.

Tu renonces à ta raison, pour essayer la mienne ; tu
descends jusqu'à me consulter ; tu me crois capable de
t'instruire. Mon cher Mirza, il y a une chose qui me

flatte encore plus que la bonne opinion que tu as
conçue de moi ; c'est ton amitié, qui me la procure[1].

Pour remplir ce que tu me prescris, je n'ai pas cru
devoir employer des raisonnements fort abstraits. Il y
a de certaines vérités qu'il ne suffit pas de persuader,
mais qu'il faut encore faire sentir ; telles sont les véri-
tés de morale. Peut-être que ce morceau d'histoire te
touchera plus qu'une philosophie subtile.

Il y avait, en Arabie, un petit peuple, appelé Troglo-
dyte, qui descendait de ces anciens Troglodytes, qui, si
nous en croyons les historiens[2], ressemblaient plus à
des bêtes qu'à des hommes. Ceux-ci n'étaient point si
contrefaits, ils n'étaient point velus comme des ours, ils
ne sifflaient point, ils avaient deux yeux : mais ils
étaient si méchants et si féroces, qu'il n'y avait parmi
eux aucun principe d'équité, ni de justice.

Ils avaient un roi d'une origine étrangère, qui, vou-
lant corriger la méchanceté de leur naturel, les traitait
sévèrement : mais ils conjurèrent contre lui, le tuèrent,
et exterminèrent toute la famille royale.

Le coup étant fait, ils s'assemblèrent, pour choisir un
gouvernement ; et, après bien des dissensions, ils créè-
rent des magistrats. Mais, à peine les eurent-ils élus,
qu'ils leur devinrent insupportables ; et ils les massa-
crèrent encore.

Ce peuple, libre de ce nouveau joug, ne consulta plus
que son naturel sauvage. Tous les particuliers convin-
rent qu'ils n'obéiraient plus à personne ; que chacun
veillerait uniquement à ses intérêts, sans consulter ceux
des autres.

Cette résolution unanime flattait extrêmement tous
les particuliers. Ils disaient : « Qu'ai-je affaire d'aller me
tuer à travailler pour des gens dont je ne me soucie
point ? Je penserai uniquement à moi. Je vivrai heu-
reux ; que m'importe que les autres le soient ? Je me
procurerai tous mes besoins ; et, pourvu que je les aie,

je ne me soucie point que tous les autres Troglodytes soient misérables. »

On était dans le mois où l'on ensemence les terres ; chacun dit : « Je ne labourerai mon champ que pour qu'il me fournisse le blé qu'il me faut pour me nourrir ; une plus grande quantité me serait inutile : je ne prendrai point de la peine pour rien. »

Les terres de ce petit royaume n'étaient pas de même nature : il y en avait d'arides et de montagneuses ; et d'autres qui, dans un terrain bas, étaient arrosées de plusieurs ruisseaux. Cette année, la sécheresse fut très grande, de manière que les terres qui étaient dans les lieux élevés manquèrent absolument, tandis que celles qui purent être arrosées furent très fertiles : ainsi les peuples des montagnes périrent presque tous de faim, par la dureté des autres, qui leur refusèrent de partager la récolte.

L'année d'ensuite fut très pluvieuse : les lieux élevés se trouvèrent d'une fertilité extraordinaire, et les terres basses furent submergées. La moitié du peuple cria une seconde fois famine ; mais ces misérables trouvèrent des gens aussi durs qu'ils l'avaient été eux-mêmes.

Un des principaux habitants avait une femme fort belle ; son voisin en devint amoureux, et l'enleva : il s'émut une grande querelle ; et, après bien des injures et des coups, ils convinrent de s'en remettre à la décision d'un Troglodyte, qui, pendant que la république subsistait, avait eu quelque crédit. Ils allèrent à lui, et voulurent lui dire leurs raisons. « Que m'importe, dit cet homme, que cette femme soit à vous, ou à vous ? J'ai mon champ à labourer ; je n'irai peut-être pas employer mon temps à terminer vos différends, et à travailler à vos affaires, tandis que je négligerai les miennes. Je vous prie de me laisser en repos, et de ne m'importuner plus de vos querelles. » Là-dessus, il les quitta, et s'en alla travailler sa terre. Le ravisseur, qui était le plus

fort, jura qu'il mourrait plutôt que de rendre cette femme ; et l'autre, pénétré de l'injustice de son voisin et de la dureté du juge, s'en retournait désespéré, lorsqu'il trouva dans son chemin une femme jeune et belle, qui revenait de la fontaine : il n'avait plus de femme, celle-là lui plut ; et elle lui plut bien davantage, lorsqu'il apprit que c'était la femme de celui qu'il avait voulu prendre pour juge, et qui avait été si peu sensible à son malheur. Il l'enleva, et l'emmena dans sa maison.

Il y avait un homme qui possédait un champ assez fertile, qu'il cultivait avec grand soin : deux de ses voisins s'unirent ensemble, le chassèrent de sa maison, occupèrent son champ : ils firent entre eux une union pour se défendre contre tous ceux qui voudraient l'usurper ; et effectivement ils se soutinrent par là pendant plusieurs mois. Mais un des deux, ennuyé de partager ce qu'il pouvait avoir tout seul, tua l'autre, et devint seul maître du champ. Son empire ne fut pas long : deux autres Troglodytes vinrent l'attaquer ; il se trouva trop faible pour se défendre, et il fut massacré.

Un Troglodyte presque tout nu vit de la laine qui était à vendre ; il en demanda le prix : le marchand dit en lui-même : « Naturellement je ne devrais espérer de ma laine qu'autant d'argent qu'il en faut pour acheter deux mesures de blé ; mais je la vais vendre quatre fois davantage, afin d'avoir huit mesures. » Il fallut en passer par-là, et payer le prix demandé. « Je suis bien aise, dit le marchand, j'aurai du blé à présent. » — Que dites-vous, reprit l'acheteur ? vous avez besoin de blé ? J'en ai à vendre : il n'y a que le prix qui vous étonnera peut-être ; car vous saurez que le blé est extrêmement cher, et que la famine règne presque partout : mais rendez-moi mon argent, et je vous donnerai une mesure de blé ; car je ne veux pas m'en défaire autrement, dussiez-vous crever de faim. »

Cependant une maladie cruelle ravageait la contrée.

Un médecin habile y arriva du pays voisin, et donna ses
remèdes si à propos, qu'il guérit tous ceux qui se mirent
dans ses mains. Quand la maladie eut cessé, il alla, chez
tous ceux qu'il avait traités, demander son salaire ; mais
il ne trouva que des refus : il retourna dans son pays,
et il y arriva accablé des fatigues d'un si long voyage.
Mais, bientôt après, il apprit que la même maladie se
faisait sentir de nouveau, et affligeait plus que jamais
cette terre ingrate. Ils allèrent à lui cette fois, et n'at-
tendirent pas qu'il vînt chez eux. « Allez, leur dit-il,
hommes injustes, vous avez dans l'âme un poison plus
mortel que celui dont vous voulez guérir ; vous ne méri-
tez pas d'occuper une place sur la terre, parce que vous
n'avez point d'humanité, et que les règles de l'équité
vous sont inconnues : je croirais offenser les dieux qui
vous punissent, si je m'opposais à la justice de leur
colère. »

D'Erzeron,
le 3 de la lune de Gemmadi, 2, 1711.

LETTRE XII

USBEK AU MÊME.

À Ispahan.

Tu as vu, mon cher Mirza, comment les Troglodytes
périrent par leur méchanceté même, et furent les vic-
times de leurs propres injustices. De tant de familles, il
n'en resta que deux, qui échappèrent aux malheurs de
la nation. Il y avait, dans ce pays, deux hommes bien
singuliers : ils avaient de l'humanité ; ils connaissaient
la justice ; ils aimaient la vertu : autant liés par la droi-
ture de leur cœur, que par la corruption de celui des
autres, ils voyaient la désolation générale, et ne la res-
sentaient que par la pitié : c'était le motif d'une union

nouvelle. Ils travaillaient, avec une sollicitude commune, pour l'intérêt commun ; ils n'avaient de différends, que ceux qu'une douce et tendre amitié faisait naître ; et, dans l'endroit du pays le plus écarté, séparés de leurs compatriotes indignes de leur présence, ils menaient une vie heureuse et tranquille : la terre semblait produire d'elle-même, cultivée par ces vertueuses mains.

Ils aimaient leurs femmes, et ils en étaient tendrement chéris. Toute leur attention était d'élever leurs enfants à la vertu. Ils leur représentaient sans cesse les malheurs de leurs compatriotes, et leur mettaient devant les yeux cet exemple si triste : ils leur faisaient surtout sentir que l'intérêt des particuliers se trouve toujours dans l'intérêt commun ; que vouloir s'en séparer, c'est vouloir se perdre ; que la vertu n'est point une chose qui doive nous coûter ; qu'il ne faut point la regarder comme un exercice pénible ; et que la justice pour autrui est une charité pour nous.

Ils eurent bientôt la consolation des pères vertueux, qui est d'avoir des enfants qui leur ressemblent. Le jeune peuple qui s'éleva sous leurs yeux s'accrut par d'heureux mariages : le nombre augmenta, l'union fut toujours la même ; et la vertu, bien loin de s'affaiblir dans la multitude, fut fortifiée, au contraire, par un plus grand nombre d'exemples.

Qui pourrait représenter ici le bonheur de ces Troglodytes ? Un peuple si juste devait être chéri des dieux. Dès qu'il ouvrit les yeux pour les connaître, il apprit à les craindre ; et la religion vint adoucir dans les mœurs ce que la nature y avait laissé de trop rude.

Ils instituèrent des fêtes en l'honneur des dieux. Les jeunes filles ornées de fleurs, et les jeunes garçons les célébraient par leurs danses, et par les accords d'une musique champêtre : on faisait ensuite des festins, où la joie ne régnait pas moins que la frugalité. C'était dans

ces assemblées que parlait la nature naïve ; c'est là qu'on apprenait à donner le cœur et à le recevoir ; c'est là que la pudeur virginale faisait, en rougissant, un aveu surpris, mais bientôt confirmé par le consentement des pères ; et c'est là que les tendres mères se plaisaient à prévoir de loin une union douce et fidèle.

On allait au temple pour demander les faveurs des dieux : ce n'était pas les richesses, et une onéreuse abondance ; de pareils souhaits étaient indignes des heureux Troglodytes ; ils ne savaient les désirer que pour leurs compatriotes. Ils n'étaient aux pieds des autels que pour demander la santé de leurs pères, l'union de leurs frères, la tendresse de leurs femmes, l'amour et l'obéissance de leurs enfants. Les filles y venaient apporter le tendre sacrifice de leur cœur ; et ne leur demandaient d'autre grâce, que celle de pouvoir rendre un Troglodyte heureux.

Le soir, lorsque les troupeaux quittaient les prairies, et que les bœufs fatigués avaient ramené la charrue, ils s'assemblaient ; et, dans un repas frugal, ils chantaient les injustices des premiers Troglodytes, et leurs malheurs, la vertu renaissante avec un nouveau peuple, et sa félicité : ils célébraient les grandeurs des dieux, leurs faveurs toujours présentes aux hommes qui les implorent, et leur colère inévitable à ceux qui ne les craignent pas : ils décrivaient ensuite les délices de la vie champêtre, et le bonheur d'une condition toujours parée de l'innocence. Bientôt, ils s'abandonnaient à un sommeil que les soins et les chagrins n'interrompaient jamais.

La nature ne fournissait pas moins à leurs désirs qu'à leurs besoins. Dans ce pays heureux, la cupidité était étrangère ; ils se faisaient des présents, où celui qui donnait croyait toujours avoir l'avantage. Le peuple Troglodyte se regardait comme une seule famille : les troupeaux étaient presque toujours confondus ; la seule

peine qu'on s'_épargnait_ ordinairement, c'était de les partager.

D'Erzeron,
le 6 de la lune de Gemmadi, 2, 1711.

LETTRE XIII

USBEK AU MÊME.

Je ne saurais assez te parler de la vertu des Troglodytes. Un d'eux disait un jour : « Mon père doit demain labourer son champ : je me lèverai deux heures avant lui ; et, quand il ira à son champ, il le trouvera tout labouré. »

Un autre disait en lui-même : « Il me semble que ma sœur a du goût pour un jeune Troglodyte de nos parents ; il faut que je parle à mon père, et que je le détermine à faire ce mariage. »

On vint dire à un autre que des voleurs avaient enlevé son troupeau : « J'en suis bien fâché, dit-il ; car il y avait une génisse toute blanche, que je voulais offrir aux dieux. »

On entendait dire à un autre : « Il faut que j'aille au temple remercier les dieux ; car mon frère, que mon père aime tant, et que je chéris si fort, a recouvré la santé. »

Ou bien : « Il y a un champ qui touche celui de mon père, et ceux qui le cultivent sont tous les jours exposés aux ardeurs du soleil : il faut que j'aille y planter deux arbres, afin que ces pauvres gens puissent aller quelquefois se reposer sous leur ombre. »

Un jour que plusieurs Troglodytes étaient assemblés, un vieillard parla d'un jeune homme qu'il soupçonnait d'avoir commis une mauvaise action, et lui en fit des reproches. « Nous ne croyons pas qu'il ait commis ce

crime, dirent les jeunes Troglodytes : mais, s'il l'a fait,
puisse-t-il mourir le dernier de sa famille ! »

On vint dire à un Troglodyte que des étrangers
avaient pillé sa maison, et avaient tout emporté. « S'ils
n'étaient pas injustes, répondit-il, je souhaiterais que
les dieux leur en donnassent un plus long usage qu'à
moi. »

Tant de prospérités ne furent pas regardées sans
envie : les peuples voisins s'assemblèrent ; et, sous un
vain prétexte, ils résolurent d'enlever leurs troupeaux.
Dès que cette résolution fut connue, les Troglodytes
envoyèrent au-devant d'eux des ambassadeurs, qui leur
parlèrent ainsi :

« Que vous ont fait les Troglodytes ? Ont-ils enlevé vos
femmes, dérobé vos bestiaux, ravagé vos campagnes ?
Non : nous sommes justes, et nous craignons les dieux.
Que demandez-vous donc de nous ? Voulez-vous de la
laine pour vous faire des habits ? voulez-vous du lait
pour vos troupeaux ? ou des fruits de nos terres ? Met-
tez bas les armes, venez au milieu de nous, et nous vous
donnerons de tout cela. Mais nous jurons, par ce qu'il
y a de plus sacré, que, si vous entrez dans nos terres
comme ennemis, nous vous regarderons comme un
peuple injuste, et que nous vous traiterons comme des
bêtes farouches. »

Ces paroles furent renvoyées avec mépris ; ces
peuples sauvages entrèrent armés dans la terre des Tro-
glodytes, qu'ils ne croyaient défendus que par leur inno-
cence.

Mais ils étaient bien disposés à la défense. Ils avaient
mis leurs femmes et leurs enfants au milieu d'eux. Ils
furent étonnés de l'injustice de leurs ennemis, et non
pas de leur nombre. Une ardeur nouvelle s'était empa-
rée de leur cœur : l'un voulait mourir pour son père, un
autre pour sa femme et ses enfants, celui-ci pour ses
frères, celui-là pour ses amis, tous pour le peuple Tro-

glodyte : la place de celui qui expirait était d'abord prise par un autre, qui, outre la cause commune, avait encore une mort particulière à venger.

Tel fut le combat de l'injustice et de la vertu. Ces peuples lâches, qui ne cherchaient que le butin, n'eurent pas honte de fuir ; et ils cédèrent à la vertu des Troglodytes, même sans en être touchés.

<div style="text-align:right">

D'Erzeron,
le 9 de la lune de Gemmadi, 2, 1711.

</div>

LETTRE XIV

USBEK AU MÊME.

Comme le peuple grossissait tous les jours, les Troglodytes crurent qu'il était à propos de se choisir un roi ; ils convinrent qu'il fallait déférer la couronne à celui qui était le plus juste ; et ils jetèrent tous les yeux sur un vieillard vénérable par son âge et par une longue vertu. Il n'avait pas voulu se trouver à cette assemblée ; il s'était retiré dans sa maison, le cœur serré de tristesse.

Lorsqu'on lui envoya des députés pour lui apprendre le choix qu'on avait fait de lui : « À Dieu ne plaise, dit-il, que je fasse ce tort aux Troglodytes, que l'on puisse croire qu'il n'y a personne parmi eux de plus juste que moi. Vous me déférez la couronne ; et, si vous le voulez absolument, il faudra bien que je la prenne : mais comptez que je mourrai de douleur, d'avoir vu, en naissant, les Troglodytes libres, et de les voir aujourd'hui assujettis. » À ces mots, il se mit à répandre un torrent de larmes. Malheureux jour, disait-il ! et pourquoi ai-je tant vécu ? Puis il s'écria d'une voix sévère : « Je vois bien ce que c'est, ô Troglodytes ; votre vertu commence à vous peser. Dans l'état où vous êtes, n'ayant point de

chef, il faut que vous soyez vertueux malgré vous ; sans
cela, vous ne sauriez subsister, et vous tomberiez dans
le malheur de vos premiers pères. Mais ce joug vous
paraît trop dur : vous aimez mieux être soumis à un
prince, et obéir à ses lois moins rigides que vos mœurs.
Vous savez que, pour lors, vous pourrez contenter votre
ambition, acquérir des richesses, et languir dans une
lâche volupté ; et que, pourvu que vous évitiez de tom-
ber dans les grands crimes, vous n'aurez pas besoin de
la vertu. » Il s'arrêta un moment, et ses larmes coulè-
rent plus que jamais. « Et que prétendez-vous que je
fasse ? Comment se peut-il que je commande quelque
chose à un Troglodyte ? Voulez-vous qu'il fasse une
action vertueuse, parce que je la lui commande, lui qui
la ferait tout de même sans moi, et par le seul penchant
de la nature ? Ô Troglodytes, je suis à la fin de mes
jours, mon sang est glacé dans mes veines, je vais bien-
tôt revoir vos sacrés aïeux ; pourquoi voulez-vous que
je les afflige ; et que je sois obligé de leur dire que je
vous ai laissés sous un autre joug que celui de la
vertu ? »

D'Erzeron,
le 10 de la lune de Gemmadi, 2, 1711.

LETTRE XV

LE PREMIER EUNUQUE À JARON,
EUNUQUE NOIR.

À Erzeron.

Je prie le ciel qu'il te ramène dans ces lieux, et te
dérobe à tous les dangers[1].

Quoique je n'aie guère jamais connu cet engagement
qu'on appelle amitié, et que je me sois enveloppé tout
entier dans moi-même, tu m'as cependant fait sentir

que j'avais encore un cœur ; et, pendant que j'étais de
bronze pour tous ces esclaves qui vivaient sous mes
lois, je voyais croître ton enfance avec plaisir.

Le temps vint où mon maître jeta sur toi les yeux. Il
s'en fallait bien que la nature eût encore parlé, lorsque
le fer te sépara de la nature. Je ne te dirai point si je te
plaignis, ou si je sentis du plaisir à te voir élevé jusqu'à
moi. J'apaisai tes pleurs et tes cris. Je crus te voir
prendre une seconde naissance, et sortir d'une servi-
tude où tu devais toujours obéir, pour entrer dans une
servitude où tu devais commander. Je pris soin de ton
éducation. La sévérité, toujours inséparable des ins-
tructions, te fit longtemps ignorer que tu m'étais cher.
Tu me l'étais pourtant : et je te dirai que je t'aimais
comme un père aime son fils, si ces noms de père et de
fils pouvaient convenir à notre destinée.

Tu vas parcourir les pays habités par les chrétiens,
qui n'ont jamais cru. Il est impossible que tu n'y
contractes bien des souillures. Comment le prophète
pourrait-il te regarder au milieu de tant de millions de
ses ennemis ? Je voudrais que mon maître fît, à son
retour, le pèlerinage de la Mecque : vous vous purifie-
riez tous dans la terre des anges.

Du sérail d'Ispahan,
le 10 de la lune de Gemmadi 1711.

LETTRE XVI

USBEK AU MOLLAK MÉHÉMET-ALI,
GARDIEN DES TROIS TOMBEAUX [1].

À Com.

Pourquoi vis-tu dans les tombeaux, divin mollak ? Tu
es bien plus fait pour le séjour des étoiles. Tu te caches,
sans doute, de peur d'obscurcir le soleil : tu n'as point

de taches comme cet astre ; mais, comme lui, tu te
couvres de nuages.

Ta science est un abîme plus profond que l'océan :
ton esprit est plus perçant que Zufagar, cette épée
d'Hali[2], qui avait deux pointes : tu sais ce qui se passe
dans les neuf chœurs des puissances célestes : tu lis l'Al-
coran sur la poitrine de notre divin prophète ; et,
lorsque tu trouves quelque passage obscur, un ange, par
son ordre, déploie ses ailes rapides, et descend du trône,
pour t'en révéler le secret.

Je pourrais, par ton moyen, avoir avec les séraphins
une intime correspondance : car enfin, treizième
iman[3], n'es-tu pas le centre où le ciel et la terre abou-
tissent, et le point de communication entre l'abîme et
l'empyrée[4] ?

Je suis au milieu d'un peuple profane. Permets que
je me purifie avec toi : souffre que je tourne mon visage
vers les lieux sacrés que tu habites : distingue-moi des
méchants, comme on distingue, au lever de l'aurore, le
filet blanc d'avec le filet noir[5] : aide-moi de tes conseils :
prends soin de mon âme : enivre-la de l'esprit des pro-
phètes : nourris-la de la science du paradis ; et permets
que je mette ses plaies à tes pieds. Adresse tes lettres
sacrées à Erzeron, où je resterai quelques mois.

D'Erzeron,
le 11 de la lune de Gemmadi, 2, 1711.

LETTRE XVII

USBEK AU MÊME.

Je ne puis, divin mollak, calmer mon impatience : je
ne saurais attendre ta sublime réponse. J'ai des doutes,
il faut les fixer : je sens que ma raison s'égare ; ramène-
la dans le droit chemin : viens m'éclairer, source de

lumière ; foudroie, avec ta plume divine, les difficultés
que je vais te proposer ; fais-moi pitié de moi-même, et
rougir de la question que je vais te faire.

D'où vient que notre législateur nous prive de la chair
de pourceau, et de toutes les viandes qu'il appelle
immondes ? D'où vient qu'il nous défend de toucher un
corps mort ? et que, pour purifier notre âme, il nous
ordonne de nous laver sans cesse le corps ? Il me semble
que les choses ne sont en elles-mêmes ni pures, ni
impures : je ne puis concevoir aucune qualité inhérente
au sujet, qui puisse les rendre telles. La boue ne nous
paraît sale, que parce qu'elle blesse notre vue, ou
quelque autre de nos sens : mais, en elle-même, elle
ne l'est pas plus que l'or et les diamants. L'idée de
souillure, contractée par l'attouchement d'un cadavre,
ne nous est venue que d'une certaine répugnance natu-
relle que nous en avons. Si les corps de ceux qui ne se
lavent point ne blessaient ni l'odorat, ni la vue, com-
ment aurait-on pu s'imaginer qu'ils fussent impurs ?

Les sens, divin mollak, doivent donc être les seuls
juges de la pureté, ou de l'impureté des choses ? Mais,
comme les objets n'affectent point les hommes de la
même manière ; que ce qui donne une sensation
agréable aux uns, en produit une dégoûtante chez les
autres ; il suit que le témoignage des sens ne peut ser-
vir ici de règle : à moins qu'on ne dise que chacun peut,
à sa fantaisie, décider ce point, et distinguer, pour ce
qui le concerne, les choses pures d'avec celles qui ne le
sont pas.

Mais cela même, sacré mollak, ne renverserait-il pas
les distinctions établies par notre divin prophète, et les
points fondamentaux de la loi qui a été écrite de la main
des anges ?

D'*Erzeron*,
le 20 de la lune de Gemmadi, 2, 1711.

LETTRE XVIII

MÉHÉMET-ALI, SERVITEUR DES PROPHÈTES,
À USBEK.

À *Erzeron.*

Vous nous faites toujours des questions qu'on a faites mille fois à notre saint prophète. Que ne lisez-vous les traditions des docteurs[1]? Que n'allez-vous à cette source pure de toute intelligence? Vous trouveriez tous vos doutes résolus.

Malheureux! qui, toujours embarrassés des choses de la terre, n'avez jamais regardé d'un œil fixe celles du ciel, et qui révérez la condition des mollaks, sans oser ni l'embrasser, ni la suivre!

Profanes! qui n'entrez jamais dans les secrets de l'Éternel, vos lumières ressemblent aux ténèbres de l'abîme; et les raisonnements de votre esprit sont comme la poussière que vos pieds font élever, lorsque le soleil est dans son midi dans le mois ardent de chahban.

Aussi le zénith de votre esprit ne va pas au nadir de celui du moindre des immaums*[2] : votre vaine philosophie est cet éclair, qui annonce l'orage et l'obscurité : vous êtes au milieu de la tempête, et vous errez au gré des vents.

Il est bien facile de répondre à votre difficulté : il ne faut, pour cela, que vous raconter ce qui arriva un jour à notre saint prophète, lorsque, tenté par les Chrétiens, éprouvé par les Juifs, il confondit également les uns et les autres.

Le Juif Abdias Ibesalon** lui demanda pourquoi Dieu avait défendu de manger de la chair de pourceau.

* Ce mot est plus en usage chez les Turcs que chez les Persans.
** Tradition mahométane.

Ce n'est pas sans raison, répondit Mahomet : c'est un animal immonde ; et je vais vous en convaincre. Il fit sur sa main, avec de la boue, la figure d'un homme ; il la jeta à terre, et lui cria : « Levez-vous. » Sur-le-champ, un homme se leva, et dit : « Je suis Japhet, fils de Noé. — Avais-tu les cheveux aussi blancs quand tu es mort ? », lui dit le saint prophète. « Non, répondit-il : mais, quand tu m'as réveillé, j'ai cru que le jour du jugement était venu ; et j'ai eu une si grande frayeur, que mes cheveux ont blanchi tout à coup. »

« Or çà, raconte-moi, lui dit l'envoyé de Dieu, toute l'histoire de l'arche de Noé. » Japhet obéit, et détailla exactement tout ce qui s'était passé les premiers mois ; après quoi, il parla ainsi :

« Nous mîmes les ordures de tous les animaux dans un côté de l'arche : ce qui la fit si fort pencher, que nous en eûmes une peur mortelle ; surtout nos femmes, qui se lamentaient de la belle manière. Notre père Noé ayant été au conseil de Dieu, il lui commanda de prendre l'éléphant, et de lui faire tourner la tête vers le côté qui penchait. Ce grand animal fit tant d'ordures, qu'il en naquit un cochon. Croyez-vous, Usbek, que, depuis ce temps-là, nous nous en soyons abstenus, et que nous l'ayons regardé comme un animal immonde ?

Mais, comme le cochon remuait tous les jours ces ordures, il s'éleva une telle puanteur dans l'arche, qu'il ne put lui-même s'empêcher d'éternuer ; et il sortit de son nez un rat, qui allait rongeant tout ce qui se trouvait devant lui : ce qui devint si insupportable à Noé, qu'il crut qu'il était à propos de consulter Dieu encore. Il lui ordonna de donner au lion un grand coup sur le front, qui éternua aussi, et fit sortir de son nez un chat. Croyez-vous que ces animaux soient encore immondes ? Que vous en semble[3] ?

Quand donc vous n'apercevez pas la raison de l'impureté de certaines choses, c'est que vous en ignorez

beaucoup d'autres, et que vous n'avez pas la connais-
sance de ce qui s'est passé entre Dieu, les anges et les
hommes. Vous ne savez pas l'histoire de l'éternité ; vous
n'avez point lu les livres qui sont écrits au ciel ; ce qui
vous en a été révélé n'est qu'une petite partie de la
bibliothèque divine : et ceux qui, comme nous, en
approchent de plus près, tandis qu'ils sont en cette vie,
sont encore dans l'obscurité et les ténèbres. Adieu.
Mahomet soit dans votre cœur.

De Com,
le dernier de la lune de Chahban 1711.

LETTRE XIX

USBEK À SON AMI RUSTAN.

À Ispahan.

Nous n'avons séjourné que huit jours à Tocat[1] : après
trente-cinq jours de marche, nous sommes arrivés à
Smyrne.

De Tocat à Smyrne, on ne trouve pas une seule ville
qui mérite qu'on la nomme. J'ai vu avec étonnement la
faiblesse de l'empire des Osmanlins. Ce corps malade
ne se soutient pas par un régime doux et tempéré, mais
par des remèdes violents, qui l'épuisent et le minent
sans cesse.

Les bachas, qui n'obtiennent leurs emplois qu'à force
d'argent, entrent ruinés dans les provinces, et les rava-
gent comme des pays de conquête. Une milice insolente
n'est soumise qu'à ses caprices. Les places sont déman-
telées, les villes désertes, les campagnes désolées, la
culture des terres et le commerce entièrement aban-
donnés.

L'impunité règne dans ce gouvernement sévère : les

chrétiens qui cultivent les terres, les Juifs qui lèvent les tributs, sont exposés à mille violences.

La propriété des terres est incertaine; et par conséquent l'ardeur de les faire valoir, ralentie : il n'y a ni titre, ni possession, qui vaille contre le caprice de ceux qui gouvernent.

Ces barbares ont tellement abandonné les arts, qu'ils ont négligé jusques à l'art militaire. Pendant que les nations d'Europe se raffinent tous les jours, ils restent dans leur ancienne ignorance; et ils ne s'avisent de prendre leurs nouvelles inventions, qu'après qu'elles s'en sont servi mille fois contre eux.

Ils n'ont aucune expérience sur la mer, point d'habileté dans la manœuvre. On dit qu'une poignée de chrétiens, sortis d'un rocher*, font suer les Ottomans, et fatiguent leur empire.

Incapables de faire le commerce, ils souffrent presque avec peine que les Européens, toujours laborieux et entreprenants, viennent le faire : ils croient faire grâce à ces étrangers, de permettre qu'ils les enrichissent.

Dans toute cette vaste étendue de pays que j'ai traversée, je n'ai trouvé que Smyrne qu'on puisse regarder comme une ville riche et puissante : ce sont les Européens qui la rendent telle : et il ne tient pas aux Turcs qu'elle ne ressemble à toutes les autres.

Voilà, cher Rustan, une juste idée de cet empire, qui, avant deux siècles, sera le théâtre des triomphes de quelque conquérant.

De Smyrne,
le 2 de la lune de Rhamazan 1711.

* Ce sont, apparemment, les chevaliers de Malte.

LETTRE XX

USBEK À ZACHI, SA FEMME.

Au sérail d'Ispahan.

Vous m'avez offensé, Zachi ; et je sens dans mon cœur des mouvements que vous devriez craindre, si mon éloignement ne vous laissait le temps de changer de conduite, et d'apaiser la violente jalousie dont je suis tourmenté.

J'apprends qu'on vous a trouvée seule avec Nadir, eunuque blanc, qui paiera de sa tête son infidélité et sa perfidie. Comment vous êtes-vous oubliée jusqu'à ne pas sentir qu'il ne vous est pas permis de recevoir dans votre chambre un eunuque blanc, tandis que vous en avez de noirs destinés à vous servir ? Vous avez beau me dire que des eunuques ne sont pas des hommes, et que votre vertu vous met au-dessus des pensées que pourrait faire naître en vous une ressemblance imparfaite : cela ne suffit, ni pour vous, ni pour moi : pour vous, parce que vous faites une chose que les lois du sérail vous défendent ; pour moi, en ce que vous m'ôtez l'honneur, en vous exposant à des regards ; que dis-je, à des regards ? peut-être aux entreprises d'un perfide, qui vous aura souillée par ses crimes, et plus encore par ses regrets, et le désespoir de son impuissance.

Vous me direz peut-être que vous m'avez été toujours fidèle. Eh ! pouviez-vous ne l'être pas ? Comment auriez-vous trompé la vigilance des eunuques noirs, qui sont si surpris de la vie que vous menez ? Comment auriez-vous pu briser ces verrous et ces portes qui vous tiennent enfermée ? Vous vous vantez d'une vertu qui n'est pas libre : et peut-être que vos désirs impurs vous ont ôté mille fois le mérite et le prix de cette fidélité que vous vantez tant.

Je veux que vous n'ayez point fait tout ce que j'ai lieu de soupçonner ; que ce perfide n'ait point porté sur vous ses mains sacrilèges ; que vous ayez refusé de prodiguer à sa vue les délices de son maître ; que, couverte de vos habits, vous ayez laissé cette faible barrière entre lui et vous ; que, frappé lui-même d'un saint respect, il ait baissé les yeux ; que, manquant à sa hardiesse, il ait tremblé sur les châtiments qu'il se prépare. Quand tout cela serait vrai, il ne l'est pas moins que vous avez fait une chose qui est contre votre devoir. Et, si vous l'avez violé gratuitement, sans remplir vos inclinations déréglées, qu'eussiez-vous fait pour les satisfaire ? Que feriez-vous encore, si vous pouviez sortir de ce lieu sacré, qui est pour vous une dure prison, comme il est pour vos compagnes un asile favorable contre les atteintes du vice, un temple sacré où votre sexe perd sa faiblesse, et se trouve invincible, malgré tous les désavantages de la nature ? Que feriez-vous, si, laissée à vous-même, vous n'aviez, pour vous défendre, que votre amour pour moi, qui est si grièvement offensé, et votre devoir, que vous avez si indignement trahi ? Que les mœurs du pays où vous vivez sont saintes, qui vous arrachent aux attentats des plus vils esclaves ! Vous devez me rendre grâce de la gêne où je vous fais vivre, puisque ce n'est que par là que vous méritez encore de vivre.

Vous ne pouvez souffrir le chef des eunuques, parce qu'il a toujours les yeux sur votre conduite, et qu'il vous donne ses sages conseils. Sa laideur, dites-vous, est si grande, que vous ne pouvez le voir sans peine. Comme si, dans ces sortes de postes, on mettait de plus beaux objets. Ce qui vous afflige est de n'avoir pas à sa place l'eunuque blanc qui vous déshonore.

Mais que vous a fait votre première esclave ? Elle vous a dit que les familiarités que vous preniez avec la

jeune Zélide étaient contre la bienséance : voilà la raison de votre haine.

Je devrais être, Zachi, un juge sévère ; je ne suis qu'un époux, qui cherche à vous trouver innocente. L'amour que j'ai pour Roxane, ma nouvelle épouse, m'a laissé toute la tendresse que je dois avoir pour vous, qui n'êtes pas moins belle. Je partage mon amour entre vous deux ; et Roxane n'a d'autre avantage que celui que la vertu peut ajouter à la beauté.

<div style="text-align: right">

De Smyrne,
le 12 de la lune de Zilcadé 1711.

</div>

LETTRE XXI

USBEK AU PREMIER EUNUQUE BLANC.

Vous devez trembler à l'ouverture de cette lettre ; ou plutôt vous le deviez, lorsque vous souffrîtes la perfidie de Nadir. Vous qui, dans une vieillesse froide et languissante, ne pouvez sans crime lever les yeux sur les redoutables objets de mon amour : vous à qui il n'est jamais permis de mettre un pied sacrilège sur la porte du lieu terrible qui les dérobe à tous les regards ; vous souffrez que ceux dont la conduite vous est confiée aient fait ce que vous n'auriez pas la témérité de faire ; et vous n'apercevez pas la foudre toute prête à tomber sur eux, et sur vous ?

Et qui êtes-vous, que de vils instruments, que je puis briser à ma fantaisie ; qui n'existez qu'autant que vous savez obéir ; qui n'êtes dans le monde, que pour vivre sous mes lois, ou pour mourir dès que je l'ordonne ; qui ne respirez qu'autant que mon bonheur, mon amour, ma jalousie même ont besoin de votre bassesse ; et enfin, qui ne pouvez avoir d'autre partage que la sou-

mission, d'autre âme que mes volontés, d'autre espé-
rance que ma félicité ?

Je sais que quelques-unes de mes femmes souffrent
impatiemment les lois austères du devoir ; que la pré-
sence continuelle d'un eunuque noir les ennuie ; qu'elles
sont fatiguées de ces objets affreux, qui leur sont don-
nés pour les ramener à leur époux ; je le sais. Mais vous
qui vous prêtez à ce désordre, vous serez puni d'une
manière à faire trembler tous ceux qui abusent de ma
confiance.

Je jure par tous les prophètes du ciel, et par Hali le
plus grand de tous, que, si vous vous écartez de votre
devoir, je regarderai votre vie comme celle des insectes
que je trouve sous mes pieds.

De Smyrne,
le 12 de la lune de Zilcadé 1711.

LETTRE XXII

JARON AU PREMIER EUNUQUE.

À mesure qu'Usbek s'éloigne du sérail, il tourne sa
tête vers ses femmes sacrées : il soupire, il verse des
larmes : sa douleur s'aigrit, ses soupçons se fortifient[1].
Il veut augmenter le nombre de leurs gardiens. Il va me
renvoyer, avec tous les noirs qui l'accompagnent. Il ne
craint plus pour lui : il craint pour ce qui lui est mille
fois plus cher que lui-même.

Je vais donc vivre sous tes lois, et partager tes soins.
Grand Dieu ! qu'il faut de choses pour rendre un seul
homme heureux !

La nature semblait avoir mis les femmes dans la
dépendance, et les en avoir retirées : le désordre nais-
sait entre les deux sexes, parce que leurs droits étaient
réciproques. Nous sommes entrés dans le plan d'une

nouvelle harmonie : nous avons mis, entre les femmes et nous, la haine ; et, entre les hommes et les femmes, l'amour.

Mon front va devenir sévère. Je laisserai tomber des regards sombres. La joie fuira de mes lèvres. Le dehors sera tranquille, et l'esprit inquiet. Je n'attendrai point les rides de la vieillesse, pour en montrer les chagrins.

J'aurais eu du plaisir à suivre mon maître dans l'Occident mais ma volonté est son bien. Il veut que je garde ses femmes : je les garderai avec fidélité. Je sais comment je dois me conduire avec ce sexe, qui, quand on ne lui permet pas d'être vain, commence à devenir superbe ; et qu'il est moins aisé d'humilier, que d'anéantir. Je tombe sous tes regards.

De Smyrne,
le 12 de la lune de Zilcadé 1711.

LETTRE XXIII

USBEK À SON AMI IBBEN.

À Smyrne.

Nous sommes arrivés à Livourne dans quarante jours de navigation. C'est une ville nouvelle ; elle est un témoignage du génie des ducs de Toscane, qui ont fait, d'un village marécageux, la ville d'Italie la plus florissante.

Les femmes y jouissent d'une grande liberté : elles peuvent voir les hommes à travers certaines fenêtres, qu'on nomme jalousies : elles peuvent sortir tous les jours avec quelques vieilles, qui les accompagnent : elles n'ont qu'un voile*. Leurs beaux-frères, leurs oncles, leurs neveux peuvent les voir, sans que le mari s'en formalise presque jamais.

* Les Persanes en ont quatre.

Meslim

C'est un grand spectacle pour un mahométan, de voir, pour la première fois, une ville chrétienne. Je ne parle pas des choses qui frappent d'abord tous les yeux, comme la différence des édifices, des habits, des principales coutumes : il y a, jusque dans les moindres bagatelles, quelque chose de singulier, que je sens, et que je ne sais pas dire.

Nous partirons demain pour Marseille : notre séjour n'y sera pas long. Le dessein de Rica, et le mien, est de nous rendre incessamment à Paris, qui est le siège de l'empire d'Europe. Les voyageurs cherchent toujours les grandes villes, qui sont une espèce de patrie commune à tous les étrangers. Adieu. Sois persuadé que je t'aimerai toujours.

De Livourne,
le 12 de la lune de Saphar 1712.

LETTRE XXIV

RICA À IBBEN.
À Smyrne.

Nous sommes à Paris depuis un mois, et nous avons toujours été dans un mouvement continuel. Il faut bien des affaires avant qu'on soit logé, qu'on ait trouvé les gens à qui on est adressé, et qu'on se soit pourvu des choses nécessaires, qui manquent toutes à la fois.

Paris est aussi grand qu'Ispahan : les maisons y sont si hautes, qu'on jurerait qu'elles ne sont habitées que par des astrologues. Tu juges bien qu'une ville bâtie en l'air, qui a six ou sept maisons les unes sur les autres, est extrêmement peuplée ; et que, quand tout le monde est descendu dans la rue, il s'y fait un bel embarras.

Tu ne le croirais pas peut-être ; depuis un mois que je suis ici, je n'y ai encore vu marcher personne. Il n'y

a point de gens au monde qui tirent mieux parti de leur machine que les Français : ils courent ; ils volent : les voitures lentes d'Asie, le pas réglé de nos chameaux, les feraient tomber en syncope. Pour moi, qui ne suis point fait à ce train, et qui vais souvent à pied sans changer d'allure, j'enrage quelquefois comme un chrétien : car encore passe qu'on m'éclabousse depuis les pieds jusqu'à la tête ; mais je ne puis pardonner les coups de coude, que je reçois régulièrement et périodiquement : un homme, qui vient après moi et qui me passe, me fait faire un demi-tour ; et un autre, qui me croise de l'autre côté, me remet soudain où le premier m'avait pris : et je n'ai pas fait cent pas, que je suis plus brisé que si j'avais fait dix lieues.

Ne crois pas que je puisse, quant à présent, te parler à fond des mœurs et des coutumes européennes : je n'en ai moi-même qu'une légère idée, et je n'ai eu à peine que le temps de m'étonner.

Le roi de France est le plus puissant prince de l'Europe. Il n'a point de mines d'or, comme le roi d'Espagne son voisin ; mais il a plus de richesses que lui, parce qu'il les tire de la vanité de ses sujets, plus inépuisable que les mines. On lui a vu entreprendre ou soutenir de grandes guerres, n'ayant d'autres fonds que des titres d'honneur à vendre ; et, par un prodige de l'orgueil humain, ses troupes se trouvaient payées, ses places munies, et ses flottes équipées[1].

D'ailleurs, ce roi est un grand magicien : il exerce son empire sur l'esprit même de ses sujets ; il les fait penser comme il veut. S'il n'a qu'un million d'écus dans son trésor, et qu'il en ait besoin de deux, il n'a qu'à leur persuader qu'un écu en vaut deux ; et ils le croient. S'il a une guerre difficile à soutenir, et qu'il n'ait point d'argent, il n'a qu'à leur mettre dans la tête qu'un morceau de papier est de l'argent ; et ils en sont aussitôt convaincus. Il va même jusqu'à leur faire croire qu'il les guérit

de toutes sortes de maux, en les touchant[2], tant est grande la force et la puissance qu'il a sur les esprits.

Ce que je dis de ce prince ne doit pas t'étonner : il y a un autre magicien plus fort que lui, qui n'est pas moins maître de son esprit, qu'il l'est lui-même de celui des autres. Ce magicien s'appelle le pape : tantôt il lui fait croire que trois ne sont qu'un ; que le pain qu'on mange n'est pas du pain, ou que le vin qu'on boit n'est pas du vin ; et mille autres choses de cette espèce.

Et, pour le tenir toujours en haleine, et ne point lui laisser perdre l'habitude de croire, il lui donne, de temps en temps, pour l'exercer, de certains articles de croyance. Il y a deux ans qu'il lui envoya un grand écrit, qu'il appela *constitution*[3], et voulut obliger sous de grandes peines, ce prince et ses sujets de croire tout ce qui y était contenu. Il réussit à l'égard du prince, qui se soumit aussitôt, et donna l'exemple à ses sujets : mais quelques-uns d'entre eux se révoltèrent, et dirent qu'ils ne voulaient rien croire de tout ce qui était dans cet écrit. Ce sont les femmes qui ont été les motrices de toute cette révolte, qui divise toute la cour, tout le royaume, et toutes les familles. Cette constitution leur défend de lire un livre que tous les chrétiens disent avoir été apporté du ciel[4] : c'est proprement leur Alcoran. Les femmes, indignées de l'outrage fait à leur sexe, soulèvent tout contre la constitution : elles ont mis les hommes de leur parti, qui, dans cette occasion, ne veulent point avoir de privilège. On doit pourtant avouer que ce moufti ne raisonne pas mal ; et, par le grand Hali ! il faut qu'il ait été instruit des principes de notre sainte loi : car, puisque les femmes sont d'une création inférieure à la nôtre, et que nos prophètes nous disent qu'elles n'entreront point dans le paradis, pourquoi faut-il qu'elles se mêlent de lire un livre qui n'est fait que pour apprendre le chemin du paradis ?

J'ai ouï raconter du roi des choses qui tiennent du

prodige, et je ne doute pas que tu ne balances à les croire.

On dit que, pendant qu'il faisait la guerre à ses voisins, qui s'étaient tous ligués contre lui, il avait dans son royaume un nombre innombrable d'ennemis invisibles, qui l'entouraient : on ajoute qu'il les a cherchés pendant plus de trente ans ; et que, malgré les soins infatigables de certains dervis, qui ont sa confiance, il n'en a pu trouver un seul[5]. Ils vivent avec lui ; ils sont à sa cour, dans sa capitale, dans ses troupes, dans ses tribunaux : et cependant on dit qu'il aura le chagrin de mourir sans les avoir trouvés. On dirait qu'ils existent en général, et qu'ils ne sont plus rien en particulier : c'est un corps, mais point de membres. Sans doute que le ciel veut punir ce prince de n'avoir pas été assez modéré envers les ennemis qu'il a vaincus, puisqu'il lui en donne d'invisibles, et dont le génie et le destin sont au-dessus du sien.

Je continuerai à t'écrire, et je t'apprendrai des choses bien éloignées du caractère et du génie persan. C'est bien la même terre qui nous porte tous deux ; mais les hommes du pays où je vis, et ceux du pays où tu es, sont des hommes bien différents.

De Paris,
le 4 de la lune de Rebiab, 2, 1712.

LETTRE XXV

USBEK À IBBEN.

À Smyrne.

J'ai reçu une lettre de ton neveu Rhédi : il me mande qu'il quitte Smyrne, dans le dessein de voir l'Italie ; que l'unique but de son voyage est de s'instruire, et de se rendre par là plus digne de toi. Je te félicite d'avoir un

neveu qui sera quelque jour la consolation de ta vieillesse.

Rica t'écrit une longue lettre; il m'a dit qu'il te parlait beaucoup de ce pays-ci. La vivacité de son esprit fait qu'il saisit tout avec promptitude : pour moi, qui pense plus lentement, je ne suis en état de te rien dire.

Tu es le sujet de nos conversations les plus tendres : nous ne pouvons assez parler du bon accueil que tu nous a fait à Smyrne, et des services que ton amitié nous rend tous les jours. Puisses-tu, généreux Ibben, trouver partout des amis aussi reconnaissants et aussi fidèles que nous !

Puissé-je te revoir bientôt, et retrouver avec toi ces jours heureux, qui coulent si doucement entre deux amis ! Adieu.

De Paris,
le 4 de la lune de Rebiab, 2, 1712.

LETTRE XXVI

USBEK À ROXANE.

Au sérail d'Ispahan.

Que vous êtes heureuse, Roxane, d'être dans le doux pays de Perse, et non pas dans ces climats empoisonnés, où l'on ne connaît ni la pudeur, ni la vertu ! Que vous êtes heureuse ! Vous vivez dans mon sérail comme dans le séjour de l'innocence, inaccessible aux attentats de tous les humains : vous vous trouvez avec joie dans une heureuse impuissance de faillir : jamais homme ne vous a souillé de ses regards lascifs : votre beau-père même, dans la liberté des festins, n'a jamais vu votre belle bouche : vous n'avez jamais manqué de vous attacher un bandeau sacré pour la couvrir. Heureuse Roxane ! quand vous avez été à la campagne, vous avez

toujours eu des eunuques, qui ont marché devant vous, pour donner la mort à tous les téméraires qui n'ont pas fui votre vue. Moi-même, à qui le ciel vous a donnée pour faire mon bonheur, quelle peine n'ai-je pas eue pour me rendre maître de ce trésor, que vous défendiez avec tant de constance ! Quel chagrin pour moi, dans les premiers jours de notre mariage, de ne pas vous voir ! Et quelle impatience, quand je vous eus vue ! Vous ne la satisfaisiez pourtant pas ; vous l'irritiez, au contraire, par les refus obstinés d'une pudeur alarmée : vous me confondiez avec tous ces hommes à qui vous vous cachez sans cesse. Vous souvient-il de ce jour où je vous perdis parmi vos esclaves, qui me trahirent, et vous dérobèrent à mes recherches ? Vous souvient-il de cet autre, où, voyant vos larmes impuissantes, vous employâtes l'autorité de votre mère, pour arrêter les fureurs de mon amour ? Vous souvient-il, lorsque toutes les ressources vous manquèrent, de celles que vous trouvâtes dans votre courage ? Vous prîtes un poignard, et menaçâtes d'immoler un époux qui vous aimait, s'il continuait à exiger de vous ce que vous chérissiez plus que votre époux même. Deux mois se passèrent dans ce combat de l'amour et de la vertu. Vous poussâtes trop loin vos chastes scrupules : vous ne vous rendîtes pas même, après avoir été vaincue : vous défendîtes jusqu'à la dernière extrémité une virginité mourante : vous me regardâtes comme un ennemi qui vous avait fait un outrage, non pas comme un époux qui vous avait aimée : vous fûtes plus de trois mois que vous n'osiez me regarder sans rougir : votre air confus semblait me reprocher l'avantage que j'avais pris. Je n'avais pas même une possession tranquille ; vous me dérobiez tout ce que vous pouviez de ces charmes et de ces grâces ; et j'étais enivré des plus grandes faveurs, sans avoir obtenu les moindres.

Si vous aviez été élevée dans ce pays-ci, vous n'auriez

pas été si troublée. Les femmes y ont perdu toute rete-
nue; elles se présentent devant les hommes à visage
découvert, comme si elles voulaient demander leur
défaite; elles les cherchent de leurs regards; elles les
voient dans les mosquées, les promenades, chez elles-
mêmes; l'usage de se faire servir par des eunuques leur
est inconnu. Au lieu de cette noble simplicité, et de cette
aimable pudeur qui règne parmi vous, on voit une
impudence brutale, à laquelle il est impossible de s'ac-
coutumer.

Oui, Roxane, si vous étiez ici, vous vous sentiriez
outragée dans l'affreuse ignominie où votre sexe est
descendu; vous fuiriez ces abominables lieux, et vous
soupireriez pour cette douce retraite, où vous trouvez
l'innocence, où vous êtes sûre de vous-même, où nul
péril ne vous fait trembler, où enfin vous pouvez m'ai-
mer, sans craindre de perdre jamais l'amour que vous
me devez.

Quand vous relevez l'éclat de votre teint par les plus
belles couleurs; quand vous vous parfumez tout le
corps des essences les plus précieuses; quand vous vous
parez de vos plus beaux habits; quand vous cherchez à
vous distinguer de vos compagnes par les grâces de la
danse, et par la douceur de votre chant; que vous com-
battez gracieusement avec elles de charmes, de douceur
et d'enjouement, je ne puis pas m'imaginer que vous
ayez d'autre objet que celui de me plaire; et, quand je
vous vois rougir modestement, que vos regards cher-
chent les miens, que vous vous insinuez dans mon cœur
par des paroles douces et flatteuses, je ne saurais,
Roxane, douter de votre amour.

Mais que puis-je penser des femmes d'Europe? L'art
de composer leur teint, les ornements dont elles se
parent, les soins qu'elles prennent de leur personne, le
désir continuel de plaire qui les occupe, sont autant de
taches faites à leur vertu, et d'outrages à leur époux.

Ce n'est pas, Roxane, que je pense qu'elles poussent l'attentat aussi loin qu'une pareille conduite devrait le faire croire, et qu'elles portent la débauche à cet excès horrible, qui fait frémir, de violer absolument la foi conjugale. Il y a bien peu de femmes assez abandonnées, pour aller jusque-là : elles portent toutes dans leur cœur un certain caractère de vertu, qui y est gravé, que la naissance donne, et que l'éducation affaiblit, mais ne détruit pas. Elles peuvent bien se relâcher des devoirs extérieurs que la pudeur exige : mais, quand il s'agit de faire les derniers pas, la nature se révolte. Aussi, quand nous vous enfermons si étroitement, que nous vous faisons garder par tant d'esclaves, que nous gênons si fort vos désirs, lorsqu'ils volent trop loin ; ce n'est pas que nous craignions la dernière infidélité : mais c'est que nous savons que la pureté ne saurait être trop grande, et que la moindre tache peut la corrompre.

Je vous plains, Roxane. Votre chasteté, si longtemps éprouvée, méritait un époux qui ne vous eût jamais quittée, et qui pût lui-même réprimer les désirs que votre seule vertu sait soumettre.

De Paris,
le 7 de la lune de Rhegeb 1712.

LETTRE XXVII

USBEK À NESSIR.

À Ispahan.

Nous sommes à présent à Paris, cette superbe rivale de la ville du soleil*.

Lorsque je partis de Smyrne, je chargeai mon ami Ibben de te faire tenir une boîte, où il y avait quelques

* Ispahan.

présents pour toi : tu recevras cette lettre par la même voie. Quoique éloigné de lui de cinq ou six cents lieues, je lui donne de mes nouvelles, et je reçois des siennes, aussi facilement que s'il était à Ispahan, et moi à Com. J'envoie mes lettres à Marseille, d'où il part continuellement des vaisseaux pour Smyrne : de là, il envoie celles qui sont pour la Perse, par les caravanes d'Arméniens qui partent tous les jours pour Ispahan.

Rica jouit d'une santé parfaite : la force de sa constitution, sa jeunesse et sa gaieté naturelle, le mettent au-dessus de toutes les épreuves.

Mais, pour moi, je ne me porte pas bien ; mon corps et mon esprit sont abattus : je me livre à des réflexions qui deviennent tous les jours plus tristes : ma santé, qui s'affaiblit, me tourne vers ma patrie, et me rend ce pays-ci plus étranger.

Mais, cher Nessir, je te conjure, fais en sorte que mes femmes ignorent l'état où je suis. Si elles m'aiment, je veux épargner leurs larmes ; et, si elles ne m'aiment pas, je ne veux point augmenter leur hardiesse.

Si mes eunuques me croyaient en danger, s'ils pouvaient espérer l'impunité d'une lâche complaisance, ils cesseraient bientôt d'être sourds à la voix flatteuse de ce sexe, qui se fait entendre aux rochers, et remue les choses inanimées.

Adieu, Nessir. J'ai du plaisir à te donner des marques de ma confiance.

De Paris,
le 5 de la lune de Chahban 1712.

LETTRE XXVIII

RICA À ***.

Je vis hier une chose assez singulière, quoiqu'elle se passe tous les jours à Paris.

Tout le peuple s'assemble sur la fin de l'après-midi, et va jouer une espèce de scène, que j'ai entendu appeler comédie. Le grand mouvement est sur une estrade, qu'on nomme le théâtre[1]. Aux deux côtés, on voit, dans de petits réduits, qu'on nomme loges, des hommes et des femmes qui jouent ensemble des scènes muettes, à peu près comme celles qui sont en usage en notre Perse.

Ici, c'est une amante affligée, qui exprime sa langueur ; une autre, plus animée, dévore des yeux son amant, qui la regarde de même : toutes les passions sont peintes sur les visages, et exprimées avec une éloquence qui, pour être muette, n'en est que plus vive. Là, les actrices ne paraissent qu'à demi-corps ; et ont ordinairement un manchon, par modestie, pour cacher leurs bras. Il y a, en bas, une troupe de gens debout[2], qui se moquent de ceux qui sont en haut sur le théâtre ; et ces derniers rient, à leur tour, de ceux qui sont en bas.

Mais ceux qui prennent le plus de peine, sont quelques gens, qu'on prend pour cet effet dans un âge peu avancé, pour soutenir la fatigue. Ils sont obligés d'être partout ; ils passent par des endroits qu'eux seuls connaissent, montent avec une adresse surprenante d'étage en étage ; ils sont en haut, en bas, dans toutes les loges ; ils plongent, pour ainsi dire ; on les perd, ils reparaissent ; souvent ils quittent le lieu de la scène, et vont jouer dans un autre. On en voit même qui, par un prodige qu'on n'aurait osé espérer de leurs béquilles, marchent, et vont comme les autres. Enfin on se rend

à des salles où l'on joue une comédie particulière : on commence par des révérences, on continue par des embrassades : on dit que la connaissance la plus légère met un homme en droit d'en étouffer un autre. Il semble que le lieu inspire de la tendresse. En effet, on dit que les princesses, qui y règnent, ne sont point cruelles ; et, si on en excepte deux ou trois heures du jour, où elles sont assez sauvages, on peut dire que, le reste du temps, elles sont traitables, et que c'est une ivresse qui les quitte aisément.

Tout ce que je te dis ici se passe à peu près de même dans un autre endroit, qu'on nomme l'opéra : toute la différence est qu'on parle à l'un, et que l'on chante à l'autre. Un de mes amis me mena l'autre jour dans la loge où se déshabillait une des principales actrices. Nous fîmes si bien connaissance, que, le lendemain, je reçus d'elle cette lettre.

Monsieur,

Je suis la plus malheureuse fille du monde ; j'ai toujours été la plus vertueuse actrice de l'opéra. Il y a sept ou huit mois que j'étais dans la loge où vous me vîtes hier : comme je m'habillais en prêtresse de Diane, un jeune abbé vint m'y trouver ; et, sans respect pour mon habit blanc, mon voile et mon bandeau, il me ravit mon innocence. J'ai beau lui exagérer le sacrifice que je lui ai fait, il se met à rire, et me soutient qu'il m'a trouvée très profane. Cependant je suis si grosse, que je n'ose plus me présenter sur le théâtre : car je suis, sur le chapitre de l'honneur, d'une délicatesse inconcevable ; et je soutiens toujours, qu'à une fille bien née, il est plus facile de faire perdre la vertu que la modestie. Avec cette délicatesse, vous jugez bien que ce jeune abbé n'eût jamais réussi, s'il ne m'avait promis de se marier avec moi : un motif si légitime me fit passer sur les petites formalités ordinaires,

*et commencer par où j'aurais dû finir. Mais, puisque son
infidélité m'a déshonorée, je ne veux plus vivre à l'opéra,
où, entre vous et moi, l'on ne me donne guère de quoi
vivre : car, à présent que j'avance en âge, et que je perds
du côté des charmes, ma pension, qui est toujours la
même, semble diminuer tous les jours. J'ai appris, par un
homme de votre suite, que l'on faisait un cas infini, dans
votre pays, d'une bonne danseuse ; et que, si j'étais à Ispa-
han, ma fortune serait aussitôt faite. Si vous vouliez
m'accorder votre protection, et m'emmener avec vous
dans ce pays-là, vous auriez l'avantage de faire du bien à
une fille qui, par sa vertu et sa conduite, ne se rendrait
pas indigne de vos bontés. Je suis...*

<div align="right">

De Paris,
le 2 de la lune de Chalval 1712.

</div>

LETTRE XXIX

RICA À IBBEN.

À Smyrne.

Le pape est le chef des Chrétiens. C'est une vieille
idole, qu'on encense par habitude. Il était autrefois
redoutable aux princes même ; car il les déposait aussi
facilement que nos magnifiques sultans déposent les
rois d'Irimette [1] et de Géorgie. Mais on ne le craint plus.
Il se dit successeur d'un des premiers chrétiens, qu'on
appelle saint Pierre : et c'est certainement une riche
succession ; car il a des trésors immenses, et un grand
pays sous sa domination.

Les évêques sont des gens de loi qui lui sont subor-
donnés, et ont, sous son autorité, deux fonctions bien
différentes. Quand ils sont assemblés, ils font, comme
lui, des articles de foi. Quand ils sont en particulier, ils
n'ont guère d'autre fonction, que de dispenser d'ac-

complir la loi. Car tu sauras que la religion chrétienne
est chargée d'une infinité de pratiques très difficiles :
et, comme on a jugé qu'il est moins aisé de remplir ses
devoirs, que d'avoir des évêques qui en dispensent, on
a pris ce dernier parti pour l'utilité publique : de sorte
que, si on ne veut pas faire le rahmazan ², si on ne veut
pas s'assujettir aux formalités des mariages, si on veut
rompre ses vœux, si on veut se marier contre les
défenses de la loi, quelquefois même si on veut revenir
contre son serment, on va à l'évêque, ou au pape, qui
donne aussitôt la dispense.

Les évêques ne font pas des articles de foi de leur
propre mouvement. Il y a un nombre infini de docteurs,
la plupart dervis, qui soulèvent entre eux mille ques-
tions nouvelles sur la religion : on les laisse disputer
longtemps, et la guerre dure jusqu'à ce qu'une décision
vienne la terminer.

Aussi puis-je t'assurer qu'il n'y a jamais eu de
royaume où il y ait eu tant de guerres civiles, que dans
celui de Christ.

Ceux qui mettent au jour quelque proposition nou-
velle sont d'abord appelés hérétiques. Chaque hérésie a
son nom, qui est, pour ceux qui y sont engagés, comme
le mot de ralliement. Mais n'est hérétique qui ne veut :
il n'y a qu'à partager le différend par la moitié, et don-
ner une distinction ³ à ceux qui accusent d'hérésie ; et,
quelle que soit la distinction, intelligible ou non, elle
rend un homme blanc comme de la neige, et il peut se
faire appeler orthodoxe.

Ce que je te dis est bon pour la France et l'Allemagne :
car j'ai ouï dire qu'en Espagne et en Portugal ⁴, il y a de
certains dervis qui n'entendent point raillerie, et qui
font brûler un homme comme de la paille. Quand on
tombe entre les mains de ces gens-là, heureux celui qui
a toujours prié Dieu avec de petits grains de bois à la
main, qui a porté sur lui deux morceaux de drap atta-

chés à deux rubans[5], et qui a été quelquefois dans une province qu'on appelle la Galice[6]! Sans cela, un pauvre diable est bien embarrassé. Quand il jurerait, comme un païen, qu'il est orthodoxe, on pourrait bien ne pas demeurer d'accord des qualités, et le brûler comme hérétique : il aurait beau donner sa distinction, point de distinction; il serait en cendres, avant que l'on eût seulement pensé à l'écouter.

Les autres juges présument qu'un accusé est innocent; ceux-ci le présument toujours coupable. Dans le doute, ils tiennent pour règle, de se déterminer du côté de la rigueur; apparemment parce qu'ils croient les hommes mauvais. Mais, d'un autre côté, ils en ont si bonne opinion, qu'ils ne les jugent jamais capables de mentir; car ils reçoivent le témoignage des ennemis capitaux, des femmes de mauvaise vie, de ceux qui exercent une profession infâme. Ils font, dans leur sentence, un petit compliment à ceux qui sont revêtus d'une chemise de soufre, et leur disent qu'ils sont bien fâchés de les voir si mal habillés, qu'ils sont doux, qu'ils abhorrent le sang, et sont au désespoir de les avoir condamnés : mais, pour se consoler, ils confisquent tous les biens de ces malheureux à leur profit.

Heureuse la terre qui est habitée par les enfants des prophètes! Ces tristes spectacles y sont inconnus *. La sainte religion que les anges y ont apportée se défend par sa vérité même; elle n'a point besoin de ces moyens violents pour se maintenir.

De Paris,
le 4 de la lune de Chalval 1712.

* Les Persans sont les plus tolérants de tous les mahométans.

LETTRE XXX

RICA AU MÊME.

À *Smyrne*.

Les habitants de Paris sont d'une curiosité qui va jusqu'à l'extravagance. Lorsque j'arrivai, je fus regardé comme si j'avais été envoyé du ciel : vieillards, hommes, femmes, enfants, tous voulaient me voir. Si je sortais, tout le monde se mettait aux fenêtres ; si j'étais aux Tuileries, je voyais aussitôt un cercle se former autour de moi ; les femmes même faisaient un arc-en-ciel nuancé de mille couleurs, qui m'entourait : si j'étais aux spectacles, je trouvais d'abord cent lorgnettes dressées contre ma figure : enfin, jamais homme n'a tant été vu que moi. Je souriais quelquefois d'entendre des gens qui n'étaient presque jamais sortis de leur chambre, qui disaient entre eux : « Il faut avouer qu'il a l'air bien Persan. » Chose admirable ! je trouvais de mes portraits partout ; je me voyais multiplié dans toutes les boutiques, sur toutes les cheminées, tant on craignait de ne m'avoir pas assez vu.

Tant d'honneurs ne laissent pas d'être à charge : je ne me croyais pas un homme si curieux et si rare ; et, quoique j'aie très bonne opinion de moi, je ne me serais jamais imaginé que je dusse troubler le repos d'une grande ville, où je n'étais point connu. Cela me fit résoudre à quitter l'habit persan, et à en endosser un à l'européenne, pour voir s'il resterait encore, dans ma physionomie, quelque chose d'admirable. Cet essai me fit connaître ce que je valais réellement. Libre de tous les ornements étrangers, je me vis apprécié au plus juste. J'eus sujet de me plaindre de mon tailleur, qui m'avait fait perdre, en un instant, l'attention et l'estime publique ; car j'entrai tout à coup dans un néant affreux. Je demeurais quelquefois une heure dans une

compagnie, sans qu'on m'eût regardé, et qu'on m'eût mis en occasion d'ouvrir la bouche. Mais, si quelqu'un, par hasard, apprenait à la compagnie que j'étais Persan, j'entendais aussitôt autour de moi un bourdonnement : « Ah ! ah ! monsieur est Persan ? C'est une chose bien extraordinaire ! Comment peut-on être Persan ? »

De Paris,
le 6 de la lune de Chalval 1712.

LETTRE XXXI

RÉEDI À USBEK.

À Paris.

Je suis à présent à Venise, mon cher Usbek. On peut avoir vu toutes les villes du monde, et être surpris en arrivant à Venise : on sera toujours étonné de voir une ville, des tours et des mosquées sortir de dessous l'eau, et de trouver un peuple innombrable dans un endroit où il ne devrait y avoir que des poissons.

Mais cette ville profane manque du trésor le plus précieux qui soit au monde, c'est-à-dire, d'eau vive ; il est impossible d'y accomplir une seule ablution légale. Elle est en abomination à notre saint prophète ; il ne la regarde jamais, du haut du ciel, qu'avec colère.

Sans cela, mon cher Usbek, je serais charmé de vivre dans une ville où mon esprit se forme tous les jours. Je m'instruis des secrets du commerce, des intérêts des princes, de la forme de leur gouvernement ; je ne néglige pas même les superstitions européennes ; je m'applique à la médecine, à la physique, à l'astronomie ; j'étudie les arts ; enfin je sors des nuages qui couvraient mes yeux dans le pays de ma naissance.

De Venise,
le 16 de la lune de Chalval 1712.

LETTRE XXXII

RICA À ***.

J'allai, l'autre jour, voir une maison où l'on entretient environ trois cents personnes assez pauvrement. J'eus bientôt fait ; car l'église et les bâtiments ne méritent pas d'être regardés. Ceux qui sont dans cette maison étaient assez gais ; plusieurs d'entre eux jouaient aux cartes, ou à d'autres jeux que je ne connais point. Comme je sortais, un de ces hommes sortait aussi ; et, m'ayant entendu demander le chemin du Marais, qui est le quartier le plus éloigné de Paris : « J'y vais, me dit-il, et je vous y conduirai ; suivez-moi. » Il me mena à merveille, me tira de tous les embarras, et me sauva adroitement des carrosses et des voitures. Nous étions prêts d'arriver, quand la curiosité me prit : « Mon bon ami, lui dis-je, ne pourrais-je point savoir qui vous êtes ? — Je suis aveugle, monsieur », me répondit-il. « Comment ! lui dis-je, vous êtes aveugle ? Et que ne priiez-vous cet honnête homme, qui jouait aux cartes avec vous, de nous conduire ? — Il est aveugle aussi », me répondit-il : « Il y a quatre cents ans que nous sommes trois cents aveugles dans cette maison où vous m'avez trouvé [1]. Mais il faut que je vous quitte : voilà la rue que vous demandiez : je vais me mettre dans la foule ; j'entre dans cette église, où, je vous jure, j'embarrasserai plus les gens qu'ils ne m'embarrasseront. »

De Paris,
le 17 de la lune de Chalval 1712.

LETTRE XXXIII

USBEK À RÉEDI.

À Venise.

Le vin est si cher à Paris, par les impôts que l'on y met, qu'il semble qu'on ait entrepris d'y faire exécuter les préceptes du divin Alcoran, qui défend d'en boire.

Lorsque je pense aux funestes effets de cette liqueur, je ne puis m'empêcher de la regarder comme le présent le plus redoutable que la nature ait fait aux hommes. Si quelque chose a flétri la vie et la réputation de nos monarques, ç'a été leur intempérance ; c'est la source la plus empoisonnée de leurs injustices et de leurs cruautés.

Je le dirai, à la honte des hommes : la loi interdit à nos princes l'usage du vin, et ils en boivent avec un excès qui les dégrade de l'humanité même ; cet usage, au contraire, est permis aux princes chrétiens, et on ne remarque pas qu'il leur fasse faire aucune faute. L'esprit humain est la contradiction même. Dans une débauche licencieuse, on se révolte avec fureur contre les préceptes ; et la loi, faite pour nous rendre plus justes, ne sert souvent qu'à nous rendre plus coupables.

Mais, quand je désapprouve l'usage de cette liqueur, qui fait perdre la raison, je ne condamne pas de même ces boissons qui l'égaient. C'est la sagesse des Orientaux, de chercher des remèdes contre la tristesse, avec autant de soin que contre les maladies les plus dangereuses[1]. Lorsqu'il arrive quelque malheur à un Européen, il n'a d'autre ressource que la lecture d'un philosophe, qu'on appelle Sénèque : mais les Asiatiques, plus sensés qu'eux, et meilleurs physiciens en cela, prennent des breuvages capables de rendre l'homme gai, et de charmer le souvenir de ses peines.

Il n'y a rien de si affligeant que les consolations tirées de la nécessité du mal, de l'inutilité des remèdes, de la fatalité du destin, de l'ordre de la providence, et du malheur de la condition humaine. C'est se moquer, de vouloir adoucir un mal, par la considération que l'on est né misérable : il vaut bien mieux enlever l'esprit hors de ses réflexions, et traiter l'homme comme sensible, au lieu de le traiter comme raisonnable.

L'âme, unie avec le corps, en est sans cesse tyrannisée. Si le mouvement du sang est trop lent, si les esprits[2] ne sont pas assez épurés, s'ils ne sont pas en quantité suffisante, nous tombons dans l'accablement et dans la tristesse : mais, si nous prenons des breuvages qui puissent changer cette disposition de notre corps, notre âme redevient capable de recevoir des impressions qui l'égaient, et elle sent un plaisir secret de voir sa machine reprendre, pour ainsi dire, son mouvement et sa vie.

De Paris,
le 25 de la lune de Zilcadé 1713.

LETTRE XXXIV

USBEK[1] À IBBEN.

À Smyrne.

Les femmes de Perse sont plus belles que celles de France ; mais celles de France sont plus jolies. Il est difficile de ne point aimer les premières, et de ne se point plaire avec les secondes : les unes sont plus tendres et plus modestes, les autres sont plus gaies et plus enjouées.

Ce qui rend le sang si beau en Perse, c'est la vie réglée que les femmes y mènent ; elles ne jouent, ni ne veillent ; elles ne boivent point de vin, et ne s'exposent presque

jamais à l'air. Il faut avouer que le sérail est plutôt fait
pour la santé que pour les plaisirs : c'est une vie unie,
qui ne pique point ; tout s'y ressent de la subordination
et du devoir ; les plaisirs même y sont graves, et les joies
sévères ; et on ne les goûte presque jamais que comme
des marques d'autorité et de dépendance.

Les hommes même n'ont pas en Perse la gaieté qu'ont
les Français : on ne leur voit point cette liberté d'esprit,
et cet air content, que je trouve ici dans tous les états
et dans toutes les conditions.

C'est bien pis en Turquie, où l'on pourrait trouver des
familles où, de père en fils, personne n'a ri, depuis la
fondation de la monarchie.

Cette gravité des Asiatiques vient du peu de com-
merce qu'il y a entre eux : ils ne se voient que lorsqu'ils
y sont forcés par la cérémonie. L'amitié, ce doux enga-
gement du cœur, qui fait ici la douceur de la vie, leur
est presque inconnue : ils se retirent dans leurs mai-
sons, où ils trouvent toujours une compagnie qui les
attend ; de manière que chaque famille est, pour ainsi
dire, isolée.

Un jour que je m'entretenais là-dessus avec un homme
de ce pays-ci, il me dit : « Ce qui me choque le plus de
vos mœurs, c'est que vous êtes obligés de vivre avec des
esclaves, dont le cœur et l'esprit se sentent toujours de
la bassesse de leur condition. Ces gens lâches affaiblis-
sent en vous les sentiments de la vertu, que l'on tient
de la nature, et ils les ruinent, depuis l'enfance qu'ils
vous obsèdent.

« Car, enfin, défaites-vous des préjugés : que peut-on
attendre de l'éducation qu'on reçoit d'un misérable, qui
fait consister son honneur à garder les femmes d'un
autre, et s'enorgueillit du plus vil emploi qui soit parmi
les humains ; qui est méprisable par sa fidélité même,
qui est la seule de ses vertus, parce qu'il y est porté par
envie, par jalousie et par désespoir ; qui, brûlant de se

venger des deux sexes, dont il est le rebut, consent à être tyrannisé par le plus fort, pourvu qu'il puisse désoler le plus faible; qui, tirant de son imperfection, de sa laideur et de sa difformité, tout l'éclat de sa condition, n'est estimé que parce qu'il est indigne de l'être; qui enfin, rivé pour jamais à la porte où il est attaché, plus dur que les gonds et les verrous qui la tiennent, se vante de cinquante ans de vie dans ce poste indigne, où, chargé de la jalousie de son maître, il a exercé toute sa bassesse? »

De Paris,
le 14 de la lune de Zilhagé 1713.

LETTRE XXXV

USBEK À GEMCHID, SON COUSIN,
DERVIS DU BRILLANT MONASTÈRE DE TAURIS.

Que penses-tu des chrétiens, sublime dervis? Crois-tu qu'au jour du jugement ils seront, comme les infidèles turcs, qui serviront d'ânes aux juifs, et les mèneront au grand trot en enfer? Je sais bien qu'ils n'iront point dans le séjour des prophètes, et que le grand Hali n'est point venu pour eux. Mais, parce qu'ils n'ont pas été assez heureux pour trouver des mosquées dans leur pays, crois-tu qu'ils soient condamnés à des châtiments éternels? et que Dieu les punisse pour n'avoir pas pratiqué une religion qu'il ne leur a pas fait connaître? Je puis te le dire : j'ai souvent examiné ces chrétiens; je les ai interrogés, pour voir s'ils avaient quelque idée du grand Hali, qui était le plus beau de tous les hommes : j'ai trouvé qu'ils n'en avaient jamais ouï parler.

Ils ne ressemblent point à ces infidèles que nos saints prophètes faisaient passer au fil de l'épée, parce qu'ils refusaient de croire aux miracles du ciel : ils sont plu-

tôt comme ces malheureux qui vivaient dans les ténèbres de l'idolâtrie, avant que la divine lumière vînt éclairer le visage de notre grand prophète.

D'ailleurs, si l'on examine de près leur religion, on y trouvera comme une semence de nos dogmes. J'ai souvent admiré les secrets de la providence, qui semble les avoir voulu préparer par là à la conversion générale. J'ai ouï parler d'un livre de leurs docteurs, intitulé *la polygamie triomphante*[1], dans lequel il est prouvé que la polygamie est ordonnée aux chrétiens. Leur baptême est l'image de nos ablutions légales; et les chrétiens n'errent que dans l'efficacité qu'ils donnent à cette première ablution, qu'ils croient devoir suffire pour toutes les autres. Leurs prêtres et leurs moines prient, comme nous, sept fois le jour. Ils espèrent de jouir d'un paradis, où ils goûteront mille délices, par le moyen de la résurrection des corps. Ils ont, comme nous, des jeûnes marqués, des mortifications avec lesquelles ils espèrent fléchir la miséricorde divine. Ils rendent un culte aux bons anges, et se méfient des mauvais. Ils ont une sainte crédulité pour les miracles que Dieu opère par le ministère de ses serviteurs. Ils reconnaissent, comme nous, l'insuffisance de leurs mérites, et le besoin qu'ils ont d'un intercesseur auprès de Dieu. Je vois partout le mahométisme, quoique je n'y trouve point Mahomet. On a beau faire; la vérité s'échappe, et perce toujours les ténèbres qui l'environnent. Il viendra un jour, où l'Éternel ne verra sur la terre que des vrais croyants. Le temps, qui consume tout, détruira les erreurs même. Tous les hommes seront étonnés de se voir sous le même étendard : tout, jusques à la loi, sera consommé; les divins exemplaires seront enlevés de la terre, et portés dans les célestes archives.

De Paris,
le 20 de la lune de Zilhagé 1713.

LETTRE XXXVI

USBEK À RÉEDI.

À Venise.

Le café est très en usage à Paris : il y a un grand
nombre de maisons publiques où on le distribue. Dans
quelques-unes de ces maisons, on dit des nouvelles ;
dans d'autres, on joue aux échecs. Il y en a une où l'on
apprête le café de telle manière, qu'il donne de l'esprit
à ceux qui en prennent : au moins, de tous ceux qui en
sortent, il n'y a personne qui ne croie qu'il en a quatre
fois plus que lorsqu'il y est entré[1].

Mais, ce qui me choque de ces beaux esprits, c'est
qu'ils ne se rendent pas utiles à leur patrie, et qu'ils
amusent leurs talents à des choses puériles. Par exemple :
lorsque j'arrivai à Paris, je les trouvai échauffés sur une
dispute la plus mince qu'il se puisse imaginer : il s'agis-
sait de la réputation d'un vieux poète grec[2], dont,
depuis deux mille ans, on ignore la patrie, aussi bien
que le temps de sa mort. Les deux partis avouaient que
c'était un poète excellent : il n'était question que du plus
ou du moins de mérite qu'il fallait lui attribuer. Cha-
cun en voulait donner le taux : mais, parmi ces distri-
buteurs de réputation, les uns faisaient meilleur poids
que les autres : voilà la querelle. Elle était bien vive ; car
on se disait cordialement, de part et d'autre, des injures
si grossières, on faisait des plaisanteries si amères, que
je n'admirais pas moins la manière de disputer, que le
sujet de la dispute. Si quelqu'un, disais-je en moi-
même, était assez étourdi pour aller, devant un de ces
défenseurs du poète grec, attaquer la réputation de
quelque honnête citoyen, il ne serait pas mal relevé ! et
je crois que ce zèle, si délicat sur la réputation des
morts, s'embraserait bien pour défendre celle des

vivants! Mais, quoi qu'il en soit, ajoutais-je, Dieu me
garde de m'attirer jamais l'inimitié des censeurs de ce
poète, que le séjour de deux mille ans dans le tombeau
n'a pu garantir d'une haine si implacable! Ils frappent
à présent des coups en l'air; mais que serait-ce, si leur
fureur était animée par la présence d'un ennemi?

Ceux dont je te viens de parler disputent en langue
vulgaire; et il faut les distinguer d'une autre sorte de
disputeurs, qui se servent d'une langue barbare[3], qui
semble ajouter quelque chose à la fureur et à l'opiniâ-
treté des combattants. Il y a des quartiers où l'on voit
comme une mêlée noire et épaisse de ces sortes de
gens : ils se nourrissent de distinctions; ils vivent de rai-
sonnements obscurs et de fausses conséquences. Ce
métier, où l'on devrait mourir de faim, ne laisse pas de
rendre. On a vu une nation entière[4], chassée de son
pays, traverser les mers pour s'établir en France, n'em-
portant avec elle, pour parer aux nécessités de la vie,
qu'un redoutable talent pour la dispute. Adieu.

De Paris,
le dernier de la lune de Zilhagé 1713.

LETTRE XXXVII

USBEK À IBBEN.

À Smyrne.

Le roi de France est vieux. Nous n'avons point
d'exemple, dans nos histoires, d'un monarque qui ait si
longtemps régné. On dit qu'il possède à un très haut
degré le talent de se faire obéir : il gouverne avec le
même génie sa famille, sa cour, son état : on lui a sou-
vent entendu dire que, de tous les gouvernements du
monde, celui des Turcs, ou celui de notre auguste sul-

tan, lui plairait le mieux ; tant il fait cas de la politique
orientale !

J'ai étudié son caractère, et j'y ai trouvé des contra-
dictions qu'il m'est impossible de résoudre : par exemple,
il a un ministre qui n'a que dix-huit ans, et une maî-
tresse qui en a quatre-vingts[1] : il aime sa religion, et il
ne peut souffrir ceux qui disent qu'il la faut observer à
la rigueur : quoiqu'il fuie le tumulte des villes, et qu'il
se communique peu, il n'est occupé, depuis le matin
jusqu'au soir, qu'à faire parler de lui : il aime les tro-
phées et les victoires ; mais il craint autant de voir un
bon général à la tête de ses troupes, qu'il aurait sujet de
le craindre à la tête d'une armée ennemie. Il n'est, je
crois, jamais arrivé qu'à lui, d'être, en même temps,
comblé de plus de richesses qu'un prince n'en saurait
espérer, et accablé d'une pauvreté qu'un particulier ne
pourrait soutenir.

Il aime à gratifier ceux qui le servent ; mais il paie
aussi libéralement les assiduités, ou plutôt l'oisiveté de
ses courtisans, que les campagnes laborieuses de ses
capitaines[2] : souvent il préfère un homme qui le désha-
bille, ou qui lui donne la serviette lorsqu'il se met à
table, à un autre qui lui prend des villes, ou lui gagne
des batailles : il ne croit pas que la grandeur souveraine
doive être gênée dans la distribution des grâces ; et, sans
examiner si celui qu'il comble de biens est homme de
mérite, il croit que son choix va le rendre tel : aussi lui
a-t-on vu donner une petite pension à un homme qui
avait fui deux lieues, et un beau gouvernement à un
autre qui en avait fui quatre.

Il est magnifique, surtout dans ses bâtiments : il y a
plus de statues dans les jardins de son palais, que de
citoyens dans une grande ville. Sa garde est aussi forte
que celle du prince devant qui tous les trônes se ren-
versent ; ses armées sont aussi nombreuses, ses res-

sources aussi grandes, et ses finances aussi inépui-
sables.

De Paris,
le 7 de la lune de Maharram 1713.

LETTRE XXXVIII

RICA À IBBEN.

À Smyrne.

C'est une grande question, parmi les hommes, de
savoir s'il est plus avantageux d'ôter aux femmes la
liberté, que de la leur laisser. Il me semble qu'il y a bien
des raisons pour et contre. Si les Européens disent qu'il
n'y a pas de générosité à rendre malheureuses les per-
sonnes que l'on aime; nos Asiatiques répondent qu'il y
a de la bassesse aux hommes de renoncer à l'empire que
la nature leur a donné sur les femmes. Si on leur dit
que le grand nombre des femmes enfermées est embar-
rassant; ils répondent que dix femmes, qui obéissent,
embarrassent moins qu'une qui n'obéit pas. Que s'ils
objectent, à leur tour, que les Européens ne sauraient
être heureux avec des femmes qui ne leur sont pas
fidèles; on leur répond que cette fidélité, qu'ils vantent
tant, n'empêche point le dégoût, qui suit toujours les
passions satisfaites; que nos femmes sont trop à nous;
qu'une possession si tranquille ne nous laisse rien à
désirer, ni à craindre; qu'un peu de coquetterie est un
sel qui pique et prévient la corruption. Peut-être qu'un
homme plus sage que moi serait embarrassé de déci-
der : car, si les Asiatiques font fort bien de chercher des
moyens propres à calmer leurs inquiétudes, les Euro-
péens font fort bien aussi de n'en point avoir.

Après tout, disent-ils, quand nous serions malheu-
reux en qualité de maris, nous trouverions toujours

moyen de nous dédommager en qualité d'amants. Pour
qu'un homme pût se plaindre avec raison de l'infidélité
de sa femme, il faudrait qu'il n'y eût que trois personnes
dans le monde ; ils seront toujours à but, quand il y en
aura quatre.

C'est une autre question de savoir si la loi naturelle
soumet les femmes aux hommes. « Non, me disait
l'autre jour un philosophe très galant[1] : la nature n'a
jamais dicté une telle loi. L'empire que nous avons sur
elles est une véritable tyrannie ; elles ne nous l'ont laissé
prendre, que parce qu'elles ont plus de douceur que
nous, et, par conséquent, plus d'humanité et de raison.
Ces avantages, qui devaient sans doute leur donner la
supériorité, si nous avions été raisonnables, la leur ont
fait perdre, parce que nous ne le sommes point.

Or, s'il est vrai que nous n'avons sur les femmes qu'un
pouvoir tyrannique, il ne l'est pas moins qu'elles ont sur
nous un empire naturel ; celui de la beauté, à qui rien
ne résiste. Le nôtre n'est pas de tous les pays ; mais celui
de la beauté est universel. Pourquoi aurions-nous donc
un privilège ? Est-ce parce que nous sommes les plus
forts ? Mais c'est une véritable injustice. Nous employons
toutes sortes de moyens pour leur abattre le courage.
Les forces seraient égales, si l'éducation l'était aussi.
Éprouvons-les dans les talents que l'éducation n'a point
affaiblis ; et nous verrons si nous sommes si forts.

Il faut l'avouer, quoique cela choque nos mœurs :
chez les peuples les plus polis, les femmes ont toujours
eu de l'autorité sur leurs maris ; elle fut établie par une
loi chez les Égyptiens, en l'honneur d'Isis ; et chez les
Babyloniens, en l'honneur de Sémiramis. On disait des
Romains, qu'ils commandaient à toutes les nations,
mais qu'ils obéissaient à leurs femmes. Je ne parle point
des Sauromates[2], qui étaient véritablement dans la ser-
vitude de ce sexe ; ils étaient trop barbares, pour que
leur exemple puisse être cité. »

Tu vois, mon cher Ibben, que j'ai pris le goût de ce pays-ci, où l'on aime à soutenir des opinions extraordinaires, et à réduire tout en paradoxe. Le prophète a décidé la question, et a réglé les droits de l'un et de l'autre sexe. Les femmes, dit-il, doivent honorer leurs maris : leurs maris les doivent honorer ; mais ils ont l'avantage d'un degré sur elles[3].

De Paris,
le 26 de la lune de Gemmadi, 2, 1713.

LETTRE XXXIX

HAGI[*] IBBI, AU JUIF BEN JOSUÉ,
PROSÉLYTE MAHOMÉTAN.

À *Smyrne.*

Il me semble, Ben Josué, qu'il y a toujours des signes éclatants, qui préparent à la naissance des hommes extraordinaires ; comme si la nature souffrait une espèce de crise, et que la puissance céleste ne produisît qu'avec effort.

Il n'y a rien de si merveilleux que la naissance de Mahomet[1]. Dieu, qui, par les décrets de sa providence, avait résolu, dès le commencement, d'envoyer aux hommes ce grand prophète, pour enchaîner Satan, créa une lumière deux mille ans avant Adam, qui, passant, d'élu en élu, d'ancêtre en ancêtre de Mahomet, parvint enfin jusques à lui, comme un témoignage authentique qu'il était descendu des patriarches.

Ce fut aussi à cause de ce même prophète, que Dieu ne voulut pas qu'aucun enfant fût conçu, que la femme ne cessât d'être immonde, et que l'homme ne fût livré à la circoncision.

* *Hagi* est un homme qui a fait le pèlerinage de la Mecque.

Il vint au monde circoncis, et la joie parut sur son visage dès la naissance : la terre trembla trois fois, comme si elle eût enfanté elle-même ; toutes les idoles se prosternèrent ; les trônes des rois furent renversés ; Lucifer fut jeté au fond de la mer ; et ce ne fut qu'après avoir nagé pendant quarante jours, qu'il sortit de l'abîme, et s'enfuit sur le mont Cabès, d'où, avec une voix terrible, il appela les anges.

Cette nuit, Dieu posa un terme entre l'homme et la femme, qu'aucun d'eux ne put passer. L'art des magiciens et nécromants se trouva sans vertu. On entendit une voix du ciel qui disait ces paroles : « J'ai envoyé au monde mon ami fidèle. »

Selon le témoignage d'Isben Aben, historien arabe, les générations des oiseaux, des nuées, des vents, et tous les escadrons des anges, se réunirent pour élever cet enfant, et se disputèrent cet avantage. Les oiseaux disaient, dans leurs gazouillements, qu'il était plus commode qu'ils l'élevassent, parce qu'ils pouvaient plus facilement rassembler plusieurs fruits de divers lieux. Les vents murmuraient, et disaient : « C'est plutôt à nous, parce que nous pouvons lui apporter, de tous les endroits, les odeurs les plus agréables. — Non, non, disaient les nuées, non ; c'est à nos soins qu'il sera confié, parce que nous lui ferons part, à tous les instants, de la fraîcheur des eaux. » — Là-dessus, les anges indignés s'écriaient : « Que nous restera-t-il donc à faire ? » Mais une voix du ciel fut entendue, qui termina toutes les disputes : « Il ne sera point ôté d'entre les mains des mortels, parce qu'heureuses les mamelles qui l'allaiteront, et les mains qui le toucheront, et la maison qu'il habitera, et le lit où il reposera. »

Après tant de témoignages si éclatants, mon cher Josué, il faut avoir un cœur de fer pour ne pas croire sa sainte loi. Que pouvait faire davantage le ciel pour autoriser sa mission divine, à moins de renverser la

LETTRE XLI

LE PREMIER EUNUQUE NOIR À USBEK.

Ismaël, un de tes eunuques noirs, vient de mourir, magnifique seigneur; et je ne puis m'empêcher de le remplacer. Comme les eunuques sont extrêmement rares à présent, j'avais pensé de me servir d'un esclave noir, que tu as à la campagne : mais je n'ai pu jusqu'ici le porter à souffrir qu'on le consacrât à cet emploi. Comme je vois qu'au bout du compte, c'est son avantage, je voulus l'autre jour user, à son égard, d'un peu de rigueur ; et, de concert avec l'intendant de tes jardins, j'ordonnai que, malgré lui, on le mît en état de te rendre les services qui flattent le plus ton cœur, et de vivre comme moi dans ces redoutables lieux, qu'il n'ose pas même regarder : mais il se mit à hurler, comme si on avait voulu l'écorcher, et fit tant qu'il échappa de nos mains, et évita le fatal couteau. Je viens d'apprendre qu'il veut t'écrire pour te demander grâce, soutenant que je n'ai conçu ce dessein que par un désir insatiable de vengeance sur certaines railleries piquantes qu'il dit avoir faites de moi. Cependant je te jure, par les cent mille prophètes, que je n'ai agi que pour le bien de ton service, la seule chose qui me soit chère, et hors laquelle je ne regarde rien. Je me prosterne à tes pieds.

Du sérail de Fatmé,
le 7 de la lune de Maharram 1713.

LETTRE XLII

PHARAN À USBEK, SON SOUVERAIN SEIGNEUR.

Si tu étais ici, magnifique Seigneur, je paraîtrais à ta vue tout couvert de papier blanc; et il n'y en aurait pas

assez pour écrire toutes les insultes que ton premier eunuque noir, le plus méchant de tous les hommes, m'a faites depuis ton départ.

Sous prétexte de quelques railleries qu'il prétend que j'ai faites sur le malheur de sa condition, il exerce sur ma tête une vengeance inépuisable ; il a animé contre moi le cruel intendant de tes jardins, qui, depuis ton départ, m'oblige à des travaux insurmontables, dans lesquels j'ai pensé mille fois laisser la vie, sans perdre un moment l'ardeur de te servir. Combien de fois ai-je dit en moi-même : « J'ai un maître rempli de douceur, et je suis le plus malheureux esclave qui soit sur la terre ! »

Je te l'avoue, magnifique seigneur : je ne me croyais pas destiné à de plus grandes misères : mais ce traître d'eunuque a voulu mettre le comble à sa méchanceté. Il y a quelques jours que, de son autorité privée, il me destina à la garde de tes femmes sacrées ; c'est-à-dire, à une exécution, qui serait pour moi mille fois plus cruelle que la mort. Ceux qui, en naissant, ont eu le malheur de recevoir de leurs cruels parents un traitement pareil, se consolent peut-être sur ce qu'ils n'ont jamais connu d'autre état que le leur : mais qu'on me fasse descendre de l'humanité, et qu'on m'en prive, je mourrais de douleur, si je ne mourais pas de cette barbarie.

J'embrasse tes pieds, sublime seigneur, dans une humilité profonde. Fais en sorte que je sente les effets de cette vertu si respectée ; et qu'il ne soit pas dit que, par ton ordre, il y ait sur la terre un malheureux de plus.

Des jardins de Fatmé,
le 7 de la lune de Maharram 1713.

LETTRE XLIII

USBEK À PHARAN.

Aux jardins de Fatmé.

Recevez la joie dans votre cœur, et reconnaissez ces
sacrés caractères ; faites-les baiser au grand eunuque,
et à l'intendant de mes jardins. Je leur défends de rien
entreprendre contre vous : dites-leur d'acheter l'eu-
nuque qui me manque. Acquittez-vous de votre devoir,
comme si vous m'aviez toujours devant les yeux ; car,
sachez que, plus mes bontés sont grandes, plus vous
serez puni, si vous en abusez.

De Paris,
le 25 de la lune de Rhegeb 1713.

LETTRE XLIV

USBEK À RHÉDI.

À Venise.

Il y a, en France, trois sortes d'états ; l'Église, l'épée,
et la robe. Chacun a un mépris souverain pour les deux
autres : tel, par exemple, que l'on devrait mépriser
parce qu'il est un sot, ne l'est souvent que parce qu'il
est homme de robe.

Il n'y a pas jusqu'aux plus vils artisans qui ne dispu-
tent sur l'excellence de l'art qu'ils ont choisi ; chacun
s'élève au-dessus de celui qui est d'une profession dif-
férente, à proportion de l'idée qu'il s'est faite de la supé-
riorité de la sienne.

Les hommes ressemblent tous, plus ou moins, à cette
femme de la province d'Erivan, qui, ayant reçu quelque
grâce d'un de nos monarques, lui souhaita mille fois,

dans les bénédictions qu'elle lui donna, que le ciel le fît gouverneur d'Erivan.

J'ai lu, dans une relation[1], qu'un vaisseau français ayant relâché à la côte de Guinée, quelques hommes de l'équipage voulurent aller à terre acheter quelques moutons. On les mena au roi, qui rendait la justice à ses sujets sous un arbre. Il était sur son trône, c'est-à-dire, sur un morceau de bois, aussi fier que s'il eût été assis sur celui du grand Mogol : il avait trois ou quatre gardes avec des piques de bois ; un parasol, en forme de dais, le couvrait de l'ardeur du soleil ; tous ses ornements et ceux de la reine, sa femme, consistaient en leur peau noire et quelques bagues. Ce prince, plus vain encore que misérable, demanda à ces étrangers si on parlait beaucoup de lui en France. Il croyait que son nom devait être porté d'un pôle à l'autre[2] : et, à la différence de ce conquérant de qui on a dit qu'il avait fait taire toute la terre[3], il croyait, lui, qu'il devait faire parler tout l'univers.

Quand le kan de Tartarie a dîné, un héraut crie que tous les princes de la terre peuvent aller dîner, si bon leur semble : et ce barbare, qui ne mange que du lait, qui n'a pas de maison, qui ne vit que de brigandage, regarde tous les rois du monde comme ses esclaves, et les insulte régulièrement deux fois par jour.

De Paris,
le 28 de la lune de Rhegeb 1713.

LETTRE XLV

RICA À USBEK.

À ***.

Hier matin, comme j'étais au lit, j'entendis frapper rudement à ma porte, qui fut soudain ouverte, ou

enfoncée, par un homme avec qui j'avais lié quelque société, et qui me parut tout hors de lui-même.

Son habillement était beaucoup plus que modeste ; sa perruque de travers n'avait pas même été peignée : il n'avait pas eu le temps de faire recoudre son pourpoint noir ; et il avait renoncé, pour ce jour-là, aux sages précautions, avec lesquelles il avait coutume de déguiser le délabrement de son équipage.

« Levez-vous, me dit-il ; j'ai besoin de vous tout aujourd'hui ; j'ai mille emplettes à faire, et je serai bien aise que ce soit avec vous : il faut, premièrement, que nous allions, rue saint Honoré, parler à un notaire, qui est chargé de vendre une terre de cinq cent mille livres ; je veux qu'il m'en donne la préférence. En venant ici, je me suis arrêté un moment au faubourg saint Germain, où j'ai loué un hôtel deux mille écus ; et j'espère passer le contrat aujourd'hui. »

Dès que je fus habillé, ou peu s'en fallait, mon homme me fit précipitamment descendre. « Commençons, dit-il, par acheter un carrosse, et établissons l'équipage. » En effet, nous achetâmes, non seulement un carrosse, mais encore pour cent mille francs de marchandises, en moins d'une heure : tout cela se fit promptement, parce que mon homme ne marchanda rien, et ne compta jamais ; aussi ne déplaça-t-il pas [1]. Je rêvais sur tout ceci : et, quand j'examinais cet homme, je trouvais en lui une complication singulière de richesses et de pauvreté ; de manière que je ne savais que croire. Mais enfin, je rompis le silence ; et, le tirant à part, je lui dis, « Monsieur, qui est-ce qui payera tout cela ? — Moi, dit-il : venez dans ma chambre ; je vous montrerai des trésors immenses, et des richesses enviées des plus grands monarques : mais elles ne le seront pas de vous, qui les partagerez toujours avec moi. » Je le suis. Nous grimpons à son cinquième étage ; et, par une échelle, nous nous guindons à un sixième, qui était un cabinet ouvert

aux quatre vents, dans lequel il n'y avait que deux ou trois douzaines de bassins de terre remplis de diverses liqueurs. « Je me suis levé de grand matin, me dit-il, et j'ai fait d'abord ce que je fais depuis vingt-cinq ans, qui est d'aller visiter mon œuvre : j'ai vu que le grand jour était venu, qui devait me rendre plus riche qu'homme qui soit sur la terre. Voyez-vous cette liqueur vermeille ? Elle a à présent toutes les qualités que les philosophes demandent pour faire la transmutation des métaux. J'en ai tiré ces grains que vous voyez, qui sont de vrai or par leur couleur, quoiqu'un peu imparfait par leur pesanteur. Ce secret, que Nicolas Flamel[2] trouva, mais que Raimond Lulle[3] et un million d'autres cherchèrent toujours, est venu jusqu'à moi ; et je me trouve aujourd'hui un heureux adepte. Fasse le ciel que je ne me serve de tant de trésors qu'il m'a communiqués, que pour sa gloire ! »

Je sortis, et je descendis, ou plutôt je me précipitai par cet escalier, transporté de colère, et laissai cet homme si riche dans son hôpital. Adieu, mon cher Usbek. J'irai te voir demain ; et, si tu veux, nous reviendrons ensemble à Paris.

De Paris,
le dernier de la lune de Rhegeb 1713.

LETTRE XLVI

USBEK À RHÉDI.

À Venise.

Je vois ici des gens qui disputent, sans fin, sur la religion : mais il semble qu'ils combattent en même temps à qui l'observera le moins.

Non seulement ils ne sont pas meilleurs chrétiens, mais même meilleurs citoyens ; et c'est ce qui me

touche : car, dans quelque religion qu'on vive, l'obser-
vation des lois, l'amour pour les hommes, la piété,
envers les parents, sont toujours les premiers actes de
religion.

En effet, le premier objet d'un homme religieux ne
doit-il pas être de plaire à la divinité qui a établi la reli-
gion qu'il professe ? Mais le moyen le plus sûr, pour y
parvenir, est sans doute d'observer les règles de la
société, et les devoirs de l'humanité. Car, en quelque
religion qu'on vive, dès qu'on en suppose une, il faut
bien que l'on suppose aussi que Dieu aime les hommes,
puisqu'il établit une religion pour les rendre heureux :
que s'il aime les hommes, on est assuré de lui plaire en
les aimant aussi ; c'est-à-dire, en exerçant envers eux
tous les devoirs de la charité et de l'humanité, et en ne
violant point les lois sous lesquelles ils vivent.

Par là, on est bien plus sûr de plaire à Dieu, qu'en
observant telle ou telle cérémonie : car les cérémonies
n'ont point un degré de bonté par elles-mêmes ; elles ne
sont bonnes qu'avec égard, et dans la supposition que
Dieu les a commandées. Mais c'est la matière d'une
grande discussion : on peut facilement s'y tromper, car
il faut choisir les cérémonies d'une religion entre celles
de deux mille.

Un homme faisait tous les jours à Dieu cette prière :
« Seigneur, je n'entends rien dans les disputes que l'on
fait sans cesse à votre sujet : je voudrais vous servir
selon votre volonté ; mais chaque homme que je
consulte veut que je vous serve à la sienne. Lorsque je
veux vous faire ma prière, je ne sais en quelle langue je
dois vous parler. Je ne sais pas non plus en quelle pos-
ture je dois me mettre : l'un dit que je dois vous prier
debout ; l'autre veut que je sois assis ; l'autre exige que
mon corps porte sur mes genoux. Ce n'est pas tout : il
y en a qui prétendent que je dois me laver tous les
matins avec de l'eau froide : d'autres soutiennent que

vous me regarderez avec horreur, si je ne me fais pas couper un petit morceau de chair. Il m'arriva, l'autre jour, de manger un lapin dans un caravansérail : trois hommes, qui étaient auprès de là, me firent trembler : ils me soutinrent tous trois que je vous avais grièvement offensé ; l'un*, parce que cet animal était immonde ; l'autre**, parce qu'il était étouffé ; l'autre enfin***, parce qu'il n'était pas poisson. Un brachmane, qui passait par là, et que je pris pour juge, me dit : « Ils ont tort, car apparemment vous n'avez pas tué vous-même cet animal. — Si fait, lui dis-je. — Ah ! vous avez commis une action abominable, et que Dieu ne vous pardonnera jamais, me dit-il d'une voix sévère : que savez-vous si l'âme de votre père n'était pas passée dans cette bête ? » Toutes ces choses, seigneur, me jettent dans un embarras inconcevable : je ne puis remuer la tête, que je ne sois menacé de vous offenser : cependant je voudrais vous plaire, et employer à cela la vie que je tiens de vous. Je ne sais si je me trompe ; mais je crois que le meilleur moyen pour y parvenir, est de vivre en bon citoyen dans la société où vous m'avez fait naître, et en bon père dans la famille que vous m'avez donnée. »

De Paris,
le 8 de la lune de Chahban 1713.

LETTRE XLVII

ZACHI À USBEK.

À Paris.

J'ai une grande nouvelle à t'apprendre : je me suis réconciliée avec Zéphis ; le sérail, partagé entre nous,

* Un juif.
** Un Turc.
*** Un Arménien [1].

s'est réuni. Il ne manque que toi dans ces lieux, où la paix règne : viens, mon cher Usbek, viens y faire triompher l'amour.

Je donnai à Zéphis un grand festin, où ta mère, tes femmes, et tes principales concubines furent invitées : tes tantes et plusieurs de tes cousines s'y trouvèrent aussi : elles étaient venues à cheval, couvertes du sombre nuage de leurs voiles et de leurs habits.

Le lendemain, nous partîmes pour la campagne, où nous espérions être plus libres : nous montâmes sur nos chameaux, et nous nous mîmes quatre dans chaque loge. Comme la partie avait été faite brusquement, nous n'eûmes pas le temps d'envoyer à la ronde annoncer le courouc[1] : mais le premier eunuque, toujours industrieux, prit une autre précaution ; car il joignit, à la toile qui nous empêchait d'être vues, un rideau si épais, que nous ne pouvions absolument voir personne.

Quand nous fûmes arrivées à cette rivière, qu'il faut traverser, chacune de nous se mit, selon la coutume, dans une boîte[2], et se fit porter dans le bateau : car on nous dit que la rivière était pleine de monde. Un curieux, qui s'approcha trop près du lieu où nous étions enfermées, reçut un coup mortel, qui lui ôta pour jamais la lumière du jour ; un autre, qu'on trouva se baignant tout nu sur le rivage, eut le même sort : et tes fidèles eunuques sacrifièrent à ton honneur et au nôtre ces deux infortunés.

Mais écoute le reste de nos aventures. Quand nous fûmes au milieu du fleuve, un vent si impétueux s'éleva, et un nuage si affreux couvrit les airs, que nos matelots commencèrent à désespérer. Effrayées de ce péril, nous nous évanouîmes presque toutes. Je me souviens que j'entendis la voix et la dispute de nos eunuques, dont les uns disaient qu'il fallait nous avertir du péril, et nous tirer de notre prison : mais leur chef soutint toujours qu'il mourrait plutôt que de souffrir que son maître fût

trouver quelque politesse ; car les Français n'imaginent pas que notre climat produise des hommes. Cependant, il faut l'avouer, ils valent la peine qu'on les détrompe.

J'ai passé quelques jours dans une maison de campagne auprès de Paris, chez un homme de considération, qui est ravi d'avoir de la compagnie chez lui. Il a une femme fort aimable, et qui joint à une grande modestie une gaieté que la vie retirée ôte toujours à nos dames de Perse.

Étranger que j'étais, je n'avais rien de mieux à faire que d'étudier cette foule de gens qui y abordaient sans cesse, et qui me présentaient toujours quelque chose de nouveau. Je remarquai d'abord un homme, dont la simplicité me plut ; je m'attachai à lui, il s'attacha à moi ; de sorte que nous nous trouvions toujours l'un auprès de l'autre.

Un jour que, dans un grand cercle, nous nous entretenions en particulier, laissant les conversations générales à elles-mêmes : « Vous trouverez peut-être en moi, lui dis-je, plus de curiosité que de politesse : mais je vous supplie d'agréer que je vous fasse quelques questions ; car je m'ennuie de n'être au fait de rien, et de vivre avec des gens que je ne saurais démêler. Mon esprit travaille depuis deux jours : il n'y a pas un seul de ces hommes qui ne m'ait donné deux cents fois la torture ; et je ne les devinerais de mille ans ; ils me sont plus invisibles que les femmes de notre grand monarque. — Vous n'avez qu'à dire, me répondit-il, et je vous instruirai de tout ce que vous souhaiterez ; d'autant mieux que je vous crois homme discret, et que vous n'abuserez pas de ma confiance. »

« Qui est cet homme, lui dis-je, qui nous a tant parlé des repas qu'il a donnés aux grands, qui est si familier avec vos ducs, et qui parle si souvent à vos ministres qu'on me dit être d'un accès si difficile ? Il faut bien que ce soit un homme de qualité : mais il a la physionomie

si basse, qu'il ne fait guère honneur aux gens de qua-
lité ; et d'ailleurs je ne lui trouve point d'éducation. Je
suis étranger ; mais il me semble qu'il y a, en général,
une certaine politesse commune à toutes les nations ; je
ne lui trouve point de celle-là : est-ce que vos gens de
qualité sont plus mal élevés que les autres ? — Cet
homme, me répondit-il en riant, est un fermier[1] : il est
autant au-dessus des autres par ses richesses, qu'il est
au-dessous de tout le monde par sa naissance : il aurait
la meilleure table de Paris, s'il pouvait se résoudre à ne
manger jamais chez lui : il est bien impertinent, comme
vous voyez ; mais il excelle par son cuisinier : aussi n'en
est-il pas ingrat, car vous avez entendu qu'il l'a loué tout
aujourd'hui. »

« Et ce gros homme vêtu de noir, lui dis-je, que cette
dame a fait placer auprès d'elle ? Comment a-t-il un
habit si lugubre, avec un air si gai et un teint si fleuri ?
Il sourit gracieusement dès qu'on lui parle ; sa parure
est plus modeste, mais plus arrangée que celle de vos
femmes. — C'est, me répondit-il, un prédicateur, et,
qui pis est, un directeur. Tel que vous le voyez, il en sait
plus que les maris ; il connaît le faible des femmes : elles
savent aussi qu'il a le sien. — Comment, dis-je ! il parle
toujours de quelque chose, qu'il appelle la grâce ? —
Non pas toujours, me répondit-il : à l'oreille d'une jolie
femme, il parle encore plus volontiers de sa chute : il
foudroie en public, mais il est doux comme un agneau
en particulier. — Il me semble, dis-je, qu'on le dis-
tingue beaucoup, et qu'on a de grands égards pour lui.
— Comment ! si on le distingue ? C'est un homme
nécessaire ; il fait la douceur de la vie retirée ; petits
conseils, soins officieux, visites marquées ; il dissipe un
mal de tête mieux qu'homme du monde ; il est excel-
lent. »

« Mais, si je ne vous importune pas, dites-moi qui est
celui qui est vis-à-vis de nous, qui est si mal habillé ; qui

fait quelquefois des grimaces, et a un langage différent
des autres ; qui n'a pas d'esprit pour parler, mais qui
parle pour avoir de l'esprit ? — C'est, me répondit-il, un
poète, et le grotesque du genre humain. Ces gens-là
disent qu'ils sont nés ce qu'ils sont[2] ; cela est vrai, et
aussi ce qu'ils seront toute leur vie, c'est-à-dire, presque
toujours les plus ridicules de tous les hommes : aussi
ne les épargne-t-on point : on verse sur eux le mépris à
pleines mains. La famine a fait entrer celui-ci dans cette
maison ; et il y est bien reçu du maître et de la maî-
tresse, dont la bonté et la politesse ne se démentent à
l'égard de personne : il fit leur épithalame lorsqu'ils se
marièrent : c'est ce qu'il a fait de mieux en sa vie ; car
il s'est trouvé que le mariage a été aussi heureux qu'il
l'a prédit. »

« Vous ne le croiriez pas peut-être, ajouta-t-il, entêté
comme vous êtes des préjugés de l'Orient : il y a, parmi
nous, des mariages heureux, et des femmes dont la
vertu est un gardien sévère. Les gens, dont nous par-
lons, goûtent entre eux une paix qui ne peut être trou-
blée ; ils sont aimés et estimés de tout le monde : il n'y
a qu'une chose ; c'est que leur bonté naturelle leur fait
recevoir chez eux toute sorte de monde ; ce qui fait
qu'ils ont quelquefois mauvaise compagnie. Ce n'est pas
que je les désapprouve ; il faut vivre avec les hommes
tels qu'ils sont : les gens qu'on dit être de si bonne com-
pagnie ne sont souvent que ceux dont les vices sont plus
raffinés ; et peut-être en est-il comme des poisons, dont
les plus subtils sont aussi les plus dangereux.

« Et ce vieux homme, lui dis-je tout bas, qui a l'air si
chagrin ? Je l'ai pris d'abord pour un étranger : car,
outre qu'il est habillé autrement que les autres, il cen-
sure tout ce qui se fait en France, et n'approuve pas
votre gouvernement. — C'est un vieux guerrier, me dit-
il, qui se rend mémorable à tous ses auditeurs par la
longueur de ses exploits. Il ne peut souffrir que la

France ait gagné des batailles où il ne se soit pas trouvé,
ou qu'on vante un siège où il n'ait pas monté à la tran-
chée : il se croit si nécessaire à notre histoire, qu'il
s'imagine qu'elle finit où il a fini ; il regarde quelques
blessures qu'il a reçues, comme la dissolution de la
monarchie : et, à la différence de ces philosophes qui
disent qu'on ne jouit que du présent, et que le passé
n'est rien, il ne jouit, au contraire que du passé, et
n'existe que dans les campagnes qu'il a faites : il respire
dans les temps qui se sont écoulés, comme les héros
doivent vivre dans ceux qui passeront après eux. —
Mais pourquoi, dis-je, a-t-il quitté le service ? — Il ne
l'a point quitté, me répondit-il ; mais le service l'a
quitté ; on l'a employé dans une petite place, où il racon-
tera ses aventures le reste de ses jours : mais il n'ira
jamais plus loin ; le chemin des honneurs lui est fermé.
— Et pourquoi, lui dis-je ? — Nous avons une maxime
en France, me répondit-il : c'est de n'élever jamais les
officiers dont la patience a langui dans les emplois
subalternes : nous les regardons comme des gens dont
l'esprit s'est rétréci dans les détails ; et qui, par l'habi-
tude des petites choses, sont devenus incapables des
plus grandes. Nous croyons qu'un homme, qui n'a pas
les qualités d'un général à trente ans, ne les aura
jamais : que celui qui n'a pas ce coup d'œil qui montre
tout d'un coup un terrain de plusieurs lieues dans
toutes ses situations différentes, cette présence d'esprit
qui fait que, dans une victoire, on se sert de tous ses
avantages, et dans un échec de toutes ses ressources,
n'acquerra jamais ces talents. C'est pour cela que nous
avons des emplois brillants, pour ces hommes grands
et sublimes, que le ciel a partagés non seulement d'un
cœur, mais aussi d'un génie héroïque ; et des emplois
subalternes, pour ceux dont les talents le sont aussi. De
ce nombre sont ces gens qui ont vieilli dans une guerre
obscure : ils ne réussissent tout au plus qu'à faire ce

qu'ils ont fait toute leur vie ; et il ne faut point com-
mencer à les charger dans le temps qu'ils s'affaiblis-
sent. »

Un moment après, la curiosité me reprit, et je lui dis :
« Je m'engage à ne vous plus faire de questions, si vous
voulez encore souffrir celle-ci. Qui est ce grand jeune
homme qui a des cheveux, peu d'esprit, et tant d'im-
pertinence ? D'où vient qu'il parle plus haut que les
autres, et se sait si bon gré d'être au monde ? — C'est
un homme à bonnes fortunes », me répondit-il. À ces
mots, des gens entrèrent, d'autres sortirent, on se leva,
quelqu'un vint parler à mon gentilhomme, et je restai
aussi peu instruit qu'auparavant. Mais, un moment
après, je ne sais par quel hasard ce jeune homme se
trouva auprès de moi ; et, m'adressant la parole : « Il fait
beau ; voudriez-vous, monsieur, faire un tour dans le
parterre ? » Je lui répondis le plus civilement qu'il me
fut possible, et nous sortîmes ensemble. « Je suis venu
à la campagne, me dit-il, pour faire plaisir à la maî-
tresse de la maison, avec laquelle je ne suis pas mal. Il
y a bien certaine femme dans le monde qui ne sera pas
de bonne humeur ; mais qu'y faire ? Je vois les plus
jolies femmes de Paris ; mais je ne me fixe pas à une,
et je leur en donne bien à garder[3] : car, entre vous et
moi, je ne vaux pas grand-chose[4]. Apparemment, mon-
sieur, lui dis-je, que vous avez quelque charge ou
quelque emploi, qui vous empêche d'être plus assidu
auprès d'elles. — Non, monsieur : je n'ai d'autre emploi
que de faire enrager un mari, ou désespérer un père ;
j'aime à alarmer une femme qui croit me tenir, et la
mettre à deux doigts de ma perte. Nous sommes
quelques jeunes gens qui partageons ainsi tout Paris, et
l'intéressons à nos moindres démarches. — À ce que je
comprends, lui dis-je, vous faites plus de bruit que le
guerrier le plus valeureux, et vous êtes plus considéré
qu'un grave magistrat. Si vous étiez en Perse, vous ne

jouiriez pas de tous ces avantages ; vous deviendriez
plus propre à garder nos dames qu'à leur plaire. » Le
feu me monta au visage ; et je crois que, pour peu que
j'eusse parlé, je n'aurais pu m'empêcher de le brusquer.

Que dis-tu d'un pays où l'on tolère de pareilles gens,
et où l'on laisse vivre un homme qui fait un tel métier ?
où l'infidélité, la trahison, le rapt, la perfidie et l'injus-
tice, conduisent à la considération ? où l'on estime un
homme, parce qu'il ôte une fille à son père, une femme
à son mari, et trouble les sociétés les plus douces et les
plus saintes ? Heureux les enfants d'Hali, qui défendent
leurs familles de l'opprobre et de la séduction ! La
lumière du jour n'est pas plus pure que le feu qui brûle
dans le cœur de nos femmes : nos filles ne pensent qu'en
tremblant au jour qui doit les priver de cette vertu qui
les rend semblables aux anges et aux puissances incor-
porelles. Terre natale et chérie, sur qui le soleil jette ses
premiers regards, tu n'es point souillée par les crimes
horribles qui obligent cet astre à se cacher dès qu'il
paraît dans le noir Occident.

De Paris,
le 5 de la lune de Rhamazan 1713.

LETTRE XLIX

RICA À USBEK.

À ***.

Étant l'autre jour dans ma chambre, je vis entrer un
dervis extraordinairement habillé. Sa barbe descendait
jusqu'à sa ceinture de corde : il avait les pieds nus : son
habit était gris, grossier, et en quelques endroits pointu.
Le tout me parut si bizarre, que ma première idée fut
d'envoyer chercher un peintre, pour en faire une fan-
taisie [1].

Il me fit d'abord un grand compliment, dans lequel il m'apprit qu'il était homme de mérite, et de plus capucin. « On m'a dit, ajouta-t-il, monsieur, que vous retournez bientôt à la cour de Perse, où vous tenez un rang distingué. Je viens vous demander votre protection, et vous prier de nous obtenir du roi une petite habitation, auprès de Casbin[2], pour deux ou trois religieux. — Mon père, lui dis-je, vous voulez donc aller en Perse ? — Moi, monsieur ! me dit-il. Je m'en donnerai bien de garde. Je suis ici provincial, et je ne troquerais pas ma condition contre celle de tous les capucins du monde. — Et que diable me demandez-vous donc ? — C'est, me répondit-il, que, si nous avions cet hospice, nos pères d'Italie y enverraient deux ou trois de leurs religieux. — Vous les connaissez apparemment, lui dis-je, ces religieux ? — Non, monsieur, je ne les connais pas. — Eh morbleu, que vous importe donc qu'ils aillent en Perse ? C'est un beau projet de faire respirer l'air de Casbin à deux capucins ! cela sera très utile et à l'Europe et à l'Asie ! il est fort nécessaire d'intéresser là-dedans les monarques ! voilà ce qui s'appelle de belles colonies ! Allez ; vous et vos semblables n'êtes point faits pour être transplantés ; et vous ferez bien de continuer à ramper dans les endroits où vous vous êtes engendrés. »

De Paris,
le 15 de la lune de Rhamazan 1713.

LETTRE L
RICA À ***.

J'ai vu des gens chez qui la vertu était si naturelle, qu'elle ne se faisait pas même sentir : ils s'attachaient à leur devoir sans s'y plier, et s'y portaient comme par instinct : bien loin de relever par leurs discours leurs

rares qualités, il semblait qu'elles n'avaient pas percé jusqu'à eux. Voilà les gens que j'aime; non pas ces hommes vertueux qui semblent être étonnés de l'être, et qui regardent une bonne action comme un prodige dont le récit doit surprendre.

Si la modestie[1] est une vertu nécessaire à ceux à qui le ciel a donné de grands talents, que peut-on dire de ces insectes qui osent faire paraître un orgueil qui déshonorerait les plus grands hommes?

Je vois, de tous côtés, des gens qui parlent sans cesse d'eux-mêmes; leurs conversations sont un miroir qui présente toujours leur impertinente figure: ils vous parleront des moindres choses qui leur sont arrivées, et ils veulent que l'intérêt qu'ils y prennent les grossisse à vos yeux: ils ont tout fait, tout vu, tout dit, tout pensé: ils sont un modèle universel, un sujet de comparaisons inépuisable, une source d'exemples qui ne tarit jamais. Oh! que la louange est fade, lorsqu'elle réfléchit vers le lieu d'où elle part!

Il y a quelques jours qu'un homme de ce caractère nous accabla, pendant deux heures, de lui, de son mérite et de ses talents: mais, comme il n'y a point de mouvement perpétuel dans le monde, il cessa de parler. La conversation nous revint donc, et nous la prîmes.

Un homme, qui paraissait assez chagrin, commença par se plaindre de l'ennui répandu dans les conversations. «Quoi! toujours des sots, qui se peignent eux-mêmes, et qui ramènent tout à eux? — Vous avez raison, reprit brusquement notre discoureur. Il n'y a qu'à faire comme moi; je ne me loue jamais: j'ai du bien, de la naissance, je fais de la dépense, mes amis disent que j'ai quelque esprit; mais je ne parle jamais de tout cela: si j'ai quelques bonnes qualités, celle dont je fais le plus de cas, c'est ma modestie.»

J'admirais cet impertinent; et, pendant qu'il parlait tout haut, je disais tout bas: «Heureux celui qui a assez

de vanité pour ne dire jamais de bien de lui ; qui craint ceux qui l'écoutent ; et ne compromet point son mérite avec l'orgueil des autres ! »

De Paris,
le 20 de la lune de Rhamazan 1713.

LETTRE LI

NARGUM, ENVOYÉ DE PERSE EN MOSCOVIE,
À USBEK.
À Paris.

On m'a écrit, d'Ispahan, que tu avais quitté la Perse, et que tu étais actuellement à Paris. Pourquoi faut-il que j'apprenne de tes nouvelles par d'autre que par toi ?

Les ordres du roi des rois me retiennent depuis cinq ans dans ce pays-ci, où j'ai terminé plusieurs négociations importantes.

Tu sais que le czar est le seul des princes chrétiens dont les intérêts soient mêlés avec ceux de la Perse, parce qu'il est ennemi des Turcs, comme nous.

Son empire est plus grand que le nôtre : car on compte mille lieues depuis Moscou jusqu'à la dernière place de ses états du côté de la Chine.

Il est le maître absolu de la vie et des biens de ses sujets, qui sont tous esclaves, à la réserve de quatre familles. Le lieutenant des prophètes, le roi des rois, qui a le ciel pour marchepied, ne fait pas un exercice plus redoutable de sa puissance.

À voir le climat affreux de la Moscovie, on ne croirait jamais que ce fût une peine d'en être exilé : cependant, dès qu'un grand est disgracié, on le relègue en Sibérie.

Comme la loi de notre prophète nous défend de boire du vin, celle du prince le défend aux Moscovites.

Ils ont une manière de recevoir leurs hôtes, qui n'est

point du tout persane. Dès qu'un étranger entre dans une maison, le mari lui présente sa femme, l'étranger la baise ; et cela passe pour une politesse faite au mari.

Quoique les pères, au contrat de mariage de leurs filles, stipulent ordinairement que le mari ne les fouettera pas, cependant on ne saurait croire combien les femmes moscovites* aiment à être battues : elles ne peuvent comprendre qu'elles possèdent le cœur de leur mari, s'il ne les bat comme il faut. Une conduite opposée, de sa part, est une marque d'indifférence impardonnable. Voici une lettre qu'une d'elles écrivit dernièrement à sa mère :

Ma chère mère.

Je suis la plus malheureuse femme du monde : il n'y a rien que je n'aie fait pour me faire aimer de mon mari, et je n'ai jamais pu y réussir. Hier, j'avais mille affaires dans la maison ; je sortis, et je demeurai tout le jour dehors : je crus, à mon retour, qu'il me battrait bien fort ; mais il ne me dit pas un seul mot. Ma sœur est bien autrement traitée : son mari la bat tous les jours ; elle ne peut pas regarder un homme, qu'il ne l'assomme soudain : ils s'aiment beaucoup aussi, et ils vivent de la meilleure intelligence du monde.

C'est ce qui la rend si fière : mais je ne lui donnerai pas longtemps sujet de me mépriser. J'ai résolu de me faire aimer de mon mari, à quelque prix que ce soit : je le ferai si bien enrager, qu'il faudra bien qu'il me donne des marques d'amitié. Il ne sera pas dit que je ne serai pas battue, et que je vivrai dans la maison sans que l'on pense à moi. La moindre chiquenaude qu'il me donnera, je crierai de toute ma force, afin qu'on s'imagine qu'il y va tout de bon ; et je crois que, si quelque voisin venait au secours, je l'étranglerais. Je vous supplie, ma chère mère, de vouloir bien représenter à mon mari qu'il me traite

* Ces mœurs sont changées.

une de quatre-vingts ans, une de soixante, une de qua-
rante, qui avait une nièce de vingt à vingt-deux. Un cer-
tain instinct me fit approcher de cette dernière, et elle
me dit à l'oreille : «Que dites-vous de ma tante, qui, à
son âge, veut avoir des amants, et fait encore la jolie ?
— Elle a tort, lui dis-je ; c'est un dessein qui ne convient
qu'à vous. » Un moment après, je me trouvai auprès de
sa tante, qui me dit : «Que dites-vous de cette femme
qui a pour le moins soixante ans, qui a passé aujour-
d'hui plus d'une heure à sa toilette ? — C'est du temps
perdu, lui dis-je ; et il faut avoir vos charmes pour
devoir y songer. » J'allai à cette malheureuse femme de
soixante ans, et la plaignais dans mon âme, lorsqu'elle
me dit à l'oreille : «Y a-t-il rien de si ridicule ? Voyez
cette femme qui a quatre-vingts ans, et qui met des
rubans couleur-de-feu : elle veut faire la jeune, et elle y
réussit ; car cela approche de l'enfance. — Ah, bon
Dieu ! dis-je en moi-même, ne sentirons-nous jamais
que le ridicule des autres ? C'est peut-être un bonheur,
disais-je ensuite, que nous trouvions de la consolation
dans les faiblesses d'autrui. » Cependant j'étais en train
de me divertir, et je dis : «Nous avons assez monté ; des-
cendons à présent, et commençons par la vieille qui est
au sommet. » — «Madame, vous vous ressemblez si
fort, cette dame à qui je viens de parler et vous, qu'il
semble que vous soyez deux sœurs ; je vous crois, à peu
près, de même âge. — Vraiment, monsieur, me dit-elle,
lorsque l'une mourra, l'autre devra avoir grand-peur :
je ne crois pas qu'il y ait d'elle à moi deux jours de dif-
férence. » Quand je tins cette femme décrépite, j'allai à
celle de soixante ans. «Il faut, madame, que vous déci-
diez un pari que j'ai fait : j'ai gagé que cette dame et
vous, lui montrant la femme de quarante ans, étiez de
même âge. — Ma foi, dit-elle, je ne crois pas qu'il y ait
six mois de différence. » Bon, m'y voilà ; continuons. Je
descendis encore, et j'allai à la femme de quarante ans.

« Madame, faites-moi la grâce de me dire si c'est pour
rire que vous appelez cette demoiselle, qui est à l'autre
table, votre nièce ? Vous êtes aussi jeune qu'elle ; elle a
même quelque chose dans le visage de passé, que vous
n'avez certainement pas ; et ces couleurs vives qui
paraissent sur votre teint... — Attendez, me dit-elle : je
suis sa tante ; mais sa mère avait, pour le moins, vingt-
cinq ans plus que moi : nous n'étions pas de même lit ;
j'ai ouï dire à feue ma sœur que sa fille et moi naquîmes
la même année. — Je le disais bien, madame ; et je
n'avais pas tort d'être étonné. »

Mon cher Usbek, les femmes qui se sentent finir
d'avance, par la perte de leurs agréments, voudraient
reculer vers la jeunesse. Eh ! comment ne cherche-
raient-elles pas à tromper les autres ? elles font tous
leurs efforts pour se tromper elles-mêmes, et se déro-
ber à la plus affligeante de toutes les idées.

De Paris,
le 3 de la lune de Chalval 1713.

LETTRE LIII

ZÉLIS À USBEK.

À Paris.

Jamais passion n'a été plus forte et plus vive que celle
de Cosrou, eunuque blanc, pour mon esclave Zélide ; il
la demande en mariage avec tant de fureur, que je ne
puis la lui refuser. Et pourquoi ferais-je de la résistance,
lorsque sa mère n'en fait pas, et que Zélide elle-même
paraît satisfaite de l'idée de ce mariage imposteur, et de
l'ombre vaine qu'on lui présente ?

Que veut-elle faire de cet infortuné, qui n'aura d'un
mari que la jalousie ; qui ne sortira de sa froideur que
pour entrer dans un désespoir inutile ; qui se rappellera

toujours la mémoire de ce qu'il a été, pour la faire sou-
venir de ce qu'il n'est plus ; qui, toujours prêt à se don-
ner, et ne se donnant jamais, se trompera, la trompera
sans cesse, et lui fera essuyer à chaque instant tous les
malheurs de sa condition ?

Et quoi ! être toujours dans les images et dans les
fantômes ? ne vivre que pour imaginer ? se trouver
toujours auprès des plaisirs, et jamais dans les plai-
sirs ? languissante dans les bras d'un malheureux, au
lieu de répondre à ses soupirs, ne répondre qu'à ses
regrets ?

Quel mépris ne doit-on pas avoir pour un homme
de cette espèce, fait uniquement pour garder, et
jamais pour posséder ? Je cherche l'amour, et je ne le
vois pas.

Je te parle librement, parce que tu aimes ma naï-
veté, et que tu préfères mon air libre et ma sensibilité
pour les plaisirs, à la pudeur feinte de mes com-
pagnes.

Je t'ai ouï dire mille fois que les eunuques goûtent
avec les femmes une sorte de volupté, qui nous est
inconnue ; que la nature se dédommage de ses pertes ;
qu'elle a des ressources qui réparent le désavantage de
leur condition[1] ; qu'on peut bien cesser d'être homme,
mais non pas d'être sensible ; et que, dans cet état, on
est comme dans un troisième sens, où l'on ne fait, pour
ainsi dire, que changer de plaisirs.

Si cela était, je trouverais Zélide moins à plaindre.
C'est quelque chose de vivre avec des gens moins mal-
heureux.

Donne-moi tes ordres là-dessus, et fais-moi savoir si
tu veux que le mariage s'accomplisse dans le sérail.
Adieu.

Du sérail d'Ispahan,
le 5 de la lune de Chalval 1713.

LETTRE LIV

RICA À USBEK.

À ***.

J'étais ce matin dans ma chambre, qui, comme tu sais, n'est séparée des autres que par une cloison fort mince, et percée en plusieurs endroits ; de sorte qu'on entend tout ce qui se dit dans la chambre voisine. Un homme, qui se promenait à grands pas, disait à un autre : « Je ne sais ce que c'est ; mais tout se tourne contre moi. Il y a plus de trois jours que je n'ai rien dit qui m'ait fait honneur ; et je me suis trouvé confondu pêle-mêle dans toutes les conversations, sans qu'on ait fait la moindre attention à moi, et qu'on m'ait deux fois adressé la parole. J'avais préparé quelques saillies pour relever mon discours ; jamais on n'a voulu souffrir que je les fisse venir : j'avais un conte fort joli à faire ; mais, à mesure que j'ai voulu l'approcher, on l'a esquivé comme si on l'avait fait exprès : j'ai quelques bons mots, qui, depuis quatre jours, vieillissent dans ma tête, sans que j'en aie pu faire le moindre usage. Si cela continue, je crois qu'à la fin je serai un sot ; il semble que ce soit mon étoile, et que je ne puisse m'en dispenser. Hier, j'avais espéré de briller avec trois ou quatre vieilles femmes, qui certainement ne m'en imposent point, et je devais dire les plus jolies choses du monde : je fus plus d'un quart d'heure à diriger ma conversation ; mais elles ne tinrent jamais un propos suivi, et elles coupè-rent, comme des Parques fatales, le fil de tous mes dis-cours. Veux-tu que je te dise ? la réputation de bel esprit coûte bien à soutenir. Je ne sais comment tu as fait pour y parvenir. — Il me vient une pensée, reprit l'autre : travaillons de concert à nous donner de l'esprit ; associons-nous pour cela. Chaque jour nous nous

dirons de quoi nous devons parler : et nous nous
secourrons si bien, que, si quelqu'un vient nous inter-
rompre au milieu de nos idées, nous l'attirerons nous-
mêmes ; et, s'il ne veut pas venir de bon gré, nous lui
ferons violence. Nous conviendrons des endroits où il
faudra approuver, de ceux où il faudra sourire, des
autres où il faudra rire tout à fait et à gorge déployée.
Tu verras que nous donnerons le ton à toutes les
conversations, et qu'on admirera la vivacité de notre
esprit, et le bonheur de nos reparties. Nous nous pro-
tégerons par des signes de tête mutuels. Tu brilleras
aujourd'hui, demain tu seras mon second. J'entrerai
avec toi dans une maison, et je m'écrierai, en te mon-
trant : « Il faut que je vous dise une réponse bien plai-
sante que monsieur vient de faire à un homme que nous
avons trouvé dans la rue. » Et je me tournerai vers toi :
« Il ne s'y attendait pas, il a été bien étonné. » Je récite-
rai quelques-uns de mes vers, et tu diras : « J'y étais
quand il les fit ; c'était dans un souper, et il ne rêva pas
un moment. » Souvent même nous nous raillerons toi
et moi, et l'on dira : « Voyez comme ils s'attaquent,
comme ils se défendent ; ils ne s'épargnent pas : voyons
comment il sortira de là ; à merveilles ; quelle présence
d'esprit ! voilà une véritable bataille. » Mais on ne dira
pas que nous nous étions escarmouchés la veille. Il fau-
dra acheter de certains livres, qui sont des recueils de
bons mots, composés à l'usage de ceux qui n'ont point
d'esprit, et qui en veulent contrefaire ; tout dépend
d'avoir des modèles. Je veux qu'avant six mois nous
soyons en état de tenir une conversation d'une heure,
toute remplie de bons mots. Mais il faudra avoir une
attention ; c'est de soutenir leur fortune : ce n'est pas
assez de dire un bon mot ; il faut le répandre et le semer
partout ; sans cela, autant de perdu ; et je t'avoue qu'il
n'y a rien de si désolant que de voir une jolie chose,
qu'on a dite, mourir dans l'oreille d'un sot qui l'entend.

Il est vrai que souvent il y a une compensation, et que nous disons aussi bien des sottises qui passent *incognito*; et c'est la seule chose qui peut nous consoler dans cette occasion. Voilà, mon cher, le parti qu'il nous faut prendre. Fais ce que je te dirai, et je te promets, avant six mois, une place à l'Académie : c'est pour te dire que le travail ne sera pas long : car pour lors tu pourras renoncer à ton art; tu seras homme d'esprit, malgré que tu en aies. On remarque, en France, que, dès qu'un homme entre dans une compagnie, il prend d'abord ce qu'on appelle l'esprit du corps : tu feras de même; et je ne crains pour toi que l'embarras des applaudissements. »

De Paris,
le 6 de la lune de Zilcadé 1714.

LETTRE LV

RICA À IBBEN.

À Smyrne.

Chez les peuples d'Europe, le premier quart d'heure du mariage aplanit toutes les difficultés; les dernières faveurs sont toujours de même date que la bénédiction nuptiale : les femmes n'y font point comme nos Persanes, qui disputent le terrain quelquefois des mois entiers : il n'y a rien de si plénier[1] : si elles ne perdent rien, c'est qu'elles n'ont rien à perdre : mais on sait toujours, chose honteuse! le moment de leur défaite; et, sans consulter les astres, on peut prédire au juste l'heure de la naissance de leurs enfants.

Les Français ne parlent presque jamais de leurs femmes : c'est qu'ils ont peur d'en parler devant des gens qui les connaissent mieux qu'eux.

Il y a, parmi eux, des hommes très malheureux que

personne ne console, ce sont les maris jaloux; il y en a
que tout le monde hait, ce sont les maris jaloux; il y en
a que tous les hommes méprisent, ce sont encore les
maris jaloux.

Aussi n'y a-t-il point de pays où ils soient en si petit
nombre que chez les Français. Leur tranquillité n'est
pas fondée sur la confiance qu'ils ont en leurs femmes;
c'est au contraire sur la mauvaise opinion qu'ils en ont.
Toutes les sages précautions des Asiatiques, les voiles
qui les couvrent, les prisons où elles sont détenues, la
vigilance des eunuques, leur paraissent des moyens
plus propres à exercer l'industrie de ce sexe, qu'à la las-
ser. Ici, les maris prennent leur parti de bonne grâce,
et regardent les infidélités comme des coups d'une
étoile inévitable. Un mari, qui voudrait seul posséder sa
femme, serait regardé comme un perturbateur de la
joie publique, et comme un insensé qui voudrait jouir
de la lumière du soleil, à l'exclusion des autres hommes.

Ici, un mari qui aime sa femme est un homme qui
n'a pas assez de mérite pour se faire aimer d'une autre;
qui abuse de la nécessité de la loi, pour suppléer aux
agréments qui lui manquent; qui se sert de tous ses
avantages, au préjudice d'une société entière; qui s'ap-
proprie ce qui ne lui avait été donné qu'en engagement;
et qui agit, autant qu'il est en lui, pour renverser une
convention tacite, qui fait le bonheur de l'un et de
l'autre sexe. Ce titre de mari d'une jolie femme, qui se
cache en Asie avec tant de soin, se porte ici sans inquié-
tude. On se sent en état de faire diversion partout. Un
prince se console de la perte d'une place, par la prise
d'une autre : dans le temps que le Turc nous prenait
Bagdad, n'enlevions-nous pas au Mogol la forteresse de
Candahar[2] ?

Un homme qui, en général, souffre les infidélités de
sa femme, n'est point désapprouvé; au contraire, on le

loue de sa prudence : il n'y a que les cas particuliers qui déshonorent.

Ce n'est pas qu'il n'y ait des dames vertueuses, et on peut dire qu'elles sont distinguées ; mon conducteur me les faisait toujours remarquer : mais elles étaient toutes si laides, qu'il faut être un saint pour ne pas haïr la vertu.

Après ce que je t'ai dit des mœurs de ce pays-ci, tu t'imagines facilement que les Français ne s'y piquent guère de constance. Ils croient qu'il est aussi ridicule de jurer à une femme qu'on l'aimera toujours, que de soutenir qu'on se portera toujours bien, ou qu'on sera toujours heureux. Quand ils promettent à une femme qu'ils l'aimeront toujours, ils supposent qu'elle, de son côté, leur promet d'être toujours aimable ; et, si elle manque à sa parole, ils ne se croient plus engagés à la leur.

De Paris,
le 7 de la lune de Zilcadé 1714.

LETTRE LVI

USBEK À IBBEN.

À Smyrne.

Le jeu est très en usage en Europe : c'est un état que d'être joueur[1] ; ce seul titre tient lieu de naissance, de bien, de probité : il met tout homme qui le porte au rang des honnêtes gens, sans examen ; quoiqu'il n'y ait personne qui ne sache qu'en jugeant ainsi, il s'est trompé très souvent : mais on est convenu d'être incorrigible.

Les femmes y sont surtout très adonnées. Il est vrai qu'elles ne s'y livrent guère dans leur jeunesse, que pour favoriser une passion plus chère ; mais, à mesure

qu'elles vieillissent, leur passion pour le jeu semble
rajeunir, et cette passion remplit tout le vide des autres.

Elles veulent ruiner leurs maris ; et, pour y parvenir,
elles ont des moyens pour tous les âges, depuis la plus
tendre jeunesse, jusqu'à la vieillesse la plus décrépite :
les habits et les équipages commencent le dérange-
ment, la coquetterie l'augmente, le jeu l'achève.

J'ai vu souvent neuf ou dix femmes, ou plutôt neuf
ou dix siècles, rangées autour d'une table ; je les ai vues
dans leurs espérances, dans leurs craintes, dans leurs
joies, surtout dans leurs fureurs : tu aurais dit qu'elles
n'auraient jamais le temps de s'apaiser, et que la vie
allait les quitter avant leur désespoir : tu aurais été en
doute si ceux qu'elles payaient étaient leurs créanciers,
ou leurs légataires.

Il semble que notre saint prophète ait eu principale-
ment en vue de nous priver de tout ce qui peut troubler
notre raison : il nous a interdit l'usage du vin, qui la
tient ensevelie ; il nous a, par un précepte exprès,
défendu les jeux de hasard ; et, quand il lui a été impos-
sible d'ôter la cause des passions, il les a amorties.
L'amour, parmi nous, ne porte ni trouble, ni fureur :
c'est une passion languissante, qui laisse notre âme
dans le calme : la pluralité des femmes nous sauve de
leur empire ; elle tempère la violence de nos désirs.

De Paris,
le 10 de la lune de Zilhagé 1714.

LETTRE LVII

USBEK À RHÉDI.

À Venise.

Les libertins entretiennent ici un nombre infini de
filles de joie, et les dévots un nombre innombrable de

dervis. Ces dervis font trois vœux, d'obéissance, de pauvreté et de chasteté. On dit que le premier est le mieux observé de tous ; quant au second, je te réponds qu'il ne l'est point ; je te laisse à juger du troisième.

Mais, quelque riches que soient ces dervis, ils ne quittent jamais la qualité de pauvres ; notre glorieux sultan renoncerait plutôt à ses magnifiques et sublimes titres : ils ont raison ; car ce titre de pauvres les empêche de l'être.

Les médecins et quelques-uns de ces dervis, qu'on appelle confesseurs, sont toujours ici ou trop estimés, ou trop méprisés : cependant on dit que les héritiers s'accommodent mieux des médecins que des confesseurs.

Je fus l'autre jour dans un couvent de ces dervis. Un d'entre eux, vénérable par ses cheveux blancs, m'accueillit fort honnêtement. Il me fit voir toute la maison. Nous entrâmes dans le jardin, et nous nous mîmes à discourir. « Mon père, lui dis-je, quel emploi avez-vous dans la communauté ? — Monsieur, me répondit-il avec un air très content de ma question, je suis casuiste. — Casuiste ? repris-je. Depuis que je suis en France, je n'ai pas ouï parler de cette charge. — Quoi ! vous ne savez pas ce que c'est qu'un casuiste ? Hé bien, écoutez ; je vais vous en donner une idée, qui ne vous laissera rien à désirer. Il y a deux sortes de péchés ; de mortels, qui excluent absolument du paradis ; et de véniels, qui offensent Dieu à la vérité, mais ne l'irritent pas au point de nous priver de la béatitude. Or tout notre art consiste à bien distinguer ces deux sortes de péchés ; car, à la réserve de quelques libertins, tous les chrétiens veulent gagner le paradis : mais il n'y a guère personne qui ne le veuille gagner à meilleur marché qu'il est possible. Quand on connaît bien les péchés mortels, on tâche de ne pas commettre de ceux-là, et l'on fait son affaire. Il y a des hommes qui n'aspirent pas à une si

grande perfection; et, comme ils n'ont point d'ambition, ils ne se soucient pas des premières places; aussi entrent-ils en paradis le plus juste qu'ils peuvent; pourvu qu'ils y soient, cela leur suffit : leur but est de n'en faire ni plus ni moins. Ce sont des gens qui ravissent le ciel, plutôt qu'ils ne l'obtiennent, et qui disent à Dieu : «Seigneur, j'ai accompli les conditions à la rigueur; vous ne pouvez vous empêcher de tenir vos promesses : comme je n'en ai pas fait plus que vous n'en avez demandé, je vous dispense de m'en accorder plus que vous n'en avez promis. »

« Nous sommes donc des gens nécessaires, monsieur. Ce n'est pas tout pourtant; vous allez bien voir autre chose. L'action ne fait pas le crime, c'est la connaissance de celui qui la commet : celui qui fait un mal, tandis qu'il peut croire que ce n'en est pas un, est en sûreté de conscience : et, comme il y a un nombre infini d'actions équivoques, un casuiste peut leur donner un degré de bonté qu'elles n'ont point, en les déclarant bonnes; et, pourvu qu'il puisse persuader qu'elles n'ont pas de venin, il le leur ôte tout entier.

« Je vous dis ici le secret d'un métier où j'ai vieilli; je vous en fais voir les raffinements; il y a un tour à donner à tout, même aux choses qui en paraissent les moins susceptibles. — Mon père, lui dis-je, cela est fort bon : mais comment vous accommodez-vous avec le ciel? Si le sophi[1] avait à sa cour un homme qui fît à son égard ce que vous faites contre votre dieu, qui mît de la différence entre ses ordres, et qui apprît à ses sujets dans quel cas ils doivent les exécuter, et dans quel autre ils peuvent les violer, il le ferait empaler sur l'heure. » Je saluai mon dervis, et le quittai sans attendre sa réponse.

De Paris,
le 23 de la lune de Maharram 1714.

LETTRE LVIII

RICA À RHÉDI.

À Venise.

À Paris, mon cher Rhédi, il y a bien des métiers. Là,
un homme obligeant vient, pour un peu d'argent, vous
offrir le secret de faire de l'or.

Un autre vous promet de vous faire coucher avec les
esprits aériens, pourvu que vous soyez seulement trente
ans sans voir de femmes.

Vous trouverez encore des devins si habiles, qu'ils
vous diront toute votre vie, pourvu qu'ils aient seule-
ment eu un quart d'heure de conversation avec vos
domestiques.

Des femmes adroites font de la virginité une fleur qui
périt et renaît tous les jours, et se cueille la centième
fois plus douloureusement que la première.

Il y en a d'autres, qui, réparant par la force de leur
art toutes les injures du temps, savent rétablir sur un
visage une beauté qui chancelle ; et même rappeler une
femme du sommet de la vieillesse, pour la faire redes-
cendre jusqu'à la jeunesse la plus tendre.

Tous ces gens-là vivent, ou cherchent à vivre, dans
une ville qui est la mère de l'invention.

Les revenus des citoyens ne s'y afferment point : ils
ne consistent qu'en esprit et en industrie : chacun a la
sienne, qu'il fait valoir de son mieux.

Qui voudrait nombrer tous les gens de loi qui pour-
suivent le revenu de quelque mosquée, aurait aussitôt
compté les sables de la mer, et les esclaves de notre
monarque.

Un nombre infini de maîtres de langues, d'arts et de
sciences, enseignent ce qu'ils ne savent pas : et ce talent
est bien considérable ; car il ne faut pas beaucoup d'es-

prit pour montrer ce qu'on sait, mais il en faut infiniment pour enseigner ce qu'on ignore.

On ne peut mourir ici que subitement ; la mort ne saurait autrement exercer son empire : car il y a, dans tous les coins, des gens qui ont des remèdes infaillibles contre toutes les maladies imaginables.

Toutes les boutiques sont tendues de filets invisibles, où se vont prendre tous les acheteurs. L'on en sort pourtant quelquefois à bon marché : une jeune marchande cajole un homme une heure entière, pour lui faire acheter un paquet de cure-dents.

Il n'y a personne qui ne sorte de cette ville plus précautionné qu'il n'y est entré : à force de faire part de son bien aux autres, on apprend à le conserver ; seul avantage des étrangers dans cette ville enchanteresse.

De Paris,
le 10 de la lune de Saphar 1714.

LETTRE LIX

RICA À USBEK.

À ***.

J'étais l'autre jour dans une maison, où il y avait un cercle de gens de toute espèce : je trouvai la conversation occupée par deux vieilles femmes, qui avaient en vain travaillé tout le matin à se rajeunir. « Il faut avouer, disait une d'entre elles, que les hommes d'aujourd'hui sont bien différents de ceux que nous voyions dans notre jeunesse : ils étaient polis, gracieux, complaisants ; mais, à présent, je les trouve d'une brutalité insupportable. — Tout est changé, dit pour lors un homme qui paraissait accablé de goutte ; le temps n'est plus comme il était : il y a quarante ans, tout le monde se portait bien, on marchait, on était gai, on ne demandait qu'à rire et à dan-

ser : à présent, tout le monde est d'une tristesse insup-
portable. » Un moment après, la conversation tourna du
côté de la politique. « Morbleu, dit un vieux seigneur,
l'État n'est plus gouverné : trouvez-moi à présent un
ministre comme monsieur Colbert; je le connaissais
beaucoup, ce monsieur Colbert; il était de mes amis; il
me faisait toujours payer de mes pensions avant qui que
ce fût : le bel ordre qu'il y avait dans les finances ! tout
le monde était à son aise; mais, aujourd'hui, je suis
ruiné. — Monsieur, dit pour lors un ecclésiastique, vous
parlez là du temps le plus miraculeux de notre invincible
monarque : y a-t-il rien de si grand que ce qu'il faisait
alors pour détruire l'hérésie ? — Et comptez-vous pour
rien l'abolition des duels, dit, d'un air content, un autre
homme, qui n'avait point encore parlé ? La remarque est
judicieuse, me dit quelqu'un à l'oreille : cet homme est
charmé de l'édit; et il l'observe si bien, qu'il y a six mois
qu'il reçut cent coups de bâton, pour ne le pas violer. »

Il me semble, Usbek, que nous ne jugeons jamais des
choses que par un retour secret que nous faisons sur
nous-mêmes. Je ne suis pas surpris que les nègres pei-
gnent le diable d'une blancheur éblouissante, et leurs
dieux noirs comme du charbon; que la Vénus de certains
peuples ait des mamelles qui lui pendent jusques aux
cuisses; et qu'enfin tous les idolâtres aient représenté
leurs dieux avec une figure humaine, et leur aient fait part
de toutes leurs inclinations. On a dit fort bien que, si les
triangles faisaient un dieu, ils lui donneraient trois côtés.

Mon cher Usbek, quand je vois des hommes qui ram-
pent sur un atome, c'est-à-dire la terre, qui n'est qu'un
point de l'univers, se proposer directement pour
modèles de la Providence, je ne sais comment accorder
tant d'extravagance, avec tant de petitesse.

De Paris,
le 14 de la lune de Saphar 1714.

LETTRE LX

À *Smyrne*.

Tu me demandes s'il y a des Juifs en France[1] ? Sache que partout où il y a de l'argent, il y a des Juifs. Tu me demandes ce qu'ils y font ? Précisément ce qu'ils font en Perse : rien ne ressemble plus à un Juif d'Asie, qu'un Juif européen.

Ils font paraître, chez les chrétiens, comme parmi nous, une obstination invincible pour leur religion, qui va jusqu'à la folie.

La religion juive est un vieux tronc qui a produit deux branches qui ont couvert toute la terre, je veux dire le mahométisme, et le christianisme : ou plutôt, c'est une mère qui a engendré deux filles qui l'ont accablée de mille plaies : car, en fait de religion, les plus proches sont les plus grandes ennemies. Mais, quelque mauvais traitements qu'elle en ait reçu, elle ne laisse pas de se glorifier de les avoir mises au monde : elle se sert de l'une et de l'autre, pour embrasser le monde entier, tandis que, d'un autre côté, sa vieillesse vénérable embrasse tous les temps.

Les Juifs se regardent donc comme la source de toute sainteté, et l'origine de toute religion : ils nous regardent, au contraire, comme des hérétiques qui ont changé la loi, ou plutôt comme des Juifs rebelles.

Si le changement s'était fait insensiblement, ils croient qu'ils auraient été facilement séduits : mais, comme il s'est fait tout à coup et d'une manière violente, comme ils peuvent marquer le jour et l'heure de l'une et de l'autre naissance, ils se scandalisent de trouver en nous des âges, et se tiennent fermes à une religion que le monde même n'a pas précédée.

Ils n'ont jamais eu dans l'Europe un calme pareil à celui dont ils jouissent. On commence à se défaire, parmi les chrétiens, de cet esprit d'intolérance qui les animait : ou s'est mal trouvé en Espagne de les avoir chassés[2], et en France d'avoir fatigué des chrétiens dont la croyance différait un peu de celle du prince[3]. On s'est aperçu que le zèle pour les progrès de la religion est différent de l'attachement qu'on doit avoir pour elle; et que, pour l'aimer et l'observer, il n'est pas nécessaire de haïr et de persécuter ceux qui ne l'observent pas.

Il serait à souhaiter que nos musulmans pensassent aussi sensément, sur cet article, que les chrétiens; que l'on pût une bonne fois faire la paix entre Hali et Abubeker[4], et laisser à Dieu le soin de décider des mérites de ces saints prophètes. Je voudrais qu'on les honorât par des actes de vénération et de respect, et non pas par de vaines préférences; et qu'on cherchât à mériter leur faveur, quelque place que Dieu leur ait marquée, soit à la droite, ou bien sous le marchepied de son trône.

De Paris,
le 18 de la lune de Saphar 1714.

LETTRE LXI

USBEK À RHÉDI.

À Venise.

J'entrai l'autre jour dans une église fameuse, qu'on appelle Notre-Dame : pendant que j'admirais ce superbe édifice, j'eus occasion de m'entretenir avec un ecclésiastique, que la curiosité y avait attiré comme moi. La conversation tomba sur la tranquillité de sa profession. «La plupart des gens, me dit-il, envient le bonheur de notre état, et ils ont raison. Cependant il a ses désagréments : nous ne sommes point si séparés du

monde, que nous n'y soyons appelés en mille occasions : là, nous avons un rôle très difficile à soutenir.

« Les gens du monde sont étonnants : ils ne peuvent souffrir notre approbation, ni nos censures : si nous les voulons corriger, ils nous trouvent ridicules ; si nous les approuvons, ils nous regardent comme des gens au-dessous de notre caractère. Il n'y a rien de si humiliant que de penser qu'on a scandalisé les impies mêmes. Nous sommes donc obligés de tenir une conduite équivoque, et d'en imposer aux libertins, non pas par un caractère décidé, mais par l'incertitude où nous les mettons de la manière dont nous recevons leurs discours. Il faut avoir beaucoup d'esprit pour cela ; cet état de neutralité est difficile : les gens du monde, qui hasardent tout, qui se livrent à toutes leurs saillies, qui selon le succès les poussent ou les abandonnent, réussissent bien mieux.

« Ce n'est pas tout. Cet état si heureux et si tranquille, que l'on vante tant, nous ne le conservons pas dans le monde. Dès que nous y paraissons, on nous fait disputer : on nous fait entreprendre, par exemple, de prouver l'utilité de la prière, à un homme qui ne croit pas en Dieu ; la nécessité du jeûne, à un autre qui a nié toute sa vie l'immortalité de l'âme : l'entreprise est laborieuse, et les rieurs ne sont pas pour nous. Il y a plus : une certaine envie d'attirer les autres dans nos opinions nous tourmente sans cesse, et est, pour ainsi dire, attachée à notre profession. Cela est aussi ridicule, que si on voyait les Européens travailler, en faveur de la nature humaine, à blanchir le visage des Africains. Nous troublons l'État ; nous nous tourmentons nous-mêmes, pour faire recevoir des points de religion qui ne sont point fondamentaux ; et nous ressemblons à ce conquérant de la Chine, qui poussa ses sujets à une révolte générale, pour les avoir voulu obliger à se rogner les cheveux ou les ongles [1].

« Le zèle même que nous avons, pour faire remplir à

ceux dont nous sommes chargés les devoirs de notre
sainte religion, est souvent dangereux ; et il ne saurait
être accompagné de trop de prudence. Un empereur
nommé Théodose fit passer au fil de l'épée tous les
habitants d'une ville, même les femmes et les enfants :
s'étant ensuite présenté pour entrer dans une église, un
évêque nommé Ambroise lui fit fermer les portes,
comme à un meurtrier et un sacrilège ; et, en cela, il fit
une action héroïque[2]. Cet empereur, ayant ensuite fait
la pénitence qu'un tel crime exigeait, étant admis dans
l'église, alla se placer parmi les prêtres ; le même évêque
l'en fit sortir : et, en cela, il fit l'action d'un fanatique[3] ;
tant il est vrai que l'on doit se défier de son zèle. Qu'im-
portait à la religion, ou à l'État, que ce prince eût, ou
n'eût pas, une place parmi les prêtres ?

De Paris,
le 1 de la lune de Rebiab, 1, 1714.

LETTRE LXII

ZÉLIS À USBEK.

À Paris.

Ta fille ayant atteint sa septième année, j'ai cru qu'il
était temps de la faire passer dans les appartements
intérieurs du sérail, et de ne point attendre qu'elle ait
dix ans, pour la confier aux eunuques noirs. On ne sau-
rait de trop bonne heure priver une jeune personne des
libertés de l'enfance, et lui donner une éducation sainte
dans les sacrés murs où la pudeur habite.

Car je ne puis être de l'avis de ces mères, qui ne ren-
ferment leurs filles que lorsqu'elles sont sur le point de
leur donner un époux ; qui, les condamnant au sérail
plutôt qu'elles ne les y consacrent, leur font embrasser
violemment une manière de vie qu'elles auraient dû

leur inspirer. Faut-il tout attendre de la force de la raison, et rien de la douceur de l'habitude ?

C'est en vain que l'on nous parle de la subordination où la nature nous a mises : ce n'est pas assez de nous la faire sentir ; il faut nous la faire pratiquer, afin qu'elle nous soutienne dans ce temps critique où les passions commencent à naître, et à nous encourager à l'indépendance.

Si nous n'étions attachées à vous que par le devoir, nous pourrions quelquefois l'oublier : si nous n'y étions entraînées que par le penchant, peut-être un penchant plus fort pourrait l'affaiblir. Mais, quand les lois nous donnent à un homme, elles nous dérobent à tous les autres, et nous mettent aussi loin d'eux que si nous en étions à cent mille lieues.

La nature, industrieuse en faveur des hommes, ne s'est pas bornée à leur donner des désirs ; elle a voulu que nous en eussions nous-mêmes, et que nous fussions des instruments animés de leur félicité : elle nous a mis dans le feu des passions, pour les faire vivre tranquilles : s'ils sortent de leur insensibilité, elle nous a destinées à les y faire rentrer, sans que nous puissions jamais goûter cet heureux état où nous les mettons.

Cependant, Usbek, ne t'imagine pas que ta situation soit plus heureuse que la mienne : j'ai goûté ici mille plaisirs que tu ne connais pas. Mon imagination a travaillé sans cesse à m'en faire connaître le prix : j'ai vécu, et tu n'as fait que languir.

Dans la prison même où tu me retiens, je suis plus libre que toi. Tu ne saurais redoubler tes attentions pour me faire garder, que je ne jouisse de tes inquiétudes : et tes soupçons, ta jalousie, tes chagrins, sont autant de marques de ta dépendance.

Continue, cher Usbek : fais veiller sur moi nuit et jour : ne te fie pas même aux précautions ordinaires :

augmente mon bonheur, en assurant le tien; et sache que je ne redoute rien que ton indifférence.

Du sérail d'Ispahan,
le 2 de la lune de Rebiab, 1, 1714.

LETTRE LXIII

RICA À USBEK

À ***.

Je crois que tu veux passer ta vie à la campagne. Je ne te perdais au commencement que pour deux ou trois jours, et en voilà quinze que je ne t'ai vu. Il est vrai que tu es dans une maison charmante, que tu y trouves une société qui te convient, que tu y raisonnes tout à ton aise : il n'en faut pas davantage pour te faire oublier tout l'univers.

Pour moi, je mène à peu près la même vie que tu m'as vu mener : je me répands dans le monde, et je cherche à le connaître : mon esprit perd insensiblement tout ce qui lui reste d'asiatique, et se plie sans effort aux mœurs européennes. Je ne suis plus si étonné de voir, dans une maison, cinq ou six femmes, avec cinq ou six hommes; et je trouve que cela n'est pas mal imaginé.

Je le puis dire : je ne connais les femmes que depuis que je suis ici : j'en ai plus appris dans un mois, que je n'aurais fait en trente ans dans un sérail.

Chez nous, les caractères sont tous uniformes, parce qu'ils sont forcés : on ne voit point les gens tels qu'ils sont, mais tels qu'on les oblige d'être : dans cette servitude du cœur et de l'esprit, on n'entend parler que la crainte, qui n'a qu'un langage; et non pas la nature, qui s'exprime si différemment, et qui paraît sous tant de formes.

La dissimulation, cet art parmi nous si pratiqué et si

nécessaire, est ici inconnue : tout parle, tout se voit, tout s'entend : le cœur se montre comme le visage : dans les mœurs, dans la vertu, dans le vice même, on aperçoit toujours quelque chose de naïf.

Il faut, pour plaire aux femmes, un certain talent différent de celui qui leur plaît encore davantage : il consiste dans une espèce de badinage dans l'esprit, qui les amuse, en ce qu'il semble leur promettre à chaque instant ce qu'on ne peut tenir que dans de trop longs intervalles.

Ce badinage, naturellement fait pour les toilettes[1], semble être parvenu à former le caractère général de la nation : on badine au conseil, on badine à la tête d'une armée, on badine avec un ambassadeur. Les professions ne paraissent ridicules qu'à proportion du sérieux qu'on y met : un médecin ne le serait plus, si ses habits étaient moins lugubres, et s'il tuait ses malades en badinant.

De Paris,
le 10 de la lune de Rebiab, 1, 1714.

LETTRE LXIV

LE CHEF DES EUNUQUES NOIRS À USBEK.

À Paris.

Je suis dans un embarras que je ne saurais t'exprimer, magnifique seigneur : le sérail est dans un désordre et une confusion épouvantable : la guerre règne entre tes femmes : tes eunuques sont partagés : on n'entend que plaintes, que murmures, que reproches : mes remontrances sont méprisées : tout semble permis dans ce temps de licence : et je n'ai plus qu'un vain titre dans le sérail.

Il n'y a aucune de tes femmes qui ne se juge au-dessus

des autres par sa naissance, par sa beauté, par ses
richesses, par son esprit, par ton amour ; et qui ne fasse
valoir quelques-uns de ces titres pour avoir toutes les
préférences : je perds à chaque instant cette longue
patience, avec laquelle néanmoins j'ai eu le malheur de
les mécontenter toutes : ma prudence, ma complai-
sance même, vertu si rare et si étrangère dans le poste
que j'occupe, ont été inutiles.

Veux-tu que je te découvre, magnifique seigneur, la
cause de tous ces désordres ? Elle est toute dans ton
cœur, et dans les tendres égards que tu as pour elles. Si
tu ne me retenais pas la main : si, au lieu de la voie des
remontrances, tu me laissais celle des châtiments : si,
sans te laisser attendrir à leurs plaintes et à leurs
larmes, tu les envoyais pleurer devant moi, qui ne m'at-
tendris jamais, je les façonnerais bientôt au joug
qu'elles doivent porter, et je lasserais leur humeur
impérieuse et indépendante.

Enlevé, dès l'âge de quinze ans, du fond de l'Afrique
ma patrie, je fus d'abord vendu à un maître, qui avait
plus de vingt femmes, ou concubines. Ayant jugé, à
mon air grave et taciturne, que j'étais propre au sérail,
il ordonna que l'on achevât de me rendre tel, et me fit
faire une opération pénible dans les commencements,
mais qui me fut heureuse dans la suite, parce qu'elle
m'approcha de l'oreille et de la confiance de mes
maîtres. J'entrai dans ce sérail, qui fut pour moi un
nouveau monde. Le premier eunuque, l'homme le plus
sévère que j'aie vu de ma vie, y gouvernait avec un
empire absolu. On n'y entendait parler ni de divisions,
ni de querelles : un silence profond régnait partout :
toutes ces femmes étaient couchées à la même heure
d'un bout de l'année à l'autre, et levées à la même
heure : elles entraient dans le bain tour à tour, elles en
sortaient au moindre signe que nous leur en faisions :
le reste du temps, elles étaient presque toujours enfer-

mées dans leurs chambres. Il avait une règle qui était
de les tenir dans une grande propreté, et il avait pour
cela des attentions inexprimables : le moindre refus
d'obéir était puni sans miséricorde. « Je suis, disait-il,
esclave ; mais je le suis d'un homme qui est votre maître
et le mien ; et j'use du pouvoir qu'il m'a donné sur vous :
c'est lui qui vous châtie, et non pas moi, qui ne fais que
prêter ma main. » Ces femmes n'entraient jamais dans
la chambre de mon maître, qu'elles n'y fussent appe-
lées ; elles recevaient cette grâce avec joie, et s'en
voyaient privées sans se plaindre. Enfin moi, qui étais
le dernier des noirs dans ce sérail tranquille, j'étais
mille fois plus respecté que je ne le suis dans le tien, où
je les commande tous.

Dès que ce grand eunuque eut connu mon génie, il
tourna les yeux de mon côté ; il parla de moi à mon
maître, comme d'un homme capable de travailler selon
ses vues, et de lui succéder dans le poste qu'il remplis-
sait : il ne fut point étonné de ma grande jeunesse ; il
crut que mon attention me tiendrait lieu d'expérience.
Que te dirai-je ? je fis tant de progrès dans sa confiance,
qu'il ne faisait plus difficulté de mettre dans mes mains
les clefs des lieux terribles, qu'il gardait depuis si long-
temps. C'est sous ce grand maître que j'appris l'art dif-
ficile de commander, et que je me formai aux maximes
d'un gouvernement inflexible : j'étudiai sous lui le cœur
des femmes ; il m'apprit à profiter de leurs faiblesses,
et à ne point m'étonner de leurs hauteurs. Souvent il se
plaisait à me les voir conduire jusqu'au dernier retran-
chement de l'obéissance ; il les faisait ensuite revenir
insensiblement, et voulait que je parusse, pour quelque
temps, plier moi-même. Mais il fallait le voir dans ces
moments où il les trouvait tout près du désespoir, entre
les prières et les reproches : il soutenait leurs larmes
sans s'émouvoir, et se sentait flatté de cette espèce de
triomphe. « Voilà, disait-il d'un air content, comment il

faut gouverner les femmes : leur nombre ne m'embar-
rasse pas ; je conduirais de même toutes celles de notre
grand monarque. Comment un homme peut-il espérer
de captiver leur cœur, si les fidèles eunuques n'ont com-
mencé par soumettre leur esprit ? »

Il avait non seulement de la fermeté, mais aussi de la
pénétration. Il lisait leurs pensées et leurs dissimula-
tions ; leurs gestes étudiés, leur visage feint ne lui déro-
baient rien. Il savait toutes leurs actions les plus cachées,
et leurs paroles les plus secrètes. Il se servait des unes
pour connaître les autres, et il se plaisait à récompenser
la moindre confidence. Comme elles n'abordaient leur
mari que lorsqu'elles étaient averties, l'eunuque y appe-
lait qui il voulait, et tournait les yeux de son maître sur
celles qu'il avait en vue ; et cette distinction était la
récompense de quelque secret révélé. Il avait persuadé à
son maître qu'il était du bon ordre qu'il lui laissât ce
choix, afin de lui donner une autorité plus grande. Voilà
comme on gouvernait, magnifique seigneur, dans un
sérail qui était, je crois, le mieux réglé qu'il y eût en Perse.

Laisse-moi les mains libres : permets que je me fasse
obéir : huit jours remettront l'ordre dans le sein de la
confusion : c'est ce que ta gloire demande, et que ta
sûreté exige.

De ton sérail d'Ispahan,
le 9 de la lune de Rebiab, 1, 1714.

LETTRE LXV

USBEK À SES FEMMES.

Au sérail d'Ispahan.

J'apprends que le sérail est dans le désordre, et qu'il
est rempli de querelles et de divisions intestines. Que
vous recommandai-je en partant, que la paix et la

bonne intelligence ? Vous me le promîtes ; était-ce pour me tromper ?

C'est vous qui seriez trompées, si je voulais suivre les conseils que me donne le grand eunuque ; si je voulais employer mon autorité, pour vous faire vivre comme mes exhortations le demandaient de vous.

Je ne sais me servir de ces moyens violents, que lorsque j'ai tenté tous les autres. Faites donc, en votre considération, ce que vous n'avez pas voulu faire à la mienne.

Le premier eunuque a grand sujet de se plaindre : il dit que vous n'avez aucun égard pour lui. Comment pouvez-vous accorder cette conduite avec la modestie de votre état ? N'est-ce pas à lui que, pendant mon absence, votre vertu est confiée ? C'est un trésor sacré, dont il est le dépositaire. Mais ces mépris, que vous lui témoignez, font voir que ceux qui sont chargés de vous faire vivre dans les lois de l'honneur vous sont à charge.

Changez donc de conduite, je vous prie ; et faites en sorte que je puisse une autre fois rejeter les propositions que l'on me fait contre votre liberté et votre repos.

Car je voudrais vous faire oublier que je suis votre maître, pour me souvenir seulement que je suis votre époux.

De Paris,
le 5 de la lune de Chahban 1714.

LETTRE LXVI

RICA À ***.

On s'attache ici beaucoup aux sciences, mais je ne sais si on est fort savant. Celui qui doute de tout comme philosophe, n'ose rien nier comme théologien ; cet homme contradictoire est toujours content de lui, pourvu qu'on convienne des qualités.

La fureur de la plupart des Français, c'est d'avoir de l'esprit ; et la fureur de ceux qui veulent avoir de l'esprit, c'est de faire des livres.

Cependant il n'y a rien de si mal imaginé : la nature semblait avoir sagement pourvu à ce que les sottises des hommes fussent passagères ; et les livres les immortalisent. Un sot devrait être content d'avoir ennuyé tous ceux qui ont vécu avec lui : il veut encore tourmenter les races futures ; il veut que sa sottise triomphe de l'oubli, dont il aurait pu jouir comme du tombeau ; il veut que la postérité soit informée qu'il a vécu, et qu'elle sache à jamais qu'il a été un sot.

De tous les auteurs, il n'y en a point que je méprise plus que les compilateurs, qui vont de tous côtés chercher des lambeaux des ouvrages des autres, qu'ils plaquent dans les leurs, comme des pièces de gazon dans un parterre : ils ne sont point au-dessus de ces ouvriers d'imprimerie, qui rangent des caractères, qui, combinés ensemble, font un livre, où ils n'ont fourni que la main. Je voudrais qu'on respectât les livres originaux ; et il me semble que c'est une espèce de profanation, de tirer les pièces qui les composent du sanctuaire où elles sont, pour les exposer à un mépris qu'elles ne méritent point.

Quand un homme n'a rien à dire de nouveau, que ne se tait-il ? Qu'a-t-on affaire de ces doubles emplois ? « Mais je veux donner un nouvel ordre. — Vous êtes un habile homme ! Vous venez dans ma bibliothèque ; et vous mettez en bas les livres qui sont en haut, et en haut ceux qui sont en bas : c'est un beau chef-d'œuvre ! »

Je t'écris sur ce sujet, ***, parce que je suis outré d'un livre que je viens de quitter, qui est si gros, qu'il semblait contenir la science universelle : mais il m'a rompu la tête, sans m'avoir rien appris. Adieu.

De Paris,
le 8 de la lune de Chahban 1714.

LETTRE LXVII

IBBEN À USBEK.

À *Paris*.

Trois vaisseaux sont arrivés ici sans m'avoir apporté
de tes nouvelles. Es-tu malade? ou te plais-tu à m'inquiéter?

Si tu ne m'aimes pas dans un pays où tu n'es lié à
rien, que sera-ce au milieu de la Perse, et dans le sein
de ta famille? Mais peut-être que je me trompe : tu es
assez aimable pour trouver partout des amis; le cœur
est citoyen de tous les pays; comment une âme bien
faite peut-elle s'empêcher de former des engagements?
Je te l'avoue; je respecte les anciennes amitiés; mais je
ne suis pas fâché d'en faire partout de nouvelles.

En quelque pays que j'aie été, j'y ai vécu comme si
j'avais dû y passer ma vie : j'ai eu le même empressement pour les gens vertueux; la même compassion, ou
plutôt la même tendresse pour les malheureux; la
même estime pour ceux que la prospérité n'a point
aveuglés. C'est mon caractère, Usbek : partout où je
trouverai des hommes, je me choisirai des amis.

Il y a ici un Guèbre[1] qui, après toi, a, je crois, la première place dans mon cœur : c'est l'âme de la probité
même. Des raisons particulières l'ont obligé de se retirer dans cette ville, où il vit tranquille du produit d'un
trafic honnête, avec une femme qu'il aime. Sa vie est
toute marquée d'actions généreuses : et, quoiqu'il
cherche la vie obscure, il y a plus d'héroïsme dans son
cœur que dans celui des plus grands monarques.

Je lui ai parlé mille fois de toi, je lui montre toutes
tes lettres; je remarque que cela lui fait plaisir, et je vois
déjà que tu as un ami qui t'est inconnu.

Tu trouveras ici ses principales aventures : quelque

répugnance qu'il eût à les écrire, il n'a pu les refuser à mon amitié, et je les confie à la tienne.

HISTOIRE

d'aphéridon et d'astarté.

Je suis né parmi les Guèbres, d'une religion qui est peut-être la plus ancienne qui soit au monde. Je fus si malheureux que l'amour me vint avant la raison. J'avais à peine six ans, que je ne pouvais vivre qu'avec ma sœur : mes yeux s'attachaient toujours sur elle ; et, lorsqu'elle me quittait un moment, elle les retrouvait baignés de larmes : chaque jour n'augmentait pas plus mon âge que mon amour. Mon père, étonné d'une si forte sympathie, aurait bien souhaité de nous marier ensemble, selon l'ancien usage des Guèbres, introduit par Cambyse[2] ; mais la crainte des mahométans, sous le joug desquels nous vivons, empêche ceux de notre nation de penser à ces alliances saintes, que notre religion ordonne plutôt qu'elle ne permet, et qui sont des images si naïves de l'union déjà formée par la nature.

Mon père, voyant donc qu'il aurait été dangereux de suivre mon inclination et la sienne, résolut d'éteindre une flamme qu'il croyait naissante, mais qui était déjà à son dernier période : il prétexta un voyage, et m'emmena avec lui, laissant ma sœur entre les mains d'une de ses parentes ; car ma mère était morte depuis deux ans. Je ne vous dirai point quel fut le désespoir de cette séparation : j'embrassai ma sœur toute baignée de larmes ; mais je n'en versai point : car la douleur m'avait rendu comme insensible. Nous arrivâmes à Tefflis[3] : et mon père, ayant confié mon éducation à un de nos parents, m'y laissa et s'en retourna chez lui.

Quelque temps après, j'appris que, par le crédit d'un de ses amis, il avait fait entrer ma sœur dans le beiram[4] du roi, où elle était au service d'une sultane. Si l'on

m'avait appris sa mort, je n'en aurais pas été plus
frappé : car, outre que je n'espérais plus de la revoir,
son entrée dans le beiram l'avait rendue mahométane ;
et elle ne pouvait plus, suivant le préjugé de cette reli-
gion, me regarder qu'avec horreur. Cependant, ne pou-
vant plus vivre à Tefflis, las de moi-même et de la vie,
je retournai à Ispahan. Mes premières paroles furent
amères à mon père ; je lui reprochai d'avoir mis sa fille
en un lieu où l'on ne peut entrer qu'en changeant de
religion. «Vous avez attiré sur votre famille, lui dis-je,
la colère de Dieu et du soleil qui vous éclaire : vous avez
plus fait que si vous aviez souillé les éléments, puisque
vous avez souillé l'âme de votre fille, qui n'est pas moins
pure : j'en mourrai de douleur et d'amour : mais puisse
ma mort être la seule peine que Dieu vous fasse sen-
tir ! » À ces mots, je sortis : et, pendant deux ans, je pas-
sai ma vie à aller regarder les murailles du beiram, et
considérer le lieu où ma sœur pouvait être ; m'exposant
tous les jours mille fois à être égorgé par les eunuques,
qui font la ronde autour de ces redoutables lieux.

Enfin mon père mourut ; et la sultane que ma sœur
servait, la voyant tous les jours croître en beauté, en
devint jalouse, et la maria avec un eunuque qui la sou-
haitait avec passion. Par ce moyen, ma sœur sortit du
sérail, et prit, avec son eunuque, une maison à Ispahan.

Je fus plus de trois mois sans pouvoir lui parler ; l'eu-
nuque, le plus jaloux de tous les hommes, me remet-
tant toujours sous divers prétextes. Enfin, j'entrai dans
son beiram ; et il me lui fit parler au travers d'une jalou-
sie : des yeux de lynx ne l'auraient pas pu découvrir,
tant elle était enveloppée d'habits et de voiles, et je ne
la pus reconnaître qu'au son de sa voix. Quelle fut mon
émotion, quand je me vis si près, et si éloigné d'elle ! Je
me contraignis, car j'étais examiné. Quant à elle, il me
parut qu'elle versa quelques larmes. Son mari voulut
me faire quelques mauvaises excuses ; mais je le traitai

comme le dernier des esclaves. Il fut bien embarrassé,
quand il vit que je parlai à ma sœur une langue qui lui
était inconnue ; c'était l'ancien Persan, qui est notre
langue sacrée. « Quoi, ma sœur ! lui dis-je, est-il vrai que
vous avez quitté la religion de vos pères ? Je sais qu'en-
trant au beiram, vous avez dû faire profession du
mahométisme : mais, dites-moi, votre cœur a-t-il pu
consentir, comme votre bouche, à quitter une religion
qui me permet de vous aimer ? Et pour qui la quittez-
vous, cette religion qui nous doit être si chère ? pour un
misérable encore flétri des fers qu'il a portés ; qui, s'il
était homme, serait le dernier de tous. — Mon frère, dit-
elle, cet homme, dont vous parlez, est mon mari : il faut
que je l'honore, tout indigne qu'il vous paraît ; et je
serais aussi la dernière des femmes, si... — Ah, ma
sœur ! lui dis-je, vous êtes guèbre : il n'est ni votre
époux, ni ne peut l'être : si vous êtes fidèle comme vos
pères, vous ne devez le regarder que comme un
monstre. — Hélas ! dit-elle, que cette religion se montre
à moi de loin ! À peine en savais-je les préceptes, qu'il
les fallut oublier. Vous voyez que cette langue, que je
vous parle, ne m'est plus familière, et que j'ai toutes les
peines du monde à m'exprimer : mais comptez que le
souvenir de notre enfance me charme toujours ; que,
depuis ce temps-là, je n'ai eu que de fausses joies ; qu'il
ne s'est pas passé de jour que je n'aie pensé à vous ; que
vous avez eu plus de part que vous ne croyez à mon
mariage, et que je n'y ai été déterminée que par l'espé-
rance de vous revoir. Mais que ce jour, qui m'a tant
coûté, va me coûter encore ! Je vous vois tout hors de
vous-même ; mon mari frémit de rage et de jalousie : je
ne vous verrai plus ; je vous parle sans doute pour la
dernière fois de ma vie : si cela était, mon frère, elle ne
serait pas longue. » À ces mots, elle s'attendrit ; et, se
voyant hors d'état de tenir la conversation, elle me
quitta le plus désolé de tous les hommes.

Trois ou quatre jours après, je demandai à voir ma
sœur : le barbare eunuque aurait bien voulu m'en empê-
cher : mais, outre que ces sortes de maris n'ont pas sur
leurs femmes la même autorité que les autres, il aimait
si éperdument ma sœur, qu'il ne savait lui rien refuser.
Je la vis encore dans le même lieu et sous les mêmes
voiles, accompagnée de deux esclaves ; ce qui me fit
avoir recours à notre langue particulière. « Ma sœur, lui
dis-je, d'où vient que je ne puis vous voir sans me trou-
ver dans une situation affreuse ? Les murailles qui vous
tiennent enfermée, ces verrous et ces grilles, ces misé-
rables gardiens qui vous observent, me mettent en
fureur. Comment avez-vous perdu la douce liberté dont
jouissaient vos ancêtres ? Votre mère, qui était si
chaste, ne donnait à son mari, pour garant de sa vertu,
que sa vertu même : ils vivaient heureux l'un et l'autre
dans une confiance mutuelle ; et la simplicité de leurs
mœurs était pour eux une richesse plus précieuse mille
fois que le faux éclat dont vous semblez jouir dans cette
maison somptueuse. En perdant votre religion, vous
avez perdu votre liberté, votre bonheur, et cette pré-
cieuse égalité, qui fait l'honneur de votre sexe. Mais ce
qu'il y a de pis encore, c'est que vous êtes, non pas la
femme, car vous ne pouvez pas l'être, mais l'esclave
d'un esclave qui a été dégradé de l'humanité. — Ah,
mon frère ! dit-elle, respectez mon époux, respectez la
religion que j'ai embrassée : selon cette religion, je n'ai
pu vous entendre, ni vous parler sans crime. — Quoi,
ma sœur ! lui dis-je tout transporté, vous la croyez donc
véritable, cette religion ? — Ah ! dit-elle, qu'il me serait
avantageux qu'elle ne le fût pas ! Je fais pour elle un
trop grand sacrifice, pour que je puisse ne la pas croire :
et, si mes doutes... » À ces mots, elle se tut. « Oui, vos
doutes, ma sœur, sont bien fondés, quels qu'ils soient.
Qu'attendez-vous d'une religion qui vous rend malheu-
reuse dans ce monde-ci, et ne vous laisse point d'espé-

rance pour l'autre? Songez que la nôtre est la plus
ancienne qui soit au monde; qu'elle a toujours fleuri
dans la Perse; et n'a pas d'autre origine que cet empire,
dont les commencements ne sont point connus; que ce
n'est que le hasard qui y a introduit le mahométisme;
que cette secte y a été établie, non par la voie de la per-
suasion, mais de la conquête. Si nos princes naturels
n'avaient pas été faibles[5], vous verriez régner encore le
culte de ces anciens mages. Transportez-vous dans ces
siècles reculés : tout vous parlera du magisme, et rien
de la secte mahométane, qui, plusieurs milliers d'an-
nées après, n'était pas même dans son enfance. — Mais,
dit-elle, quand ma religion serait plus moderne que la
vôtre, elle est au moins plus pure, puisqu'elle n'adore
que Dieu; au lieu que vous adorez encore le soleil, les
étoiles, le feu, et même les éléments. — Je vois, ma
sœur, que vous avez appris, parmi les Musulmans, à
calomnier notre sainte religion. Nous n'adorons ni les
astres, ni les éléments, et nos pères ne les ont jamais
adorés : jamais ils ne leur ont élevé des temples, jamais
ils ne leur ont offert des sacrifices : ils leur ont seule-
ment rendu un culte religieux, mais inférieur, comme
à des ouvrages et des manifestations de la divinité.
Mais, ma sœur, au nom de Dieu qui nous éclaire, rece-
vez ce livre sacré que je vous porte; c'est le livre[6] de
notre législateur Zoroastre : lisez-le sans prévention :
recevez dans votre cœur les rayons de lumière, qui vous
éclaireront en le lisant : souvenez-vous de vos pères qui
ont si longtemps honoré le soleil dans la ville sainte de
Balk[7]; et enfin souvenez-vous de moi, qui n'espère de
repos, de fortune, de vie, que de votre changement. » Je
la quittai tout transporté, et la laissai seule décider la
plus grande affaire que je pusse avoir de ma vie.

J'y retournai deux jours après. Je ne lui parlai point;
j'attendis, dans le silence, l'arrêt de ma vie, ou de ma
mort. « Vous êtes aimé, mon frère, me dit-elle, et par

une guèbre. J'ai longtemps combattu : mais, dieux ! que
l'amour lève de difficultés ! Que je suis soulagée ! Je ne
crains plus de vous trop aimer ; je puis ne mettre point
de bornes à mon amour : l'excès même en est légitime.
Ah ! que ceci convient bien à l'état de mon cœur ! Mais
vous qui avez su rompre les chaînes que mon esprit
s'était forgées, quand romprez-vous celles qui me lient
les mains ? Dès ce moment, je me donne à vous : faites
voir, par la promptitude avec laquelle vous m'accepte-
rez, combien ce présent vous est cher. Mon frère, la pre-
mière fois que je pourrai vous embrasser, je crois que
je mourrai dans vos bras. » Je n'exprimerais jamais bien
la joie que je sentis à ces paroles : je me crus et je me
vis en effet, en un instant, le plus heureux de tous les
hommes : je vis presque accomplir tous les désirs que
j'avais formés en vingt-cinq ans de vie, et évanouir tous
les chagrins qui me l'avaient rendue si laborieuse. Mais,
quand je me fus un peu accoutumé à ces douces idées,
je trouvai que je n'étais pas si près de mon bonheur que
je me l'étais figuré tout à coup, quoique j'eusse sur-
monté le plus grand de tous les obstacles. Il fallait sur-
prendre la vigilance de ses gardiens ; je n'osais confier
à personne le secret de ma vie : je n'avais que ma sœur,
elle n'avait que moi : si je manquais mon coup, je cou-
rais risque d'être empalé ; mais je ne voyais pas de peine
plus cruelle que de le manquer. Nous convînmes qu'elle
m'enverrait demander une horloge que son père lui
avait laissée, et que j'y mettrais dedans une lime, pour
scier les jalousies d'une fenêtre, qui donnait dans la rue,
et une corde nouée pour descendre ; que je ne la verrais
plus dorénavant ; mais que j'irais toutes les nuits, sous
cette fenêtre, attendre qu'elle pût exécuter son dessein.
Je passai quinze nuits entières sans voir personne,
parce qu'elle n'avait pas trouvé le temps favorable.
Enfin, la seizième, j'entendis une scie qui travaillait : de
temps en temps l'ouvrage était interrompu, et dans ces

intervalles ma frayeur était inexprimable. Après une
heure de travail, je la vis qui attachait la corde ; elle se
laissa aller, et glissa dans mes bras. Je ne connus plus
le danger, et je restai longtemps sans bouger de là : je
la conduisis hors de la ville, où j'avais un cheval tout
prêt : je la mis en croupe derrière moi, et m'éloignai,
avec toute la promptitude imaginable, d'un lieu qui
pouvait nous être si funeste. Nous arrivâmes avant le
jour chez un Guèbre, dans un lieu désert où il était
retiré, vivant frugalement du travail de ses mains : nous
ne jugeâmes pas à propos de rester chez lui ; et, par son
conseil, nous entrâmes dans une épaisse forêt, et nous
nous mîmes dans le creux d'un vieux chêne, jusqu'à ce
que le bruit de notre évasion se fût dissipé. Nous vivions
tous deux dans ce séjour écarté, sans témoins, nous
répétant sans cesse que nous nous aimerions toujours,
attendant l'occasion que quelque prêtre guèbre pût
faire la cérémonie du mariage prescrite par nos livres
sacrés. « Ma sœur, lui dis-je, que cette union est sainte !
la nature nous avait unis, notre sainte loi va nous unir
encore. » Enfin, un prêtre vint calmer notre impatience
amoureuse. Il fit, dans la maison du paysan, toutes les
cérémonies du mariage : il nous bénit, et nous souhaita
mille fois toute la vigueur de Gustaspe[8], et la sainteté
de l'Hohoraspe[9]. Bientôt après, nous quittâmes la Perse
où nous n'étions pas en sûreté, et nous nous retirâmes
en Géorgie. Nous y vécûmes un an, tous les jours plus
charmés l'un de l'autre. Mais, comme mon argent allait
finir, et que je craignais la misère pour ma sœur, non
pas pour moi, je la quittai, pour aller chercher quelque
secours chez nos parents. Jamais adieu ne fut plus
tendre. Mais mon voyage me fut non seulement inutile,
mais funeste : car, ayant trouvé d'un côté tous nos biens
confisqués, de l'autre mes parents presque dans l'im-
puissance de me secourir, je ne rapportai d'argent pré-
cisément que ce qu'il fallait pour mon retour. Mais quel

fut mon désespoir! je ne trouvai plus ma sœur.
Quelques jours avant mon arrivée, des Tartares avaient
fait une incursion dans la ville où elle était; et, comme
ils la trouvèrent belle, ils la prirent, et la vendirent à des
Juifs qui allaient en Turquie, et ne laissèrent qu'une
petite fille dont elle était accouchée quelques mois
auparavant. Je suivis ces Juifs, et les joignis à trois
lieues de là : mes prières, mes larmes furent vaines; ils
me demandèrent toujours trente tomans [10], et ne se relâ-
chèrent jamais d'un seul. Après m'être adressé à tout le
monde, avoir imploré la protection des prêtres turcs et
chrétiens, je m'adressai à un marchand arménien; je lui
vendis ma fille, et me vendis aussi pour trente-cinq
tomans. J'allai aux Juifs, je leur donnai trente tomans;
et portai les cinq autres à ma sœur, que je n'avais pas
encore vue. «Vous êtes libre, lui dis-je, ma sœur, et je
puis vous embrasser; voilà cinq tomans que je vous
porte; j'ai du regret qu'on ne m'ait pas acheté davan-
tage. — Quoi! dit-elle, vous vous êtes vendu? — Oui,
lui dis-je. — Ah, malheureux! qu'avez-vous fait?
N'étais-je pas assez infortunée sans que vous tra-
vaillassiez à me le rendre davantage? Votre liberté me
consolait, et votre esclavage va me mettre au tombeau.
Ah, mon frère! que votre amour est cruel! Et ma fille,
je ne la vois point? — Je l'ai vendue aussi», lui dis-je.
Nous fondîmes tous deux en larmes, et n'eûmes pas la
force de nous rien dire. Enfin, j'allai trouver mon
maître, et ma sœur y arriva presque aussitôt que moi;
elle se jeta à ses genoux. «Je vous demande, dit-elle, la
servitude, comme les autres vous demandent la liberté :
prenez-moi, vous me vendrez plus cher que mon mari. »
Ce fut alors qu'il se fit un combat qui arracha les larmes
des yeux de mon maître. «Malheureux! dit-elle, as-tu
pensé que je pusse accepter ma liberté aux dépens de
la tienne? Seigneur, vous voyez deux infortunés qui
mourront, si vous nous séparez. Je me donne à vous,

payez-moi : peut-être que cet argent et mes services pourront quelque jour obtenir de vous ce que je n'ose vous demander. Il est de votre intérêt de ne nous point séparer : comptez que je dispose de sa vie. » L'Arménien était un homme doux, qui fut touché de nos malheurs. « Servez-moi l'un et l'autre avec fidélité et avec zèle, et je vous promets que, dans un an, je vous donnerai votre liberté. Je vois que vous ne méritez, ni l'un ni l'autre, les malheurs de votre condition. Si, lorsque vous serez libres, vous êtes aussi heureux que vous le méritez, si la fortune vous rit, je suis certain que vous me satisferez de la perte que je souffrirai. » Nous embrassâmes tous deux ses genoux, et le suivîmes dans son voyage. Nous nous soulagions l'un et l'autre dans les travaux de la servitude, et j'étais charmé lorsque j'avais pu faire l'ouvrage qui était tombé à ma sœur.

La fin de l'année arriva ; notre maître tint sa parole, et nous délivra. Nous retournâmes à Tefflis : là, je trouvai un ancien ami de mon père, qui exerçait avec succès la médecine dans cette ville : il me prêta quelque argent, avec lequel je fis quelque négoce. Quelques affaires m'appelèrent ensuite à Smyrne, où je m'établis. J'y vis depuis six ans, et j'y jouis de la plus aimable et de la plus douce société du monde : l'union règne dans ma famille, et je ne changerais pas ma condition pour celle de tous les rois du monde. J'ai été assez heureux pour retrouver le marchand arménien, à qui je dois tout ; et je lui ai rendu des services signalés.

De Smyrne,
le 27 de la lune de Gemmadi, 2, 1714.

LETTRE LXVIII

J'allai l'autre jour dîner chez un homme de robe, qui m'en avait prié plusieurs fois. Après avoir parlé de bien des choses, je lui dis : « Monsieur, il me paraît que votre métier est bien pénible. — Pas tant que vous vous l'imaginez, répondit-il : de la manière dont nous le faisons, ce n'est qu'un amusement. — Mais quoi ? N'avez-vous pas toujours la tête remplie des affaires d'autrui ? N'êtes-vous pas toujours occupé de choses qui ne sont point intéressantes ? — Vous avez raison ; ces choses ne sont point intéressantes, car nous nous y intéressons si peu que rien ; et cela même fait que le métier n'est pas si fatigant que vous dites. » Quand je vis qu'il prenait la chose d'une manière si dégagée, je continuai, et lui dis : « Monsieur, je n'ai point vu votre cabinet. — Je le crois ; car je n'en ai point. Quand je pris cette charge, j'eus besoin d'argent pour la payer ; je vendis ma bibliothèque ; et le libraire qui la prit, d'un nombre prodigieux de volumes, ne me laissa que mon livre de raison[1]. Ce n'est pas que je les regrette : nous autres juges, ne nous enflons point d'une vaine science. Qu'avons-nous affaire de tous ces volumes de lois ? Presque tous les cas sont hypothétiques, et sortent de la règle générale. — Mais ne serait-ce pas, monsieur, lui dis-je, parce que vous les en faites sortir ? Car enfin, pourquoi, chez tous les peuples du monde, y aurait-il des lois, si elles n'avaient pas leur application ? et comment peut-on les appliquer, si on ne les sait pas ? — Si vous connaissiez le palais, reprit le magistrat, vous ne parleriez pas comme vous faites : nous avons des livres vivants, qui sont les avocats : ils travaillent pour nous, et se char-

gent de nous instruire. — Et ne se chargent-ils pas aussi quelquefois de vous tromper, lui repartis-je ? Vous ne feriez donc pas mal de vous garantir de leurs embûches. Ils ont des armes avec lesquelles ils attaquent votre équité ; il serait bon que vous en eussiez aussi pour la défendre ; et que vous n'allassiez pas vous mettre dans la mêlée, habillés à la légère, parmi des gens cuirassés jusqu'aux dents. »

De Paris,
le 13 de la lune de Chahban, 1714.

LETTRE LXIX

USBEK À RHÉDI.

À Venise.

Tu ne te serais jamais imaginé que je fusse devenu plus métaphysicien que je ne l'étais : cela est pourtant ; et tu en seras convaincu, quand tu auras essuyé ce débordement de ma philosophie.

Les philosophes les plus sensés, qui ont réfléchi sur la nature de Dieu, ont dit qu'il était un être souverainement parfait ; mais ils ont extrêmement abusé de cette idée. Ils ont fait une énumération de toutes les perfections différentes que l'homme est capable d'avoir et d'imaginer, et en ont chargé l'idée de la divinité, sans songer que souvent ces attributs s'entr'empêchent, et qu'ils ne peuvent subsister dans un même sujet sans se détruire.

Les poètes d'Occident disent qu'un peintre ayant voulu faire le portrait de la déesse de la beauté, assembla les plus belles Grecques, et prit de chacune ce qu'elle avait de plus agréable, dont il fit un tout pour ressembler à la plus belle de toutes les déesses[1]. Si un homme en avait conclu qu'elle était blonde et brune,

qu'elle avait les yeux noirs et bleus, qu'elle était douce et fière, il aurait passé pour ridicule.

Souvent Dieu manque d'une perfection qui pourrait lui donner une grande imperfection : mais il n'est jamais limité que par lui-même; il est lui-même sa nécessité. Ainsi, quoique Dieu soit tout-puissant, il ne peut pas violer ses promesses, ni tromper les hommes. Souvent même l'impuissance n'est pas dans lui, mais dans les choses relatives; et c'est la raison pourquoi il ne peut pas changer l'essence des choses.

Ainsi, il n'y a point sujet de s'étonner que quelques-uns de nos docteurs aient osé nier la prescience infinie de Dieu; sur ce fondement, qu'elle est incompatible avec sa justice.

Quelque hardie que soit cette idée, la métaphysique s'y prête merveilleusement. Selon ses principes, il n'est pas possible que Dieu prévoie les choses qui dépendent de la détermination des causes libres; parce que ce qui n'est point arrivé n'est point, et, par conséquent, ne peut être connu; car le rien, qui n'a point de propriétés, ne peut être aperçu : Dieu ne peut point lire dans une volonté qui n'est point, et voir dans l'âme une chose qui n'existe point en elle : car, jusqu'à ce qu'elle se soit déterminée, cette action qui la détermine n'est point en elle.

L'âme est l'ouvrière de sa détermination : mais il y a des occasions où elle est tellement indéterminée, qu'elle ne sait pas même de quel côté se déterminer. Souvent même elle ne le fait que pour faire usage de sa liberté; de manière que Dieu ne peut voir cette détermination par avance, ni dans l'action de l'âme, ni dans l'action que les objets font sur elle.

Comment Dieu pourrait-il prévoir les choses qui dépendent de la détermination des causes libres ? Il ne pourrait les voir que de deux manières : par conjecture, ce qui est contradictoire avec la prescience infinie : ou

bien il les verrait comme des effets nécessaires qui sui-
vraient infailliblement d'une cause qui les produirait de
même, ce qui est encore plus contradictoire : car l'âme
serait libre par la supposition ; et, dans le fait, elle ne le
serait pas plus qu'une boule de billard n'est libre de se
remuer lorsqu'elle est poussée par une autre.

Ne crois pas pourtant que je veuille borner la science
de Dieu. Comme il fait agir les créatures à sa fantaisie,
il connaît tout ce qu'il veut connaître. Mais, quoiqu'il
puisse voir tout, il ne se sert pas toujours de cette
faculté : il laisse ordinairement à la créature la faculté
d'agir ou de ne pas agir, pour lui laisser celle de méri-
ter ou de démériter : c'est pour lors qu'il renonce au
droit qu'il a d'agir sur elle, et de la déterminer. Mais,
quand il veut savoir quelque chose, il le sait toujours ;
parce qu'il n'a qu'à vouloir qu'elle arrive comme il la
voit, et déterminer les créatures conformément à sa
volonté. C'est ainsi qu'il tire ce qui doit arriver du
nombre des choses purement possibles, en fixant, par
ses décrets, les déterminations futures des esprits, et les
privant de la puissance qu'il leur a donnée d'agir ou de
ne pas agir.

Si l'on peut se servir d'une comparaison, dans une
chose qui est au-dessus des comparaisons : un
monarque ignore ce que son ambassadeur fera dans
une affaire importante : s'il le veut savoir, il n'a qu'à lui
ordonner de se comporter d'une telle manière ; et il
pourra assurer que la chose arrivera comme il la pro-
jette.

L'Alcoran et les livres des Juifs s'élèvent sans cesse
contre le dogme de la prescience absolue : Dieu y paraît
partout ignorer la détermination future des esprits ; et
il semble que ce soit la première vérité que Moïse ait
enseignée aux hommes.

Dieu met Adam dans le paradis terrestre, à condition
qu'il ne mangera point d'un certain fruit : précepte

absurde dans un être qui connaîtrait les déterminations futures des âmes : car enfin un tel être peut-il mettre des conditions à ses grâces, sans les rendre dérisoires ? C'est comme si un homme, qui aurait su la prise de Bagdad, disait à un autre : « Je vous donne cent tomans, si Bagdad n'est pas pris. » Ne ferait-il pas là une bien mauvaise plaisanterie ?

Mon cher Rhédi, pourquoi tant de philosophie ? Dieu est si haut, que nous n'apercevons pas même ses nuages. Nous ne le connaissons bien que dans ses préceptes. Il est immense, spirituel, infini. Que sa grandeur nous ramène à notre faiblesse. S'humilier toujours, c'est l'adorer toujours[2].

> *De Paris,*
> *le dernier de la lune de Chahban 1714.*

LETTRE LXX

ZÉLIS À USBEK.

À Paris.

Soliman, que tu aimes, est désespéré d'un affront qu'il vient de recevoir. Un jeune étourdi, nommé Suphis, recherchait, depuis trois mois, sa fille en mariage : il paraissait content de la figure de la fille, sur le rapport et la peinture que lui en avaient fait les femmes qui l'avaient vue dans son enfance ; on était convenu de la dot, et tout s'était passé sans aucun incident. Hier, après les premières cérémonies, la fille sortit à cheval, accompagnée de son eunuque, et couverte, selon la coutume, depuis la tête jusqu'aux pieds. Mais, dès qu'elle fut arrivée devant la maison de son mari prétendu, il lui fit fermer la porte, et il jura qu'il ne la recevrait jamais, si on n'augmentait la dot. Les parents accoururent de côté et d'autre, pour accommoder l'af-

faire ; et, après bien de la résistance, Soliman convint
de faire un petit présent à son gendre. Les cérémonies
du mariage s'accomplirent, et l'on conduisit la fille dans
le lit avec assez de violence : mais, une heure après, cet
étourdi se leva furieux, lui coupa le visage en plusieurs
endroits, soutenant qu'elle n'était pas vierge, et la ren-
voya à son père. On ne peut pas être plus frappé qu'il
l'est de cette injure. Il y a des personnes qui soutien-
nent que cette fille est innocente. Les pères sont bien
malheureux d'être exposés à de tels affronts ! Si ma fille
recevait un pareil traitement, je crois que j'en mourrais
de douleur. Adieu.

Du sérail de Fatmé,
le 9 de la lune de Gemmadi, 1, 1714.

LETTRE LXXI

USBEK À ZÉLIS.

Je plains Soliman, d'autant plus que le mal est sans
remède, et que son gendre n'a fait que se servir de la
liberté de la loi. Je trouve cette loi bien dure, d'exposer
ainsi l'honneur d'une famille aux caprices d'un fou.
On a beau dire que l'on a des indices certains pour
connaître la vérité : c'est une vieille erreur dont on est
aujourd'hui revenu parmi nous : et nos médecins don-
nent des raisons invincibles de l'incertitude de ces
preuves. Il n'y a pas jusqu'aux chrétiens qui ne les regar-
dent comme chimériques, quoiqu'elles soient claire-
ment établies par leurs livres sacrés, et que leur ancien
législateur en ait fait dépendre l'innocence ou la
condamnation de toutes les filles[1].

J'apprends avec plaisir le soin que tu te donnes de
l'éducation de la tienne. Dieu veuille que son mari la
trouve aussi belle et aussi pure que Fatima[2] : qu'elle ait

dix eunuques pour la garder : qu'elle soit l'honneur et
l'ornement du sérail où elle est destinée : qu'elle n'ait
sur sa tête que des lambris dorés, et ne marche que sur
des tapis superbes ! Et, pour comble de souhaits, puis-
sent mes yeux la voir dans toute sa gloire !

<div align="right">

De Paris,
le 5 de la lune de Chalval 1714.

</div>

LETTRE LXXII

RICA À IBBEN.

À ***.

Je me trouvai l'autre jour dans une compagnie, où je
vis un homme bien content de lui. Dans un quart
d'heure, il décida trois questions de morale, quatre pro-
blèmes historiques, et cinq points de physique. Je n'ai
jamais vu un décisionnaire si universel ; son esprit ne
fut jamais suspendu par le moindre doute. On laissa les
sciences ; on parla des nouvelles du temps : il décida sur
les nouvelles du temps. Je voulus l'attraper, et je dis en
moi-même : « Il faut que je me mette dans mon fort ; je
vais me réfugier dans mon pays. » Je lui parlai de la
Perse : mais, à peine lui eus-je dit quatre mots, qu'il me
donna deux démentis, fondé sur l'autorité de messieurs
Tavernier[1] et Chardin[2]. « Ah, bon Dieu ! dis-je en moi-
même, quel homme est-ce là ? Il connaîtra tout à l'heure
les rues d'Ispahan mieux que moi ! » Mon parti fut bien-
tôt pris : je me tus, je le laissai parler, et il décide
encore.

<div align="right">

De Paris,
le 8 de la lune de Zilcadé 1715.

</div>

LETTRE LXXIII

RICA À ***.

J'ai ouï parler d'une espèce de tribunal, qu'on appelle l'Académie française. Il n'y en a point de moins respecté dans le monde ; car on dit qu'aussitôt qu'il a décidé, le peuple casse ses arrêts, et lui impose des lois qu'il est obligé de suivre.

Il y a quelque temps que, pour fixer son autorité, il donna un code de ses jugements. Cet enfant de tant de pères était presque vieux quand il naquit ; et, quoiqu'il fût légitime, un bâtard, qui avait déjà paru, l'avait presque étouffé dans sa naissance[1].

Ceux qui le composent n'ont d'autres fonctions que de jaser sans cesse : l'éloge va se placer, comme de lui-même, dans leur babil éternel ; et, sitôt qu'ils sont initiés dans ses mystères, la fureur du panégyrique vient les saisir, et ne les quitte plus.

Ce corps a quarante têtes, toutes remplies de figures, de métaphores et d'antithèses : tant de bouches ne parlent presque que par exclamation : ses oreilles veulent toujours être frappées par la cadence et l'harmonie. Pour les yeux, il n'en est pas question : il semble qu'il soit fait pour parler, et non pas pour voir. Il n'est point ferme sur ses pieds ; car le temps, qui est son fléau, l'ébranle à tous les instants, et détruit tout ce qu'il a fait. On a dit autrefois que ses mains étaient avides[2] ; je ne t'en dirai rien, et je laisse décider cela à ceux qui le savent mieux que moi.

Voilà des bizarreries, ***, que l'on ne voit point dans notre Perse. Nous n'avons point l'esprit porté à ces établissements singuliers et bizarres ; nous cherchons toujours la nature dans nos coutumes simples et nos manières naïves.

De Paris,
le 27 de la lune de Zilhagé 1715.

LETTRE LXXIV

USBEK À RICA.

À ***.

Il y a quelques jours qu'un homme de ma connaissance me dit : « Je vous ai promis de vous produire dans les bonnes maisons de Paris ; je vous mène à présent chez un grand seigneur, qui est un des hommes du royaume qui représente [1] le mieux. »

« Que veut dire cela, monsieur ? est-ce qu'il est plus poli, plus affable que les autres ? — Non, me dit-il. — Ah ! j'entends : il fait sentir, à tous les instants, la supériorité qu'il a sur tous ceux qui l'approchent : si cela est, je n'ai que faire d'y aller ; je la lui passe tout entière, et je prends condamnation. »

Il fallut pourtant marcher : et je vis un petit homme si fier ; il prit une prise de tabac avec tant de hauteur, il se moucha si impitoyablement, il cracha avec tant de flegme, il caressa ses chiens d'une manière si offensante pour les hommes, que je ne pouvais me lasser de l'admirer. « Ah, bon dieu ! dis-je en moi-même, si, lorsque j'étais à la cour de Perse, je représentais ainsi, je représentais un grand sot ! Il aurait fallu, Rica, que nous eussions eu un bien mauvais naturel, pour aller faire cent petites insultes à des gens qui venaient tous les jours chez nous nous témoigner leur bienveillance. Ils savaient bien que nous étions au-dessus d'eux ; et, s'ils l'avaient ignoré, nos bienfaits le leur auraient appris chaque jour. N'ayant rien à faire pour nous faire respecter, nous faisions tout pour nous rendre aimables : nous nous communiquions aux plus petits : au milieu des grandeurs, qui endurcissent toujours, ils nous trouvaient sensibles ; ils ne voyaient que notre cœur au-dessus d'eux ; nous descendions jusqu'à leurs besoins.

Mais, lorsqu'il fallait soutenir la majesté du prince dans les cérémonies publiques ; lorsqu'il fallait faire respecter la nation aux étrangers ; lorsque enfin, dans les occasions périlleuses, il fallait animer les soldats, nous remontions cent fois plus haut que nous n'étions descendus ; nous ramenions la fierté sur notre visage ; et l'on trouvait quelquefois que nous représentions assez bien.

De Paris,
le 10 de la lune de Saphar 1715.

LETTRE LXXV

USBEK À RHÉDI.

À Venise.

Il faut que je te l'avoue : je n'ai point remarqué, chez les chrétiens, cette persuasion vive de leur religion, qui se trouve parmi les musulmans. Il y a bien loin, chez eux, de la profession à la croyance, de la croyance à la conviction, de la conviction à la pratique. La religion est moins un sujet de sanctification, qu'un sujet de disputes, qui appartient à tout le monde. Les gens de cour, les gens de guerre, les femmes même, s'élèvent contre les ecclésiastiques, et leur demandent de leur prouver ce qu'ils sont résolus de ne pas croire. Ce n'est pas qu'ils se soient déterminés par raison, et qu'ils aient pris la peine d'examiner la vérité ou la fausseté de cette religion qu'ils rejettent : ce sont des rebelles qui ont senti le joug, et l'ont secoué avant de l'avoir connu. Aussi ne sont-ils pas plus fermes dans leur incrédulité que dans leur foi : ils vivent dans un flux et reflux, qui les porte sans cesse de l'un à l'autre. Un d'eux me disait un jour : « Je crois l'immortalité de l'âme par semestre ; mes opinions dépendent absolument de la constitution de mon

corps : selon que j'ai plus ou moins d'esprits animaux, que mon estomac digère bien ou mal, que l'air que je respire est subtil ou grossier, que les viandes dont je me nourris sont légères ou solides, je suis spinoziste, socinien, catholique, impie, ou dévot. Quand le médecin est auprès de mon lit, le confesseur me trouve à son avantage. Je sais bien empêcher la religion de m'affliger quand je me porte bien ; mais je lui permets de me consoler quand je suis malade : lorsque je n'ai plus rien à espérer d'un côté, la religion se présente, et me gagne par ses promesses ; je veux bien m'y livrer, et mourir du côté de l'espérance. »

Il y a longtemps que les princes chrétiens affranchirent tous les esclaves de leurs états ; parce que, disaient-ils, le christianisme rend tous les hommes égaux. Il est vrai que cet acte de religion leur était très utile : ils abaissaient par là les seigneurs, de la puissance desquels ils retiraient le bas peuple. Ils ont ensuite fait des conquêtes dans des pays où ils ont vu qu'il leur était avantageux d'avoir des esclaves : ils ont permis d'en acheter et d'en vendre, oubliant ce principe de religion qui les touchait tant. Que veux-tu que je te dise ? Vérité dans un temps, erreur dans un autre. Que ne faisons-nous comme les chrétiens ? Nous sommes bien simples de refuser des établissements et des conquêtes faciles dans des climats heureux*, parce que l'eau n'y est pas assez pure pour nous laver, selon les principes du saint Alcoran.

Je rends grâces au Dieu tout-puissant, qui a envoyé Hali son grand prophète, de ce que je professe une religion qui se fait préférer à tous les intérêts humains, et qui est pure comme le ciel, dont elle est descendue.

De Paris,
le 13 de la lune de Saphar 1715.

* Les mahométans ne se soucient point de prendre Venise, parce qu'ils n'y trouveraient point d'eau pour leurs purifications.

LETTRE LXXVI *voyée*

USBEK À SON AMI IBBEN.

À Smyrne.

Les lois sont furieuses en Europe contre ceux qui se tuent eux-mêmes. On les fait mourir, pour ainsi dire, une seconde fois; ils sont traînés indignement par les rues; on les note d'infamie; on confisque leurs biens.

Il me paraît, Ibben, que ces lois sont bien injustes. Quand je suis accablé de douleur, de misère, de mépris, pourquoi veut-on m'empêcher de mettre fin à mes peines, et me priver cruellement d'un remède qui est en mes mains?

Pourquoi veut-on que je travaille pour une société dont je consens de n'être plus? que je tienne, malgré moi, une convention qui s'est faite sans moi? La société est fondée sur un avantage mutuel: mais, lorsqu'elle me devient onéreuse, qui m'empêche d'y renoncer? La vie m'a été donnée comme une faveur; je puis donc la rendre, lorsqu'elle ne l'est plus: la cause cesse; l'effet doit donc cesser aussi.

Le prince veut-il que je sois son sujet, quand je ne retire point les avantages de la sujétion? Mes concitoyens peuvent-ils demander ce partage inique de leur utilité et de mon désespoir? Dieu, différent de tous les bienfaiteurs, veut-il me condamner à recevoir des grâces qui m'accablent?

Je suis obligé de suivre les lois, quand je vis sous les lois: mais, quand je n'y vis plus, peuvent-elles me lier encore?

Mais, dira-t-on, vous troublez l'ordre de la Providence. Dieu a uni votre âme avec votre corps; et vous l'en séparez: vous vous opposez donc à ses desseins, et vous lui résistez.

Que veut dire cela ? Troublé-je l'ordre de la Provi-
dence, lorsque je change les modifications de la
matière, et que je rends carrée une boule que les pre-
mières lois du mouvement, c'est-à-dire les lois de la
création et de la conservation, avaient faite ronde ?
Non, sans doute : je ne fais qu'user du droit qui m'a été
donné : et, en ce sens, je puis troubler à ma fantaisie
toute la nature, sans que l'on puisse dire que je m'op-
pose à la Providence.

Lorsque mon âme sera séparée de mon corps, y aura-
t-il moins d'ordre et moins d'arrangement dans l'uni-
vers ? Croyez-vous que cette nouvelle combinaison soit
moins parfaite, et moins dépendante des lois géné-
rales ? que le monde y ait perdu quelque chose ? et que
les ouvrages de Dieu soient moins grands, ou plutôt
moins immenses ?

Pensez-vous que mon corps, devenu un épi de blé, un
ver, un gazon, soit changé en un ouvrage de la nature
moins digne d'elle ? et que mon âme, dégagée de tout
ce qu'elle avait de terrestre, soit devenue moins
sublime ?

Toutes ces idées, mon cher Ibben, n'ont d'autre
source que notre orgueil. Nous ne sentons point notre
petitesse ; et, malgré qu'on en ait, nous voulons être
comptés dans l'univers, y figurer, et y être un objet
important. Nous nous imaginons que l'anéantissement
d'un être aussi parfait que nous dégraderait toute la
nature : et nous ne concevons pas qu'un homme de plus
ou de moins dans le monde ; que dis-je ? tous les
hommes ensemble, cent millions de têtes comme la
nôtre, ne sont qu'un atome subtil et délié, que Dieu
n'aperçoit qu'à cause de l'immensité de ses connais-
sances [1].

De Paris,
le 15 de la lune de Saphar 1715.

LETTRE LXXVII

IBBEN À USBEK.

À Paris.

Mon cher Usbek, il me semble que, pour un vrai musulman, les malheurs sont moins des châtiments que des menaces. Ce sont des jours bien précieux que ceux qui nous portent à expier les offenses. C'est le temps des prospérités qu'il faudrait abréger. Que servent toutes ces impatiences, qu'à faire voir que nous voudrions être heureux, indépendamment de celui qui donne les félicités, parce qu'il est la félicité même ?

Si un être est composé de deux êtres, et que la nécessité de conserver l'union marque plus la soumission aux ordres du créateur, on en a pu faire une loi religieuse. Si cette nécessité de conserver l'union est un meilleur garant des actions des hommes, on en a pu faire une loi civile.

De Smyrne,
le dernier jour de la lune de Saphar 1715.

LETTRE LXXVIII

RICA À USBEK.

*À ***.*

Je t'envoie la copie d'une lettre qu'un Français qui est en Espagne a écrite ici : je crois que tu seras bien aise de la voir.

Je parcours, depuis six mois, l'Espagne et le Portugal ; et je vis parmi des peuples qui, méprisant tous les autres, font aux seuls Français l'honneur de les haïr.

La gravité est le caractère brillant des deux nations ; elle se manifeste principalement de deux manières : par les lunettes, et par la moustache.

Les lunettes font voir démonstrativement que celui qui les porte est un homme consommé dans les sciences, et enseveli dans de profondes lectures, à un tel point que sa vue en est affaiblie : et tout nez, qui en est orné ou chargé, peut passer sans contredit pour le nez d'un savant.

Quant à la moustache, elle est respectable par elle-même, et indépendamment des conséquences ; quoiqu'on ne laisse pas d'en tirer quelquefois de grandes utilités, pour le service du prince et l'honneur de la nation, comme le fit bien voir un fameux général portugais dans les Indes * : car, se trouvant avoir besoin d'argent, il se coupa une de ses moustaches, et envoya demander aux habitants de Goa vingt mille pistoles sur ce gage : elles lui furent prêtées d'abord, et dans la suite il retira sa moustache avec honneur.

On conçoit aisément que des peuples graves et flegmatiques, comme ceux-là, peuvent avoir de l'orgueil : aussi en ont-ils. Ils le fondent ordinairement sur deux choses bien considérables. Ceux qui vivent dans le continent de l'Espagne et du Portugal se sentent le cœur extrêmement élevé, lorsqu'ils sont ce qu'ils appellent de vieux chrétiens ; c'est-à-dire, qu'ils ne sont pas originaires de ceux à qui l'Inquisition a persuadé dans ces derniers siècles d'embrasser la religion chrétienne. Ceux qui sont dans les Indes ne sont pas moins flattés, lorsqu'ils considèrent qu'ils ont le sublime mérite d'être, comme ils disent, hommes de chair blanche. Il n'y a jamais eu, dans le sérail du grand seigneur [2], de sultane si orgueilleuse de sa beauté, que le plus vieux et le plus vilain mâtin ne l'est de la blancheur olivâtre de son

* Jean de Castro [1].

teint, lorsqu'il est dans une ville du Mexique, assis sur sa porte, les bras croisés. Un homme de cette conséquence, une créature si parfaite ne travaillerait pas pour tous les trésors du monde ; et ne se résoudrait jamais, par une vile et mécanique industrie, de compromettre l'honneur et la dignité de sa peau.

Car il faut savoir que, lorsqu'un homme a un certain mérite en Espagne, comme, par exemple, quand il peut ajouter, aux qualités dont je viens de parler, celle d'être le propriétaire d'une grande épée, ou d'avoir appris de son père l'art de faire jurer une discordante guitare, il ne travaille plus : son honneur s'intéresse au repos de ses membres. Celui qui reste assis dix heures par jour obtient précisément la moitié plus de considération qu'un autre qui n'en reste que cinq, parce que c'est sur les chaises que la noblesse s'acquiert.

Mais, quoique ces invincibles ennemis du travail fassent parade d'une tranquillité philosophique, ils ne l'ont pourtant pas dans le cœur ; car ils sont toujours amoureux. Ils sont les premiers hommes du monde pour mourir de langueur sous la fenêtre de leurs maîtresses ; et tout Espagnol qui n'est pas enrhumé ne saurait passer pour galant.

Ils sont premièrement dévots, et secondement jaloux. Ils se garderont bien d'exposer leurs femmes aux entreprises d'un soldat criblé de coups, ou d'un magistrat décrépit : mais ils les enfermeront avec un novice fervent qui baisse les yeux, ou un robuste Franciscain qui les élève.

Ils permettent à leurs femmes de paraître avec le sein découvert [3] : mais ils ne veulent pas qu'on leur voie le talon, et qu'on les surprenne par le bout des pieds [4].

On dit partout que les rigueurs de l'amour sont cruelles ; elles le sont encore plus pour les Espagnols. Les femmes les guérissent de leurs peines ; mais elles

ne font que leur en faire changer ; et il leur reste sou-
vent un long et fâcheux souvenir d'une passion éteinte.

Ils ont de petites politesses, qui, en France, paraîtraient
mal placées : par exemple, un capitaine ne bat jamais son
soldat, sans lui en demander permission ; et l'Inquisition
ne fait jamais brûler un Juif, sans lui faire ses excuses.

Les Espagnols qu'on ne brûle pas paraissent si atta-
chés à l'Inquisition, qu'il y aurait de la mauvaise
humeur de la leur ôter. Je voudrais seulement qu'on en
établît une autre ; non pas contre les hérétiques ; mais
contre les hérésiarques, qui attribuent à de petites pra-
tiques monacales la même efficacité qu'aux sept sacre-
ments ; qui adorent tout ce qu'ils vénèrent ; et qui sont
si dévots, qu'ils sont à peine chrétiens.

Vous pourrez trouver de l'esprit et du bon sens chez
les Espagnols ; mais n'en cherchez point dans leurs
livres. Voyez une de leurs bibliothèques, les romans
d'un côté, et les scolastiques de l'autre : vous diriez que
les parties en ont été faites, et le tout rassemblé, par
quelque ennemi secret de la raison humaine.

Le seul de leurs livres qui soit bon est celui qui a fait
voir le ridicule de tous les autres [5].

Ils ont fait des découvertes immenses dans le
nouveau monde, et ils ne connaissent pas encore leur
propre continent : il y a, sur leurs rivières, tel pont qui
n'a pas encore été découvert, et dans leurs montagnes
des nations qui leur sont inconnues *.

Ils disent que le soleil se lève et se couche dans leur
pays : mais il faut dire aussi qu'en faisant sa course, il
ne rencontre que des campagnes ruinées et des contrées
désertes.

Je ne serais pas fâché, Usbek, de voir une lettre écrite
à Madrid, par un Espagnol qui voyagerait en France ;

* Las Batuecas [6].

je crois qu'il vengerait bien sa nation. Quel vaste champ pour un homme flegmatique et pensif ! Je m'imagine qu'il commencerait ainsi la description de Paris :

Il y a ici une maison où l'on met les fous : on croirait d'abord qu'elle est la plus grande de la ville ; non : le remède est bien petit pour le mal. Sans doute que les Français, extrêmement décriés chez leurs voisins, enferment quelques fous dans une maison, pour persuader que ceux qui sont dehors ne le sont pas[7].

Je laisse là mon Espagnol. Adieu, mon cher Usbek[8].

De Paris,
le 17 de la lune de Saphar 1715.

LETTRE LXXIX

LE GRAND EUNUQUE NOIR À USBEK.

À Paris.

Hier des Arméniens menèrent au sérail une jeune esclave de Circassie, qu'ils voulaient vendre. Je la fis entrer dans les appartements secrets, je la déshabillai, je l'examinai avec les regards d'un juge ; et, plus je l'examinai, plus je lui trouvai de grâces. Une pudeur virginale semblait vouloir les dérober à ma vue : je vis tout ce qu'il lui en coûtait pour obéir : elle rougissait de se voir nue, même devant moi, qui, exempt des passions qui peuvent alarmer la pudeur, suis inanimé sous l'empire de ce sexe ; et qui, ministre de la modestie, dans les actions les plus libres, ne porte que de chastes regards, et ne puis inspirer que l'innocence.

Dès que je l'eus jugée digne de toi, je baissai les yeux : je lui jetai un manteau d'écarlate ; je lui mis au doigt un anneau d'or ; je me prosternai à ses pieds, je l'adorai comme la reine de ton cœur. Je payai les Arméniens ; je la dérobai à tous les yeux. Heureux Usbek ! tu pos-

sèdes plus de beautés que n'en enferment tous les palais d'Orient. Quel plaisir pour toi, de trouver, à ton retour, tout ce que la Perse a de plus ravissant ! et de voir, dans ton sérail, renaître les grâces, à mesure que le temps et la possession travaillent à les détruire !

Du sérail de Fatmé,
le 1 de la lune de Rebiab, 1, 1715.

LETTRE LXXX

USBEK À RHÉDI.

À Venise.

Depuis que je suis en Europe, mon cher Rhédi, j'ai vu bien des gouvernements. Ce n'est pas comme en Asie, où les règles de la politique se trouvent partout les mêmes.

J'ai souvent recherché quel était le gouvernement le plus conforme à la raison. Il m'a semblé que le plus parfait est celui qui va à son but à moins de frais ; de sorte que celui qui conduit les hommes de la manière qui convient le plus à leur penchant et à leur inclination, est le plus parfait.

Si, dans un gouvernement doux, le peuple est aussi soumis que dans un gouvernement sévère ; le premier est préférable, puisqu'il est plus conforme à la raison, et que la sévérité est un motif étranger.

Compte, mon cher Rhédi, que, dans un état, les peines plus ou moins cruelles ne font pas que l'on obéisse plus aux lois. Dans les pays où les châtiments sont modérés, on les craint comme dans ceux où ils sont tyranniques et affreux.

Soit que le gouvernement soit doux, soit qu'il soit cruel, on punit toujours par degrés ; on inflige un châtiment plus ou moins grand à un crime plus ou moins

grand. L'imagination se plie d'elle-même aux mœurs du pays où l'on est : huit jours de prison, ou une légère amende, frappent autant l'esprit d'un Européen nourri dans un pays de douceur, que la perte d'un bras inti- mide un Asiatique. Ils attachent un certain degré de crainte à un certain degré de peine, et chacun la par- tage à sa façon : le désespoir de l'infamie vient désoler un Français condamné à une peine qui n'ôterait pas un quart d'heure de sommeil à un Turc.

D'ailleurs, je ne vois pas que la police, la justice et l'équité, soient mieux observées en Turquie, en Perse, chez le Mogol, que dans les républiques de Hollande, de Venise, et dans l'Angleterre même : je ne vois pas qu'on y commette moins de crimes ; et que les hommes, intimidés par la grandeur des châtiments, y soient plus soumis aux lois.

Je remarque, au contraire, une source d'injustice et de vexations au milieu de ces mêmes états.

Je trouve même le prince, qui est la loi même, moins maître que partout ailleurs.

Je vois que, dans ces moments rigoureux, il y a tou- jours des mouvements tumultueux, où personne n'est le chef : et que, quand une fois l'autorité violente est méprisée, il n'en reste plus assez à personne pour la faire revenir :

Que le désespoir même de l'impunité confirme le désordre, et le rend plus grand :

Que, dans ces états, il ne se forme point de petite révolte ; et qu'il n'y a jamais d'intervalle entre le mur- mure et la sédition :

Qu'il ne faut point que les grands événements y soient préparés par de grandes causes : au contraire, le moindre accident produit une grande révolution, sou- vent aussi imprévue de ceux qui la font, que de ceux qui la souffrent.

Lorsque Osman[1], empereur des Turcs, fut déposé,

aucun de ceux qui commirent cet attentat ne songeait
à le commettre ; ils demandaient seulement, en sup-
pliant, qu'on leur fît justice sur quelque grief : une voix,
qu'on n'a jamais connue, sortit de la foule par hasard ;
le nom de Mustapha [2] fut prononcé, et soudain Musta-
pha fut empereur [3].

De Paris,
le 2 de la lune de Rebiab, 1, 1715.

LETTRE LXXXI

NARGUM, ENVOYÉ DE PERSE
EN MOSCOVIE, À USBEK.

À Paris.

De toutes les nations du monde, mon cher Usbek, il
n'y en a pas qui ait surpassé celle des Tartares, par la
gloire, ou par la grandeur des conquêtes. Ce peuple est
le vrai dominateur de l'univers : tous les autres sem-
blent êtres faits pour le servir : il est également le fon-
dateur et le destructeur des empires : dans tous les
temps, il a donné sur la terre des marques de sa puis-
sance ; dans tous les âges, il a été le fléau des nations.

Les Tartares ont conquis deux fois la Chine [1], et ils la
tiennent encore sous leur obéissance.

Ils dominent sur les vastes pays qui forment l'empire
du Mogol.

Maîtres de la Perse, ils sont assis sur le trône de Cyrus
et de Gustaspe [2]. Ils ont soumis la Moscovie. Sous le
nom de Turcs, ils ont fait des conquêtes immenses dans
l'Europe, l'Asie et l'Afrique ; et ils dominent sur ces trois
parties de l'univers.

Et, pour parler de temps plus reculés, c'est d'eux que
sont sortis quelques-uns des peuples qui ont renversé
l'empire romain.

Qu'est-ce que les conquêtes d'Alexandre, en comparaison de celles de Gengis Khan ?

Il n'a manqué à cette victorieuse nation que des historiens, pour célébrer la mémoire de ses merveilles.

Que d'actions immortelles ont été ensevelies dans l'oubli ! que d'empires par eux fondés, dont nous ignorons l'origine ! Cette belliqueuse nation, uniquement occupée de sa gloire présente, sûre de vaincre dans tous les temps, ne songeait point à se signaler dans l'avenir par la mémoire de ses conquêtes passées.

De Moscou,
le 4 de la lune de Rebiab, 1, 1715.

LETTRE LXXXII

RICA À IBBEN.

À Smyrne.

Quoique les Français parlent beaucoup, il y a cependant parmi eux une espèce de dervis taciturnes, qu'on appelle Chartreux. On dit qu'ils se coupent la langue en entrant dans le couvent : et on souhaiterait fort que tous les autres dervis se retranchassent de même tout ce que leur profession leur rend inutile.

À propos de gens taciturnes, il y en a de bien plus singuliers que ceux-là, et qui ont un talent bien extraordinaire. Ce sont ceux qui savent parler sans rien dire ; et qui amusent une conversation pendant deux heures de temps, sans qu'il soit possible de les déceler, d'être leur plagiaire, ni de retenir un mot de ce qu'ils ont dit.

Ces sortes de gens sont adorés des femmes : mais ils ne le sont pas tant que d'autres, qui ont reçu de la nature l'aimable talent de sourire à propos, c'est-à-dire, à chaque instant, et qui portent la grâce d'une joyeuse approbation sur tout ce qu'elles disent.

Mais ils sont au comble de l'esprit, lorsqu'ils savent entendre finesse à tout, et trouver mille petits traits ingénieux dans les choses les plus communes.

J'en connais d'autres qui se sont bien trouvés d'introduire dans les conversations des choses inanimées, et d'y faire parler leur habit brodé, leur perruque blonde, leur tabatière, leur canne, et leurs gants. Il est bon de commencer de la rue à se faire écouter par le bruit du carrosse, et du marteau qui frappe rudement la porte : cet avant-propos prévient pour le reste du discours : et, quand l'exorde est beau, il rend supportables toutes les sottises qui viennent ensuite, mais qui, par bonheur, arrivent trop tard.

Je te promets que ces petits talents, dont on ne fait aucun cas chez nous, servent bien ici ceux qui sont assez heureux pour les avoir ; et qu'un homme de bon sens ne brille guère devant eux.

De Paris,
le 6 de la lune de Rebiab, 2, 1715.

LETTRE LXXXIII

USBEK À RHÉDI.

À Venise.

S'il y a un Dieu, mon cher Rhédi, il faut nécessairement qu'il soit juste : car, s'il ne l'était pas, il serait le plus mauvais et le plus imparfait de tous les êtres.

La justice est un rapport de convenance, qui se trouve réellement entre deux choses : ce rapport est toujours le même, quelque être qui le considère, soit que ce soit Dieu, soit que ce soit un ange, ou enfin que ce soit un homme.

Il est vrai que les hommes ne voient pas toujours ces rapports : souvent même, lorsqu'ils les voient, ils s'en

éloignent; et leur intérêt est toujours ce qu'ils voient le mieux. La justice élève sa voix; mais elle a peine à se faire entendre dans le tumulte des passions.

Les hommes peuvent faire des injustices, parce qu'ils ont intérêt de les commettre, et qu'ils préfèrent leur propre satisfaction à celle des autres. C'est toujours par un retour sur eux-mêmes qu'ils agissent : nul n'est mauvais gratuitement : il faut qu'il y ait une raison qui détermine; et cette raison est toujours raison d'intérêt.

Mais il n'est pas possible que Dieu fasse jamais rien d'injuste : dès qu'on suppose qu'il voit la justice, il faut nécessairement qu'il la suive : car, comme il n'a besoin de rien, et qu'il se suffit à lui-même, il serait le plus méchant de tous les êtres, puisqu'il le serait sans intérêt.

Ainsi, quand il n'y aurait pas de Dieu, nous devrions toujours aimer la justice; c'est-à-dire, faire nos efforts pour ressembler à cet être dont nous avons une si belle idée, et qui, s'il existait, serait nécessairement juste. Libres que nous serions du joug de la religion, nous ne devrions pas l'être de celui de l'équité.

Voilà, Rhédi, ce qui m'a fait penser que la justice est éternelle, et ne dépend point des conventions humaines. Et, quand elle en dépendrait, ce serait une vérité terrible, qu'il faudrait se dérober à soi-même.

Nous sommes entourés d'hommes plus forts que nous; ils peuvent nous nuire de mille manières différentes; les trois quarts du temps, ils peuvent le faire impunément. Quel repos pour nous, de savoir qu'il y a, dans le cœur de tous ces hommes, un principe intérieur qui combat en notre faveur, et nous met à couvert de leurs entreprises?

Sans cela, nous devrions être dans une frayeur continuelle; nous passerions devant les hommes comme devant les lions; et nous ne serions jamais assurés un

moment de notre bien, de notre honneur, et de notre vie.

Toutes ces pensées m'animent contre ces docteurs qui représentent Dieu comme un être qui fait un exercice tyrannique de sa puissance ; qui le font agir d'une manière dont nous ne voudrions pas agir nous-mêmes, de peur de l'offenser ; qui le chargent de toutes les imperfections qu'il punit en nous ; et, dans leurs opinions contradictoires, le représentent, tantôt comme un être mauvais, tantôt comme un être qui hait le mal et le punit.

Quand un homme s'examine, quelle satisfaction pour lui de trouver qu'il a le cœur juste ! Ce plaisir, tout sévère qu'il est, doit le ravir : il voit son être autant au-dessus de ceux qui ne l'ont pas, qu'il se voit au-dessus des tigres et des ours. Oui, Rhédi ; si j'étais sûr de suivre toujours inviolablement cette équité que j'ai devant les yeux, je me croirais le premier des hommes.

De Paris,
le 1 de la lune Gemmadi, 1, 1715.

LETTRE LXXXIV

RICA À ***.

Je fus hier aux Invalides : j'aimerais autant avoir fait cet établissement, si j'étais prince, que d'avoir gagné trois batailles. On y trouve partout la main d'un grand monarque. Je crois que c'est le lieu le plus respectable de la terre.

Quel spectacle, de voir assemblées dans un même lieu toutes ces victimes de la patrie, qui ne respirent que pour la défendre ; et qui, se sentant le même cœur, et non pas la même force, ne se plaignent que de l'impuissance où elles sont de se sacrifier encore pour elle !

Quoi de plus admirable, que de voir ces guerriers débiles, dans cette retraite, observer une discipline aussi exacte que s'ils y étaient contraints par la présence d'un ennemi, chercher leur dernière satisfaction dans cette image de la guerre, et partager leur cœur et leur esprit entre les devoirs de la religion et ceux de l'art militaire !

Je voudrais que les noms de ceux qui meurent pour la patrie fussent conservés dans les temples, et écrits dans des registres qui fussent comme la source de la gloire et de la noblesse.

De Paris,
le 15 de la lune de Gemmadi, 1, 1715.

LETTRE LXXXV
USBEK À MIRZA.

À Ispahan.

Tu sais, Mirza, que quelques ministres de Chah Soliman[1] avaient formé le dessein d'obliger tous les Arméniens de Perse de quitter le royaume, ou de se faire mahométans, dans la pensée que notre empire serait toujours pollué, tandis qu'il garderait dans son sein ces infidèles.

C'était fait de la grandeur persane, si, dans cette occasion, l'aveugle dévotion avait été écoutée.

On ne sait comment la chose manqua. Ni ceux qui firent la proposition, ni ceux qui la rejetèrent, n'en connurent les conséquences : le hasard fit l'office de la raison et de la politique, et sauva l'empire d'un péril plus grand que celui qu'il aurait pu courir de la perte d'une bataille, et de la prise de deux villes.

En proscrivant les Arméniens, on pensa détruire, en un seul jour, tous les négociants, et presque tous les

artisans du royaume. Je suis sûr que le grand Chah Abas[2] aurait mieux aimé se faire couper les deux bras, que de signer un ordre pareil ; et qu'en envoyant au Mogol, et aux autres rois des Indes, ses sujets les plus industrieux, il aurait cru leur donner la moitié de ses états.

Les persécutions que nos mahométans zélés ont faites aux Guèbres[3], les ont obligés de passer en foule dans les Indes ; et ont privé la Perse de cette nation, si appliquée au labourage, et qui seule, par son travail, était en état de vaincre la stérilité de nos terres.

Il ne restait à la dévotion qu'un second coup à faire : c'était de ruiner l'industrie ; moyennant quoi l'empire tombait de lui-même, et avec lui, par une suite nécessaire, cette même religion qu'on voulait rendre si florissante.

S'il faut raisonner sans prévention, je ne sais, Mirza, s'il n'est pas bon que, dans un état, il y ait plusieurs religions[4].

On remarque que ceux qui vivent dans des religions tolérées se rendent ordinairement plus utiles à leur patrie, que ceux qui vivent dans la religion dominante ; parce qu'éloignés des honneurs, ne pouvant se distinguer que par leur opulence et leurs richesses, ils sont portés à en acquérir par leur travail, et à embrasser les emplois de la société les plus pénibles.

D'ailleurs, comme toutes les religions contiennent des préceptes utiles à la société, il est bon qu'elles soient observées avec zèle. Or, qu'y a-t-il de plus capable d'animer ce zèle, que leur multiplicité ?

Ce sont des rivales qui ne se pardonnent rien. La jalousie descend jusqu'aux particuliers : chacun se tient sur ses gardes, et craint de faire des choses qui déshonoreraient son parti, et l'exposeraient aux mépris et aux censures impardonnables du parti contraire.

Aussi a-t-on toujours remarqué qu'une secte nouvelle,

introduite dans un état, était le moyen le plus sûr pour corriger tous les abus de l'ancienne.

On a beau dire qu'il n'est pas de l'intérêt du prince de souffrir plusieurs religions dans son état. Quand toutes les sectes du monde viendraient s'y rassembler, cela ne lui porterait aucun préjudice ; parce qu'il n'y en a aucune qui ne prescrive l'obéissance, et ne prêche la soumission.

J'avoue que les histoires sont remplies de guerres de religion. Mais qu'on y prenne bien garde ; ce n'est point la multiplicité des religions qui a produit ces guerres, c'est l'esprit d'intolérance qui animait celle qui se croyait la dominante.

C'est cet esprit de prosélytisme, que les Juifs ont pris des Égyptiens, et qui d'eux est passé, comme une maladie épidémique et populaire, aux Mahométans et aux chrétiens.

C'est enfin cet esprit de vertige, dont les progrès ne peuvent être regardés que comme une éclipse entière de la raison humaine.

Car enfin, quand il n'y aurait pas de l'inhumanité à affliger la conscience des autres, quand il n'en résulterait aucun des mauvais effets qui en germent à milliers, il faudrait être fou pour s'en aviser. Celui qui veut me faire changer de religion ne le fait sans doute que parce qu'il ne changerait pas la sienne, quand on voudrait l'y forcer : il trouve donc étrange que je ne fasse pas une chose qu'il ne ferait pas lui-même, peut-être, pour l'empire du monde.

De Paris,
le 26 de la lune de Gemmadi, 1, 1715.

LETTRE LXXXVI

RICA À ***.

Il semble ici que les familles se gouvernent toutes seules. Le mari n'a qu'une ombre d'autorité sur la femme, le père sur ses enfants, le maître sur ses esclaves. La justice se mêle de tous leurs différends : et sois sûr qu'elle est toujours contre le mari jaloux, le père chagrin, le maître incommode.

J'allai l'autre jour dans le lieu où se rend la justice. Avant d'y arriver, il faut passer sous les armes d'un nombre infini de jeunes marchandes, qui vous appellent d'une voix trompeuse. Ce spectacle d'abord est assez riant : mais il devient lugubre, lorsqu'on entre dans les grandes salles, où l'on ne voit que des gens dont l'habit est encore plus grave que la figure. Enfin, on entre dans le lieu sacré, où se révèlent tous les secrets des familles, et où les actions les plus cachées sont mises au grand jour.

Là, une fille modeste vient avouer les tourments d'une virginité trop longtemps gardée, ses combats, et sa douloureuse résistance : elle est si peu fière de sa victoire, qu'elle menace toujours d'une défaite prochaine ; et, pour que son père n'ignore plus ses besoins, elle les expose à tout le peuple.

Une femme effrontée vient ensuite exposer les outrages qu'elle a faits à son époux, comme une raison d'en être séparée.

Avec une modestie pareille, une autre vient dire qu'elle est lasse de porter le titre de femme, sans en jouir : elle vient révéler les mystères cachés dans la nuit du mariage : elle veut qu'on la livre aux regards des experts les plus habiles, et qu'une sentence la rétablisse dans tous les droits de la virginité. Il y en a même qui

osent défier leurs maris, et leur demander en public un combat que les témoins rendent si difficile : épreuve aussi flétrissante pour la femme qui la soutient, que pour le mari qui y succombe[1].

Un nombre infini de filles, ravies ou séduites, font les hommes beaucoup plus mauvais qu'ils ne sont. L'amour fait retentir ce tribunal : on n'y entend parler que de pères irrités, de filles abusées, d'amants infidèles, et de maris chagrins.

Par la loi qui y est observée, tout enfant né pendant le mariage est censé être au mari : il a beau avoir de bonnes raisons pour ne pas le croire ; la loi le croit pour lui, et le soulage de l'examen et des scrupules.

Dans ce tribunal, on prend les voix à la majeure : mais on dit qu'on a reconnu, par expérience, qu'il vaudrait mieux les recueillir à la mineure : et cela est assez naturel ; car il y a très peu d'esprits justes, et tout le monde convient qu'il y en a une infinité de faux.

De Paris,
le 1 de la lune de Gemmadi, 2, 1715.

LETTRE LXXXVII

RICA À ***.

On dit que l'homme est un animal sociable. Sur ce pied-là, il me paraît qu'un Français est plus homme qu'un autre : c'est l'homme par excellence ; car il semble être fait uniquement pour la société.

Mais j'ai remarqué, parmi eux, des gens qui non seulement sont sociables, mais sont eux-mêmes la société universelle. Ils se multiplient dans tous les coins ; ils peuplent en un moment les quatre quartiers d'une ville : cent hommes de cette espèce abondent plus que deux mille citoyens : ils pourraient réparer, aux yeux des

étrangers, les ravages de la peste et de la famine. On demande, dans les écoles, si un corps peut être en un instant en plusieurs lieux ; ils sont une preuve de ce que les philosophes mettent en question.

Ils sont toujours empressés, parce qu'ils ont l'affaire importante de demander à tous ceux qu'ils voient, où ils vont, et d'où ils viennent.

On ne leur ôterait jamais de la tête qu'il est de la bienséance de visiter chaque jour le public en détail, sans compter les visites qu'ils font en gros dans les lieux où l'on s'assemble : mais, comme la voie en est trop abrégée, elles sont comptées pour rien dans les règles de leur cérémonial.

Ils fatiguent plus les portes des maisons à coups de marteau, que les vents et les tempêtes. Si l'on allait examiner la liste de tous les portiers, on y trouverait chaque jour leur nom estropié de mille manières en caractères suisses. Ils passent leur vie à la suite d'un enterrement, dans des compliments de condoléances, ou dans des félicitations de mariage. Le roi ne fait point de gratification à quelqu'un de ses sujets, qu'il ne leur en coûte une voiture pour lui en aller témoigner leur joie. Enfin, ils reviennent chez eux, bien fatigués, se reposer, pour pouvoir reprendre le lendemain leurs pénibles fonctions.

Un d'eux mourut l'autre jour de lassitude, et on mit cette épitaphe sur son tombeau : « C'est ici que repose celui qui ne s'est jamais reposé. Il s'est promené à cinq cent trente enterrements. Il s'est réjoui de la naissance de deux mille six cent quatre-vingts enfants. Les pensions dont il a félicité ses amis, toujours en des termes différents, montent à deux millions six cent mille livres ; le chemin qu'il a fait sur le pavé, à neuf mille six cent stades ; celui qu'il a fait dans la campagne, à trente-six. Sa conversation était amusante ; il avait un fonds tout fait de trois cent soixante-cinq contes ; il

possédait d'ailleurs, depuis son jeune âge, cent dix-huit apophtegmes tirés des anciens, qu'il employait dans les occasions brillantes. Il est mort enfin à la soixantième année de son âge. Je me tais, voyageur ; car comment pourrais-je achever de te dire ce qu'il a fait et ce qu'il a vu ? »

De Paris,
le 3 de la lune de Gemmadi, 2, 1715.

LETTRE LXXXVIII

USBEK À RHÉDI.

À Venise.

À Paris, règne la liberté et l'égalité. La naissance, la vertu, le mérite même de la guerre, quelque brillant qu'il soit, ne sauve pas un homme de la foule dans laquelle il est confondu. La jalousie des rangs y est inconnue. On dit que le premier de Paris est celui qui a les meilleurs chevaux à son carrosse.

Un grand seigneur est un homme qui voit le roi, qui parle aux ministres, qui a des ancêtres, des dettes et des pensions. S'il peut, avec cela, cacher son oisiveté par un air empressé, ou par un feint attachement pour les plaisirs, il croit être le plus heureux de tous les hommes.

En Perse, il n'y a de grand, que ceux à qui le monarque donne quelque part au gouvernement. Ici, il y a des gens qui sont grands par leur naissance ; mais ils sont sans crédit. Les rois sont comme ces ouvriers habiles, qui, pour exécuter leurs ouvrages, se servent toujours des machines les plus simples.

La faveur est la grande divinité des Français. Le ministre est le grand prêtre, qui lui offre bien des victimes. Ceux qui l'entourent ne sont point habillés de

blanc : tantôt sacrificateurs, et tantôt sacrifiés, ils se dévouent eux-mêmes à leur idole avec tout le peuple.

De Paris,
le 9 de la lune de Gemmadi, 2, 1715.

LETTRE LXXXIX

USBEK À IBBEN.

À Smyrne.

Le désir de la gloire n'est point différent de cet instinct que toutes les créatures ont pour leur conservation. Il semble que nous augmentons notre être, lorsque nous pouvons le porter dans la mémoire des autres : c'est une nouvelle vie que nous acquérons, et qui nous devient aussi précieuse que celle que nous avons reçue du ciel.

Mais, comme tous les hommes ne sont pas également attachés à la vie, ils ne sont pas aussi également sensibles à la gloire. Cette noble passion est bien toujours gravée dans leur cœur ; mais l'imagination et l'éducation la modifient de mille manières.

Cette différence, qui se trouve d'homme à homme, se fait encore plus sentir de peuple à peuple.

On peut poser pour maxime que, dans chaque état, le désir de la gloire croît avec la liberté des sujets, et diminue avec elle : la gloire n'est jamais compagne de la servitude.

Un homme de bon sens me disait l'autre jour : « On est en France, à bien des égards, plus libre qu'en Perse ; aussi y aime-t-on plus la gloire. Cette heureuse fantaisie fait faire à un Français, avec plaisir et avec goût, ce que votre sultan n'obtient de ses sujets qu'en leur mettant sans cesse devant les yeux les supplices et les récompenses.

« Aussi, parmi nous, le prince est-il jaloux de l'honneur du dernier de ses sujets. Il y a, pour le maintenir, des tribunaux respectables[1] : c'est le trésor sacré de la nation : et le seul dont le souverain n'est pas le maître, parce qu'il ne peut l'être sans choquer ses intérêts. Ainsi, si un sujet se trouve blessé dans son honneur par son prince, soit par quelque préférence, soit par la moindre marque de mépris, il quitte, sur-le-champ, sa cour, son emploi, son service, et se retire chez lui.

« La différence qu'il y a des troupes françaises aux vôtres, c'est que les unes, composées d'esclaves naturellement lâches, ne surmontent la crainte de la mort que par celle du châtiment ; ce qui produit dans l'âme un nouveau genre de terreur qui la rend comme stupide : au lieu que les autres se présentent aux coups avec délice, et bannissent la crainte par une satisfaction qui lui est supérieure.

« Mais le sanctuaire de l'honneur, de la réputation et de la vertu, semble être établi dans les républiques, et dans les pays où l'on peut prononcer le mot de patrie. À Rome, à Athènes, à Lacédémone, l'honneur payait seul les services les plus signalés. Une couronne de chêne ou de laurier, une statue, un éloge, était une récompense immense pour une bataille gagnée, ou une ville prise.

« Là, un homme qui avait fait une belle action se trouvait suffisamment récompensé par cette action même. Il ne pouvait voir un de ses compatriotes qu'il ne ressentît le plaisir d'être son bienfaiteur : il comptait le nombre de ses services par celui de ses concitoyens. Tout homme est capable de faire du bien à un homme : mais c'est ressembler aux dieux, que de contribuer au bonheur d'une société entière.

« Or cette noble émulation ne doit-elle point être entièrement éteinte dans le cœur de vos Persans, chez qui les emplois et les dignités ne sont que des attributs de la fantaisie du souverain ? La réputation et la vertu

y sont regardées comme imaginaires, si elles ne sont accompagnées de la faveur du prince, avec laquelle elles naissent et meurent de même. Un homme qui a pour lui l'estime publique n'est jamais sûr de ne pas être déshonoré demain : le voilà aujourd'hui général d'armée ; peut-être que le prince le va faire son cuisinier, et qu'il ne lui laissera plus à espérer d'autre éloge que celui d'avoir fait un bon ragoût. »

De Paris,
le 15 de la lune de Gemmadi, 2, 1715.

LETTRE XC

USBEK AU MÊME.

À Smyrne.

De cette passion générale que la nation française a pour la gloire, il s'est formé, dans l'esprit des particuliers, un certain je ne sais quoi, qu'on appelle point d'honneur ; c'est proprement le caractère de chaque profession : mais il est plus marqué chez les gens de guerre, et c'est le point d'honneur par excellence. Il me serait bien difficile de te faire sentir ce que c'est ; car nous n'en avons point précisément d'idée.

Autrefois les Français, surtout les nobles, ne suivaient guère d'autres lois que celles de ce point d'honneur : elles réglaient toute la conduite de leur vie ; et elles étaient si sévères, qu'on ne pouvait, sans une peine plus cruelle que la mort, je ne dis pas les enfreindre, mais en éluder la plus petite disposition.

Quand il s'agissait de régler les différends, elles ne prescrivaient guère qu'une manière de décision, qui était le duel, qui tranchait toutes les difficultés. Mais, ce qu'il y avait de mal, c'est que souvent le jugement se rendait entre d'autres parties que celles qui y étaient intéressées.

Pour peu qu'un homme fût connu d'un autre, il fallait qu'il entrât dans la dispute, et qu'il payât de sa personne, comme s'il avait été lui-même en colère. Il se sentait toujours honoré d'un tel choix et d'une préférence si flatteuse : et tel qui n'aurait pas voulu donner quatre pistoles à un homme pour le sauver de la potence, lui et toute sa famille, ne faisait aucune difficulté d'aller risquer pour lui mille fois sa vie.

Cette manière de décider était assez mal imaginée ; car, de ce qu'un homme était plus adroit ou plus fort qu'un autre, il ne s'ensuivait pas qu'il eût de meilleures raisons.

Aussi les rois l'ont-ils défendue sous des peines très sévères : mais c'est en vain ; l'honneur, qui veut toujours régner, se révolte, et il ne reconnaît point de lois.

Ainsi les Français sont dans un état bien violent : car les mêmes lois de l'honneur obligent un honnête homme de se venger quand il a été offensé ; mais, d'un autre côté, la justice le punit des plus cruelles peines lorsqu'il se venge. Si l'on suit les lois de l'honneur, on périt sur un échafaud ; si l'on suit celles de la justice, on est banni pour jamais de la société des hommes : il n'y a donc que cette cruelle alternative, ou de mourir, ou d'être indigne de vivre.

De Paris,
le 18 de la lune de Gemmadi, 2, 1715.

LETTRE XCI

USBEK À RUSTAN.

À Ispahan.

Il paraît ici un personnage travesti en ambassadeur de Perse, qui se joue insolemment des deux plus grands rois du monde[1]. Il apporte, au monarque des Français,

des présents que le nôtre ne saurait donner à un roi d'Irimette ou de Géorgie : et, par sa lâche avarice, il a flétri la majesté des deux empires.

Il s'est rendu ridicule devant un peuple qui prétend être le plus poli de l'Europe : et il a fait dire en Occident que le roi des rois ne domine que sur des barbares.

Il a reçu des honneurs, qu'il semblait avoir voulu se faire refuser lui-même : et, comme si la cour de France avait eu plus à cœur la grandeur persane que lui, elle l'a fait paraître avec dignité devant un peuple dont il est le mépris.

Ne dis point ceci à Ispahan : épargne la tête d'un malheureux. Je ne veux pas que nos ministres le punissent de leur propre imprudence, et de l'indigne choix qu'ils ont fait[2].

De Paris,
le dernier de la lune de Gemmadi, 2, 1715.

LETTRE XCII

USBEK À RHÉDI.

À Venise.

Le monarque qui a si longtemps régné n'est plus*. Il a bien fait parler des gens pendant sa vie ; tout le monde s'est tu à sa mort. Ferme et courageux dans ce dernier moment, il a paru ne céder qu'au destin. Ainsi mourut le grand Chah Abas[1], après avoir rempli toute la terre de son nom.

Ne crois pas que ce grand événement n'ait fait faire ici que des réflexions morales. Chacun a pensé à ses affaires, et à prendre ses avantages dans ce changement. Le roi, arrière-petit-fils du monarque défunt,

* Il mourut le 1ᵉʳ septembre 1715.

n'ayant que cinq ans, un prince, son oncle, a été déclaré régent du royaume[2].

Le feu roi avait fait un testament qui bornait l'autorité du régent. Ce prince habile a été au Parlement ; et, y exposant tous les droits de sa naissance, il a fait casser la disposition du monarque, qui, voulant se survivre à lui-même, semblait avoir prétendu régner encore après sa mort.

Les parlements ressemblent à ces ruines que l'on foule aux pieds, mais qui rappellent toujours l'idée de quelque temple fameux par l'ancienne religion des peuples. Ils ne se mêlent guère plus que de rendre la justice ; et leur autorité est toujours languissante, à moins que quelque conjoncture imprévue ne vienne lui rendre la force et la vie. Ces grands corps ont suivi le destin des choses humaines : ils ont cédé au temps qui détruit tout, à la corruption des mœurs qui a tout affaibli, à l'autorité suprême qui a tout abattu.

Mais le régent, qui a voulu se rendre agréable au peuple, a paru d'abord respecter cette image de la liberté publique ; et, comme s'il avait pensé à relever de terre le temple et l'idole, il a voulu qu'on les regardât comme l'appui de la monarchie, et le fondement de toute autorité légitime[3].

De Paris,
le 4 de la lune de Rhegeb 1715.

LETTRE XCIII

USBEK À SON FRÈRE,
SANTON AU MONASTÈRE DE CASBIN.

Je m'humilie devant toi, sacré santon[1], et je me prosterne : je regarde les vestiges de tes pieds, comme la prunelle de mes yeux. Ta sainteté est si grande, qu'il

semble que tu aies le cœur de notre saint prophète : tes austérités étonnent le ciel même : les anges t'ont regardé du sommet de la gloire, et ont dit : « Comment est-il encore sur la terre, puisque son esprit est avec nous, et vole autour du trône qui est soutenu par les nuées ? »

Et comment ne t'honorerais-je pas, moi qui ai appris, de nos docteurs, que les dervis, même infidèles, ont toujours un caractère de sainteté qui les rend respectables aux vrais croyants ; et que Dieu s'est choisi, dans tous les coins de la terre, des âmes plus pures que les autres, qu'il a séparées du monde impie, afin que leurs mortifications et leurs prières ferventes suspendissent sa colère, prête à tomber sur tant de peuples rebelles ?

Les chrétiens disent des merveilles de leurs premiers santons, qui se réfugièrent à milliers dans les déserts affreux de la Thébaïde[2], et eurent, pour chefs, Paul, Antoine et Pacôme. Si ce qu'ils en disent est vrai, leurs vies sont aussi pleines de prodiges que celles de nos plus sacrés immaums. Ils passaient quelquefois dix ans entiers sans voir un seul homme : mais ils habitaient la nuit et le jour avec des démons : ils étaient sans cesse tourmentés par ces esprits malins : ils les trouvaient au lit, ils les trouvaient à table ; jamais d'asile contre eux. Si tout ceci est vrai, santon vénérable, il faudrait avouer que personne n'aurait jamais vécu en plus mauvaise compagnie.

Les chrétiens sensés regardent toutes ces histoires comme une allégorie bien naturelle, qui nous peut servir à nous faire sentir le malheur de la condition humaine. En vain cherchons-nous, dans le désert, un état tranquille ; les tentations nous suivent toujours : nos passions, figurées par les démons, ne nous quittent point encore : ces monstres du cœur, ces illusions de l'esprit, ces vains fantômes de l'erreur et du mensonge,

se montrent toujours à nous pour nous séduire, et nous attaquent jusque dans les jeûnes et les cilices, c'est-à-dire, jusque dans notre force même.

Pour moi, santon vénérable, je sais que l'envoyé de Dieu a enchaîné Satan, et l'a précipité dans les abîmes : il a purifié la terre, autrefois pleine de son empire, et l'a rendue digne du séjour des anges et des prophètes.

De Paris,
le 9 de la lune de Chahban 1715.

LETTRE XCIV

USBEK À RHÉDI.

À Venise.

Je n'ai jamais ouï parler du droit public, qu'on n'ait commencé par rechercher soigneusement quelle est l'origine des sociétés ; ce qui me paraît ridicule. Si les hommes n'en formaient point, s'ils se quittaient et se fuyaient les uns les autres, il faudrait en demander la raison, et chercher pourquoi ils se tiennent séparés : mais ils naissent tous liés les uns aux autres ; un fils est né auprès de son père, et il s'y tient : voilà la société, et la cause de la société.

Le droit public est plus connu en Europe qu'en Asie : cependant on peut dire que les passions des princes, la patience des peuples, la flatterie des écrivains, en ont corrompu tous les principes.

Ce droit, tel qu'il est aujourd'hui, est une science qui apprend aux princes jusqu'à quel point ils peuvent violer la justice, sans choquer leurs intérêts. Quel dessein, Rhédi, de vouloir, pour endurcir leur conscience, mettre l'iniquité en système, d'en donner des règles, d'en former des principes ; et d'en tirer des conséquences !

La puissance illimitée de nos sublimes sultans, qui n'a d'autre règle qu'elle-même, ne produit pas plus de monstres, que cet art indigne, qui veut faire plier la justice, tout inflexible qu'elle est.

On dirait, Rhédi, qu'il y a deux justices toutes différentes : l'une qui règle les affaires des particuliers, qui règne dans le droit civil ; l'autre qui règle les différends qui surviennent de peuple à peuple, qui tyrannise dans le droit public : comme si le droit public n'était pas lui-même un droit civil ; non pas, à la vérité, d'un pays particulier, mais du monde.

Je t'expliquerai, dans une autre lettre, mes pensées là-dessus.

De Paris,
le premier de la lune de Zilhagé 1716.

LETTRE XCV

USBEK AU MÊME.

Les magistrats doivent rendre la justice de citoyen à citoyen : chaque peuple la doit rendre lui-même de lui à un autre peuple. Dans cette seconde distribution de justice, on ne peut employer d'autres maximes que dans la première.

De peuple à peuple, il est rarement besoin de tiers pour juger, parce que les sujets de disputes sont presque toujours clairs et faciles à terminer. Les intérêts de deux nations sont ordinairement si séparés, qu'il ne faut qu'aimer la justice pour la trouver ; on ne peut guère se prévenir dans sa propre cause.

Il n'en est pas de même des différends qui arrivent entre particuliers. Comme ils vivent en société, leurs intérêts sont si mêlés et si confondus, il y en a de tant de sortes différentes, qu'il est nécessaire qu'un tiers

Voici

LETTRE XCVII

USBEK À HASSEIN,
DERVIS DE LA MONTAGNE DE JARON.

Ô toi, sage dervis, dont l'esprit curieux brille de tant de connaissances, écoute ce que je vais te dire.

Il y a ici des philosophes, qui, à la vérité, n'ont point atteint jusqu'au faîte de la sagesse orientale : ils n'ont point été ravis jusqu'au trône lumineux : ils n'ont ni entendu les paroles ineffables dont les concerts des anges retentissent, ni senti les formidables accès d'une fureur divine : mais, laissés à eux-mêmes, privés des saintes merveilles, ils suivent, dans le silence, les traces de la raison humaine.

Tu ne saurais croire jusqu'où ce guide les a conduits. Ils ont débrouillé le chaos ; et ont expliqué, par une mécanique simple, l'ordre de l'architecture divine. L'auteur de la nature a donné du mouvement à la matière : il n'en a pas fallu davantage pour produire cette prodigieuse variété d'effets que nous voyons dans l'univers.

Que les législateurs ordinaires nous proposent des lois, pour régler les sociétés des hommes ; des lois aussi sujettes au changement que l'esprit de ceux qui les proposent, et des peuples qui les observent : ceux-ci ne nous parlent que des lois générales, immuables, éternelles, qui s'observent sans aucune exception, avec un ordre, une régularité, et une promptitude infinie, dans l'immensité des espaces.

Et que crois-tu, homme divin, que soient ces lois ? Tu t'imagines peut-être qu'entrant dans le conseil de l'Éternel, tu vas être étonné par la sublimité des mystères : tu renonces par avance à comprendre ; tu ne te proposes que d'admirer.

Mais tu changeras bientôt de pensée : elles n'éblouissent point par un faux respect : leur simplicité les a fait longtemps méconnaître ; et ce n'est qu'après bien des réflexions, qu'on en a vu toute la fécondité et toute l'étendue.

La première est que tout corps tend à décrire une ligne droite, à moins qu'il ne rencontre quelque obstacle qui l'en détourne : et la seconde, qui n'en est qu'une suite, c'est que tout corps qui tourne autour d'un centre tend à s'en éloigner ; parce que, plus il en est loin, plus la ligne qu'il décrit approche de la ligne droite.

Voilà, sublime dervis, la clef de la nature : voilà des principes féconds, dont on tire des conséquences à perte de vue[1].

La connaissance de cinq ou six vérités a rendu leur philosophie pleine de miracles ; et leur a fait faire presque autant de prodiges et de merveilles, que tout ce qu'on nous raconte de nos saints prophètes.

Car enfin, je suis persuadé qu'il n'y a aucun de nos docteurs qui n'eût été embarrassé, si on lui eût dit de peser, dans une balance, tout l'air qui est autour de la terre, ou de mesurer toute l'eau qui tombe chaque année sur sa surface ; et qui n'eût pensé plus de quatre fois, avant de dire combien de lieues le son fait dans une heure ; quel temps un rayon de lumière emploie à venir du soleil à nous ; combien de toises il y a d'ici à Saturne ; quelle est la courbe selon laquelle un vaisseau doit être taillé, pour être le meilleur voilier qu'il soit possible.

Peut-être que, si quelque homme divin avait orné les ouvrages de ces philosophes de paroles hautes et sublimes ; s'il y avait mêlé des figures hardies et des allégories mystérieuses, il aurait fait un bel ouvrage, qui n'aurait cédé qu'au saint Alcoran.

Cependant, s'il te faut dire ce que je pense, je ne m'accommode guère du style figuré. Il y a, dans notre Alco-

ran, un grand nombre de petites choses, qui me parais-
sent toujours telles, quoiqu'elles soient relevées par la
force et la vie de l'expression. Il semble d'abord que les
livres inspirés ne sont que les idées divines rendues en
langage humain : au contraire, dans notre Alcoran, on
trouve souvent le langage de Dieu, et les idées des
hommes ; comme si, par un admirable caprice, Dieu y
avait dicté les paroles, et que l'homme eût fourni les
pensées.

Tu diras peut-être que je parle trop librement de ce
qu'il y a de plus saint parmi nous ; tu croiras que c'est
le fruit de l'indépendance où l'on vit dans ce pays. Non :
grâces au ciel, l'esprit n'a pas corrompu le cœur ; et, tan-
dis que je vivrai, Hali sera mon prophète.

De Paris,
le 10 de la lune de Chahban, 1716.

LETTRE XCVIII

USBEK À IBBEN.

À Smyrne.

Il n'y a point de pays au monde où la fortune soit si
inconstante que dans celui-ci. Il arrive, tous les dix ans,
des révolutions qui précipitent le riche dans la misère,
et enlèvent le pauvre avec des ailes rapides au comble
des richesses. Celui-ci est étonné de sa pauvreté ; celui-
là l'est de son abondance. Le nouveau riche admire la
sagesse de la Providence ; le pauvre, l'aveugle fatalité du
destin.

Ceux qui lèvent les tributs nagent au milieu des tré-
sors : parmi eux, il y a peu de Tantales. Ils commen-
cent pourtant ce métier par la dernière misère. Ils sont
méprisés comme de la boue, pendant qu'ils sont

pauvres : quand ils sont riches, on les estime assez ; aussi ne négligent-ils rien pour acquérir de l'estime.

Ils sont à présent dans une situation bien terrible. On vient d'établir une chambre, qu'on appelle de justice, parce qu'elle va leur ravir tout leur bien[1]. Ils ne peuvent, ni détourner, ni cacher leurs effets ; car on les oblige de les déclarer au juste, sous peine de la vie : ainsi on les fait passer par un défilé bien étroit, je veux dire entre la vie et leur argent. Pour comble d'infortune, il y a un ministre connu par son esprit[2], qui les honore de ses plaisanteries, et badine sur toutes les délibérations du conseil. On ne trouve pas tous les jours des ministres disposés à faire rire le peuple ; et l'on doit savoir bon gré à celui-ci de l'avoir entrepris.

Le corps des laquais est plus respectable en France qu'ailleurs : c'est un séminaire de grands seigneurs ; il remplit le vide des autres états. Ceux qui le composent prennent la place des grands malheureux, des magistrats ruinés, des gentilshommes tués dans les fureurs de la guerre : et, quand ils ne peuvent pas suppléer par eux-mêmes, ils relèvent toutes les grandes maisons par le moyen de leurs filles, qui sont comme une espèce de fumier qui engraisse les terres montagneuses et arides.

Je trouve, Ibben, la Providence admirable dans la manière dont elle a distribué les richesses. Si elle ne les avait accordées qu'aux gens de bien, on ne les aurait pas assez distinguées de la vertu, et on n'en aurait plus senti tout le néant. Mais, quand on examine qui sont les gens qui en sont les plus chargés, à force de mépriser les riches, on vient enfin à mépriser les richesses.

De Paris,
le 26 de la lune de Maharram 1717.

LETTRE XCIX

RICA À RHÉDI.

À Venise.

Je trouve les caprices de la mode, chez les Français, étonnants. Ils ont oublié comment ils étaient habillés cet été ; ils ignorent encore plus comment ils le seront cet hiver : mais, surtout, on ne saurait croire combien il en coûte à un mari, pour mettre sa femme à la mode.

Que me servirait de te faire une description exacte de leur habillement et de leurs parures ? Une mode nouvelle viendrait détruire tout mon ouvrage, comme celui de leurs ouvriers ; et, avant que tu eusses reçu ma lettre, tout serait changé.

Une femme qui quitte Paris, pour aller passer six mois à la campagne, en revient aussi antique que si elle s'y était oubliée trente ans. Le fils méconnaît le portrait de sa mère ; tant l'habit, avec lequel elle est peinte, lui paraît étranger : il s'imagine que c'est quelque Américaine qui y est représentée, ou que le peintre a voulu exprimer quelqu'une de ses fantaisies.

Quelquefois les coiffures montent insensiblement, et une révolution les fait descendre tout à coup. Il a été un temps que leur hauteur immense mettait le visage d'une femme au milieu d'elle-même : dans un autre, c'étaient les pieds qui occupaient cette place ; les talons faisaient un piédestal qui les tenait en l'air. Qui pourrait le croire ? les architectes ont été souvent obligés de hausser, de baisser, et d'élargir leurs portes, selon que les parures des femmes exigeaient d'eux ce changement ; et les règles de leur art ont été asservies à ces caprices. On voit quelquefois, sur un visage, une quantité prodigieuse de mouches ; et elles disparaissent toutes le lendemain. Autrefois, les femmes avaient de

la taille et des dents; aujourd'hui il n'en est pas question. Dans cette changeante nation, quoi qu'en disent les mauvais plaisants, les filles se trouvent autrement faites que leurs mères.

Il en est, des manières et de la façon de vivre, comme des modes : les Français changent de mœurs, selon l'âge de leur roi. Le monarque pourrait même parvenir à rendre la nation grave, s'il l'avait entrepris. Le prince imprime le caractère de son esprit à la cour, la cour à la ville, la ville aux provinces. L'âme du souverain est un moule qui donne la forme à toutes les autres.

De Paris,
le 8 de la lune de Saphar 1717.

LETTRE C

RICA AU MÊME.

Je te parlais l'autre jour de l'inconstance prodigieuse des Français sur leurs modes. Cependant il est inconcevable à quel point ils en sont entêtés : ils y rappellent tout : c'est la règle avec laquelle ils jugent de tout ce qui se fait chez les autres nations : ce qui est étranger leur paraît toujours ridicule. Je t'avoue que je ne saurais guère ajuster cette fureur pour leurs coutumes, avec l'inconstance avec laquelle ils en changent tous les jours.

Quand je te dis qu'ils méprisent tout ce qui est étranger, je ne parle que des bagatelles; car, sur les choses importantes, ils semblent s'être méfiés d'eux-mêmes, jusqu'à se dégrader. Ils avouent de bon cœur que les autres peuples sont plus sages, pourvu qu'on convienne qu'ils sont mieux vêtus : ils veulent bien s'assujettir aux lois d'une nation rivale, pourvu que les perruquiers français décident en législateurs sur la forme des perruques étrangères. Rien ne leur paraît si beau que de

voir le goût de leurs cuisiniers régner du septentrion au midi, et les ordonnances de leurs coiffeuses portées dans toutes les toilettes de l'Europe.

Avec ces nobles avantages, que leur importe que le bon sens leur vienne d'ailleurs, et qu'ils aient pris de leurs voisins tout ce qui concerne le gouvernement politique et civil ?

Qui peut penser qu'un royaume, le plus ancien et le plus puissant de l'Europe, soit gouverné, depuis plus de dix siècles, par des lois qui ne sont pas faites pour lui ? Si les Français avaient été conquis, ceci ne serait pas difficile à comprendre : mais ils sont les conquérants [1].

Ils ont abandonné les lois anciennes, faites par leurs premiers rois dans les assemblées générales de la nation : et, ce qu'il y a de singulier, c'est que les lois romaines, qu'ils ont prises à la place, étaient en partie faites et en partie rédigées par des empereurs contemporains de leurs législateurs [2].

Et, afin que l'acquisition fût entière, et que tout le bon sens leur vînt d'ailleurs, ils ont adopté toutes les constitutions des papes, et en ont fait une nouvelle partie de leur droit : nouveau genre de servitude [3].

Il est vrai que, dans les derniers temps, on a rédigé par écrit quelques statuts des villes et des provinces : mais ils sont presque tous pris du droit romain.

Cette abondance de lois adoptées, et, pour ainsi dire, naturalisées, est si grande, qu'elle accable également la justice et les juges. Mais ces volumes de lois ne sont rien en comparaison de cette armée effroyable de glossateurs, de commentateurs, de compilateurs ; gens aussi faibles par le peu de justesse de leur esprit, qu'ils sont forts par leur nombre prodigieux.

Ce n'est pas tout : ces lois étrangères ont introduit des formalités [4] dont l'excès est la honte de la raison humaine. Il serait assez difficile de décider si la forme s'est rendue plus pernicieuse, lorsqu'elle est entrée dans

la jurisprudence, ou lorsqu'elle s'est logée dans la méde-
cine : si elle a fait plus de ravages sous la robe d'un juris-
consulte, que sous le large chapeau d'un médecin ; et si,
dans l'une, elle a plus ruiné de gens qu'elle n'en a tué
dans l'autre.

De Paris,
le 17 de la lune de Saphar 1717.

LETTRE CI.
USBEK À ***.

On parle toujours ici de la constitution. J'entrai l'autre
jour dans une maison, où je vis d'abord un gros homme
avec un teint vermeil, qui disait d'une voix forte : « J'ai
donné mon mandement : je n'irai point répondre à tout
ce que vous dites : mais lisez-le, ce mandement ; et vous
verrez que j'y ai résolu tous vos doutes. J'ai bien sué
pour le faire, dit-il en portant la main sur le front ; j'ai
eu besoin de toute ma doctrine ; et il m'a fallu lire bien
des auteurs latins. — Je le crois, dit un homme qui se
trouva là ; car c'est un bel ouvrage : et je défierais bien
ce jésuite, qui vient si souvent vous voir, d'en faire un
meilleur. — Lisez-le donc, reprit-il ; et vous serez plus
instruit sur ces matières dans un quart d'heure, que si
je vous en avais parlé toute la journée. » Voilà comme il
évitait d'entrer en conversation, et de commettre sa suf-
fisance. Mais, comme il se vit pressé, il fut obligé de sor-
tir de ses retranchements ; et il commença à dire théo-
logiquement force sottises, soutenu d'un dervis qui les
lui rendait très respectueusement. Quand deux hommes
qui étaient là lui niaient quelque principe, il disait
d'abord : « Cela est certain, nous l'avons jugé ainsi ; et
nous sommes des juges infaillibles. — Et comment, lui
dis-je alors, êtes-vous des juges infaillibles ? — Ne

voyez-vous pas, reprit-il, que le Saint-Esprit nous éclaire ? — Cela est heureux, lui répondis-je ; car, de la manière dont vous avez parlé tout aujourd'hui, je reconnais que vous avez grand besoin d'être éclairé. »

De Paris,
le 18 de la lune de Rebiab, 1, 1717.

LETTRE CII

USBEK À IBBEN.

À Smyrne.

Les plus puissants états de l'Europe sont ceux de l'empereur, des rois de France, d'Espagne, et d'Angleterre. L'Italie, et une grande partie de l'Allemagne, sont partagées en un nombre infini de petits états, dont les princes sont, à proprement parler, les martyrs de la souveraineté. Nos glorieux sultans ont plus de femmes que quelques-uns de ces princes n'ont de sujets. Ceux d'Italie, qui ne sont pas si unis, sont plus à plaindre : leurs états sont ouverts comme des caravansérails, où ils sont obligés de loger les premiers qui viennent : il faut donc qu'ils s'attachent aux grands princes, et leur fassent part de leur frayeur, plutôt que de leur amitié.

La plupart des gouvernements d'Europe sont monarchiques, ou plutôt sont ainsi appelés : car je ne sais pas s'il y en a jamais eu véritablement de tels ; au moins est-il difficile qu'ils aient subsisté longtemps dans leur pureté[1]. C'est un état violent, qui dégénère toujours en despotisme, ou en république. La puissance ne peut jamais être également partagée entre le peuple et le prince ; l'équilibre est trop difficile à garder : il faut que le pouvoir diminue d'un côté, pendant qu'il augmente de l'autre : mais l'avantage est ordinairement du côté du prince, qui est à la tête des armées.

Aussi le pouvoir des rois d'Europe est-il bien grand, et on peut dire qu'ils l'ont tel qu'ils le veulent : mais ils ne l'exercent point avec tant d'étendue que nos sultans ; premièrement, parce qu'ils ne veulent point choquer les mœurs et la religion des peuples ; secondement, parce qu'il n'est pas de leur intérêt de le porter si loin.

Rien ne rapproche plus nos princes de la condition de leurs sujets, que cet immense pouvoir qu'ils exercent sur eux ; rien ne les soumet plus aux revers et aux caprices de la fortune.

L'usage où ils sont de faire mourir tous ceux qui leur déplaisent, au moindre signe qu'ils font, renverse la proportion qui doit être entre les fautes et les peines, qui est comme l'âme des états, et l'harmonie des empires ; et cette proportion, scrupuleusement gardée par les princes chrétiens, leur donne un avantage infini sur nos sultans.

Un Persan qui, par imprudence ou par malheur, s'est attiré la disgrâce du prince, est sûr de mourir : la moindre faute ou le moindre caprice le met dans cette nécessité. Mais, s'il avait attenté à la vie de son souverain, s'il avait voulu livrer ses places aux ennemis, il en serait quitte aussi pour perdre la vie : il ne court donc pas plus de risque dans ce dernier cas que dans le premier.

Aussi, dans la moindre disgrâce, voyant la mort certaine, et ne voyant rien de pis, il se porte naturellement à troubler l'État, et à conspirer contre le souverain ; seule ressource qui lui reste.

Il n'en est pas de même des grands d'Europe, à qui la disgrâce n'ôte rien que la bienveillance et la faveur. Ils se retirent de la cour, et ne songent qu'à jouir d'une vie tranquille et des avantages de leur naissance. Comme on ne les fait guère périr que pour le crime de lèse-majesté, ils craignent d'y tomber, par la considération de ce qu'ils ont à perdre, et du peu qu'ils ont à

gagner : ce qui fait qu'on voit peu de révoltes, et peu de princes qui périssent d'une mort violente.

Si, dans cette autorité illimitée qu'ont nos princes, ils n'apportaient pas tant de précautions pour mettre leur vie en sûreté, ils ne vivraient pas un jour ; et, s'ils n'avaient à leur solde un nombre innombrable de troupes, pour tyranniser le reste de leurs sujets, leur empire ne subsisterait pas un mois.

Il n'y a que quatre ou cinq siècles qu'un roi de France [2] prit des gardes, contre l'usage de ces temps-là, pour se garantir des assassins qu'un petit prince d'Asie avait envoyés pour le faire périr : jusque-là les rois avaient vécu tranquilles au milieu de leurs sujets, comme des pères au milieu de leurs enfants.

Bien loin que les rois de France puissent, de leur propre mouvement, ôter la vie à un de leurs sujets, comme nos sultans, ils portent au contraire toujours avec eux la grâce de tous les criminels : il suffit qu'un homme ait été assez heureux pour voir l'auguste visage de son prince, pour qu'il cesse d'être indigne de vivre. Ces monarques sont comme le soleil, qui porte partout la chaleur et la vie.

De Paris,
le 8 de la lune de Rebiab, 2, 1717.

LETTRE CIII
USBEK AU MÊME.

Pour suivre l'idée de ma dernière lettre, voici, à peu près, ce que me disait l'autre jour un Européen assez sensé :

« Le plus mauvais parti que les princes d'Asie aient pu prendre, c'est de se cacher comme ils font. Ils veulent se rendre plus respectables : mais ils font respecter la

royauté, et non pas le roi ; et attachent l'esprit des sujets à un certain trône, et non pas à une certaine personne.

« Cette puissance invisible, qui gouverne, est toujours la même pour le peuple. Quoique dix rois, qu'il ne connaît que de nom, se soient égorgés l'un après l'autre, il ne sent aucune différence : c'est comme s'il avait été gouverné successivement par des esprits.

« Si le détestable parricide[1] de notre grand roi Henri IV avait porté ce coup sur un roi des Indes, maître du sceau royal, et d'un trésor immense qui aurait semblé amassé pour lui, il aurait pris tranquillement les rênes de l'empire, sans qu'un seul homme eût pensé à réclamer son roi, sa famille et ses enfants.

« On s'étonne de ce qu'il n'y a presque jamais de changement dans le gouvernement des princes d'Orient : d'où vient cela, si ce n'est de ce qu'il est tyrannique et affreux ?

« Les changements ne peuvent être faits que par le prince, ou par le peuple : mais, là, les princes n'ont garde d'en faire ; parce que, dans un si haut degré de puissance, ils ont tout ce qu'ils peuvent avoir : s'ils changeaient quelque chose, ce ne pourrait être qu'à leur préjudice.

« Quant aux sujets, si quelqu'un d'eux forme quelque résolution, il ne saurait l'exécuter sur l'État ; il faudrait qu'il contrebalançât, tout à coup, une puissance redoutable et toujours unique ; le temps lui manque, comme les moyens : mais il n'a qu'à aller à la source de ce pouvoir ; et il ne lui faut qu'un bras et qu'un instant.

« Le meurtrier monte sur le trône, pendant que le monarque en descend, tombe, et va expirer à ses pieds.

« Un mécontent, en Europe, songe à entretenir quelque intelligence secrète, à se jeter chez les ennemis, à se saisir de quelque place, à exciter quelques vains murmures parmi les sujets. Un mécontent, en Asie, va droit au prince, étonne, frappe, renverse : il en efface

jusqu'à l'idée ; dans un instant l'esclave et le maître, dans un instant usurpateur et légitime.

« Malheureux le roi qui n'a qu'une tête ! Il semble ne réunir sur elle toute sa puissance, que pour indiquer au premier ambitieux l'endroit où il la trouvera tout entière. »

De Paris,
le 17 de la lune de Rebiab, 2, 1717.

LETTRE CIV

USBEK AU MÊME.

Tous les peuples d'Europe ne sont pas également soumis à leurs princes : par exemple, l'humeur impatiente des Anglais ne laisse guère à leur roi le temps d'appesantir son autorité. La soumission et l'obéissance sont les vertus dont ils se piquent le moins. Ils disent, là-dessus, des choses bien extraordinaires. Selon eux, il n'y a qu'un lien qui puisse attacher les hommes, qui est celui de la gratitude : un mari, une femme, un père et un fils, ne sont liés entre eux que par l'amour qu'ils se portent, ou par les bienfaits qu'ils se procurent : et ces motifs divers de reconnaissance sont l'origine de tous les royaumes, et de toutes les sociétés.

Mais, si un prince, bien loin de faire vivre ses sujets heureux, veut les accabler et les détruire, le fondement de l'obéissance cesse ; rien ne les lie, rien ne les attache à lui ; et ils rentrent dans leur liberté naturelle. Ils soutiennent que tout pouvoir sans bornes ne saurait être légitime, parce qu'il n'a jamais pu avoir d'origine légitime. Car nous ne pouvons pas, disent-ils, donner à un autre plus de pouvoir sur nous que nous n'en avons nous-mêmes : or nous n'avons pas sur nous-mêmes un pouvoir sans bornes ; par exemple, nous ne pouvons pas

nous ôter la vie : personne n'a donc, concluent-ils, sur la terre, un tel pouvoir[1].

Le crime de lèse-majesté n'est autre chose, selon eux, que le crime que le plus faible commet contre le plus fort, en lui désobéissant, de quelque manière qu'il lui désobéisse. Aussi le peuple d'Angleterre, qui se trouva le plus fort contre un de leurs rois, déclara-t-il que c'était un crime de lèse-majesté à un prince de faire la guerre à ses sujets. Ils ont donc grande raison, quand ils disent que le précepte de leur Alcoran, qui ordonne de se soumettre aux puissances[2], n'est pas bien difficile à suivre, puisqu'il leur est impossible de ne le pas observer ; d'autant que ce n'est pas au plus vertueux qu'on les oblige de se soumettre, mais à celui qui est le plus fort.

Les Anglais disent qu'un de leurs rois, ayant vaincu et fait prisonnier un prince qui lui disputait la couronne, voulut lui reprocher son infidélité et sa perfidie : « Il n'y a qu'un moment, dit le prince infortuné, qu'il vient d'être décidé lequel de nous deux est le traître[3]. »

Un usurpateur déclare rebelles tous ceux qui n'ont point opprimé la patrie comme lui ; et, croyant qu'il n'y a pas de loi là où il ne voit point de juges, il fait révérer, comme des arrêts du ciel, les caprices du hasard et de la fortune.

De Paris,
le 20 de la lune de Rebiab, 2, 1717.

LETTRE CV

RHÉDI À USBEK.

À Paris.

Tu m'as beaucoup parlé, dans une de tes lettres, des sciences et des arts cultivés en Occident. Tu me vas regarder comme un barbare : mais je ne sais si l'utilité

que l'on en retire dédommage les hommes du mauvais usage que l'on en fait tous les jours.

J'ai ouï dire que la seule invention des bombes avait ôté la liberté à tous les peuples de l'Europe. Les princes ne pouvant plus confier la garde des places aux bourgeois, qui, à la première bombe, se seraient rendus, ont eu un prétexte pour entretenir de gros corps de troupes réglées, avec lesquelles ils ont, dans la suite, opprimé leurs sujets.

Tu sais que, depuis l'invention de la poudre, il n'y a plus de places imprenables ; c'est-à-dire, Usbek, qu'il n'y a plus d'asile sur la terre contre l'injustice et la violence.

Je tremble toujours qu'on ne parvienne, à la fin, à découvrir quelque secret qui fournisse une voie plus abrégée pour faire périr les hommes, détruire les peuples et les nations entières.

Tu as lu les historiens : fais-y bien attention ; presque toutes les monarchies n'ont été fondées que sur l'ignorance des arts, et n'ont été détruites que parce qu'on les a trop cultivés. L'ancien empire de Perse peut nous en fournir un exemple domestique.

Il n'y a pas longtemps que je suis en Europe ; mais j'ai ouï parler à des gens sensés des ravages de la chimie. Il semble que ce soit un quatrième fléau, qui ruine les hommes et les détruit en détail, mais continuellement[1] ; tandis que la guerre, la peste, la famine, les détruisent en gros, mais par intervalles.

Que nous a servi l'invention de la boussole, et la découverte de tant de peuples, qu'à nous communiquer leurs maladies[2] plutôt que leurs richesses ? L'or et l'argent avaient été établis, par une convention générale, pour être le prix de toutes les marchandises, et un gage de leur valeur, par la raison que ces métaux étaient rares et inutiles à tout autre usage : que nous importait-il donc qu'ils devinssent plus communs ? et que, pour marquer la valeur d'une denrée, nous eus-

sions deux ou trois signes au lieu d'un ? Cela n'en était que plus incommode.

Mais, d'un autre côté, cette invention a été bien pernicieuse aux pays qui ont été découverts. Les nations entières ont été détruites ; et les hommes qui ont échappé à la mort ont été réduits à une servitude si rude, que le récit en fait frémir les musulmans.

Heureuse l'ignorance des enfants de Mahomet ! Aimable simplicité, si chérie de notre saint prophète, vous me rappelez toujours la naïveté des anciens temps, et la tranquillité qui régnait dans le cœur de nos premiers pères.

De Venise,
le 5 de la lune de Rhamazan 1717.

LETTRE CVI

USBEK À RHÉDI.

À Venise.

Ou tu ne penses pas ce que tu dis, ou bien tu fais mieux que tu ne penses. Tu as quitté ta patrie pour t'instruire ; et tu méprises toute instruction : tu viens, pour te former, dans un pays où l'on cultive les beaux-arts ; et tu les regardes comme pernicieux. Te le dirai-je, Rhédi ? je suis plus d'accord avec toi, que tu ne l'es avec toi-même.

As-tu bien réfléchi à l'état barbare et malheureux où nous entraînerait la perte des arts ? Il n'est pas nécessaire de se l'imaginer, on peut le voir. Il y a encore des peuples sur la terre, chez lesquels un singe passablement instruit pourrait vivre avec honneur ; il s'y trouverait, à peu près, à la portée des autres habitants ; on ne lui trouverait point l'esprit singulier, ni le caractère bizarre ; il passerait tout comme un autre, et serait même distingué par sa gentillesse.

Tu dis que les fondateurs des empires ont presque tous ignoré les arts. Je ne te nie pas que des peuples barbares n'aient pu, comme des torrents impétueux, se répandre sur la terre, et couvrir de leurs armées féroces les royaumes les plus policés. Mais, prends-y garde ; ils ont appris les arts, ou les ont fait exercer aux peuples vaincus ; sans cela, leur puissance aurait passé comme le bruit du tonnerre et des tempêtes.

Tu crains, dis-tu, que l'on n'invente quelque manière de destruction plus cruelle que celle qui est en usage. Non : si une fatale invention venait à se découvrir, elle serait bientôt prohibée par le droit des gens ; et le consentement unanime des nations ensevelirait cette découverte. Il n'est point de l'intérêt des princes de faire des conquêtes par de pareilles voies : ils doivent chercher des sujets, et non pas des terres.

Tu te plains de l'invention de la poudre et des bombes ; tu trouves étrange qu'il n'y ait plus de place imprenable : c'est-à-dire, que tu trouves étrange que les guerres soient aujourd'hui terminées plus tôt qu'elles ne l'étaient autrefois.

Tu dois avoir remarqué, en lisant les histoires, que, depuis l'invention de la poudre, les batailles sont beaucoup moins sanglantes qu'elles ne l'étaient parce qu'il n'y a presque plus de mêlée.

Et, quand il se serait trouvé quelque cas particulier où un art aurait été préjudiciable, doit-on, pour cela, le rejeter ? Penses-tu, Rhédi, que la religion que notre saint prophète a apportée du ciel soit pernicieuse, parce qu'elle servira un jour à confondre les perfides chrétiens ?

Tu crois que les arts amollissent les peuples, et, par là, sont cause de la chute des empires. Tu parles de la ruine de celui des anciens Perses, qui fut l'effet de leur mollesse : mais il s'en faut bien que cet exemple décide, puisque les Grecs, qui les vainquirent tant de fois, et les

subjuguèrent, cultivaient les arts avec infiniment plus de soin qu'eux.

Quand on dit que les arts rendent les hommes efféminés, on ne parle pas du moins des gens qui s'y appliquent; puisqu'ils ne sont jamais dans l'oisiveté, qui, de tous les vices, est celui qui amollit le plus le courage.

Il n'est donc question que de ceux qui en jouissent. Mais, comme, dans un pays policé, ceux qui jouissent des commodités d'un art sont obligés d'en cultiver un autre, à moins de se voir réduits à une pauvreté honteuse; il suit que l'oisiveté et la mollesse sont incompatibles avec les arts.

Paris est peut-être la ville du monde la plus sensuelle, et où l'on raffine le plus sur les plaisirs; mais c'est peut-être celle où l'on mène une vie plus dure. Pour qu'un homme vive délicieusement, il faut que cent autres travaillent sans relâche. Une femme s'est mis dans la tête qu'elle devait paraître à une assemblée avec une certaine parure; il faut que, dès ce moment, cinquante artisans ne dorment plus, et n'aient plus le loisir de boire et de manger : elle commande, et elle est obéie plus promptement que ne serait notre monarque, parce que l'intérêt est le plus grand monarque de la terre.

Cette ardeur pour le travail, cette passion de s'enrichir, passe de condition en condition, depuis les artisans jusqu'aux grands. Personne n'aime à être plus pauvre que celui qu'il vient de voir immédiatement audessous de lui. Vous voyez, à Paris, un homme qui a de quoi vivre jusqu'au jour du jugement, qui travaille sans cesse, et court risque d'accourcir ses jours, pour amasser, dit-il, de quoi vivre.

Le même esprit gagne la nation; on n'y voit que travail et qu'industrie. Où est donc ce peuple efféminé dont tu parles tant?

Je suppose, Rhédi, qu'on ne souffrît dans un royaume que les arts absolument nécessaires à la culture des

terres, qui sont pourtant en grand nombre ; et qu'on en bannît tous ceux qui ne servent qu'à la volupté, ou à la fantaisie ; je le soutiens, cet État serait un des plus misérables qu'il y eût au monde.

Quand les habitants auraient assez de courage, pour se passer de tant de choses qu'ils doivent à leurs besoins, le peuple dépérirait tous les jours ; et l'État deviendrait si faible, qu'il n'y aurait si petite puissance qui ne pût le conquérir.

Il serait aisé d'entrer dans un long détail, et de te faire voir que les revenus des particuliers cesseraient presque absolument, et par conséquent ceux du prince. Il n'y aurait presque plus de relation de facultés entre les citoyens : on verrait finir cette circulation de richesses, et cette progression de revenus, qui vient de la dépendance où sont les arts les uns des autres : chaque particulier vivrait de sa terre, et n'en retirerait que ce qu'il lui faut précisément pour ne pas mourir de faim. Mais, comme ce n'est pas quelquefois la vingtième partie[1] des revenus d'un État, il faudrait que le nombre des habitants diminuât à proportion, et qu'il n'en restât que la vingtième partie.

Fais bien attention jusqu'où vont les revenus de l'industrie. Un fonds ne produit, annuellement, à son maître, que la vingtième partie de sa valeur ; mais, avec une pistole de couleur, un peintre fera un tableau qui lui en vaudra cinquante. On en peut dire de même des orfèvres, des ouvriers en laine, en soie, et de toutes sortes d'artisans.

De tout ceci, on doit conclure, Rhédi, que, pour qu'un prince soit puissant, il faut que les sujets vivent dans les délices : il faut qu'il travaille à leur procurer toutes sortes de superfluités, avec autant d'attention que les nécessités de la vie.

De Paris,
le 14 de la lune de Chalval 1717.

LETTRE CVII

À Smyrne.

J'ai vu le jeune monarque. Sa vie est bien précieuse
à ses sujets : elle ne l'est pas moins à toute l'Europe, par
les grands troubles que sa mort pourrait produire[1].
Mais les rois sont comme les dieux ; et, pendant qu'ils
vivent, on doit les croire immortels. Sa physionomie est
majestueuse, mais charmante : une belle éducation
semble concourir avec un heureux naturel, et promet
déjà un grand prince.

On dit que l'on ne peut jamais connaître le caractère
des rois d'Occident, jusqu'à ce qu'ils aient passé par les
deux grandes épreuves, de leur maîtresse, et de leur
confesseur. On verra bientôt l'un et l'autre travailler à
se saisir de l'esprit de celui-ci ; et il se livrera, pour cela,
de grands combats. Car, sous un jeune prince, ces deux
puissances sont toujours rivales : mais elles se conci-
lient et se réunissent, sous un vieux. Sous un jeune
prince, le dervis a un rôle bien difficile à soutenir ; la
force du roi fait sa faiblesse : mais l'autre triomphe éga-
lement de sa faiblesse et de sa force.

Lorsque j'arrivai en France, je trouvai le feu roi abso-
lument gouverné par les femmes : et cependant, dans
l'âge où il était, je crois que c'était le monarque de la
terre qui en avait le moins besoin. J'entendis un jour une
femme qui disait : « Il faut que l'on fasse quelque chose
pour ce jeune colonel : sa valeur m'est connue ; j'en par-
lerai au ministre. » Une autre disait : « Il est surprenant
que ce jeune abbé ait été oublié ; il faut qu'il soit évêque ;
il est homme de naissance, et je pourrais répondre de
ses mœurs. » Il ne faut pas pourtant que tu t'imagines
que celles qui tenaient ces discours fussent des favorites

du prince : elles ne lui avaient peut-être pas parlé deux
fois en leur vie ; chose pourtant très facile à faire chez
les princes européens. Mais c'est qu'il n'y a personne qui
ait quelque emploi à la cour, dans Paris, ou dans les pro-
vinces, qui n'ait une femme par les mains de laquelle
passent toutes les grâces et quelquefois les injustices
qu'il peut faire. Ces femmes ont toutes des relations les
unes avec les autres, et forment une espèce de répu-
blique, dont les membres toujours actifs se secourent et
se servent mutuellement : c'est comme un nouvel État
dans l'État : et celui qui est à la cour, à Paris, dans les
provinces, qui voit agir des ministres, des magistrats,
des prélats, s'il ne connaît les femmes qui les gouver-
nent, est comme un homme qui voit bien une machine
qui joue, mais qui n'en connaît point les ressorts.

Crois-tu, Ibben, qu'une femme s'avise d'être la maî-
tresse d'un ministre pour coucher avec lui ? Quelle idée !
c'est pour lui présenter cinq ou six placets tous les
matins : et la bonté de leur naturel paraît dans l'empres-
sement qu'elles ont de faire du bien à une infinité de gens
malheureux, qui leur procurent cent mille livres de rente.

On se plaint, en Perse, de ce que le royaume est gou-
verné par deux ou trois femmes : c'est bien pis en
France, où les femmes en général gouvernent, et non
seulement prennent en gros, mais même se partagent
en détail toute l'autorité.

De Paris,
le dernier de la lune de Chalval 1717.

LETTRE CVIII

USBEK A ***.

Il y a une espèce de livres que nous ne connaissons
point en Perse, et qui me paraissent ici fort à la mode :

ce sont les journaux[1]. La paresse se sent flattée, en les lisant : on est ravi de pouvoir parcourir trente volumes en un quart d'heure.

Dans la plupart des livres, l'auteur n'a pas fait les compliments ordinaires, que les lecteurs sont aux abois : il les fait entrer à demi morts dans une matière noyée au milieu d'une mer de paroles. Celui-ci veut s'immortaliser par un *in-douze*, celui-là par un *in-quarto* ; un autre, qui a de plus belles inclinations, vise à l'*in-folio* : il faut donc qu'il étende son sujet à proportion ; ce qu'il fait sans pitié, comptant pour rien la peine du pauvre lecteur, qui se tue à réduire ce que l'auteur a pris tant de peine à amplifier.

Je ne sais, ***, quel mérite il y a à faire de pareils ouvrages : j'en ferais bien autant, si je voulais ruiner ma santé, et un libraire.

Le grand tort qu'ont les journalistes, c'est qu'ils ne parlent que des livres nouveaux : comme si la vérité était jamais nouvelle. Il me semble que, jusqu'à ce qu'un homme ait lu tous les livres anciens, il n'a aucune raison de leur préférer les nouveaux.

Mais, lorsqu'ils s'imposent la loi de ne parler que des ouvrages encore tout chauds de la forge, ils s'en imposent une autre, qui est d'être très ennuyeux. Ils n'ont garde de critiquer les livres dont ils font les extraits, quelque raison qu'ils en aient : et, en effet, quel est l'homme assez hardi, pour vouloir se faire dix ou douze ennemis tous les mois ?

La plupart des auteurs ressemblent aux poètes, qui souffriront une volée de coups de bâton sans se plaindre ; mais qui, peu jaloux de leurs épaules, le sont si fort de leurs ouvrages, qu'ils ne sauraient soutenir la moindre critique. Il faut donc bien se donner de garde de les attaquer par un endroit si sensible ; et les journalistes le savent bien. Ils font donc tout le contraire : ils commencent par louer la matière qui est traitée ; pre-

mière fadeur : de là ils passent aux louanges de l'auteur ; louanges forcées : car ils ont affaire à des gens qui sont encore en haleine, tout prêts à se faire raison, et à foudroyer, à coups de plume, un téméraire journaliste.

De Paris,
le 5 de la lune de Zilcadé 1718.

LETTRE CIX
RICA À ***.

L'université de Paris est la fille aînée des rois de France, et très aînée[1] ; car elle a plus de neuf cents ans : aussi rêve-t-elle quelquefois.

On m'a conté qu'elle eut, il y a quelque temps, un grand démêlé avec quelques docteurs, à l'occasion de la lettre *Q**, qu'elle voulait que l'on prononçât comme un *K*. La dispute s'échauffa si fort, que quelques-uns furent dépouillés de leurs biens ; il fallut que le Parlement terminât le différend ; et il accorda permission, par un arrêt solennel, à tous les sujets du roi de France, de prononcer cette lettre à leur fantaisie. Il faisait beau voir les deux corps de l'Europe les plus respectables, occupés à décider du sort d'une lettre de l'alphabet !

Il semble, mon cher ***, que les têtes des plus grands hommes s'étrécissent lorsqu'elles sont assemblées ; et que, là où il y a plus de sages, il y ait aussi moins de sagesse. Les grands corps s'attachent toujours si fort aux minuties, aux vains usages, que l'essentiel ne va jamais qu'après. J'ai ouï dire qu'un roi d'Aragon** ayant assemblé les états d'Aragon et de Catalogne, les premières séances s'employèrent à décider en quelle langue les délibérations seraient conçues : la dispute

* Il veut parler de la querelle de Ramus[2].
** C'était en 1610.

était vive; et les états se seraient rompus mille fois, si l'on n'avait imaginé un expédient, qui était que la demande serait faite en langage catalan, et la réponse en aragonais[3].

De Paris,
le 25 de la lune de Zilhagé 1718.

LETTRE CX
RICA À ***.

Le rôle d'une jolie femme est beaucoup plus grave que l'on ne pense. Il n'y a rien de plus sérieux que ce qui se passe le matin à la toilette, au milieu de ses domestiques : un général d'armée n'emploie pas plus d'attention à placer sa droite, ou son corps de réserve, qu'elle en met à poster une mouche qui peut manquer, mais dont elle espère ou prévoit le succès.

Quelle gêne d'esprit, quelle attention, pour concilier sans cesse les intérêts de deux rivaux; pour paraître neutre à tous les deux, pendant qu'elle est livrée à l'un et à l'autre; et se rendre médiatrice sur tous les sujets de plainte qu'elle leur donne!

Quelle occupation pour faire succéder et renaître les parties de plaisirs, et prévenir tous les accidents qui pourraient les rompre!

Avec tout cela, la plus grande peine n'est pas de se divertir; c'est de le paraître. Ennuyez-les tant que vous voudrez; elles vous le pardonneront, pourvu que l'on puisse croire qu'elles se sont réjouies.

Je fus, il y a quelques jours, d'un souper que des femmes firent à la campagne. Dans le chemin, elles disaient sans cesse : «Au moins, il faudra bien nous divertir. »

Nous nous trouvâmes assez mal assortis, et par

conséquent assez sérieux. « Il faut avouer, dit une de ces femmes, que nous nous divertissons bien : il n'y a pas aujourd'hui, dans Paris, une partie si gaie que la nôtre. » Comme l'ennui me gagnait, une femme me secoua, et me dit : « Hé bien, ne sommes-nous pas de bonne humeur ? — Oui, lui répondis-je en bâillant ; je crois que je crèverai à force de rire. » Cependant la tristesse triomphait toujours des réflexions ; et, quant à moi, je me sentis conduit, de bâillement en bâillement, dans un sommeil léthargique, qui finit tous mes plaisirs.

De Paris,
le 11 de la lune de Maharram 1718.

LETTRE CXI

USBEK À ***.

Le règne du feu roi a été si long, que la fin en avait fait oublier le commencement[1]. C'est aujourd'hui la mode de ne s'occuper que des événements arrivés dans sa minorité ; et on ne lit plus que les mémoires de ces temps-là[2].

Voici le discours qu'un des généraux de la ville de Paris prononça dans un conseil de guerre : et j'avoue que je n'y comprends pas grand-chose.

Messieurs, quoique nos troupes aient été repoussées avec perte, je crois qu'il nous sera facile de réparer cet échec. J'ai six couplets de chanson tout prêts à mettre au jour, qui, je m'assure, remettront toutes choses dans l'équilibre. J'ai fait choix de quelques voix très nettes, qui, sortant de la cavité de certaines poitrines très fortes, émouvront merveilleusement le peuple[3]. Ils sont sur un air qui a fait, jusqu'à présent, un effet tout particulier.

Si cela ne suffit pas, nous ferons paraître une estampe qui fera voir Mazarin pendu[4].

Par bonheur pour nous, il ne parle pas bien français; et il l'écorche tellement, qu'il n'est pas possible que ses affaires ne déclinent. Nous ne manquons pas de faire bien remarquer au peuple le ton ridicule dont il prononce[5]. Nous relevâmes, il y a quelques jours, une faute de grammaire si grossière, qu'on en fit des farces par tous les carrefours.

J'espère qu'avant qu'il soit huit jours, le peuple fera[6], du nom de Mazarin, un mot générique, pour exprimer toutes les bêtes de somme, et celles qui servent à tirer.

Depuis notre défaite, notre musique l'a si furieusement vexé sur le péché originel, que, pour ne pas voir ses partisans réduits à la moitié, il a été obligé de renvoyer tous ses pages.

Ranimez-vous donc; reprenez courage : et soyez sûrs que nous lui ferons repasser les monts à coups de sifflets.

De Paris,
le 4 de la lune de Chahban 1718.

LETTRE CXII

RHÉDI À USBEK.
À Paris.

Pendant le séjour que je fais en Europe, je lis les historiens anciens et modernes : je compare tous les temps : j'ai du plaisir à les voir passer, pour ainsi dire, devant moi : et j'arrête surtout mon esprit à ces grands changements qui ont rendu les âges si différents des âges, et la terre si peu semblable à elle-même.

Tu n'as peut-être pas fait attention à une chose qui cause tous les jours ma surprise. Comment le monde est-il si peu peuplé, en comparaison de ce qu'il était autrefois? Comment la nature a-t-elle pu perdre cette

prodigieuse fécondité des premiers temps ? Serait-elle déjà dans sa vieillesse ? et tomberait-elle de langueur[1] ?

J'ai resté plus d'un an en Italie, où je n'ai vu que le débris de cette ancienne Italie, si·fameuse autrefois. Quoique tout le monde habite les villes, elles sont entièrement désertes et dépeuplées : il semble qu'elles ne subsistent encore que pour marquer le lieu où étaient ces cités puissantes dont l'histoire a tant parlé.

Il y a des gens qui prétendent que la seule ville de Rome contenait autrefois plus de peuple qu'un grand[2] royaume de l'Europe n'en a aujourd'hui. Il y a eu tel citoyen romain qui avait dix, et même vingt mille esclaves, sans compter ceux qui travaillaient dans les maisons de campagne : et, comme on y comptait quatre ou cinq cent mille citoyens, on ne peut fixer le nombre de ses habitants, sans que l'imagination ne se révolte.

Il y avait autrefois, dans la Sicile, de puissants royaumes, et des peuples nombreux, qui en ont disparu depuis : cette île n'a plus rien de considérable que ses volcans.

La Grèce est si déserte, qu'elle ne contient pas la centième[3] partie de ses anciens habitants.

L'Espagne, autrefois si remplie, ne fait voir aujourd'hui que des campagnes inhabitées ; et la France n'est rien, en comparaison de cette ancienne Gaule dont parle César.

Les pays du nord sont fort dégarnis ; et il s'en faut bien que les peuples y soient, comme autrefois, obligés de se partager, et d'envoyer dehors, comme des essaims, des colonies et des nations entières, chercher de nouvelles demeures.

La Pologne et la Turquie en Europe n'ont presque plus de peuples.

On ne saurait trouver, dans l'Amérique, la cinquantième partie[4] des hommes qui y formaient de si grands empires.

L'Asie n'est guère en meilleur état. Cette Asie mineure, qui contenait tant de puissantes monarchies, et un nombre si prodigieux de grandes villes, n'en a plus que deux ou trois. Quant à la grande Asie, celle qui est soumise au Turc n'est pas plus peuplée : pour celle qui est sous la domination de nos rois, si on la compare à l'état florissant où elle était autrefois, on verra qu'elle n'a qu'une très petite partie des habitants qui y étaient sans nombre du temps des Xerxès et des Darius.

Quant aux petits états qui sont autour de ces grands empires, ils sont réellement déserts : tels sont les royaumes d'Irimette, de Circassie, et de Guriel. Ces princes, avec de vastes états, comptent à peine cinquante mille sujets.

L'Égypte n'a pas moins manqué que les autres pays.

Enfin, je parcours la terre, et je n'y trouve que des délabrements : je crois la voir sortir des ravages de la peste et de la famine.

L'Afrique a toujours été si inconnue, qu'on ne peut en parler si précisément que des autres parties du monde : mais, à ne faire attention qu'aux côtes de la Méditerranée, connues de tout temps, on voit qu'elle a extrêmement déchu de ce qu'elle était sous les Carthaginois et les Romains. Aujourd'hui, ses princes sont si faibles, que ce sont les plus petites puissances du monde.

Après un calcul aussi exact qu'il peut l'être dans ces sortes de choses, j'ai trouvé qu'il y a, à peine, sur la terre la dixième partie [5] des hommes qui y étaient dans les anciens temps. Ce qu'il y a d'étonnant, c'est qu'elle se dépeuple tous les jours : et, si cela continue, dans dix siècles, elle ne sera qu'un désert.

Voilà, mon cher Usbek, la plus terrible catastrophe qui soit jamais arrivée dans le monde. Mais à peine s'en est-on aperçu, parce qu'elle est arrivée insensiblement, et dans le cours d'un grand nombre de siècles : ce qui

marque un vice intérieur, un venin secret et caché, une maladie de langueur, qui afflige la nature humaine.

De Venise,
le 10 de la lune de Rhegeb 1718.

LETTRE CXIII

USBEK À RHÉDI.

À Venise.

Le monde, mon cher Rhédi, n'est point incorruptible ; les cieux même ne le sont pas : les astronomes sont des témoins oculaires de leurs changements, qui sont des effets bien naturels du mouvement universel de la matière.

La terre est soumise, comme les autres planètes, aux lois des mouvements, elle souffre, au-dedans d'elle, un combat perpétuel de ses principes : la mer et le continent semblent être dans une guerre éternelle ; chaque instant produit de nouvelles combinaisons.

Les hommes, dans une demeure si sujette aux changements, sont dans un état aussi incertain : cent mille causes peuvent agir, capables de les détruire [1], et, à plus forte raison, d'augmenter ou de diminuer leur nombre.

Je ne te parlerai pas de ces catastrophes particulières, si communes chez les historiens, qui ont détruit des villes et des royaumes entiers : il y en a de générales, qui ont mis bien des fois le genre humain à deux doigts de sa perte.

Les histoires sont pleines de ces pestes universelles qui ont, tour à tour, désolé l'univers. Elles parlent d'une entre autres qui fut si violente, qu'elle brûla jusqu'à la racine des plantes [2], et se fit sentir dans tout le monde connu, jusqu'à l'empire du Catay [3] : un degré de plus de

corruption aurait, peut-être dans un seul jour, détruit toute la nature humaine.

Il n'y a pas deux siècles que la plus honteuse de toutes les maladies[4] se fit sentir en Europe, en Asie et en Afrique ; elle fit, dans très peu de temps, des effets prodigieux : c'était fait des hommes, si elle avait continué ses progrès avec la même furie. Accablés de maux dès leur naissance, incapables de soutenir le poids des charges de la société, ils auraient péri misérablement.

Qu'aurait-ce été, si le venin eût été un peu plus exalté ? Et il le serait devenu, sans doute, si l'on n'avait été assez heureux pour trouver un remède aussi puissant que celui qu'on a découvert[5]. Peut-être que cette maladie, attaquant les parties de la génération, aurait attaqué la génération même.

Mais pourquoi parler de la destruction qui aurait pu arriver au genre humain ? N'est-elle pas arrivée en effet ? Et le déluge ne le réduisit-il pas à une seule famille ?

Il y a des philosophes qui distinguent deux créations ; celle des choses, et celle de l'homme : ils ne peuvent comprendre[6] que la matière et les choses créées n'aient que six mille ans ; que Dieu ait différé, pendant toute l'éternité, ses ouvrages, et n'ait usé que d'hier de sa puissance créatrice. Serait-ce parce qu'il ne l'aurait pas pu ? ou parce qu'il ne l'aurait pas voulu ? Mais, s'il ne l'a pas pu dans un temps, il ne l'a pas pu dans l'autre. C'est donc parce qu'il ne l'a pas voulu : mais, comme il n'y a point de succession dans Dieu, si l'on admet qu'il ait voulu quelque chose une fois, il l'a voulu toujours, et dès le commencement.

*Cependant, tous les historiens nous parlent d'un

* *Dans les précédentes éditions, avant cet alinéa, on lisait celui-ci :* Il ne faut donc pas compter les années du monde : le nombre des grains de sable de la mer ne leur est pas plus comparable qu'un instant.

premier père : ils nous font voir la nature humaine nais-
sante. N'est-il pas naturel de penser qu'Adam fut sauvé
d'un malheur commun, comme Noé le fut du Déluge ;
et que ces grands événements ont été fréquents sur la
terre, depuis la création du monde ?

Mais toutes les destructions ne sont pas violentes.
Nous voyons plusieurs parties de la terre se lasser de
fournir à la subsistance des hommes : que savons-nous
si la terre entière n'a pas des causes générales, lentes et
imperceptibles de lassitude [7] ?

J'ai été bien aise de te donner ces idées générales,
avant de répondre plus particulièrement à ta lettre sur
la diminution des peuples, arrivée depuis dix-sept à dix-
huit siècles. Je te ferai voir, dans une lettre suivante,
qu'indépendamment des causes physiques, il y en a de
morales qui ont produit cet effet.

De Paris,
le 8 de la lune de Chahban 1718.

LETTRE CXIV

USBEK AU MÊME.

Tu cherches la raison pourquoi la terre est moins
peuplée qu'elle ne l'était autrefois : et, si tu y fais bien
attention, tu verras que la grande différence vient de
celle qui est arrivée dans les mœurs.

Depuis que la religion chrétienne et la mahométane
ont partagé le monde romain, les choses sont bien
changées, il s'en faut de beaucoup que ces deux reli-
gions soient aussi favorables à la propagation de l'es-
pèce, que celle de ces maîtres de l'univers.

Dans cette dernière, la polygamie était défendue ; et,
en cela, elle avait un très grand avantage sur la religion
mahométane ; le divorce y était permis ce qui lui en

donnait un autre, non moins considérable, sur la chré-
tienne.

Je ne trouve rien de si contradictoire que cette plu-
ralité des femmes permise par le saint Alcoran, et
l'ordre de les satisfaire, donné dans le même livre.
Voyez vos femmes, dit le prophète, parce que vous leur
êtes nécessaire comme leurs vêtements, et qu'elles vous
sont nécessaires comme vos vêtements[1]. Voilà un pré-
cepte qui rend la vie d'un véritable musulman bien
laborieuse. Celui qui a les quatre femmes établies par
la loi, et seulement autant de concubines, ou d'esclaves,
ne doit-il pas être accablé de tant de vêtements ?

Vos femmes sont vos labourages, dit encore le pro-
phète ; approchez-vous donc de vos labourages : faites
du bien pour vos âmes ; et vous le trouverez un jour[2].

Je regarde un bon musulman comme un athlète, des-
tiné à combattre sans relâche ; mais qui, bientôt faible
et accablé de ses premières fatigues, languit dans le
champ même de la victoire ; et se trouve, pour ainsi
dire, enseveli sous ses propres triomphes.

La nature agit toujours avec lenteur, et, pour ainsi
dire, avec épargne : ses opérations ne sont jamais vio-
lentes : jusque dans ses productions, elle veut de la tem-
pérance : elle ne va jamais qu'avec règle et mesure : si
on la précipite, elle tombe bientôt dans la langueur ; elle
emploie toute la force qui lui reste à se conserver, per-
dant absolument sa vertu productrice, et sa puissance
générative.

C'est dans cet état de défaillance que nous met tou-
jours ce grand nombre de femmes, plus propre à nous
épuiser qu'à nous satisfaire. Il est très ordinaire, parmi
nous, de voir un homme, dans un sérail prodigieux,
avec un très petit nombre d'enfants[3] : ces enfants
mêmes sont, la plupart du temps, faibles et malsains,
et se sentent de la langueur de leur père.

Ce n'est pas tout : ces femmes, obligées à une conti-

nence forcée, ont besoin d'avoir des gens pour les garder, qui ne peuvent être que des eunuques : la religion, la jalousie, et la raison même, ne permettent pas d'en laisser approcher d'autres : ces gardiens doivent être en grand nombre, soit afin de maintenir la tranquillité audedans parmi les guerres que ces femmes se font sans cesse, soit pour empêcher les entreprises du dehors. Ainsi un homme qui a dix femmes, ou concubines, n'a pas trop d'autant d'eunuques pour les garder. Mais quelle perte pour la société, que ce grand nombre d'hommes morts dès leur naissance ! Quelle dépopulation ne doit-il pas s'ensuivre !

Les filles esclaves qui sont dans le sérail, pour servir avec les eunuques ce grand nombre de femmes, y vieillissent presque toujours dans une affligeante virginité : elles ne peuvent pas se marier pendant qu'elles y restent ; et leurs maîtresses, une fois accoutumées à elles, ne s'en défont presque jamais.

Voilà comment un seul homme occupe à ses plaisirs tant de sujets de l'un et de l'autre sexe, les fait mourir pour l'État, et les rend inutiles à la propagation de l'espèce.

Constantinople et Ispahan sont les capitales des deux plus grands empires du monde : c'est là que tout doit aboutir ; et que les peuples, attirés de mille manières, se rendent de toutes parts. Cependant elles périssent d'elles-mêmes ; et elles seraient bientôt détruites, si les souverains n'y faisaient venir, presque à chaque siècle, des nations entières pour les repeupler. J'épuiserai ce sujet dans une autre lettre.

De Paris,
le 13 de la lune de Chahban, 1718.

LETTRE CXV

USBEK AU MÊME.

Les Romains n'avaient pas moins d'esclaves que nous; ils en avaient même plus : mais ils en faisaient un meilleur usage.

Bien loin d'empêcher, par des voies forcées, la multiplication de ces esclaves, ils la favorisaient, au contraire, de tout leur pouvoir; ils les associaient, le plus qu'ils pouvaient, par des espèces de mariages : par ce moyen, ils remplissaient leurs maisons de domestiques de tous les sexes, de tous les âges, et l'État d'un peuple innombrable.

Ces enfants, qui faisaient, à la longue, la richesse d'un maître, naissaient sans nombre autour de lui : il était seul chargé de leur nourriture et de leur éducation : les pères, libres de ce fardeau, suivaient uniquement le penchant de la nature, et multipliaient, sans craindre une trop nombreuse famille.

Je t'ai dit que, parmi nous, tous les esclaves sont occupés à garder nos femmes, et à rien de plus; qu'ils sont, à l'égard de l'État, dans une perpétuelle léthargie : de manière qu'il faut restreindre à quelques hommes libres, à quelques chefs de famille, la culture des arts et des terres, lesquels mêmes s'y donnent le moins qu'ils peuvent.

Il n'en était pas de même chez les Romains. La république se servait, avec un avantage infini, de ce peuple d'esclaves. Chacun d'eux avait son pécule, qu'il possédait aux conditions que son maître lui imposait : avec ce pécule, il travaillait, et se tournait du côté où le portait son industrie. Celui-ci faisait la banque; celui-là se donnait au commerce de la mer; l'un vendait des marchandises en détail; l'autre s'appliquait à quelque art

mécanique, ou bien affermait et faisait valoir des terres : mais il n'y en avait aucun qui ne s'attachât, de tout son pouvoir, à faire profiter ce pécule, qui lui procurait, en même temps, l'aisance dans la servitude présente, et l'espérance d'une liberté future : cela faisait un peuple laborieux, animait les arts et l'industrie.

Ces esclaves, devenus riches par leurs soins et leur travail, se faisaient affranchir, et devenaient citoyens. La république se réparait sans cesse, et recevait dans son sein de nouvelles familles, à mesure que les anciennes se détruisaient.

J'aurai peut-être, dans mes lettres suivantes, occasion de te prouver que, plus il y a d'hommes dans un État, plus le commerce y fleurit ; je prouverai aussi facilement que, plus le commerce y fleurit, plus le nombre des hommes y augmente : ces deux choses s'entraident, et se favorisent nécessairement.

Si cela est, combien ce nombre prodigieux d'esclaves, toujours laborieux, devait-il s'accroître et s'augmenter ? L'industrie et l'abondance les faisait naître ; et eux, de leur côté, faisaient naître l'abondance et l'industrie.

De Paris,
le 16 de la lune de Chahban 1718.

LETTRE CXVI

USBEK AU MÊME.

Nous avons jusqu'ici parlé des pays mahométans, et cherché la raison pourquoi ils sont moins peuplés que ceux qui étaient soumis à la domination des Romains : examinons à présent ce qui a produit cet effet chez les chrétiens.

Le divorce était permis dans la religion païenne, et il fut défendu aux chrétiens. Ce changement, qui parut

d'abord de si petite conséquence, eut insensiblement des suites terribles, et telles qu'on peut à peine les croire.

On ôta non seulement toute la douceur du mariage, mais aussi l'on donna atteinte à sa fin : en voulant resserrer ses nœuds, on les relâcha ; et, au lieu d'unir les cœurs, comme on le prétendait, on les sépara pour jamais.

Dans une action si libre, et où le cœur doit avoir tant de part, on mit la gêne, la nécessité, et la fatalité du destin même. On compta pour rien les dégoûts, les caprices, et l'insociabilité des humeurs : on voulut fixer le cœur, c'est-à-dire ce qu'il y a de plus variable et de plus inconstant dans la nature : on attacha, sans retour et sans espérance, des gens accablés l'un de l'autre, et presque toujours mal assortis : et l'on fit comme ces tyrans qui faisaient lier des hommes vivants à des corps morts.

Rien ne contribuait plus à l'attachement mutuel, que la faculté du divorce : un mari et une femme étaient portés à soutenir patiemment les peines domestiques, sachant qu'ils étaient maîtres de les faire finir ; et ils gardaient souvent ce pouvoir en main toute leur vie, sans en user, par cette seule considération, qu'ils étaient libres de le faire.

Il n'en est pas de même des chrétiens, que leurs peines présentes désespèrent pour l'avenir. Ils ne voient, dans les désagréments du mariage, que leur durée, et, pour ainsi dire, leur éternité : de là viennent les dégoûts, les discordes, les mépris ; et c'est autant de perdu pour la postérité. À peine a-t-on trois ans de mariage, qu'on en néglige l'essentiel : on passe ensemble trente ans de froideur : il se forme des séparations intestines aussi fortes, et peut-être plus pernicieuses que si elles étaient publiques : chacun vit et reste de son côté ; et tout cela au préjudice des races futures. Bientôt un homme, dégoûté d'une femme éternelle, se livrera aux filles de

joie : commerce honteux et si contraire à la société ; lequel, sans remplir l'objet du mariage, n'en représente tout au plus que les plaisirs.

Si, de deux personnes ainsi liées, il y en a une qui n'est pas propre au dessein de la nature, et à la propagation de l'espèce, soit par son tempérament, soit par son âge, elle ensevelit l'autre avec elle, et la rend aussi inutile qu'elle l'est elle-même.

Il ne faut donc point s'étonner si l'on voit, chez les chrétiens, tant de mariages fournir un si petit nombre de citoyens. Le divorce est aboli : les mariages mal assortis ne se raccommodent plus : les femmes ne passent plus, comme chez les Romains, successivement dans les mains de plusieurs maris, qui en tiraient, dans le chemin, le meilleur parti qu'il était possible.

J'ose le dire : si, dans une république comme Lacédémone, où les citoyens étaient sans cesse gênés par des lois singulières et subtiles, et dans laquelle il n'y avait qu'une famille qui était la république, il avait été établi que les maris changeassent de femmes tous les ans, il en serait né un peuple innombrable.

Il est assez difficile de faire bien comprendre la raison qui a porté les chrétiens à abolir le divorce. Le mariage, chez toutes les nations du monde, est un contrat susceptible de toutes les conventions ; et on n'en a dû bannir que celles qui auraient pu en affaiblir l'objet. Mais les chrétiens ne le regardent pas dans ce point de vue ; aussi ont-ils bien de la peine à dire ce que c'est. Ils ne le font pas consister dans le plaisir des sens : au contraire, comme je te l'ai déjà dit, il semble qu'ils veulent l'en bannir autant qu'ils peuvent : mais c'est une image, une figure, et quelque chose de mystérieux, que je ne comprends point.

De Paris,
le 19 de la lune de Chahban 1718.

LETTRE CXVII

USBEK AU MÊME.

La prohibition du divorce n'est pas la seule cause de la dépopulation des pays chrétiens : le grand nombre d'eunuques qu'ils ont parmi eux n'en est pas une moins considérable.

Je parle des prêtres et des dervis, de l'un et de l'autre sexe, qui se vouent à une continence éternelle : c'est, chez les chrétiens, la vertu par excellence ; en quoi je ne les comprends pas, ne sachant ce que c'est qu'une vertu dont il ne résulte rien.

Je trouve que leurs docteurs se contredisent manifestement, quand ils disent que le mariage est saint, et que le célibat, qui lui est opposé, l'est encore davantage ; sans compter qu'en fait de préceptes et de dogmes fondamentaux, le bien est toujours le mieux.

Le nombre de ces gens faisant profession de célibat est prodigieux. Les pères y condamnaient autrefois les enfants dès le berceau : aujourd'hui, ils s'y vouent eux-mêmes dès l'âge de quatorze ans[1] ; ce qui revient à peu près à la même chose.

Ce métier de continence a anéanti plus d'hommes, que les pestes et les guerres les plus sanglantes n'ont jamais fait. On voit, dans chaque maison religieuse, une famille éternelle, où il ne naît personne, et qui s'entretient aux dépens de toutes les autres. Ces maisons sont toujours ouvertes, comme autant de gouffres ou s'ensevelissent les races futures.

Cette politique est bien différente de celle des Romains, qui établissaient des lois pénales contre ceux qui se refusaient aux lois du mariage[2], et voulaient jouir d'une liberté si contraire à l'utilité publique.

Je ne te parle ici que des pays catholiques. Dans la

religion protestante, tout le monde est en droit de faire
des enfants; elle ne souffre ni prêtres, ni dervis: et si,
dans l'établissement de cette religion, qui ramenait tout
aux premiers temps, les fondateurs n'avaient été accu-
sés sans cesse d'intempérance, il ne faut pas douter
qu'après avoir rendu la pratique du mariage univer-
selle, ils n'en eussent encore adouci le joug, et achevé
d'ôter toute la barrière qui sépare, en ce point, le Naza-
réen et Mahomet.

Mais, quoi qu'il en soit, il est certain que la religion
donne aux protestants un avantage infini sur les catho-
liques.

J'ose le dire; dans l'état présent où est l'Europe, il
n'est pas possible que la religion catholique y subsiste
cinq cents ans.

Avant l'abaissement de la puissance d'Espagne, les
catholiques étaient beaucoup plus forts que les protes-
tants. Ces derniers sont peu à peu parvenus à un équi-
libre[3]. Les protestants deviendront plus riches et plus
puissants, et les catholiques plus faibles.

Les pays protestants doivent être, et sont réellement
plus peuplés que les catholiques: d'où il suit, premiè-
rement, que les tributs y sont plus considérables, parce
qu'ils augmentent à proportion du nombre de ceux qui
les payent: secondement, que les terres y sont mieux
cultivées: enfin, que le commerce y fleurit davantage,
parce qu'il y a plus de gens qui ont une fortune à faire;
et qu'avec plus de besoins, on y a plus de ressources
pour les remplir. Quand il n'y a que le nombre de gens
suffisants pour la culture des terres, il faut que le com-
merce périsse; et, lorsqu'il n'y a que celui qui est néces-
saire pour entretenir le commerce, il faut que la cul-
ture des terres manque: c'est-à-dire, il faut que tous
les deux tombent en même temps, parce que l'on ne
s'attache jamais à l'un, que ce ne soit aux dépens de
l'autre.

Quant aux pays catholiques, non seulement la culture des terres y est abandonnée, mais même l'industrie y est pernicieuse : elle ne consiste qu'à apprendre cinq ou six mots d'une langue morte. Dès qu'un homme a cette provision par-devers lui, il ne doit plus s'embarrasser de sa fortune ; il trouve, dans le cloître, une vie tranquille, qui, dans le monde, lui aurait coûté des sueurs et des peines.

Ce n'est pas tout. Les dervis ont en leurs mains presque toutes les richesses de l'État ; c'est une société de gens avares, qui prennent toujours, et ne rendent jamais ; ils accumulent sans cesse des revenus, pour acquérir des capitaux. Tant de richesses tombent, pour ainsi dire, en paralysie ; plus de circulation, plus de commerce, plus d'arts, plus de manufactures.

Il n'y a point de prince protestant qui ne lève sur ses peuples beaucoup plus d'impôts que le pape n'en lève sur ses sujets : cependant ces derniers sont pauvres, pendant que les autres vivent dans l'opulence. Le commerce ranime tout chez les uns, et le monachisme porte la mort partout chez les autres.

De Paris,
le 26 de la lune de Chahban 1718.

LETTRE CXVIII

USBEK AU MÊME.

Nous n'avons plus rien à dire de l'Asie et de l'Europe ; passons à l'Afrique. On ne peut guère parler que de ses côtes, parce qu'on n'en connaît pas l'intérieur.

Celles de Barbarie, où la religion mahométane est établie, ne sont plus si peuplées qu'elles étaient du temps des Romains, par les raisons que je t'ai déjà dites. Quant aux côtes de la Guinée, elles doivent être furieu-

sement dégarnies depuis deux cents ans que les petits rois, ou chefs des villages, vendent leurs sujets aux princes de l'Europe, pour les porter dans leurs colonies en Amérique.

Ce qu'il y a de singulier, c'est que cette Amérique, qui reçoit tous les ans tant de nouveaux habitants, est elle-même déserte, et ne profite point des pertes conti-nuelles de l'Afrique. Ces esclaves, qu'on transporte dans un autre climat, y périssent à milliers : et les travaux des mines où l'on occupe sans cesse et les naturels du pays et les étrangers, les exhalaisons malignes qui en sortent, le vif-argent dont il faut faire un continuel usage, les détruisent sans ressource.

Il n'y a rien de si extravagant que de faire périr un nombre innombrable d'hommes, pour tirer du fond de la terre l'or et l'argent ; ces métaux d'eux-mêmes abso-lument inutiles, et qui ne sont des richesses, que parce qu'on les a choisis pour en être les signes[1].

De Paris,
le dernier de la lune de Chahban 1718.

LETTRE CXIX

USBEK AU MÊME.

La fécondité d'un peuple dépend quelquefois des plus petites circonstances du monde ; de manière qu'il ne faut souvent qu'un nouveau tour dans son imagi-nation, pour le rendre beaucoup plus nombreux qu'il n'était.

Les Juifs, toujours exterminés, et toujours renais-sants, ont réparé leurs pertes et leurs destructions continuelles, par cette seule espérance qu'ont parmi eux toutes les familles, d'y voir naître un roi puissant, qui sera le maître de la terre.

Les anciens rois de Perse n'avaient tant de milliers de sujets, qu'à cause de ce dogme de la religion des mages, que les actes les plus agréables à Dieu que les hommes puissent faire, c'était de faire un enfant, labourer un champ, et planter un arbre.

Si la Chine a dans son sein un peuple si prodigieux, cela ne vient que d'une certaine manière de penser : car, comme les enfants regardent leurs pères comme des dieux ; qu'ils les respectent comme tels dès cette vie ; qu'ils les honorent après leur mort par des sacrifices, dans lesquels ils croient que leurs âmes, anéanties dans le Tyen [1], reprennent une nouvelle vie ; chacun est porté à augmenter une famille si soumise dans cette vie, et si nécessaire dans l'autre.

D'un autre côté, les pays des Mahométans deviennent tous les jours déserts, à cause d'une opinion, qui, toute sainte qu'elle est, ne laisse pas d'avoir des effets très pernicieux, lorsqu'elle est enracinée dans les esprits. Nous nous regardons comme des voyageurs qui ne doivent penser qu'à une autre patrie : les travaux utiles et durables, les soins pour assurer la fortune de nos enfants, les projets qui tendent au-delà d'une vie courte et passagère, nous paraissent quelque chose d'extravagant. Tranquilles pour le présent, sans inquiétude pour l'avenir, nous ne prenons la peine, ni de réparer les édifices publics, ni de défricher les terres incultes, ni de cultiver celles qui sont en état de recevoir nos soins : nous vivons dans une insensibilité générale, et nous laissons tout faire à la Providence.

C'est un esprit de vanité qui a établi, chez les Européens, l'injuste droit d'aînesse, si défavorable à la propagation, en ce qu'il porte l'attention d'un père sur un seul de ses enfants, et détourne ses yeux de tous les autres ; en ce qu'il l'oblige, pour rendre solide la fortune d'un seul, de s'opposer à l'établissement de plusieurs ;

enfin, en ce qu'il détruit l'égalité des citoyens, qui en fait toute l'opulence.

De Paris,
le 4 de la lune de Rhamazan 1718.

LETTRE CXX

USBEK AU MÊME.

Les pays habités par les sauvages sont ordinairement peu peuplés, par l'éloignement qu'ils ont presque tous pour le travail et la culture de la terre. Cette malheureuse aversion est si forte, que, lorsqu'ils font quelque imprécation contre quelqu'un de leurs ennemis, ils ne lui souhaitent autre chose que d'être réduit à labourer un champ ; croyant qu'il n'y a que la chasse et la pêche qui soit un exercice noble et digne d'eux.

Mais, comme il y a souvent des années où la chasse et la pêche rendent très peu, ils sont désolés par des famines fréquentes : sans compter qu'il n'y a pas de pays si abondant en gibier et en poisson, qu'il puisse donner la subsistance à un grand peuple, parce que les animaux fuient toujours les endroits trop habités.

D'ailleurs, les bourgades de sauvages, au nombre de deux ou trois cents habitants, détachées les unes des autres, ayant des intérêts aussi séparés que ceux de deux empires, ne peuvent pas se soutenir ; parce qu'elles n'ont pas la ressource des grands États, dont toutes les parties se répondent, et se secourent mutuellement.

Il y a, chez les sauvages, une autre coutume, qui n'est pas moins pernicieuse que la première ; c'est la cruelle habitude où sont les femmes de se faire avorter, afin que leur grossesse ne les rende pas désagréables à leurs maris [1].

Il y a ici des lois terribles contre ce désordre ; elles

vont jusqu'à la fureur. Toute fille qui n'a point été décla-
rer sa grossesse au magistrat, est punie de mort, si son
fruit périt : la pudeur et la honte, les accidents même,
ne l'excusent pas[2].

De Paris,
le 9 de la lune de Rhamazan 1718.

LETTRE CXXI

USBEK AU MÊME.

L'effet ordinaire des colonies est d'affaiblir les pays
d'où on les tire, sans peupler ceux où on les envoie.

Il faut que les hommes restent où ils sont : il y a des
maladies qui viennent de ce qu'on change un bon air
contre un mauvais ; d'autres qui viennent précisément
de ce qu'on en change.

L'air se charge, comme les plantes, des particules de
la terre de chaque pays. Il agit tellement sur nous, que
notre tempérament en est fixé. Lorsque nous sommes
transportés dans un autre pays, nous devenons malades.
Les liquides étant accoutumés à une certaine consis-
tance, les solides à une certaine disposition, tous les
deux à un certain degré de mouvement, n'en peuvent
plus souffrir d'autres, et ils résistent à un nouveau pli[1].

Quand un pays est désert, c'est un préjugé de quelque
vice particulier de la nature du terrain ou du climat :
ainsi, quand on ôte les hommes d'un ciel heureux, pour
les envoyer dans un tel pays, on fait précisément le
contraire de ce qu'on se propose.

Les Romains savaient cela par expérience : ils relé-
guaient tous les criminels en Sardaigne ; et ils y fai-
saient passer des Juifs. Il fallut se consoler de leur
perte ; chose que le mépris qu'ils avaient pour ces misé-
rables rendait très facile.

Le grand Chah Abas, voulant ôter aux Turcs le moyen d'entretenir de grosses armées sur les frontières, transporta presque tous les Arméniens hors de leur pays, et en envoya plus de vingt mille familles dans la province de Guilan, qui périrent presque toutes en très peu de temps.

Tous les transports de peuples faits à Constantinople n'ont jamais réussi.

Ce nombre prodigieux de nègres, dont nous avons parlé, n'a point rempli l'Amérique.

Depuis la destruction des Juifs sous Adrien, la Palestine est sans habitants.

Il faut donc avouer que les grandes destructions sont presque irréparables; parce qu'un peuple qui manque à un certain point reste dans le même état : et si, par hasard, il se rétablit, il faut des siècles pour cela.

Que si, dans un état de défaillance, la moindre des circonstances dont je t'ai parlé vient à concourir, non seulement il ne se répare pas, mais il dépérit tous les jours, et tend à son anéantissement.

L'expulsion des Maures d'Espagne se fait encore sentir comme le premier jour : bien loin que ce vide se remplisse, il devient tous les jours plus grand.

Depuis la dévastation de l'Amérique, les Espagnols, qui ont pris la place de ses anciens habitants, n'ont pu la repeupler : au contraire, par une fatalité que je ferais mieux de nommer une justice divine, les destructeurs se détruisent eux-mêmes, et se consument tous les jours.

Les princes ne doivent donc point songer à peupler de grands pays par des colonies. Je ne dis pas qu'elles ne réussissent quelquefois : il y a des climats si heureux, que l'espèce s'y multiplie toujours; témoin ces îles * qui ont été peuplées par des malades que quelques vaisseaux y avaient abandonnés, et qui y recouvraient aussitôt la santé.

* L'auteur parle peut-être de l'île de Bourbon [2].

Mais, quand ces colonies réussiraient, au lieu d'augmenter la puissance, elles ne feraient que la partager ; à moins qu'elles n'eussent très peu d'étendue, comme sont celles que l'on envoie pour occuper quelque place pour le commerce.

Les Carthaginois avaient, comme les Espagnols, découvert l'Amérique, ou au moins de grandes îles dans lesquelles ils faisaient un commerce prodigieux : mais, quand ils virent le nombre de leurs habitants diminuer, cette sage république défendit à ses sujets ce commerce et cette navigation.

J'ose le dire : au lieu de faire passer les Espagnols dans les Indes, il faudrait faire repasser les Indiens et les métis en Espagne ; il faudrait rendre à cette monarchie tous ses peuples dispersés : et, si la moitié seulement de ces grandes colonies se conservait, l'Espagne deviendrait la puissance de l'Europe la plus redoutable.

On peut comparer les empires à un arbre, dont les branches trop étendues ôtent tout le suc du tronc, et ne servent qu'à faire de l'ombrage.

Rien n'est plus propre à corriger les princes de la fureur des conquêtes lointaines, que l'exemple des Portugais et des Espagnols.

Ces deux nations ayant conquis avec une rapidité inconcevable des royaumes immenses, plus étonnées de leurs victoires que les peuples vaincus de leur défaite, songèrent aux moyens de les conserver ; et prirent chacune, pour cela, une voie différente.

Les Espagnols, désespérant de retenir les nations vaincues dans la fidélité, prirent le parti de les exterminer, et d'y envoyer d'Espagne des peuples fidèles : jamais dessein horrible ne fut plus ponctuellement exécuté. On vit un peuple, aussi nombreux que tous ceux de l'Europe ensemble, disparaître de la terre, à l'arrivée de ces barbares, qui semblèrent, en découvrant les

Indes, n'avoir pensé qu'à découvrir aux hommes quel
était le dernier période[3] de la cruauté.

Par cette barbarie, ils conservèrent ce pays sous leur
domination. Juge par là combien les conquêtes sont
funestes, puisque les effets en sont tels : car enfin, ce
remède affreux était unique. Comment auraient-ils pu
retenir tant de millions d'hommes dans l'obéissance ?
Comment soutenir une guerre civile de si loin ? Que
seraient-ils devenus, s'ils avaient donné le temps à ces
peuples de revenir de l'admiration où ils étaient de l'ar-
rivée de ces nouveaux dieux, et de la crainte de leurs
foudres ?

Quant aux Portugais, ils prirent une voie tout oppo-
sée ; ils n'employèrent pas les cruautés : aussi furent-ils
bientôt chassés de tous les pays qu'ils avaient décou-
verts. Les Hollandais favorisèrent la rébellion de ces
peuples, et en profitèrent.

Quel prince envierait le sort de ces conquérants ? qui
voudrait de ces conquêtes à ces conditions ? Les uns en
furent aussitôt chassés ; les autres en firent des déserts,
et rendirent leur propre pays un désert encore.

C'est le destin des héros de se ruiner à conquérir des
pays qu'ils perdent soudain, ou à soumettre des nations
qu'ils sont obligés eux-mêmes de détruire ; comme cet
insensé qui se consumait à acheter des statues qu'il
jetait dans la mer, et des glaces qu'il brisait aussitôt.

De Paris,
le 18 de la lune de Rhamazan 1718.

LETTRE CXXII

USBEK AU MÊME.

La douceur du gouvernement contribue merveilleu-
sement à la propagation de l'espèce. Toutes les répu-

bliques en sont une preuve constante; et, plus que toutes, la Suisse et la Hollande, qui sont les deux plus mauvais pays de l'Europe, si l'on considère la nature du terrain, et qui cependant sont les plus peuplés.

Rien n'attire plus les étrangers que la liberté, et l'opulence qui la suit toujours : l'une se fait rechercher par elle-même, et nous sommes conduits par nos besoins dans les pays où l'on trouve l'autre.

L'espèce se multiplie dans un pays où l'abondance fournit aux enfants, sans rien diminuer de la subsistance des pères.

L'égalité même des citoyens, qui produit ordinairement l'égalité dans les fortunes, porte l'abondance et la vie dans toutes les parties du corps politique, et la répand partout.

Il n'en est pas de même des pays soumis au pouvoir arbitraire : le prince, les courtisans, et quelques particuliers, possèdent toutes les richesses, pendant que tous les autres gémissent dans une pauvreté extrême.

Si un homme est mal à son aise, et qu'il sente qu'il fera des enfants plus pauvres que lui, il ne se mariera pas; ou, s'il se marie, il craindra d'avoir un trop grand nombre d'enfants, qui pourraient achever de déranger sa fortune, et qui descendraient de la condition de leur père.

J'avoue que le rustique ou paysan, étant une fois marié, peuplera indifféremment, soit qu'il soit riche, soit qu'il soit pauvre; cette considération ne le touche pas : il a toujours un héritage sûr à laisser à ses enfants, qui est son hoyau; et rien ne l'empêche de suivre aveuglément l'instinct de la nature.

Mais à quoi sert, dans un État, ce nombre d'enfants, qui languissent dans la misère? Ils périssent presque tous, à mesure qu'ils naissent; ils ne prospèrent jamais; faibles et débiles, ils meurent en détail de mille manières, tandis qu'ils sont emportés en gros par les

fréquentes maladies populaires que la misère et la mauvaise nourriture produisent toujours : ceux qui en échappent atteignent l'âge viril sans en avoir la force, et languissent tout le reste de leur vie.

Les hommes sont comme les plantes, qui ne croissent jamais heureusement, si elles ne sont bien cultivées : chez les peuples misérables, l'espèce perd, et même quelquefois dégénère.

La France peut fournir un grand exemple de tout ceci. Dans les guerres passées, la crainte où étaient tous les enfants de famille d'être enrôlés dans la milice les obligeait de se marier[1], et cela dans un âge trop tendre et dans le sein de la pauvreté. De tant de mariages, il naissait bien des enfants, que l'on cherche encore en France, et que la misère, la famine et les maladies en ont fait disparaître.

Que si, dans un ciel aussi heureux, dans un royaume aussi policé que la France, on fait de pareilles remarques, que sera-ce dans les autres États ?

De Paris,
le 23 de la lune de Rhamazan 1718.

LETTRE CXXIII

USBEK AU MOLLAK MÉHÉMET-ALI,
GARDIEN DES TROIS TOMBEAUX À COM.

Que nous servent les jeûnes des immaums, et les cilices des mollaks ? La main de Dieu s'est deux fois appesantie sur les enfants de la Loi : le soleil s'obscurcit, et semble n'éclairer plus que leurs défaites : leurs armées s'assemblent, et elles sont dissipées comme la poussière.

L'empire des Osmanlins est ébranlé par les deux plus grands échecs qu'il ait jamais reçus[1] : un moufti chré-

tien[2] ne le soutient qu'avec peine : le grand vizir d'Allemagne[3] est le fléau de Dieu, envoyé pour châtier les sectateurs d'Omar : il porte partout la colère du ciel, irrité contre leur rébellion et leur perfidie.

Esprit sacré des immaums, tu pleures nuit et jour sur les enfants du prophète que le détestable Omar[4] a dévoyés : tes entrailles s'émeuvent à la vue de leurs malheurs : tu désires leur conversion, et non pas leur perte : tu voudrais les voir réunis sous l'étendard d'Hali, par les larmes des saints ; et non pas dispersés dans les montagnes et dans les déserts, par la terreur des infidèles.

De Paris,
le 1 de la lune de Chalval 1718.

LETTRE CXXIV

USBEK À RHÉDI

À Venise.

Quel peut être le motif de ces libéralités immenses que les princes versent sur leurs courtisans[1] ? Veulent-ils se les attacher ? ils leur sont déjà acquis autant qu'ils peuvent l'être. Et, d'ailleurs, s'ils acquièrent quelques-uns de leurs sujets en les achetant, il faut bien, par la même raison, qu'ils en perdent une infinité d'autres en les appauvrissant.

Quand je pense à la situation des princes, toujours entourés d'hommes avides et insatiables, je ne puis que les plaindre : et je les plains encore davantage, lorsqu'ils n'ont pas la force de résister à des demandes toujours onéreuses à ceux qui ne demandent rien.

Je n'entends jamais parler de leurs libéralités, des grâces et des pensions qu'ils accordent, que je ne me livre à mille réflexions : une foule d'idées se présente à

mon esprit : il me semble que j'entends publier cette
ordonnance :

« Le courage infatigable de quelques-uns de nos
sujets à nous demander des pensions, ayant exercé sans
relâche notre magnificence royale, nous avons enfin
cédé à la multitude des requêtes qu'ils nous ont pré-
sentées, lesquelles ont fait jusqu'ici la plus grande sol-
licitude du trône. Ils nous ont représenté qu'ils n'ont
point manqué, depuis notre avènement à la couronne,
de se trouver à notre lever ; que nous les avons toujours
vus sur notre passage immobiles comme des bornes ; et
qu'ils se sont extrêmement élevés pour regarder, sur les
épaules les plus hautes, notre sérénité. Nous avons
même reçu plusieurs requêtes de la part de quelques
personnes du beau sexe, qui nous ont supplié de faire
attention qu'il est notoire qu'elles sont d'un entretien
très difficile : quelques-unes même très surannées nous
ont prié, branlant la tête, de faire attention qu'elles ont
fait l'ornement de la cour des rois nos prédécesseurs ;
et que, si les généraux de leurs armées ont rendu l'État
redoutable par leurs faits militaires, elles n'ont point
rendu la cour moins célèbre par leurs intrigues. Ainsi,
désirant traiter les suppliants avec bonté, et leur accor-
der toutes leurs prières, nous avons ordonné ce qui
suit :
» Que tout laboureur, ayant cinq enfants, retranchera
journellement la cinquième partie du pain qu'il leur
donne. Enjoignons aux pères de famille de faire la dimi-
nution, sur chacun d'eux, aussi juste que faire se
pourra.
» Défendons expressément à tous ceux qui s'appli-
quent à la culture de leurs héritages, ou qui les ont don-
nés à titre de ferme, d'y faire aucune réparation, de
quelque espèce qu'elle soit.
» Ordonnons que toutes personnes qui s'exercent à

des travaux vils et mécaniques, lesquelles n'ont jamais été au lever de notre majesté, n'achètent désormais d'habits, à eux, à leurs femmes, et à leurs enfants, que de quatre ans en quatre ans : leur interdisons, en outre, très étroitement, ces petites réjouissances qu'ils avaient coutume de faire dans leurs familles les principales fêtes de l'année.

» Et, d'autant que nous demeurons avertis que la plupart des bourgeois de nos bonnes villes sont entièrement occupés à pourvoir à l'établissement de leurs filles, lesquelles ne se sont rendues recommandables, dans notre État, que par une triste et ennuyeuse modestie ; nous ordonnons qu'ils attendront à les marier, jusqu'à ce qu'ayant atteint l'âge limité par les ordonnances, elles viennent à les y contraindre. Défendons à nos magistrats de pourvoir à l'éducation de leurs enfants. »

De Paris,
le premier de la lune de Chalval 1718.

LETTRE CXXV

RICA À ***.

On est bien embarrassé dans toutes les religions, quand il s'agit de donner une idée des plaisirs qui sont destinés à ceux qui ont bien vécu. On épouvante facilement les méchants par une longue suite de peines, dont on les menace : mais, pour les gens vertueux, on ne sait que leur promettre. Il semble que la nature des plaisirs soit d'être d'une courte durée ; l'imagination a peine à en représenter d'autres.

J'ai vu des descriptions du paradis, capables d'y faire renoncer tous les gens de bon sens : les uns font jouer sans cesse de la flûte ces ombres heureuses ; d'autres les condamnent au supplice de se promener éternelle-

ment; d'autres enfin, qui les font rêver là-haut aux maî-
tresses d'ici bas, n'ont pas cru que cent millions d'an-
nées fussent un terme assez long, pour leur ôter le goût
de ces inquiétudes amoureuses.

Je me souviens, à ce propos, d'une histoire que j'ai
ouï raconter à un homme qui avait été dans le pays du
Mogol; elle fait voir que les prêtres indiens ne sont pas
moins stériles que les autres, dans les idées qu'ils ont
des plaisirs du paradis.

Une femme, qui venait de perdre son mari, vint en
cérémonie chez le gouverneur de la ville lui demander
la permission de se brûler: mais comme, dans les pays
soumis aux Mahométans, on abolit, tant qu'on peut,
cette cruelle coutume, il la refusa absolument.

Lorsqu'elle vit ses prières impuissantes, elle se jeta
dans un furieux emportement. «Voyez, disait-elle,
comme on est gêné! Il ne sera seulement pas permis à
une pauvre femme de se brûler, quand elle en a envie!
A-t-on jamais vu rien de pareil? Ma mère, ma tante,
mes sœurs se sont bien brûlées. Et, quand je vais
demander permission à ce maudit gouverneur, il se
fâche, et se met à crier comme un enragé.»

Il se trouva là par hasard un jeune bonze: «Homme
infidèle, lui dit le gouverneur, est-ce toi qui as mis cette
fureur dans l'esprit de cette femme? — Non, dit-il, je
ne lui ai jamais parlé: mais, si elle m'en croit, elle
consommera son sacrifice; elle fera une action agréable
au dieu Brama: aussi en sera-t-elle bien récompensée;
car elle retrouvera, dans l'autre monde, son mari, et elle
recommencera avec lui un second mariage. — Que
dites-vous? dit la femme surprise. Je retrouverai mon
mari? Ah! je ne me brûle pas. Il était jaloux, chagrin,
et d'ailleurs si vieux, que, si le dieu Brama n'a point fait
sur lui quelque réforme, sûrement il n'a pas besoin de
moi. Me brûler pour lui!... pas seulement le bout du
doigt pour le retirer du fond des enfers. Deux vieux

bonzes, qui me séduisaient, et qui savaient de quelle manière je vivais avec lui, n'avaient garde de me tout dire : mais, si le dieu Brama n'a que ce présent à me faire, je renonce à cette béatitude. Monsieur le gouverneur, je me fais mahométane. Et pour vous, dit-elle en regardant le bonze, vous pouvez, si vous voulez, aller dire à mon mari que je me porte fort bien. »

De Paris,
le 2 de la lune de Chalval 1718.

LETTRE CXXVI

RICA À USBEK.

À ***.

Je t'attends ici demain : cependant je t'envoie tes lettres d'Ispahan. Les miennes portent que l'ambassadeur du grand Mogol a reçu ordre de sortir du royaume[1]. On ajoute qu'on a fait arrêter le prince[2], oncle du roi, qui est chargé de son éducation ; qu'on l'a fait conduire dans un château, où il est très étroitement gardé ; et qu'on l'a privé de tous ses honneurs. Je suis touché du sort de ce prince, et je le plains.

Je te l'avoue, Usbek, je n'ai jamais vu couler les larmes de personne, sans en être attendri : je sens de l'humanité pour les malheureux, comme s'il n'y avait qu'eux qui fussent hommes : et les grands même, pour lesquels je trouve dans mon cœur de la dureté quand ils sont élevés, je les aime sitôt qu'ils tombent.

En effet, qu'ont-ils affaire dans la prospérité d'une inutile tendresse ? elle approche trop de l'égalité. Ils aiment bien mieux du respect, qui ne demande point de retour. Mais, sitôt qu'ils sont déchus de leur grandeur, il n'y a que nos plaintes qui puissent leur en rappeler l'idée.

Je trouve quelque chose de bien naïf, et même de bien grand, dans les paroles d'un prince, qui, prêt de tomber entre les mains de ses ennemis, voyant ses courtisans autour de lui qui pleuraient : « Je sens, leur dit-il, à vos larmes, que je suis encore votre roi[3]. »

De Paris,
le 3 de la lune de Chalval 1718.

LETTRE CXXVII

RICA À IBBEN.
À Smyrne.

Tu as ouï parler mille fois du fameux roi de Suède[1] : il assiégeait une place, dans un royaume qu'on nomme la Norvège : comme il visitait la tranchée, seul avec un ingénieur, il a reçu un coup dans la tête dont il est mort. On a fait sur-le-champ arrêter son premier ministre : les états se sont assemblés, et l'ont condamné à perdre la tête[2].

Il était accusé d'un grand crime : c'était d'avoir calomnié la nation, et de lui avoir fait perdre la confiance de son roi : forfait qui, selon moi, mérite mille morts.

Car enfin, si c'est une mauvaise action de noircir dans l'esprit du prince le dernier de ses sujets ; qu'est-ce, lorsque l'on noircit la nation entière, et qu'on lui ôte la bienveillance de celui que la Providence a établi pour faire son bonheur ?

Je voudrais que les hommes parlassent aux rois, comme les anges parlent à notre saint prophète.

Tu sais que, dans les banquets sacrés, où le seigneur des seigneurs descend du plus sublime trône du monde, pour se communiquer à ses esclaves, je me suis fait une loi sévère de captiver une langue indocile : on ne m'a

jamais vu abandonner une seule parole qui pût être amère au dernier de ses sujets. Quand il m'a fallu cesser d'être sobre, je n'ai point cessé d'être honnête homme ; et, dans cette épreuve de notre fidélité, j'ai risqué ma vie, et jamais ma vertu.

Je ne sais comment il arrive qu'il n'y a presque jamais de prince si méchant, que son ministre ne le soit encore davantage ; s'il fait quelque action mauvaise, elle a presque toujours été suggérée : de manière que l'ambition des princes n'est jamais si dangereuse, que la bassesse d'âme de ses conseillers. Mais comprends-tu qu'un homme, qui n'est que d'hier dans le ministère, qui peut-être n'y sera pas demain, puisse devenir dans un moment l'ennemi de lui-même, de sa famille, de sa patrie, et du peuple qui naîtra à jamais de celui qu'il va faire opprimer ?

Un prince a des passions ; le ministre les remue : c'est de ce côté-là qu'il dirige son ministère : il n'a point d'autre but, ni n'en veut connaître. Les courtisans le séduisent par leurs louanges ; et lui le flatte plus dangereusement par ses conseils, par les desseins qu'il lui inspire, et par les maximes qu'il lui propose.

De Paris,
le 25 de la lune de Saphar 1719.

LETTRE CXXVIII

RICA À USBEK.

À ***.

Je passais l'autre jour sur le Pont-Neuf, avec un de mes amis : il rencontra un homme de sa connaissance, qu'il me dit être un géomètre ; et il n'y avait rien qui n'y parût : car il était dans une rêverie profonde ; il fallut que mon ami le tirât longtemps par la manche, et le

secouât pour le faire descendre jusqu'à lui ; tant il était
occupé d'une courbe, qui le tourmentait peut-être
depuis plus de huit jours. Ils se firent tous deux beau-
coup d'honnêtetés, et s'apprirent réciproquement
quelques nouvelles littéraires. Ces discours les menè-
rent jusque sur la porte d'un café, où j'entrai avec eux.

Je remarquai que notre géomètre y fut reçu de tout
le monde avec empressement, et que les garçons du
café en faisaient beaucoup plus de cas que de deux
mousquetaires qui étaient dans un coin. Pour lui, il
parut qu'il se trouvait dans un lieu agréable : car il
dérida un peu son visage, et se mit à rire, comme s'il
n'avait pas eu la moindre teinture de géométrie.

Cependant son esprit régulier toisait tout ce qui se
disait dans la conversation. Il ressemblait à celui qui,
dans un jardin, coupait avec son épée la tête des fleurs
qui s'élevaient au-dessus des autres[1]. Martyr de sa jus-
tesse, il était offensé d'une saillie, comme une vue déli-
cate est offensée par une lumière trop vive. Rien pour
lui n'était indifférent, pourvu qu'il fût vrai. Aussi la
conversation était-elle singulière. Il était arrivé ce jour-
là, de la campagne, avec un homme qui avait vu un châ-
teau superbe, et des jardins magnifiques : et il n'avait
vu lui, qu'un bâtiment de soixante pieds de long, sur
trente-cinq de large ; et un bosquet barlong[2] de dix
arpents : il aurait fort souhaité que les règles de la pers-
pective eussent été tellement observées, que les allées
des avenues eussent paru partout de même largeur ; et
il aurait donné, pour cela, une méthode infaillible. Il
parut fort satisfait d'un cadran qu'il y avait démêlé,
d'une structure fort singulière : et il s'échauffa fort
contre un savant, qui était auprès de moi, qui malheu-
reusement lui demanda si ce cadran marquait les
heures babyloniennes[3]. Un nouvelliste parla du bom-
bardement du château de Fontarabie[4] : et il nous donna
soudain les propriétés de la ligne que les bombes

avaient décrite en l'air ; et, charmé de savoir cela, il voulut en ignorer entièrement le succès. Un homme se plaignait d'avoir été ruiné l'hiver d'auparavant, par une inondation : « Ce que vous me dites là m'est fort agréable, dit alors le géomètre : je vois que je ne me suis pas trompé dans l'observation que j'ai faite ; et qu'il est au moins tombé, sur la terre, deux pouces d'eau plus que l'année passée. »

Un moment après, il sortit, et nous le suivîmes. Comme il allait assez vite, et qu'il négligeait de regarder devant lui, il fut rencontré directement par un autre homme : ils se choquèrent rudement ; et, de ce coup, ils rejaillirent chacun de leur côté, en raison réciproque de leur vitesse et de leurs masses. Quand ils furent un peu revenus de leur étourdissement, cet homme, portant la main sur le front, dit au géomètre : « Je suis bien aise que vous m'ayez heurté ; car j'ai une grande nouvelle à vous apprendre : je viens de donner mon Horace au public. — Comment ! dit le géomètre : il y a deux mille ans qu'il y est. — Vous ne m'entendez pas, reprit l'autre : c'est une traduction de cet ancien auteur, que je viens de mettre au jour : il y a vingt ans que je m'occupe à faire des traductions.

« Quoi ! monsieur ! dit le géomètre, il y a vingt ans que vous ne pensez pas ? Vous parlez pour les autres, et ils pensent pour vous ? — Monsieur, dit le savant, croyez-vous que je n'aie pas rendu un grand service au public, de lui rendre la lecture des bons auteurs familière ! — Je ne dis pas tout à fait cela : j'estime autant qu'un autre les sublimes génies que vous travestissez. Mais vous ne leur ressemblerez point ; car, si vous traduisez toujours, on ne vous traduira jamais.

« Les traductions sont comme ces monnaies de cuivre, qui ont bien la même valeur qu'une pièce d'or, et même sont d'un plus grand usage pour le peuple ; mais elles sont toujours faibles et d'un mauvais aloi.

« Vous voulez, dites-vous, faire renaître parmi nous ces illustres morts ; et j'avoue que vous leur donnez bien un corps : mais vous ne leur rendez pas la vie ; il y manque toujours un esprit pour les animer.

« Que ne vous appliquez-vous plutôt à la recherche de tant de belles vérités, qu'un calcul facile nous fait découvrir tous les jours ? » Après ce petit conseil, ils se séparèrent, je crois, très mécontents l'un de l'autre.

De Paris,
le dernier de la lune de Rebiab, 2, 1719.

LETTRE CXXIX

USBEK À RHÉDI.

À Venise.

La plupart des législateurs ont été des hommes bornés, que le hasard a mis à la tête des autres, et qui n'ont presque consulté que leurs préjugés et leurs fantaisies[1].

Il semble qu'ils aient méconnu la grandeur et la dignité même de leur ouvrage : ils se sont amusés à faire des institutions puériles, avec lesquelles ils se sont, à la vérité, conformés aux petits esprits, mais décrédités auprès des gens de bon sens.

Ils se sont jetés dans des détails inutiles ; ils ont donné dans les cas particuliers : ce qui marque un génie étroit, qui ne voit les choses que par parties, et n'embrasse rien d'une vue générale.

Quelques-uns ont affecté de se servir d'une autre langue que la vulgaire ; chose absurde pour un faiseur de lois : comment peut-on les observer, si elles ne sont pas connues ?

Ils ont souvent aboli sans nécessité celles qu'ils ont trouvées établies ; c'est-à-dire qu'ils ont jeté les peuples dans les désordres inséparables des changements.

Il est vrai que, par une bizarrerie qui vient plutôt de la nature que de l'esprit des hommes, il est quelquefois nécessaire de changer certaines lois. Mais le cas est rare ; et, lorsqu'il arrive, il n'y faut toucher que d'une main tremblante : on y doit observer tant de solennités, et apporter tant de précautions, que le peuple en conclue naturellement que les lois sont bien saintes, puisqu'il faut tant de formalités pour les abroger.

Souvent ils les ont faites trop subtiles, et ont suivi des idées logiciennes, plutôt que l'équité naturelle. Dans la suite, elles ont été trouvées trop dures ; et, par un esprit d'équité, on a cru devoir s'en écarter : mais ce remède était un nouveau mal. Quelles que soient les lois, il faut toujours les suivre, et les regarder comme la conscience publique, à laquelle celle des particuliers doit se conformer toujours.

Il faut pourtant avouer que quelques-uns d'entre eux ont eu une attention qui marque beaucoup de sagesse ; c'est qu'ils ont donné aux pères une grande autorité sur leurs enfants. Rien ne soulage plus les magistrats ; rien ne dégarnit plus les tribunaux ; rien enfin ne répand plus de tranquillité dans un État, où les mœurs font toujours de meilleurs citoyens que les lois.

C'est, de toutes les puissances, celle dont on abuse le moins : c'est la plus sacrée de toutes les magistratures ; c'est la seule qui ne dépend pas des conventions, et qui les a même précédées.

On remarque que, dans les pays où l'on met dans les mains paternelles plus de récompenses et de punitions, les familles sont mieux réglées : les pères sont l'image du créateur de l'univers, qui, quoiqu'il puisse conduire les hommes par son amour, ne laisse pas de se les attacher encore par les motifs de l'espérance et de la crainte.

Je ne finirai pas cette lettre sans te faire remarquer la bizarrerie de l'esprit des Français. On dit qu'ils ont

retenu, des lois romaines, un nombre infini de choses inutiles, et même pis ; et ils n'ont pas pris d'elles la puissance paternelle, qu'elles ont établie comme la première autorité légitime.

<div align="right">

De Paris,
le 4 de la lune de Gemmadi, 2, 1719.

</div>

LETTRE CXXX

RICA À ***.

Je te parlerai, dans cette lettre, d'une certaine nation qu'on appelle les nouvellistes, qui s'assemblent dans un jardin magnifique[1], où leur oisiveté est toujours occupée. Ils sont très inutiles à l'État ; et leurs discours de cinquante ans n'ont pas un effet différent de celui qu'aurait pu produire un silence aussi long : cependant ils se croient considérables, parce qu'ils s'entretiennent de projets magnifiques, et traitent de grands intérêts.

La base de leurs conversations est une curiosité frivole et ridicule : il n'y a point de cabinet si mystérieux, qu'ils ne prétendent pénétrer ; ils ne sauraient consentir à ignorer quelque chose ; ils savent combien notre auguste sultan a de femmes, combien il fait d'enfants toutes les années, et, quoiqu'ils ne fassent aucune dépense en espions, ils sont instruits des mesures qu'il prend pour humilier l'empereur des Turcs et celui des Mogols.

À peine ont-ils épuisé le présent, qu'ils se précipitent dans l'avenir ; et, marchant au-devant de la Providence ils la préviennent sur toutes les démarches des hommes. Ils conduisent un général par la main ; et, après l'avoir loué de mille sottises qu'il n'a pas faites, ils lui en préparent mille autres qu'il ne fera pas.

Ils font voler les armées comme les grues, et tomber

les murailles comme des cartons : ils ont des ponts sur toutes les rivières, des routes secrètes dans toutes les montagnes, des magasins immenses dans les sables brûlants : il ne leur manque que le bon sens.

Il y a un homme, avec qui je loge, qui reçut cette lettre d'un nouvelliste : comme elle m'a paru singulière, je la gardai ; la voici.

 Monsieur,

 Je me trompe rarement dans mes conjectures sur les affaires du temps. Le premier janvier 1711, je prédis que l'empereur Joseph mourrait dans le cours de l'année : il est vrai que, comme il se portait fort bien, je crus que je me ferais moquer de moi, si je m'expliquais d'une manière bien claire ; ce qui fit que je me servis de termes un peu énigmatiques : mais les gens qui savent raisonner m'entendirent bien. Le 17 avril de la même année, il mourut de la petite vérole.

 Dès que la guerre fut déclarée entre l'empereur et les Turcs[2], j'allai chercher nos messieurs dans tous les coins des Tuileries ; je les assemblai près du bassin, et leur prédis qu'on ferait le siège de Belgrade, et qu'il serait pris. J'ai été assez heureux pour que ma prédiction ait été accomplie. Il est vrai que, vers le milieu du siège, je pariai cent pistoles qu'il serait pris le 18 août; il ne fut pris que le lendemain : peut-on perdre à si beau jeu ?*

 Lorsque je vis que la flotte d'Espagne débarquait en Sardaigne, je jugeai qu'elle en ferait la conquête : je le dis, et cela se trouva vrai. Enflé de ce succès, j'ajoutai que cette flotte victorieuse irait débarquer à Final, pour faire la conquête du Milanais. Comme je trouvai de la résistance à faire recevoir cette idée, je voulus la soutenir glorieusement : je pariai cinquante pistoles, et je les perdis

* 1717.

torité de leurs rois, qu'ils n'étaient proprement que des chefs ou des généraux. Ainsi ces royaumes, quoique fondés par la force, ne sentirent point le joug du vainqueur. Lorsque les peuples d'Asie, comme les Turcs et les Tartares, firent des conquêtes, soumis à la volonté d'un seul, ils ne songèrent qu'à lui donner de nouveaux sujets, et à établir, par les armes, son autorité violente : mais les peuples du nord, libres dans leur pays, s'emparant des provinces romaines, ne donnèrent point à leurs chefs une grande autorité. Quelques-uns même de ces peuples, comme les Vandales en Afrique, les Goths en Espagne, déposaient leurs rois dès qu'ils n'en étaient pas satisfaits : et, chez les autres, l'autorité du prince était bornée de mille manières différentes : un grand nombre de seigneurs la partageaient avec lui ; les guerres n'étaient entreprises que de leur consentement : les dépouilles étaient partagées entre le chef et les soldats ; aucun impôt en faveur du prince ; les lois étaient faites dans les assemblées de la nation[3]. Voilà le principe fondamental de tous ces états, qui se formèrent des débris de l'Empire romain.

De Venise,
le 20 de la lune de Rhegeb 1719.

LETTRE CXXXII

RICA À ***.

Je fus, il y a cinq ou six mois, dans un café : j'y remarquai un gentilhomme assez bien mis, qui se faisait écouter : il parlait du plaisir qu'il y avait de vivre à Paris ; il déplorait sa situation d'être obligé d'aller languir dans la province. « J'ai, dit-il, quinze mille livres de rentes en fonds de terre ; et je me croirais plus heureux, si j'avais le quart de ce bien-là en argent et en effets por-

tables partout. J'ai beau presser mes fermiers, et les accabler de frais de justice ; je ne fais que les rendre plus insolvables : je n'ai jamais pu voir cent pistoles à la fois. Si je devais dix mille francs, on me ferait saisir toutes mes terres, et je serais à l'hôpital [1]. »

Je sortis sans avoir fait grande attention à tout ce discours : mais, me trouvant hier dans ce quartier, j'entrai dans la même maison ; et j'y vis un homme grave, d'un visage pâle et allongé, qui, au milieu de cinq ou six discoureurs, paraissait morne et pensif, jusques à ce que, prenant brusquement la parole : « Oui, messieurs, dit-il en haussant la voix, je suis ruiné ; je n'ai plus de quoi vivre : car j'ai actuellement chez moi deux cent mille livres de billets de banque, et cent mille écus d'argent : je me trouve dans une situation affreuse ; je me suis cru riche, et me voilà à l'hôpital. Au moins, si j'avais seulement une petite terre où je pusse me retirer, je serais sûr d'avoir de quoi vivre ; mais je n'ai pas grand comme ce chapeau de fonds de terre. »

Je tournai, par hasard, la tête d'un autre côté ; et je vis un autre homme qui faisait des grimaces de possédé. « À qui se fier désormais ? s'écriait-il. Il y a un traître, que je croyais si fort de mes amis, que je lui avais prêté mon argent : et il me l'a rendu ! quelle perfidie horrible ! Il a beau faire ; dans mon esprit, il sera toujours déshonoré. »

Tout près de là, était un homme très mal vêtu, qui, élevant les yeux au ciel, disait : « Dieu bénisse les projets de nos ministres ! puissé-je voir les actions à deux mille, et tous les laquais de Paris plus riches que leurs maîtres ! » J'eus la curiosité de demander son nom. « C'est un homme extrêmement pauvre, me dit-on ; aussi a-t-il un pauvre métier : il est généalogiste ; et il espère que son art rendra, si les fortunes continuent ; et que tous ces nouveaux riches auront besoin de lui, pour réformer leur nom, décrasser leurs ancêtres, et

orner leurs carrosses : il s'imagine qu'il va faire autant de gens de qualité qu'il voudra ; et il tressaillit de joie, de voir multiplier ses pratiques. »

Enfin, je vis entrer un vieillard pâle et sec, que je reconnus pour nouvelliste, avant qu'il se fût assis : il n'était pas du nombre de ceux qui ont une assurance victorieuse contre tous les revers, et présagent toujours les victoires et les trophées ; c'était, au contraire, un de ces trembleurs, qui n'ont que des nouvelles tristes. « Les affaires vont bien mal du côté d'Espagne, dit-il : nous n'avons point de cavalerie sur la frontière ; et il est à craindre que le prince Pio[2], qui en a un gros corps, ne fasse contribuer tout le Languedoc. » Il y avait, vis-à-vis de moi, un philosophe assez mal en ordre, qui prenait le nouvelliste en pitié, et haussait les épaules, à mesure que l'autre haussait la voix. Je m'approchai de lui, et il me dit à l'oreille : « Vous voyez que ce fat nous entretient, il y a une heure, de sa frayeur pour le Languedoc : et moi, j'aperçus hier au soir une tache dans le soleil, qui, si elle augmentait, pourrait faire tomber toute la nature en engourdissement ; et je n'ai pas dit un seul mot. »

De Paris,
le 17 de la lune de Rhamazan 1719.

LETTRE CXXXIII

RICA À ***.

J'allai, l'autre jour, voir une grande bibliothèque dans un couvent de dervis[1], qui en sont comme les dépositaires, mais qui sont obligés d'y laisser entrer tout le monde à certaines heures.

En entrant, je vis un homme grave, qui se promenait au milieu d'un nombre innombrable de volumes qui

l'entouraient. J'allai à lui, et le priai de me dire quels étaient quelques-uns de ces livres, que je voyais mieux reliés que les autres. « Monsieur, me dit-il, j'habite ici une terre étrangère ; je n'y connais personne. Bien des gens me font de pareilles questions ; mais vous voyez bien que je n'irai pas lire tous ces livres pour les satisfaire : j'ai mon bibliothécaire qui vous donnera satisfaction ; car il s'occupe nuit et jour à déchiffrer tout ce que vous voyez là : c'est un homme qui n'est bon à rien, et qui nous est très à charge, parce qu'il ne travaille point pour le couvent. Mais j'entends l'heure du réfectoire qui sonne. Ceux qui, comme moi, sont à la tête d'une communauté, doivent être les premiers à tous les exercices. » En disant cela, le moine me poussa dehors, ferma la porte ; et, comme s'il eût volé, disparut à mes yeux.

De Paris,
le 21 de la lune de Rhamazan 1719.

LETTRE CXXXIV
RICA AU MÊME.

Je retournai le lendemain à cette bibliothèque, où je trouvai tout un autre homme que celui que j'avais vu la première fois. Son air était simple, sa physionomie spirituelle, et son abord très affable. Dès que je lui eus fait connaître ma curiosité, il se mit en devoir de la satisfaire, et même, en qualité d'étranger, de m'instruire.

« Mon père, lui dis-je, quels sont ces gros volumes qui tiennent tout ce côté de bibliothèque ? — Ce sont, me dit-il, les interprètes de l'Écriture. — Il y en a un grand nombre ! lui repartis-je : il faut que l'Écriture fût bien obscure autrefois, et bien claire à présent. Reste-t-il encore quelques doutes ? Peut-il y avoir des points

contestés ? — S'il y en a, bon Dieu ! s'il y en a ! me
répondit-il. Il y en a presque autant que de lignes. —
Oui, lui dis-je ? Et qu'ont donc fait tous ces auteurs ? —
Ces auteurs, me repartit-il, n'ont point cherché dans
l'Écriture ce qu'il faut croire, mais ce qu'ils croient eux-
mêmes ; ils ne l'ont point regardée comme un livre où
étaient contenus les dogmes qu'ils devaient recevoir,
mais comme un ouvrage qui pourrait donner de l'au-
torité à leurs propres idées : c'est pour cela qu'ils en
ont corrompu tous les sens, et ont donné la torture à
tous les passages. C'est un pays où les hommes de
toutes les sectes font des descentes, et vont comme au
pillage ; c'est un champ de bataille où les nations enne-
mies qui se rencontrent livrent bien des combats, où
l'on s'attaque, où l'on s'escarmouche de bien des
manières.

« Tout près de là, vous voyez les livres ascétiques ou
de dévotion ; ensuite, les livres de morale, bien plus
utiles ; ceux de théologie, doublement inintelligibles, et
par la matière qui y est traitée, et par la manière de la
traiter ; les ouvrages des mystiques, c'est-à-dire, des
dévots qui ont le cœur tendre. — Ah, mon père ! lui dis-
je : un moment ; n'allez pas si vite ; parlez-moi de ces
mystiques. — Monsieur, dit-il, la dévotion échauffe un
cœur disposé à la tendresse, et lui fait envoyer des
esprits au cerveau qui l'échauffent de même, d'où nais-
sent les extases et les ravissements. Cet état est le délire
de la dévotion ; souvent il se perfectionne, ou plutôt
dégénère en quiétisme [1] : vous savez qu'un quiétiste
n'est autre chose qu'un homme fou, dévot et libertin.

« Voyez les casuistes, qui mettent au jour les secrets
de la nuit [2] ; qui forment, dans leur imagination, tous les
monstres que le démon d'amour peut produire, les ras-
semblent, les comparent, et en font l'objet éternel de
leurs pensées ; heureux si leur cœur ne se met pas de la

partie, et ne devient pas lui-même complice de tant d'égarements si naïvement décrits et si nûment peints !

«Vous voyez, monsieur, que je pense librement, et que je vous dis tout ce que je pense. Je suis naturellement naïf, et plus encore avec vous qui êtes un étranger, qui voulez savoir les choses, et les savoir telles qu'elles sont. Si je voulais, je ne vous parlerais de tout ceci qu'avec admiration ; je vous dirais sans cesse : "Cela est divin, cela est respectable ; il y a du merveilleux." Et il en arriverait, de deux choses l'une, ou que je vous tromperais, ou que je me déshonorerais dans votre esprit. »

Nous en restâmes là ; une affaire, qui survint au dervis, rompit notre conversation jusqu'au lendemain.

De Paris,
le 23 de la lune de Rhamazan 1719.

LETTRE CXXXV

RICA AU MÊME.

Je revins à l'heure marquée ; et mon homme me mena précisément dans l'endroit où nous nous étions quittés. «Voici, me dit-il, les grammairiens, les glossateurs, et les commentateurs. — Mon père, lui dis-je, tous ces gens-là ne peuvent-ils pas se dispenser d'avoir du bon sens ? — Oui, dit-il, ils le peuvent ; et même il n'y paraît pas : leurs ouvrages n'en sont pas plus mauvais ; ce qui est très commode pour eux. Cela est vrai, lui dis-je ; et je connais bien des philosophes qui feraient bien de s'appliquer à ces sortes de sciences. »

«Voilà, poursuivit-il, les orateurs, qui ont le talent de persuader indépendamment des raisons ; et, les géomètres, qui obligent un homme, malgré lui, d'être persuadé, et le convainquent avec tyrannie.

« Voici les livres de métaphysique, qui traitent de si grands intérêts, et dans lesquels l'infini se rencontre partout ; les livres de physique, qui ne trouvent pas plus de merveilleux dans l'économie du vaste univers, que dans la machine la plus simple de nos artisans :

« Les livres de médecine ; ces monuments de la fragilité de la nature et de la puissance de l'art ; qui font trembler quand ils traitent des maladies même les plus légères, tant ils nous rendent la mort présente ; mais qui nous mettent dans une sécurité entière, quand ils parlent de la vertu des remèdes, comme si nous étions devenus immortels.

« Tout près de là, sont les livres d'anatomie, qui contiennent bien moins la description des parties du corps humain, que les noms barbares qu'on leur a donnés ; chose qui ne guérit, ni le malade de son mal, ni le médecin de son ignorance.

« Voici la chimie, qui habite, tantôt l'hôpital, et tantôt les petites-maisons[1], comme des demeures qui lui sont également propres.

« Voici les livres de science, ou plutôt d'ignorance occulte ; tels sont ceux qui contiennent quelque espèce de diablerie : exécrables, selon la plupart des gens, pitoyables, selon moi. Tels sont encore les livres d'astrologie judiciaire[2]. — Que dites-vous, mon père ? Les livres d'astrologie judiciaire ? repartis-je avec feu. Et ce sont ceux dont nous faisons le plus de cas en Perse : ils règlent toutes les actions de notre vie, et nous déterminent dans toutes nos entreprises : les astrologues sont proprement nos directeurs ; ils font plus, ils entrent dans le gouvernement de l'État. — Si cela est, me dit-il, vous vivez sous un joug bien plus dur que celui de la raison : voilà le plus étrange de tous les empires : je plains bien une famille, et encore plus une nation, qui se laisse si fort dominer par les planètes. — Nous nous servons, lui repartis-je, de l'astrologie, comme vous

vous servez de l'algèbre. Chaque nation a sa science, selon laquelle elle règle sa politique. Tous les astrologues ensemble n'ont jamais fait tant de sottises en notre Perse, qu'un seul de vos algébristes[3] en a fait ici. Croyez-vous que le concours fortuit des astres ne soit pas une règle aussi sûre que les beaux raisonnements de votre faiseur de système ? Si l'on comptait les voix là-dessus en France et en Perse, ce serait un beau sujet de triomphe pour l'astrologie ; vous verriez les calculateurs bien humiliés : quel accablant corollaire n'en pourrait-on pas tirer contre eux ? »

Notre dispute fut interrompue, et il fallut nous quitter.

De Paris,
le 26 de la lune de Rhamazan 1719.

LETTRE CXXXVI

RICA AU MÊME.

Dans l'entrevue suivante, mon savant me mena dans un cabinet particulier. « Voici les livres d'histoire moderne, me dit-il. Voyez, premièrement, les historiens de l'Église et des papes ; livres que je lis pour m'édifier, et qui font souvent en moi un effet tout contraire.

« Là, ce sont ceux qui ont écrit de la décadence du formidable empire romain, qui s'était formé du débris de tant de monarchies, et sur la chute duquel il s'en forma aussi tant de nouvelles. Un nombre infini de peuples barbares, aussi inconnus que les pays qu'ils habitaient, parurent tout à coup, l'inondèrent, le ravagèrent, le dépecèrent, et fondèrent tous les royaumes que vous voyez à présent en Europe. Ces peuples n'étaient point proprement barbares, puisqu'ils étaient libres : mais ils le sont devenus, depuis que, soumis

pour la plupart à une puissance absolue, ils ont perdu
cette douce liberté, si conforme à la raison, à l'huma-
nité et à la nature.

« Vous voyez ici les historiens de l'empire d'Alle-
magne, qui n'est qu'une ombre du premier empire ;
mais qui est, je crois, la seule puissance qui soit sur la
terre que la division n'a point affaiblie ; la seule, je crois
encore, qui se fortifie à mesure de ses pertes ; et qui,
lente à profiter des succès, devient indomptable par ses
défaites.

« Voici les historiens de France, où l'on voit d'abord
la puissance des rois se former, mourir deux fois,
renaître de même, languir ensuite pendant plusieurs
siècles ; mais, prenant insensiblement des forces,
accrue de toutes parts, monter à son dernier période :
semblable à ces fleuves qui, dans leur course, perdent
leurs eaux, ou se cachent sous terre ; puis, reparaissant
de nouveau, grossis par les rivières qui s'y jettent,
entraînent avec rapidité tout ce qui s'oppose à leur pas-
sage.

« Là, vous voyez la nation espagnole sortir de
quelques montagnes : les princes mahométans subju-
gués aussi insensiblement qu'ils avaient rapidement
conquis : tant de royaumes réunis dans une vaste
monarchie, qui devint presque la seule ; jusqu'à ce
qu'accablée de sa propre grandeur et de sa fausse opu-
lence, elle perdit sa force et sa réputation même, et ne
conserva que l'orgueil de sa première puissance.

« Ce sont ici les historiens d'Angleterre, où l'on voit la
liberté sortir sans cesse des feux de la discorde et de la
sédition ; le prince toujours chancelant sur un trône
inébranlable ; une nation impatiente, sage dans sa
fureur même ; et qui, maîtresse de la mer (chose inouïe
jusqu'alors), mêle le commerce avec l'empire.

« Tout près de là, sont les historiens de cette autre
reine de la mer, la république de Hollande, si respectée

en Europe, et si formidable en Asie, où ses négociants voient tant de rois prosternés devant eux.

« Les historiens d'Italie vous représentent une nation autrefois maîtresse du monde, aujourd'hui esclave de toutes les autres ; ses princes divisés et faibles, et sans autre attribut de souveraineté, qu'une vaine politique.

« Voilà les historiens des républiques ; de la Suisse, qui est l'image de la liberté ; de Venise, qui n'a de ressources qu'en son économie ; et de Gênes, qui n'est superbe que par ses bâtiments.

« Voici ceux du nord, et entre autres de la Pologne, qui use si mal de sa liberté et du droit qu'elle a d'élire ses rois, qu'il semble qu'elle veuille consoler par là les peuples ses voisins, qui ont perdu l'un et l'autre. »

Là-dessus, nous nous séparâmes jusqu'au lendemain.

De Paris,
le 2 de la lune de Chalval 1719.

LETTRE CXXXVII

RICA AU MÊME.

Le lendemain, il me mena dans un autre cabinet. « Ce sont ici les poètes, me dit-il ; c'est-à-dire, ces auteurs dont le métier est de mettre des entraves au bon sens, et d'accabler la raison sous les agréments, comme on ensevelissait autrefois les femmes sous leurs ornements et leurs parures. Vous les connaissez ; ils ne sont pas rares chez les orientaux, où le soleil plus ardent semble échauffer les imaginations mêmes.

« Voilà les poèmes épiques. — Hé, qu'est-ce que les poèmes épiques ? — En vérité, me dit-il, je n'en sais rien : les connaisseurs disent qu'on n'en a jamais fait que deux[1] ; et que les autres, qu'on donne sous ce nom, ne le sont point : c'est aussi ce que je ne sais pas. Ils

disent, de plus, qu'il est impossible d'en faire de nouveaux ; et cela est encore plus surprenant.

« Voici les poètes dramatiques, qui, selon moi, sont les poètes par excellence, et les maîtres des passions. Il y en a de deux sortes ; les comiques, qui nous remuent si doucement, et les tragiques, qui nous troublent et nous agitent avec tant de violence.

« Voici les lyriques, que je méprise autant que j'estime les autres, et qui font de leur art une harmonieuse extravagance.

« On voit ensuite les auteurs des idylles et des églogues, qui plaisent, même aux gens de cour, par l'idée qu'ils leur donnent d'une certaine tranquillité qu'ils n'ont pas, et qu'ils leur montrent dans la condition des bergers.

« De tous les auteurs que nous avons vus, voici les plus dangereux : ce sont ceux qui aiguisent les épigrammes, qui sont de petites flèches déliées, qui font une plaie profonde et inaccessible aux remèdes.

« Vous voyez ici les romans, dont les auteurs sont des espèces de poètes, et qui outrent également le langage de l'esprit et celui du cœur ; ils passent leur vie à chercher la nature, et la manquent toujours ; leurs héros y sont aussi étrangers que les dragons ailés et les hippocentaures. »

« J'ai vu, lui dis-je, quelques-uns de vos romans : et, si vous voyiez les nôtres, vous en seriez encore plus choqué. Ils sont aussi peu naturels, et d'ailleurs extrêmement gênés par nos mœurs : il faut dix années de passion, avant qu'un amant ait pu voir seulement le visage de sa maîtresse. Cependant les auteurs sont forcés de faire passer les lecteurs dans ces ennuyeux préliminaires. Or, il est impossible que les incidents soient variés : on a recours à un artifice pire que le mal même qu'on veut guérir ; c'est aux prodiges. Je suis sûr que vous ne trouverez pas bon qu'une magicienne fasse sor-

tir une armée de dessous terre ; qu'un héros, lui seul,
en détruise une de cent mille hommes. Cependant voilà
nos romans : ces aventures froides, et souvent répétées,
nous font languir ; et ces prodiges extravagants nous
révoltent. »

De Paris,
le 6 de la lune de Chalval 1719.

LETTRE CXXXVIII

RICA À IBBEN.

À Smyrne.

Les ministres se succèdent et se détruisent ici,
comme les saisons : depuis trois ans, j'ai vu changer
quatre fois de système sur les finances. On lève aujour-
d'hui les tributs en Turquie et en Perse, comme les
levaient les fondateurs de ces empires : il s'en faut bien
qu'il en soit ici de même. Il est vrai que nous n'y met-
tons pas tant d'esprit que les Occidentaux. Nous
croyons qu'il n'y a pas plus de différence entre l'admi-
nistration des revenus du prince et celle des biens d'un
particulier, qu'il y en a entre compter cent mille tomans
ou en compter cent : mais il y a ici bien plus de finesse
et de mystère. Il faut que de grands génies travaillent
nuit et jour ; qu'ils enfantent sans cesse, et avec dou-
leur, de nouveaux projets ; qu'ils écoutent les avis d'une
infinité de gens, qui travaillent pour eux sans en être
priés ; qu'ils se retirent et vivent dans le fond d'un cabi-
net impénétrable aux grands, et sacré aux petits ; qu'ils
aient toujours la tête remplie de secrets importants,
de desseins miraculeux, de systèmes nouveaux ; et qu'ab-
sorbés dans les méditations, ils soient privés de l'usage
de la parole, et quelquefois même de celui de la poli-
tesse.

Dès que le feu roi eut fermé les yeux, on pensa à établir une nouvelle administration. On sentait qu'on était mal ; mais on ne savait comment faire pour être mieux. On ne s'était pas bien trouvé de l'autorité sans bornes des ministres précédents ; on la voulut partager. On créa, pour cet effet, six ou sept conseils ; et ce ministère est peut-être celui de tous qui a gouverné la France avec plus de sens : la durée en fut courte, aussi bien que celle du bien qu'elle produisit [1].

La France, à la mort du feu roi, était un corps accablé de mille maux : N***[2] prit le fer à la main, retrancha les chairs inutiles, et appliqua quelques remèdes topiques. Mais il restait toujours un vice intérieur à guérir. Un étranger[3] est venu, qui a entrepris cette cure : après bien des remèdes violents, il a cru lui avoir rendu son embonpoint ; et, il l'a seulement rendue bouffie.

Tous ceux qui étaient riches il y a six mois sont à présent dans la pauvreté, et ceux qui n'avaient pas de pain regorgent de richesses. Jamais ces deux extrémités ne se sont touchées de si près. L'étranger a tourné l'État comme un fripier tourne un habit : il fait paraître dessus ce qui était dessous ; et ce qui était dessus, il le met à l'envers. Quelles fortunes inespérées, incroyables même à ceux qui les ont faites ! Dieu ne tire pas plus rapidement les hommes du néant. Que de valets servis par leurs camarades, et peut-être demain par leurs maîtres !

Tout ceci produit souvent des choses bizarres. Les laquais qui avaient fait fortune sous le règne passé, vantent aujourd'hui leur naissance : ils rendent, à ceux qui viennent de quitter leur livrée dans une certaine rue[4], tout le mépris qu'on avait pour eux il y a six mois : ils crient de toute leur force : « La noblesse est ruinée ; quel désordre dans l'État ! quelle confusion dans les rangs ! on ne voit que des inconnus faire fortune ! » Je te pro-

mets que ceux-ci prendront bien leur revanche sur ceux qui viendront après eux ; et que, dans trente ans, ces gens de qualité feront bien du bruit.

De Paris,
le 1 de la lune de Zilcadé 1720.

LETTRE CXXXIX

RICA AU MÊME.

Voici un grand exemple de la tendresse conjugale, non seulement dans une femme, mais dans une reine. La reine de Suède voulant, à toute force, associer le prince son époux à la couronne, pour aplanir toutes les difficultés, a envoyé aux états une déclaration, par laquelle elle se désiste de la régence, en cas qu'il soit élu[1].

Il y a soixante et quelques années, qu'une autre reine, nommée Christine, abdiqua la couronne, pour se donner tout entière à la philosophie[2]. Je ne sais lequel de ces deux exemples nous devons admirer davantage.

Quoique j'approuve assez que chacun se tienne ferme dans le poste où la nature l'a mis ; et que je ne puisse louer la faiblesse de ceux qui, se trouvant au-dessous de leur état, le quittent comme par une espèce de désertion ; je suis cependant frappé de la grandeur d'âme de ces deux princesses, et de voir l'esprit de l'une et le cœur de l'autre supérieurs à leur fortune. Christine a songé à connaître, dans le temps que les autres ne songent qu'à jouir : et l'autre ne veut jouir, que pour mettre tout son bonheur entre les mains de son auguste époux.

De Paris,
le 27 de la lune de Maharram 1720.

LETTRE CXL

RICA À USBEK.

À ***.

Le Parlement de Paris vient d'être relégué dans une petite ville qu'on appelle Pontoise[1]. Le conseil lui a envoyé enregistrer ou approuver une déclaration qui le déshonore ; et il l'a enregistrée d'une manière qui déshonore le conseil.

On menace d'un pareil traitement quelques parlements du royaume.

Ces compagnies sont toujours odieuses : elles n'approchent des rois que pour leur dire de tristes vérités[2] : et, pendant qu'une foule de courtisans leur représentent sans cesse un peuple heureux sous leur gouvernement, elles viennent démentir la flatterie, et apporter aux pieds du trône les gémissements et les larmes dont elles sont dépositaires.

C'est un pesant fardeau, mon cher Usbek, que celui de la vérité, lorsqu'il faut la porter jusqu'aux princes ! Ils doivent bien penser que ceux qui s'y déterminent y sont contraints ; et qu'ils ne se résoudraient jamais à faire des démarches si tristes et si affligeantes pour ceux qui les font, s'ils n'y étaient forcés par leur devoir, leur respect, et même leur amour.

De Paris,
le 21 de la lune de Gemmadi, 1, 1720.

LETTRE CXLI

RICA AU MÊME.

J'irai te voir sur la fin de la semaine. Que les jours couleront agréablement avec toi !

Je fus présenté, il y a quelques jours, à une dame de
la cour, qui avait quelque envie de voir ma figure étran-
gère. Je la trouvai belle, digne des regards de notre
monarque, et d'un rang auguste dans le lieu sacré où
son cœur repose.

Elle me fit mille questions sur les mœurs des Persans,
et sur la manière de vivre des Persanes. Il me parut que
la vie du sérail n'était pas de son goût, et qu'elle trou-
vait de la répugnance à voir un homme partagé entre
dix ou douze femmes. Elle ne put voir, sans envie, le
bonheur de l'un ; et sans pitié, la condition des autres.
Comme elle aime la lecture, surtout celle des poètes et
des romans, elle souhaita que je lui parlasse des nôtres.
Ce que je lui en dis redoubla sa curiosité : elle me pria
de lui faire traduire un fragment de quelques-uns de
ceux que j'ai apportés. Je le fis ; et je lui envoyai,
quelques jours après, un conte persan. Peut-être seras-
tu bien aise de le voir travesti.

Du temps de Cheik-ali-Can, il y avait, en Perse, une
femme nommée Zuléma : elle savait par cœur tout le
saint Alcoran ; il n'y avait point de dervis qui entendît
mieux qu'elle les traditions des saints prophètes ; les
docteurs arabes n'avaient rien dit de si mystérieux,
qu'elle n'en comprît tous les sens ; et elle joignait, à tant
de connaissances, un certain caractère d'esprit enjoué,
qui laissait à peine deviner si elle voulait amuser ceux
à qui elle parlait, ou les instruire.

Un jour qu'elle était avec ses compagnes dans une des
salles du sérail, une d'elles lui demanda ce qu'elle pen-
sait de l'autre vie ; et si elle ajoutait foi à cette ancienne
tradition de nos docteurs, que le paradis n'est fait que
pour les hommes.

C'est le sentiment commun, leur dit-elle : il n'y a rien
que l'on n'ait fait pour dégrader notre sexe. Il y a même
une nation répandue par toute la Perse, qu'on appelle

la nation juive, qui soutient, par l'autorité de ses livres sacrés, que nous n'avons point d'âme.

Ces opinions si injurieuses n'ont d'autre origine que l'orgueil des hommes, qui veulent porter leur supériorité au-delà même de leur vie : et ne pensent pas que, dans le grand jour, toutes les créatures paraîtront devant Dieu comme le néant, sans qu'il y ait entre elles de prérogatives que celles que la vertu y aura mises.

Dieu ne se bornera point dans ses récompenses : et comme les hommes qui auront bien vécu, et bien usé de l'empire qu'ils ont ici-bas sur nous, seront dans un paradis plein de beautés célestes et ravissantes, et telles que, si un mortel les avait vues, il se donnerait aussitôt la mort, dans l'impatience d'en jouir ; aussi les femmes vertueuses iront dans un lieu de délices, où elles seront enivrées d'un torrent de voluptés, avec des hommes divins qui leur seront soumis : chacune d'elles aura un sérail, dans lequel ils seront enfermés ; et des eunuques, encore plus fidèles que les nôtres, pour les garder.

J'ai lu, ajouta-t-elle, dans un livre arabe, qu'un homme, nommé Ibrahim, était d'une jalousie insupportable. Il avait douze femmes extrêmement belles, qu'il traitait d'une manière très dure : il ne se fiait plus à ses eunuques, ni aux murs de son sérail ; il les tenait presque toujours sous la clef, enfermées dans leur chambre, sans qu'elles pussent se voir, ni se parler ; car il était même jaloux d'une amitié innocente : toutes ses actions prenaient la teinture de sa brutalité naturelle : jamais une douce parole ne sortit de sa bouche ; et jamais il ne fit le moindre signe, qui n'ajoutât quelque chose à la rigueur de leur esclavage.

Un jour qu'il les avait toutes assemblées dans une salle de son sérail, une d'entre elles, plus hardie que les autres, lui reprocha son mauvais naturel. « Quand on cherche si fort les moyens de se faire craindre, lui dit-elle, on trouve toujours auparavant ceux de se faire

haïr. Nous sommes si malheureuses, que nous ne pou-
vons nous empêcher de désirer un changement :
d'autres, à ma place, souhaiteraient votre mort ; je ne
souhaite que la mienne ; et, ne pouvant espérer d'être
séparée de vous que par là, il me sera encore bien doux
d'en être séparée. » Ce discours, qui aurait dû le tou-
cher, le fit entrer dans une furieuse colère ; il tira son
poignard, et le lui plongea dans le sein. « Mes chères
compagnes, dit-elle d'une voix mourante, si le ciel a
pitié de ma vertu, vous serez vengées. » À ces mots, elle
quitta cette vie infortunée, pour aller dans le séjour des
délices, où les femmes qui ont bien vécu jouissent d'un
bonheur qui se renouvelle toujours.

D'abord elle vit une prairie riante, dont la verdure
était relevée par les peintures des fleurs les plus vives :
un ruisseau, dont les eaux étaient plus pures que le cris-
tal, y faisait un nombre infini de détours. Elle entra
ensuite dans des bocages charmants, dont le silence
n'était interrompu que par le doux chant des oiseaux.
De magnifiques jardins se présentèrent ensuite ; la
nature les avait ornés avec sa simplicité, et toute sa
magnificence. Elle trouva enfin un palais superbe, pré-
paré pour elle, et rempli d'hommes célestes, destinés à
ses plaisirs.

Deux d'entre eux se présentèrent aussitôt pour la
déshabiller : d'autres la mirent dans le bain, et la par-
fumèrent des plus délicieuses essences : on lui donna
ensuite des habits infiniment plus riches que les siens :
après quoi, on la mena dans une grande salle, où elle
trouva un feu fait avec des bois odoriférants, et une
table couverte des mets les plus exquis. Tout semblait
concourir au ravissement de ses sens : elle entendait,
d'un côté, une musique d'autant plus divine qu'elle était
plus tendre ; de l'autre, elle ne voyait que des danses de
ces hommes divins, uniquement occupés à lui plaire.
Cependant tant de plaisirs ne devaient servir qu'à la

conduire insensiblement à des plaisirs plus grands. On la mena dans sa chambre : et, après l'avoir encore une fois déshabillée, on la porta dans un lit superbe, où deux hommes d'une beauté charmante la reçurent dans leurs bras. C'est pour lors qu'elle fut enivrée, et que ses ravissements passèrent même ses désirs. « Je suis toute hors de moi, leur disait-elle : je croirais mourir, si je n'étais sûre de mon immortalité. C'en est trop, laissez-moi ; je succombe sous la violence des plaisirs. Oui, vous rendez un peu le calme à mes sens ; je commence à respirer, et à revenir à moi-même. D'où vient que l'on a ôté les flambeaux ? Que ne puis-je à présent considérer votre beauté divine ? que ne puis-je voir... Mais, pourquoi voir ? Vous me faites rentrer dans mes premiers transports. Ô dieux ! que ces ténèbres sont aimables ! Quoi ! je serai immortelle, et immortelle avec vous ! je serai... Non, je vous demande grâce ; car je vois bien que vous êtes gens à n'en demander jamais. »

Après plusieurs commandements réitérés, elle fut obéie : mais elle ne le fut que lorsqu'elle voulut l'être bien sérieusement. Elle se reposa languissamment, et s'endormit dans leurs bras. Deux moments de sommeil réparèrent sa lassitude : elle reçut deux baisers, qui l'enflammèrent soudain, et lui firent ouvrir les yeux. « Je suis inquiète, dit-elle ; je crains que vous ne m'aimiez plus. » C'était un doute dans lequel elle ne voulait pas rester longtemps : aussi eut-elle avec eux tous les éclaircissements qu'elle pouvait désirer. « Je suis désabusée, s'écria-t-elle ; pardon, pardon ; je suis sûre de vous. Vous ne me dites rien ; mais vous prouvez mieux que tout ce que vous me pourriez dire : oui, oui, je vous le confesse, on n'a jamais tant aimé. Mais, quoi ! vous vous disputez tous deux l'honneur de me persuader ! Ah ! si vous vous disputez, si vous joignez l'ambition au plaisir de ma défaite, je suis perdue ; vous serez tous

deux vainqueurs, il n'y aura que moi de vaincue : mais je vous vendrai bien cher la victoire. »

Tout ceci ne fut interrompu que par le jour. Ses fidèles et aimables domestiques entrèrent dans sa chambre, et firent lever ces deux jeunes hommes, que deux vieillards ramenèrent dans les lieux où ils étaient gardés pour ses plaisirs. Elle se leva ensuite, et parut d'abord à cette cour idolâtre dans les charmes d'un déshabillé simple, et ensuite couverte des plus somptueux ornements. Cette nuit l'avait embellie ; elle avait donné de la vie à son teint, et de l'expression à ses grâces. Ce ne fut, pendant tout le jour, que danses, que concerts, que festins, que jeux, que promenades ; et l'on remarquait qu'Anaïs se dérobait de temps en temps, et volait vers ses deux jeunes héros : après quelques précieux instants d'entrevue, elle revenait vers la troupe qu'elle avait quittée, toujours avec un visage plus serein. Enfin, sur le soir, on la perdit tout à fait : elle alla s'enfermer dans le sérail, où elle voulait, disait-elle, faire connaissance avec ces captifs immortels qui devaient à jamais vivre avec elle. Elle visita donc les appartements de ces lieux les plus reculés et les plus charmants, où elle compta cinquante esclaves d'une beauté miraculeuse : elle erra toute la nuit de chambre en chambre, recevant partout des hommages toujours différents, et toujours les mêmes.

Voilà comment l'immortelle Anaïs passait sa vie, tantôt dans des plaisirs éclatants, tantôt dans des plaisirs solitaires ; admirée d'une troupe brillante, ou bien aimée d'un amant éperdu : souvent elle quittait un palais enchanté, pour aller dans une grotte champêtre : les fleurs semblaient naître sous ses pas, et les jeux se présentaient en foule au-devant d'elle.

Il y avait plus de huit jours qu'elle était dans cette demeure heureuse, que, toujours hors d'elle-même, elle n'avait pas fait une seule réflexion : elle avait joui de

son bonheur sans le connaître, et sans avoir eu un seul de ces moments tranquilles, où l'âme se rend, pour ainsi dire, compte à elle-même, et s'écoute dans le silence des passions.

Les bienheureux ont des plaisirs si vifs, qu'ils peuvent rarement jouir de cette liberté d'esprit : c'est pour cela qu'attachés invinciblement aux objets présents, ils perdent entièrement la mémoire des choses passées, et n'ont plus aucun souci de ce qu'ils ont connu ou aimé dans l'autre vie.

Mais Anaïs, dont l'esprit était vraiment philosophe, avait passé presque toute sa vie à méditer : elle avait poussé ses réflexions beaucoup plus loin qu'on n'aurait dû l'attendre d'une femme laissée à elle-même. La retraite austère que son mari lui avait fait garder ne lui avait laissé que cet avantage.

C'est cette force d'esprit qui lui avait fait mépriser la crainte dont ses compagnes étaient frappées, et la mort qui devait être la fin de ses peines, et le commencement de sa félicité.

Ainsi elle sortit peu à peu de l'ivresse des plaisirs, et s'enferma seule dans un appartement de son palais. Elle se laissa aller à des réflexions bien douces sur sa condition passée, et sur sa félicité présente ; elle ne put s'empêcher de s'attendrir sur le malheur de ses compagnes : on est sensible à des tourments que l'on a partagés. Anaïs ne se tint pas dans les simples bornes de la compassion : plus tendre envers ces infortunées, elle se sentit portée à les secourir.

Elle donna ordre à un de ces jeunes hommes, qui étaient auprès d'elle, de prendre la figure de son mari ; d'aller dans son sérail, de s'en rendre maître, de l'en chasser ; et d'y rester à sa place, jusqu'à ce qu'elle le rappelât.

L'exécution fut prompte : il fendit les airs, arriva à la porte du sérail d'Ibrahim, qui n'y était pas. Il frappe ;

tout lui est ouvert; les eunuques tombent à ses pieds.
Il vole vers les appartements où les femmes d'Ibrahim
étaient enfermées. Il avait, en passant, pris les clefs
dans la poche de ce jaloux, à qui il s'était rendu invi-
sible. Il entre, et les surprend d'abord par son air doux
et affable; et, bientôt après, il les surprend davantage
par ses empressements, et par la rapidité de ses entre-
prises. Toutes eurent leur part de l'étonnement; et elles
l'auraient pris pour un songe, s'il y eût eu moins de réa-
lité.

Pendant que ces nouvelles scènes se jouent dans le
sérail, Ibrahim heurte, se nomme, tempête et crie.
Après avoir essuyé bien des difficultés, il entre, et jette
les eunuques dans un désordre extrême. Il marche à
grands pas; mais il recule en arrière, et tombe comme
des nues, quand il voit le faux Ibrahim, sa véritable
image, dans toutes les libertés d'un maître. Il crie au
secours; il veut que les eunuques lui aident à tuer cet
imposteur : mais il n'est pas obéi. Il n'a plus qu'une bien
faible ressource; c'est de s'en rapporter au jugement de
ses femmes. Dans une heure, le faux Ibrahim avait
séduit tous ses juges. L'autre est chassé, et traîné indi-
gnement hors du sérail; et il aurait reçu la mort mille
fois, si son rival n'avait ordonné qu'on lui sauvât la vie.
Enfin, le nouvel Ibrahim, resté maître du champ de
bataille, se montra de plus en plus digne d'un tel choix,
et se signala par des miracles jusqu'alors inconnus.
«Vous ne ressemblez pas à Ibrahim, disaient ces
femmes. — Dites, dites plutôt que cet imposteur ne me
ressemble pas, disait le triomphant Ibrahim : comment
faut-il faire pour être votre époux, si ce que je fais ne
suffit pas ? »

«Ah! nous n'avons garde de douter, dirent les
femmes : si vous n'êtes pas Ibrahim, il nous suffit que
vous ayez si bien mérité de l'être : vous êtes plus Ibra-
him en un jour, qu'il ne l'a été dans le cours de dix

années. — Vous me promettez donc, reprit-il, que vous vous déclarerez en ma faveur contre cet imposteur. — N'en doutez pas, dirent-elles d'une commune voix; nous vous jurons une fidélité éternelle : nous n'avons été que trop longtemps abusées : le traître ne soupçonnait point notre vertu, il ne soupçonnait que sa faiblesse. Nous voyons bien que les hommes ne sont point faits comme lui; c'est à vous, sans doute, qu'ils ressemblent. Si vous saviez combien vous nous le faites haïr! — Ah! je vous donnerai souvent de nouveaux sujets de haine, reprit le faux Ibrahim; vous ne connaissez point encore tout le tort qu'il vous a fait. — Nous jugeons de son injustice par la grandeur de votre vengeance, reprirent-elles. — Oui, vous avez raison, dit l'homme divin; j'ai mesuré l'expiation au crime : je suis bien aise que vous soyez contentes de ma manière de punir. — Mais, dirent ces femmes, si cet imposteur revient, que ferons-nous? — Il lui serait, je crois, difficile de vous tromper, répondit-il : dans la place que j'occupe auprès de vous, on ne se soutient guère par la ruse : et d'ailleurs je l'enverrai si loin, que vous n'entendrez plus parler de lui. Pour lors, je prendrai sur moi le soin de votre bonheur. Je ne serai point jaloux; je saurai m'assurer de vous, sans vous gêner; j'ai assez bonne opinion de mon mérite, pour croire que vous me serez fidèles : si vous n'étiez pas vertueuses avec moi, avec qui le seriez-vous? » Cette conversation dura longtemps entre lui et ces femmes, qui, plus frappées de la différence des deux Ibrahims, que de leur ressemblance, ne songeaient pas même à se faire éclaircir de tant de merveilles. Enfin, le mari désespéré revint encore les troubler : il trouva toute sa maison dans la joie, et ses femmes plus incrédules que jamais. La place n'était pas tenable pour un jaloux; il sortit furieux. Et un instant après le faux Ibrahim le suivit, le prit, le

transporta dans les airs, et le laissa à deux mille lieues de là.

Ô dieux ! dans quelle désolation se trouvèrent ces femmes, dans l'absence de leur cher Ibrahim ! Déjà leurs eunuques avaient repris leur sévérité naturelle ; toute la maison était en larmes ; elles s'imaginaient quelquefois que tout ce qui leur était arrivé n'était qu'un songe ; elles se regardaient toutes les unes les autres, et se rappelaient les moindres circonstances de ces étranges aventures. Enfin, le céleste Ibrahim revint, toujours plus aimable ; il leur parut que son voyage n'avait pas été pénible. Le nouveau maître prit une conduite si opposée à celle de l'autre, qu'elle surprit tous les voisins. Il congédia tous les eunuques, rendit sa maison accessible à tout le monde : il ne voulut pas même souffrir que ses femmes se voilassent. C'était une chose singulière de les voir, dans les festins, parmi des hommes, aussi libres qu'eux. Ibrahim crut, avec raison, que les coutumes du pays n'étaient pas faites pour des citoyens comme lui. Cependant il ne se refusait aucune dépense : il dissipa avec une immense profusion les biens du jaloux, qui, de retour trois ans après des pays lointains où il avait été transporté, ne trouva plus que les femmes, et trente-six enfants.

De Paris,
le 26 de la lune de Gemmadi 1720.

LETTRE CXLII

RICA À USBEK.

À ***.

Voici une lettre que je reçus hier d'un savant : elle te paraîtra singulière.

Monsieur,

Il y a six mois que j'ai recueilli la succession d'un oncle très riche, qui m'a laissé cinq ou six cent mille livres, et une maison superbement meublée. Il y a plaisir d'avoir du bien, lorsqu'on en sait faire un bon usage. Je n'ai point d'ambition, ni de goût pour les plaisirs : je suis presque toujours enfermé dans un cabinet, où je mène la vie d'un savant. C'est dans ce lieu que l'on trouve un curieux amateur de la vénérable antiquité.

Lorsque mon oncle eut fermé les yeux, j'aurais fort souhaité de le faire enterrer avec les cérémonies observées par les anciens Grecs et Romains : mais je n'avais pour lors ni lacrimatoires, ni urnes, ni lampes antiques.

Mais depuis, je me suis bien pourvu de ces précieuses raretés. Il y a quelques jours que je vendis ma vaisselle d'argent, pour acheter une lampe de terre qui avait servi à un philosophe stoïcien. Je me suis défait de toutes les glaces dont mon oncle avait couvert presque tous les murs de ses appartements, pour avoir un petit miroir un peu fêlé, qui fut autrefois à l'usage de Virgile : je suis charmé d'y voir ma figure représentée, au lieu de celle du cygne de Mantoue. Ce n'est pas tout : j'ai acheté cent louis d'or cinq ou six pièces d'une monnaie de cuivre qui avait cours il y a deux mille ans. Je ne sache pas avoir à présent dans ma maison un seul meuble qui n'ait été fait avant la décadence de l'empire. J'ai un petit cabinet de manuscrits fort précieux et fort chers : quoique je me tue la vue à les lire, j'aime beaucoup mieux m'en servir, que des exemplaires imprimés, qui ne sont pas si corrects, et que tout le monde a entre les mains. Quoique je ne sorte presque jamais, je ne laisse pas d'avoir une passion démesurée de connaître tous les anciens chemins qui étaient du temps des Romains. Il y en a un qui est près de chez moi, qu'un proconsul des Gaules fit faire, il y a environ douze cents ans : lorsque je vais à ma maison de campagne, je ne manque

*jamais d'y passer, quoiqu'il soit très incommode, et qu'il
m'allonge de plus d'une lieue. Mais, ce qui me fait enra-
ger, c'est qu'on y a mis des poteaux de bois de distance en
distance, pour marquer l'éloignement des villes voisines.
Je suis désespéré de voir ces misérables indices, au lieu
des colonnes milliaires qui y étaient autrefois : je ne doute
pas que je ne les fasse rétablir par mes héritiers, et que je
ne les engage à cette dépense par mon testament. Si vous
avez, monsieur, quelque manuscrit persan, vous me ferez
plaisir de m'en accommoder : je vous le paierai tout ce
que vous voudrez ; et je vous donnerai, par-dessus le mar-
ché, quelques ouvrages de ma façon, par lesquels vous
verrez que je ne suis point un membre inutile de la répu-
blique des lettres. Vous y remarquerez, entre autres, une
dissertation, où je fais voir que la couronne, dont on se
servait autrefois dans les triomphes, était de chêne, et non
pas de laurier : vous en admirerez une autre, où je prouve,
par de doctes conjectures tirées des plus graves auteurs
grecs, que Cambyse fut blessé à la jambe gauche, et non
pas à la droite ; une autre, où je démontre qu'un petit front
était une beauté très recherchée chez les Romains. Je vous
enverrai encore un volume in-quarto, en forme d'explica-
tion d'un vers du sixième livre de l'Énéide de Virgile. Vous
ne recevrez tout ceci que dans quelques jours : et, quant
à présent, je me contente de vous envoyer ce fragment d'un
ancien mythologiste grec, qui n'avait point paru jusque
ici, et que j'ai découvert dans la poussière d'une biblio-
thèque. Je vous quitte pour une affaire importante que j'ai
sur les bras : il s'agit de restituer un beau passage de Pline
le naturaliste, que les copistes du cinquième siècle ont
étrangement défiguré. Je suis,* etc.

FRAGMENT D'UN ANCIEN MYTHOLOGISTE.

Dans une île près des Orcades[1]*, il naquit un enfant, qui
avait pour père Éole, dieu des vents, et pour mère une*

nymphe de Calédonie. On dit de lui qu'il apprit tout seul
à compter avec ses doigts ; et que, dès l'âge de quatre ans,
il distinguait si parfaitement les métaux, que sa mère
ayant voulu lui donner une bague de laiton au lieu d'une
d'or, il reconnut la tromperie, et la jeta par terre.

Dès qu'il fut grand, son père lui apprit le secret d'en-
fermer les vents dans des outres, qu'il vendait ensuite à
tous les voyageurs : mais, comme la marchandise n'était
pas fort prisée dans son pays, il le quitta, et se mit à cou-
rir le monde, en compagnie de l'aveugle dieu du hasard.

Il apprit, dans ses voyages, que, dans la Bétique, l'or
reluisait de toutes parts ; cela fit qu'il y précipita ses pas.
Il y fut fort mal reçu de Saturne, qui régnait pour lors :
mais ce dieu ayant quitté la terre, il s'avisa d'aller dans
tous les carrefours, où il criait sans cesse d'une voix
rauque : «Peuples de Bétique, vous croyez être riches,
parce que vous avez de l'or et de l'argent. Votre erreur me
fait pitié. Croyez-moi : quittez le pays des vils métaux ;
venez dans l'empire de l'imagination, et je vous promets
des richesses qui vous étonneront vous-mêmes.» Aussi-
tôt il ouvrit une grande partie des outres qu'il avait appor-
tées, et il distribua de sa marchandise à qui en voulut.

Le lendemain, il revint dans les mêmes carrefours, et il
s'écria : «Peuples de Bétique, voulez-vous être riches ?
Imaginez-vous que je le suis beaucoup, et que vous l'êtes
beaucoup aussi : mettez-vous tous les matins dans l'es-
prit que votre fortune a doublé pendant la nuit : levez-
vous ensuite ; et, si vous avez des créanciers, allez les
payer de ce que vous aurez imaginé ; et dites-leur d'ima-
giner à leur tour.»

Il reparut quelques jours après, et il parla ainsi :
«Peuples de Bétique, je vois bien que votre imagination
n'est pas si vive que les premiers jours : laissez-vous
conduire à la mienne : je mettrai tous les matins devant
vos yeux un écriteau[2], qui sera pour vous la source des
richesses : vous n'y verrez que quatre paroles ; mais elles

seront bien significatives ; car elles régleront la dot de vos femmes, la légitime de vos enfants, le nombre de vos domestiques. Et quant à vous, dit-il à ceux de la troupe qui étaient le plus près de lui ; quant à vous, mes chers enfants (je puis vous appeler de ce nom, car vous avez reçu de moi une seconde naissance), mon écriteau décidera de la magnificence de vos équipages, de la somptuosité de vos festins, du nombre et de la pension de vos maîtresses. »

À quelques jours de là, il arriva dans le carrefour tout essoufflé ; et, transporté de colère, il s'écria : « Peuples de Bétique, je vous avais conseillé d'imaginer, et je vois que vous ne le faites pas. Eh bien, à présent je vous l'ordonne. » Là-dessus, il les quitta brusquement : mais la réflexion le rappela sur ses pas. « J'apprends que quelques-uns de vous sont assez détestables pour conserver leur or et leur argent. Encore passe pour l'argent ; mais, pour de l'or... pour de l'or... Ah ! cela me met dans une indignation... Je jure, par mes outres sacrées, que, s'ils ne viennent me l'apporter, je les punirai sévèrement. » Puis il ajouta, d'un air tout à fait persuasif : « Croyez-vous que ce soit pour garder ces misérables métaux que je vous les demande ? Une marque de ma candeur, c'est que, lorsque vous me les apportâtes il y a quelques jours, je vous en rendis sur-le-champ la moitié. »

Le lendemain, on l'aperçut de loin, et on le vit s'insinuer avec une voix douce et flatteuse : « Peuples de Bétique, j'apprends que vous avez une partie de vos trésors dans les pays étrangers. Je vous prie, faites-les-moi venir ; vous me ferez plaisir, et je vous en aurai une reconnaissance éternelle. »

Le fils d'Éole parlait à des gens qui n'avaient pas grande envie de rire ; ils ne purent pourtant s'en empêcher : ce qui fit qu'il s'en retourna bien confus. Mais, reprenant courage, il hasarda encore une petite prière. « Je sais que vous avez des pierres précieuses ; au nom de Jupiter,

défaites-vous-en ; rien ne vous appauvrit comme ces sortes de choses ; défaites-vous-en, vous dis-je. Si vous ne le pouvez pas par vous-mêmes, je vous donnerai des hommes d'affaire excellents. Que de richesses vont couler chez vous, si vous faites ce que je vous conseille ! Oui, je vous promets tout ce qu'il y a de plus pur dans mes outres. »

Enfin, il monta sur un tréteau ; et, prenant une voix plus assurée, il dit : « Peuples de Bétique, j'ai comparé l'heureux état dans lequel vous êtes, avec celui où je vous trouvai lorsque j'arrivai ici ; je vous vois le plus riche peuple de la terre. Mais, pour achever votre fortune, souffrez que je vous ôte la moitié de vos biens. » À ces mots, d'une aile légère, le fils d'Éole disparut, et laissa ses auditeurs dans une consternation inexprimable ; ce qui fit qu'il revint le lendemain, et parla ainsi : « Je m'aperçus hier que mon discours vous déplut extrêmement. Eh bien, prenez que je ne vous aie rien dit. Il est vrai ; la moitié, c'est trop. Il n'y a qu'à prendre d'autres expédients, pour arriver au but que je me suis proposé. Assemblons nos richesses dans un même endroit ; nous le pouvons facilement ; car elles ne tiennent pas un gros volume. » Aussitôt il en disparut les trois quarts[3].

De Paris,
le 9 de la lune de Chahban 1720.

LETTRE CXLIII

RICA À NATHANAËL LÉVI,
MÉDECIN JUIF À LIVOURNE[1].

Tu me demandes ce que je pense de la vertu des amulettes, et de la puissance des talismans. Pourquoi t'adresses-tu à moi ? Tu es juif, et je suis mahométan ; c'est-à-dire, que nous sommes tous deux bien crédules.

Je porte toujours sur moi plus de deux mille passages du saint Alcoran : j'attache à mes bras un petit paquet, où sont écrits les noms de plus de deux cents dervis : ceux d'Hali, de Fatmé, et de tous les purs, sont cachés en plus de vingt endroits de mes habits.

Cependant, je ne désapprouve point ceux qui rejettent cette vertu que l'on attribue à de certaines paroles. Il nous est bien plus difficile de répondre à leurs raisonnements, qu'à eux de répondre à nos expériences.

Je porte tous ces chiffons sacrés par une longue habitude, pour me conformer à une pratique universelle : je crois que, s'ils n'ont pas plus de vertu que les bagues et les autres ornements dont on se pare, ils n'en ont pas moins. Mais toi, tu mets toute ta confiance sur quelques lettres mystérieuses ; et, sans cette sauvegarde, tu serais dans un effroi continuel.

Les hommes sont bien malheureux ! Ils flottent sans cesse entre de fausses espérances et des craintes ridicules : et, au lieu de s'appuyer sur la raison, ils se font des monstres qui les intimident, ou des fantômes qui les séduisent.

Quel effet veux-tu que produise l'arrangement de certaines lettres ? quel effet veux-tu que leur dérangement puisse troubler ? Quelle relation ont-elles avec les vents, pour apaiser les tempêtes ; avec la poudre à canon, pour en vaincre l'effort ; avec ce que les médecins appellent l'humeur peccante et la cause morbifique des maladies, pour les guérir ?

Ce qu'il y a d'extraordinaire, c'est que ceux qui fatiguent leur raison pour lui faire rapporter de certains événements à des vertus occultes, n'ont pas un moindre effort à faire pour s'empêcher d'en voir la véritable cause.

Tu me diras que de certains prestiges ont fait gagner une bataille : et moi, je te dirai qu'il faut que tu t'aveugles, pour ne pas trouver, dans la situation du ter-

rain, dans le nombre ou dans le courage des soldats, dans l'expérience des capitaines, des causes suffisantes pour produire cet effet dont tu veux ignorer la cause.

Je te passe, pour un moment, qu'il y ait des prestiges : passe-moi, à mon tour, pour un moment, qu'il n'y en ait point ; car cela n'est pas impossible. Ce que tu m'accordes n'empêche pas que deux armées ne puissent se battre : veux-tu que, dans ce cas-là, aucune des deux ne puisse remporter la victoire ?

Crois-tu que leur sort restera incertain, jusqu'à ce qu'une puissance invisible vienne le déterminer ? que tous les coups seront perdus, toute la prudence vaine, et tout le courage inutile ?

Penses-tu que la mort, dans ces occasions, rendue présente de mille manières, ne puisse pas produire dans les esprits ces terreurs paniques, que tu as tant de peine à expliquer ? Veux-tu que, dans une armée de cent mille hommes, il ne puisse pas y avoir un seul homme timide ? Crois-tu que le découragement de celui-ci ne puisse pas produire le découragement d'un autre ? que le second, qui quitte un troisième, ne lui fasse pas bientôt abandonner un quatrième ? Il n'en faut pas davantage pour que le désespoir de vaincre saisisse soudain toute une armée, et la saisisse d'autant plus facilement qu'elle se trouve plus nombreuse.

Tout le monde sait, et tout le monde sent que les hommes, comme toutes les créatures qui tendent à conserver leur être, aiment passionnément la vie ; on sait cela en général : et on cherche pourquoi, dans une certaine occasion particulière, ils ont craint de la perdre ?

Quoique les livres sacrés de toutes les nations soient remplis de ces terreurs paniques ou surnaturelles, je n'imagine rien de si frivole ; parce que, pour s'assurer qu'un effet, qui peut être produit par cent mille causes naturelles, est surnaturel, il faut avoir auparavant exa-

miné si aucune de ces causes n'a agi ; ce qui est impos-
sible.

Je ne t'en dirai pas davantage, Nathanaël : il me
semble que la matière ne mérite pas d'être si sérieuse-
ment traitée.

<div align="right">

De Paris,
le 20 de la lune de Chahban 1720.

</div>

P.-S. Comme je finissais, j'ai entendu crier dans la rue
une lettre d'un médecin de province à un médecin de
Paris (car ici toutes les bagatelles s'impriment, se
publient, et s'achètent). J'ai cru que je ferais bien de te
l'envoyer, parce qu'elle a du rapport à notre sujet [2].

<div align="center">

LETTRE

D'UN MÉDECIN DE PROVINCE
À UN MÉDECIN DE PARIS.

</div>

Il y avait, dans notre ville, un malade qui ne dormait
point depuis trente-cinq jours. Son médecin lui
ordonna l'opium : mais il ne pouvait se résoudre à le
prendre ; et il avait la coupe à la main, qu'il était plus
indéterminé que jamais. Enfin, il dit à son médecin :
« Monsieur, je vous demande quartier seulement jus-
qu'à demain : je connais un homme qui n'exerce pas la
médecine, mais qui a chez lui un nombre innombrable
de remèdes contre l'insomnie ; souffrez que je l'envoie
quérir : et, si je ne dors pas cette nuit, je vous promets
que je reviendrai à vous. » Le médecin congédié, le
malade fit fermer les rideaux, et dit à un petit laquais :
« Tiens, va-t'en chez monsieur Anis [3], et dis-lui qu'il
vienne me parler. » Monsieur Anis arrive. « Mon cher
monsieur Anis, je me meurs ; je ne puis dormir. N'au-
riez-vous point, dans votre boutique, la C. du G. [4], ou

bien quelque livre de dévotion composé par un R. P. J. [5]
que vous n'ayez pas pu vendre ? car souvent les remèdes
les plus gardés sont les meilleurs. — Monsieur, dit le
libraire, j'ai chez moi la Cour sainte *du père Caussin* [6],
en six volumes, à votre service : je vais vous l'envoyer :
je souhaite que vous vous en trouviez bien. Si vous vou-
lez les œuvres du R. P. Rodriguès [7], *jésuite espagnol, ne*
vous en faites faute. Mais, croyez-moi, tenons-nous-en
au père Caussin : j'espère, avec l'aide de Dieu, qu'une
période du père Caussin vous fera autant d'effet qu'un
feuillet tout entier de la C. du G. » Là-dessus, monsieur
Anis sortit, et courut chercher le remède à sa boutique.
La Cour sainte *arrive : on en secoue la poudre : le fils*
du malade, jeune écolier, commence à la lire : il en sen-
tit le premier l'effet ; à la seconde page, il ne prononçait
plus que d'une voix mal articulée, et déjà toute la com-
pagnie se sentait affaiblie ; un instant après, tout ron-
fla, excepté le malade, qui, après avoir été longtemps
éprouvé, s'assoupit à la fin.

Le médecin arrive de grand matin. « Hé bien ! a-t-on
pris mon opium ? » On ne lui répond rien : la femme, la
fille, le petit garçon, tous transportés de joie, lui montrent
le père Caussin. Il demande ce que c'est : on lui dit : « Vive
le père Caussin ; il faut l'envoyer relier. Qui l'eût dit ? qui
l'eût cru ? c'est un miracle. Tenez, monsieur ; voyez donc
le père Caussin ; c'est ce volume-là qui a fait dormir mon
père. » Et, là-dessus, on lui expliqua la chose, comme elle
s'était passée *.

* *Le médecin était un homme subtil, rempli des mystères de la cabale,*
et de la puissance des paroles et des esprits [8] *: cela le frappa ; et, après plu-*
sieurs réflexions, il résolut de changer absolument sa pratique. Voilà un
fait bien singulier, disait-il. Je tiens une expérience ; il faut la pousser plus
loin. Hé pourquoi un esprit ne pourrait-il pas transmettre à son ouvrage
les mêmes qualités qu'il a lui-même ? ne le voyons-nous pas tous les
jours ? Au moins, cela vaut-il bien la peine de l'essayer. Je suis las des
apothicaires ; leurs sirops, leurs juleps [9] *et toutes les drogues galéniques*
ruinent les malades et leur santé. Changeons de méthode ; éprouvons la
vertu des esprits. Sur cette idée, il dressa une nouvelle pharmacie, comme

vous allez voir par la description que je vous vais faire des principaux remèdes qu'il mit en pratique.

<div align="center">Ptisane purgative.</div>

Prenez trois feuilles de la logique d'Aristote en Grec ; deux feuilles d'un traité de théologie scolastique le plus aigu, comme, par exemple, du subtil Scot ; quatre de Paracelse ; une d'Avicenne ; six d'Averroës ; trois de Porphyre ; autant de Plotin ; autant de Jamblique. Faites infuser le tout pendant vingt-quatre heures, et prenez-en quatre prises par jour.

<div align="center">Purgatif plus violent.</div>

*Prenez dix A** du C*** concernant la B** et la C** des I**[10], faites-les distiller au bain-marie ; mortifiez une goutte de l'humeur âcre et piquante qui en viendra, dans un verre d'eau commune : avalez le tout avec confiance.*

<div align="center">Vomitif.</div>

Prenez six harangues : une douzaine d'oraisons funèbres indifféremment, prenant garde pourtant de ne point se servir de celles de M. de N.[11] : un recueil de nouveaux opéras : cinquante romans : trente mémoires nouveaux. Mettez le tout dans un matras[12] ; laissez-le en digestion pendant deux jours ; puis faites-le distiller au feu de sable. Et, si tout cela ne suffit pas,

<div align="center">Autre plus puissant.</div>

Prenez une feuille de papier marbré, qui ait servi à couvrir un recueil des pièces des J. F.[13] ; faites-la infuser l'espace de trois minutes ; faites chauffer une cuillerée de cette infusion ; et avalez.

Remède très simple pour guérir de l'asthme.

Lisez tous les ouvrages du révérend père Maimbourg[14], ci-devant jésuite, prenant garde de ne vous arrêter qu'à la fin de chaque période : et vous sentirez la faculté de respirer vous revenir peu à peu, sans qu'il soit besoin de réitérer le remède.

Pour préserver de la gale, gratelle, teigne, farcin des chevaux.

Prenez trois catégories d'Aristote, deux degrés métaphysiques, une distinction, six vers de Chapelain, une phrase tirée des lettres de M. l'abbé de S. Cyran : Écrivez le tout sur un morceau de papier, que vous plierez, attacherez à un ruban, et porterez au col.

<div align="center">Miraculum chymicum, de violentâ fermentatione,
cùm fumo, igne et flammâ.</div>

Misce Quesnellianam infusionem, cùm infusione Lallemanianâ[15] ; fiat fermentatio cùm magnâ vi, impetu, et tonitru, acidis pugnantibus, et invicem penetrantibus alcalinos sales : fiet evaporatio ardentium spirituum. Pone liquorem fermentatum in alambico : nihil indè extrahes et nihil invenies, nisi caput mortuum.

<div align="center">Lenitivum.</div>

Recipe Molinæ anodini chartas duas : Escobaris relaxativi paginas sex ; Vasquii emollientis folium unum : infunde in acquæ communis lib. iiij. Ad consumptionem dimidiæ partis colentur et exprimantur ; et, in expressione, dissolve Bauni detersivi et Tamburini abluentis folia iij[16].

Fiat clister.

In chlorosim, quam vulgus pallidos-colores,
aut febrim-amatoriam, appellat.
Recipe Aretini[17] *figuras iiij ; R. Thomae Sanchii De matrimonio*[18] *folia*
ij. *Infundantur in aquae communis libras quinque.*

Fiat ptisana aperiens.

Voilà les drogues que notre médecin mit en pratique, avec un succès
imaginable. Il ne voulait pas, disait-il, pour ne pas ruiner ses malades,
employer des remèdes rares, et qui ne se trouvent presque point : comme,
par exemple, une épître dédicatoire qui n'ait fait bâiller personne ; une
préface trop courte ; un mandement fait par un évêque ; et l'ouvrage d'un
janséniste méprisé par un janséniste, ou bien admiré par un jésuite. Il
disait que ces sortes de remèdes ne sont propres qu'à entretenir la char-
latanerie, contre laquelle il avait une antipathie insurmontable.

LETTRE CXLIV

USBEK À RICA.

Je trouvai, il y a quelques jours, dans une maison de
campagne où j'étais allé, deux savants qui ont ici une
grande célébrité[1]. Leur caractère me parut admirable.
La conversation du premier, bien appréciée, se rédui-
sait à ceci : « Ce que j'ai dit est vrai, parce que je l'ai
dit. » La conversation du second portait sur autre
chose : « Ce que je n'ai pas dit n'est pas vrai, parce que
je ne l'ai pas dit. »

J'aimais assez le premier : car qu'un homme soit opi-
niâtre, cela ne me fait absolument rien ; mais qu'il soit
impertinent, cela me fait beaucoup. Le premier défend
ses opinions ; c'est son bien : le second attaque les opi-
nions des autres ; et c'est le bien de tout le monde.

Oh, mon cher Usbek ! que la vanité sert mal ceux qui
en ont une dose plus forte que celle qui est nécessaire
pour la conservation de la nature ! Ces gens-là veulent
être admirés, à force de déplaire. Ils cherchent à être
supérieurs ; et ils ne sont pas seulement égaux.

Hommes modestes, venez, que je vous embrasse.
Vous faites la douceur et le charme de la vie. Vous

croyez que vous n'avez rien ; et moi, je vous dis que vous
avez tout. Vous pensez que vous n'humiliez personne ;
et vous humiliez tout le monde. Et, quand je vous com-
pare dans mon idée avec ces hommes absolus que je
vois partout, je les précipite de leur tribunal, et je les
mets à vos pieds.

De Paris,
le 22 de la lune de Chahban 1720.

LETTRE CXLV

USBEK À ***.

Un homme d'esprit est ordinairement difficile dans
les sociétés[1]. Il choisit peu de personnes ; il s'ennuie
avec tout ce grand nombre de gens qu'il lui plaît appe-
ler mauvaise compagnie ; il est impossible qu'il ne fasse
un peu sentir son dégoût : autant d'ennemis.

Sûr de plaire quand il voudra, il néglige très souvent
de le faire.

Il est porté à la critique, parce qu'il voit plus de
choses qu'un autre, et les sent mieux.

Il ruine presque toujours sa fortune, parce que son
esprit lui fournit pour cela un plus grand nombre de
moyens.

Il échoue dans ses entreprises, parce qu'il hasarde
beaucoup. Sa vue, qui se porte toujours loin, lui fait
voir des objets qui sont à de trop grandes distances.
Sans compter que, dans la naissance d'un projet, il est
moins frappé des difficultés qui viennent de la chose,
que des remèdes qui sont de lui, et qu'il tire de son
propre fonds.

Il néglige les menus détails, dont dépend cependant
la réussite de presque toutes les grandes affaires.

L'homme médiocre, au contraire, cherche à tirer

parti de tout : il sent bien qu'il n'a rien à perdre en négligences.

L'approbation universelle est, plus ordinairement, pour l'homme médiocre. On est charmé de donner à celui-ci, on est enchanté d'ôter à celui-là. Pendant que l'envie fond sur l'un, et qu'on ne lui pardonne rien, on supplée tout en faveur de l'autre : la vanité se déclare pour lui.

Mais, si un homme d'esprit a tant de désavantages, que dirons-nous de la dure condition des savants ?

Je n'y pense jamais, que je ne me rappelle une lettre d'un d'eux à un de ses amis. La voici :

Monsieur,

Je suis un homme qui m'occupe, toutes les nuits, à regarder avec des lunettes de trente pieds, ces grands corps qui roulent sur nos têtes : et, quand je veux me délasser, je prends mes petits microscopes, et j'observe un ciron ou une mite.

Je ne suis point riche, et je n'ai qu'une seule chambre : je n'ose même y faire du feu, parce que j'y tiens mon thermomètre, et que la chaleur étrangère le ferait hausser. L'hiver dernier, je pensai mourir de froid : et, quoique mon thermomètre, qui était au plus bas degré, m'avertît que mes mains allaient se geler, je ne me dérangeai point. Et j'ai la consolation d'être instruit exactement des changements de temps les plus insensibles de toute l'année passée.

Je me communique fort peu : et, de tous les gens que je vois, je n'en connais aucun. Mais il y a un homme à Stockholm, un autre à Leipzig, un autre à Londres, que je n'ai jamais vus, et que je ne verrai sans doute jamais, avec lesquels j'entretiens une correspondance si exacte, que je ne laisse pas passer un courrier sans leur écrire.

Mais, quoique je ne connaisse personne dans mon

quartier, j'y suis dans une si mauvaise réputation, que je
serai, à la fin, obligé de le quitter. Il y a cinq ans que je
fus rudement insulté par une de mes voisines, pour avoir
fait la dissection d'un chien qu'elle prétendait lui appar-
tenir. La femme d'un boucher, qui se trouva là, se mit de
la partie. Et, pendant que celle-là m'accablait d'injures,
celle-ci m'assommait à coups de pierre, conjointement
avec le docteur ***, qui était avec moi, et qui reçut un
coup terrible sur l'os frontal et occipital, dont le siège de
sa raison fut très ébranlé.

Depuis ce temps-là, dès qu'il s'écarte quelque chien au
bout de la rue, il est aussitôt décidé qu'il a passé par mes
mains. Une bonne bourgeoise, qui en avait perdu un
petit, qu'elle aimait, disait-elle, plus que ses enfants, vint
l'autre jour s'évanouir dans ma chambre ; et, ne le trou-
vant pas, elle me cita devant le magistrat. Je crois que je
ne serai jamais délivré de la malice importune de ces
femmes, qui, avec leurs voix glapissantes, m'étourdissent
sans cesse de l'oraison funèbre de tous les automates qui
sont morts depuis dix ans.

Je suis, etc.

Tous les savants étaient autrefois accusés de magie.
Je n'en suis point étonné. Chacun disait en lui-même :
« J'ai porté les talents naturels aussi loin qu'ils peuvent
aller ; cependant un certain savant a des avantages sur
moi : il faut bien qu'il y ait là quelque diablerie. »

À présent que ces sortes d'accusations sont tombées
dans le décri, on a pris un autre tour ; et un savant ne
saurait guère éviter le reproche d'irréligion ou d'héré-
sie. Il a beau être absous par le peuple : la plaie est faite ;
elle ne se fermera jamais bien. C'est toujours, pour lui,
un endroit malade. Un adversaire viendra, trente ans
après, lui dire modestement : « À Dieu ne plaise que je
dise que ce dont on vous accuse soit vrai ; mais, vous

avez été obligé de vous défendre.» C'est ainsi qu'on tourne contre lui la justification même.

S'il écrit quelque histoire, et qu'il ait de la noblesse dans l'esprit, et quelque droiture dans le cœur, on lui suscite mille persécutions. On ira contre lui soulever le magistrat, sur un fait qui s'est passé il y a mille ans. Et on voudra que sa plume soit captive, si elle n'est pas vénale.

Plus heureux cependant que ces hommes lâches, qui abandonnent leur foi pour une médiocre pension; qui, à prendre toutes leurs impostures en détail, ne les vendent pas seulement une obole; qui renversent la constitution de l'empire, diminuent les droits d'une puissance, augmentent ceux d'une autre, donnent aux princes, ôtent aux peuples, font revivre des droits surannés, flattent les passions qui sont en crédit de leur temps, et les vices qui sont sur le trône; imposant à la postérité, d'autant plus indignement qu'elle a moins de moyens de détruire leur témoignage[2].

Mais ce n'est point assez, pour un auteur, d'avoir essuyé toutes ces insultes; ce n'est point assez, pour lui, d'avoir été dans une inquiétude continuelle sur le succès de son ouvrage. Il voit le jour, enfin, cet ouvrage qui lui a tant coûté. Il lui attire des querelles de toutes parts. Et comment les éviter? Il avait un sentiment; il l'a soutenu par ses écrits: il ne savait pas qu'un homme, à deux cents lieues de lui, avait dit tout le contraire. Voilà cependant la guerre qui se déclare.

Encore, s'il pouvait espérer d'obtenir quelque considération! Non. Il n'est, tout au plus, estimé que de ceux qui se sont appliqués au même genre de science que lui. Un philosophe a un mépris souverain pour un homme qui a la tête chargée de faits: et il est, à son tour, regardé comme un visionnaire par celui qui a une bonne mémoire.

Quant à ceux qui font profession d'une orgueilleuse

ignorance, ils voudraient que tout le genre humain fût enseveli dans l'oubli où ils seront eux-mêmes.

Un homme, à qui il manque un talent, se dédommage en le méprisant : il ôte cet obstacle qu'il rencontrait entre le mérite et lui ; et, par là, se trouve au niveau de celui dont il redoute les travaux.

Enfin, il faut joindre, à une réputation équivoque, la privation des plaisirs, et la perte de la santé.

De Paris,
le 26 de la lune de Chahban 1720.

LETTRE CXLVI

USBEK À RHÉDI.

À Venise.

Il y a longtemps que l'on a dit que la bonne foi était l'âme d'un grand ministère.

Un particulier peut jouir de l'obscurité où il se trouve ; il ne se décrédite que devant quelques gens il se tient couvert devant les autres : mais un ministre qui manque à la probité a autant de témoins, autant de juges, qu'il y a de gens qu'il gouverne.

Oserai-je le dire ? le plus grand mal que fait un ministre sans probité n'est pas de desservir son prince, et de ruiner son peuple ; il y en a un autre, à mon avis, mille fois plus dangereux : c'est le mauvais exemple qu'il donne.

Tu sais que j'ai longtemps voyagé dans les Indes[1]. J'y ai vu une nation, naturellement généreuse, pervertie en un instant, depuis le dernier des sujets jusqu'aux plus grands, par le mauvais exemple d'un ministre : j'y ai vu tout un peuple, chez qui la générosité, la probité, la candeur et la bonne foi, ont passé de tout temps pour les qualités naturelles, devenir tout à coup le dernier des

peuples ; le mal se communiquer, et n'épargner pas même les membres les plus sains ; les hommes les plus vertueux faire des choses indignes ; et violer les premiers principes de la justice, sur ce vain prétexte qu'on la leur avait violée.

Ils appelaient des lois odieuses en garantie des actions les plus lâches ; et nommaient nécessité, l'injustice et la perfidie.

J'ai vu la foi des contrats bannie, les plus saintes conventions anéanties, toutes les lois des familles renversées. J'ai vu des débiteurs avares, fiers d'une insolente pauvreté, instruments indignes de la fureur des lois et de la rigueur des temps, feindre un paiement au lieu de le faire, et porter le couteau dans le sein de leurs bienfaiteurs.

J'en ai vu d'autres, plus indignes encore, acheter presque pour rien, ou plutôt ramasser de terre des feuilles de chêne, pour les mettre à la place de la substance des veuves et des orphelins.

J'ai vu naître soudain, dans tous les cœurs, une soif insatiable des richesses. J'ai vu se former, en un moment, une détestable conjuration de s'enrichir, non par un honnête travail et une généreuse industrie, mais par la ruine du prince, de l'État et des concitoyens.

J'ai vu un honnête citoyen, dans ces temps malheureux, ne se coucher qu'en disant : « J'ai ruiné une famille aujourd'hui ; j'en ruinerai une autre demain. »

« Je vais, disait un autre, avec un homme noir qui porte une écritoire à la main et un fer pointu à l'oreille, assassiner tous ceux à qui j'ai de l'obligation. »

Un autre disait : « Je vois que j'accommode mes affaires : il est vrai que, lorsque j'allai il y a trois jours faire un certain paiement, je laissai toute une famille en larmes, que je dissipai la dot de deux honnêtes filles, que j'ôtai l'éducation à un petit garçon ; le père en

mourra de douleur, la mère périt de tristesse : mais je n'ai fait que ce qui est permis par la loi[2]. »

Quel plus grand crime que celui que commet un ministre, lorsqu'il corrompt les mœurs de toute une nation, dégrade les âmes les plus généreuses, ternit l'éclat des dignités, obscurcit la vertu même, et confond la plus haute naissance dans le mépris universel ?

Que dira la postérité, lorsqu'il lui faudra rougir de la honte de ses pères ? Que dira le peuple naissant, lorsqu'il comparera le fer de ses aïeux, avec l'or de ceux à qui il doit immédiatement le jour ? Je ne doute pas que les nobles ne retranchent de leurs quartiers un indigne degré de noblesse qui les déshonore, et ne laissent la génération présente dans l'affreux néant où elle s'est mise.

De Paris,
le 11 de la lune de Rhamazan 1720.

LETTRE CXLVII

LE GRAND EUNUQUE À USBEK.

À Paris.

Les choses sont venues à un état qui ne se peut plus soutenir : tes femmes se sont imaginé que ton départ leur laissait une impunité entière : il se passe ici des choses horribles : je tremble moi-même au cruel récit que je vais te faire.

Zélis, allant il y a quelques jours à la mosquée, laissa tomber son voile, et parut presque à visage découvert devant tout le peuple.

J'ai trouvé Zachi couchée avec une de ses esclaves, chose si défendue par les lois du sérail.

J'ai surpris, par le plus grand hasard du monde, une lettre que je t'envoie : je n'ai jamais pu découvrir à qui elle était adressée.

Hier au soir, un jeune garçon fut trouvé dans le jardin du sérail, et il se sauva par-dessus les murailles.

Ajoute à cela ce qui n'est pas parvenu à ma connaissance ; car sûrement tu es trahi. J'attends tes ordres : et, jusqu'à l'heureux moment que je les recevrai, je vais être dans une situation mortelle. Mais, si tu ne mets toutes ces femmes à ma discrétion, je ne te réponds d'aucune d'elles, et j'aurai tous les jours des nouvelles aussi tristes à te mander.

Du sérail d'Ispahan,
le 1 de la lune de Rhegeb 1717.

LETTRE CXLVIII

USBEK AU PREMIER EUNUQUE.

Au sérail d'Ispahan.

Recevez, par cette lettre, un pouvoir sans bornes sur tout le sérail : commandez avec autant d'autorité que moi-même : que la crainte et la terreur marchent avec vous : courez d'appartements en appartements porter les punitions et les châtiments : que tout vive dans la consternation ; que tout fonde en larmes devant vous : interrogez tout le sérail : commencez par les esclaves ; n'épargnez pas mon amour : que tout subisse votre tribunal redoutable : mettez au jour les secrets les plus cachés : purifiez ce lieu infâme ; et faites-y rentrer la vertu bannie. Car, dès ce moment, je mets sur votre tête les moindres fautes qui se commettront. Je soupçonne Zélis d'être celle à qui la lettre que vous avez surprise s'adressait : examinez cela avec des yeux de lynx.

*De ***,*
le 11 de la lune de Zilhagé 1718.

LETTRE CXLIX

NARSIT À USBEK.

À Paris.

Le grand eunuque vient de mourir, magnifique seigneur : comme je suis le plus vieux de tes esclaves, j'ai pris sa place, jusqu'à ce que tu aies fait connaître sur qui tu veux jeter les yeux.

Deux jours après sa mort, on m'apporta une de tes lettres qui lui était adressée : je me suis bien gardé de l'ouvrir ; je l'ai enveloppée avec respect, et l'ai serrée, jusqu'à ce que tu m'aies fait connaître tes sacrées volontés.

Hier, un esclave vint, au milieu de la nuit, me dire qu'il avait trouvé un jeune homme dans le sérail : je me levai, j'examinai la chose, et je trouvai que c'était une vision.

Je te baise les pieds, sublime seigneur ; et je te prie de compter sur mon zèle, mon expérience et ma vieillesse.

Du sérail d'Ispahan,
le 5 de la lune de Gemmadi, 1, 1718.

LETTRE CL

USBEK À NARSIT.

Au sérail d'Ispahan.

Malheureux que vous êtes ! vous avez dans vos mains des lettres qui contiennent des ordres prompts et violents : le moindre retardement peut me désespérer ; et vous demeurez tranquille, sous un vain prétexte !

Il se passe des choses horribles : j'ai peut-être la moitié de mes esclaves qui méritent la mort. Je vous envoie la lettre que le premier eunuque m'écrivit là-dessus,

avant de mourir. Si vous aviez ouvert le paquet qui lui est adressé, vous y auriez trouvé des ordres sanglants. Lisez-les donc, ces ordres : et vous périrez, si vous ne les exécutez pas.

<div align="right">

*De ***,*
le 25 de la lune de Chalval 1718.

</div>

<div align="center">

LETTRE CLI

SOLIM À USBEK.
À Paris.

</div>

Si je gardais plus longtemps le silence, je serais aussi coupable que tous ces criminels que tu as dans le sérail.

J'étais le confident du grand eunuque, le plus fidèle de tes esclaves. Lorsqu'il se vit près de sa fin, il me fit appeler, et me dit ces paroles : « Je me meurs : mais le seul chagrin que j'aie en quittant la vie, c'est que mes derniers regards ont trouvé les femmes de mon maître criminelles. Le ciel puisse le garantir de tous les malheurs que je prévois ! Puisse, après ma mort, mon ombre menaçante venir avertir ces perfides de leur devoir, et les intimider encore ! Voilà les clefs de ces redoutables lieux ; va les porter au plus vieux des noirs. Mais si, après ma mort, il manque de vigilance, songe à en avertir ton maître. » En achevant ces mots, il expira dans mes bras.

Je sais ce qu'il t'écrivit, quelque temps avant sa mort, sur la conduite de tes femmes : il y a, dans le sérail, une lettre qui aurait porté la terreur avec elle, si elle avait été ouverte. Celle que tu as écrite depuis a été surprise à trois lieues d'ici. Je ne sais ce que c'est ; tout se tourne malheureusement.

Cependant tes femmes ne gardent plus aucune retenue : depuis la mort du grand eunuque, il semble que tout leur soit permis : la seule Roxane est restée dans

le devoir, et conserve de la modestie. On voit les mœurs se corrompre tous les jours. On ne trouve plus sur le visage de tes femmes cette vertu mâle et sévère qui y régnait autrefois : une joie nouvelle, répandue dans ces lieux, est un témoignage infaillible, selon moi, de quelque satisfaction nouvelle. Dans les plus petites choses, je remarque des libertés jusqu'alors inconnues. Il règne, même parmi tes esclaves, une certaine indolence pour leur devoir, et pour l'observation des règles, qui me surprend ; ils n'ont plus ce zèle ardent pour ton service, qui semblait animer tout le sérail.

Tes femmes ont été huit jours à la campagne, à une de tes maisons les plus abandonnées. On dit que l'esclave qui en a soin a été gagné ; et qu'un jour avant qu'elles arrivassent, il avait fait cacher deux hommes dans un réduit de pierre qui est dans la muraille de la principale chambre, d'où ils sortaient le soir, lorsque nous étions retirés. Le vieux eunuque, qui est à présent à notre tête, est un imbécile à qui l'on fait croire tout ce qu'on veut.

Je suis agité d'une colère vengeresse contre tant de perfidies : et, si le ciel voulait, pour le bien de ton service, que tu me jugeasses capable de gouverner, je te promets que, si tes femmes n'étaient pas vertueuses, au moins elles seraient fidèles.

Du sérail d'Ispahan,
le 6 de la lune de Rebiab, 1, 1719.

LETTRE CLII

NARSIT À USBEK.

À Paris.

Roxane et Zélis ont souhaité d'aller à la campagne : je n'ai pas cru devoir le leur refuser. Heureux Usbek !

tu as des femmes fidèles, et des esclaves vigilants : je commande en des lieux où la vertu semble s'être choisi un asile. Compte qu'il ne s'y passera rien que tes yeux ne puissent soutenir.

Il est arrivé un malheur qui me met en grande peine. Quelques marchands arméniens, nouvellement arrivés à Ispahan, avaient apporté une de tes lettres pour moi ; j'ai envoyé un esclave pour la chercher ; il a été volé à son retour, et la lettre est perdue. Écris-moi donc promptement ; car je m'imagine que, dans ce changement, tu dois avoir des choses de conséquence à me mander.

Du sérail de Fatmé,
le 6 de la lune de Rebiab, 1, 1719.

LETTRE CLIII

USBEK À SOLIM.

Au sérail d'Ispahan.

Je te mets le fer à la main. Je te confie ce que j'ai à présent dans le monde de plus cher, qui est ma vengeance. Entre dans ce nouvel emploi : mais n'y porte ni cœur, ni pitié. J'écris à mes femmes de t'obéir aveuglément : dans la confusion de tant de crimes, elles tomberont devant tes regards. Il faut que je te doive mon bonheur et mon repos. Rends-moi mon sérail comme je l'ai laissé. Mais commence par l'expier ; extermine les coupables, et fais trembler ceux qui se proposaient de le devenir. Que ne peux-tu pas espérer de ton maître pour des services si signalés ? Il ne tiendra qu'à toi de te mettre au-dessus de ta condition même, et de toutes les récompenses que tu as jamais désirées.

De Paris,
le 4 de la lune de Chahban 1719.

LETTRE CLIV

USBEK À SES FEMMES.

Au sérail d'Ispahan.

Puisse cette lettre être comme la foudre qui tombe au milieu des éclairs et des tempêtes ! Solim est votre premier eunuque, non pas pour vous garder, mais pour vous punir. Que tout le sérail s'abaisse devant lui. Il doit juger vos actions passées : et, pour l'avenir, il vous fera vivre sous un joug si rigoureux, que vous regretterez votre liberté, si vous ne regrettez pas votre vertu.

De Paris,
le 4 de la lune de Chahban 1719.

LETTRE CLV

USBEK À NESSIR.

À Ispahan.

Heureux celui qui, connaissant tout le prix d'une vie douce et tranquille, repose son cœur au milieu de sa famille, et ne connaît d'autre terre que celle qui lui a donné le jour !

Je vis dans un climat barbare, présent à tout ce qui m'importune, absent de tout ce qui m'intéresse. Une tristesse sombre me saisit ; je tombe dans un accablement affreux : il me semble que je m'anéantis ; et je ne me retrouve moi-même, que lorsqu'une sombre jalousie vient s'allumer, et enfanter dans mon âme la crainte, les soupçons, la haine et les regrets.

Tu me connais, Nessir ; tu as toujours vu dans mon cœur comme dans le tien. Je te ferais pitié, si tu savais mon état déplorable. J'attends quelquefois six mois

entiers des nouvelles du sérail; je compte tous les instants qui s'écoulent; mon impatience me les allonge toujours : et, lorsque celui qui a été tant attendu est prêt d'arriver, il se fait dans mon cœur une révolution soudaine; ma main tremble d'ouvrir une lettre fatale; cette inquiétude qui me désespérait, je la trouve l'état le plus heureux où je puisse être, et je crains d'en sortir par un coup plus cruel pour moi que mille morts.

Mais, quelque raison que j'aie eue de sortir de ma patrie, quoique je doive ma vie à ma retraite, je ne puis plus, Nessir, rester dans cet affreux exil. Et ne mourrais-je pas tout de même, en proie à mes chagrins ? J'ai pressé mille fois Rica de quitter cette terre étrangère : mais il s'oppose à toutes mes résolutions; il m'attache ici par mille prétextes : il semble qu'il ait oublié sa patrie; ou plutôt, il semble qu'il m'ait oublié moi-même, tant il est insensible à mes déplaisirs.

Malheureux que je suis ! Je souhaite de revoir ma patrie, peut-être pour devenir plus malheureux encore ! Eh ! qu'y ferai-je ? Je vais rapporter ma tête à mes ennemis. Ce n'est pas tout : j'entrerai dans le sérail; il faut que j'y demande compte du temps funeste de mon absence; et, si j'y trouve des coupables, que deviendrai-je ? Et si la seule idée m'accable de si loin, que sera-ce, lorsque ma présence la rendra plus vive ? que sera-ce, s'il faut que je voie, s'il faut que j'entende ce que je n'ose imaginer sans frémir ? que sera-ce enfin, s'il faut que des châtiments, que je prononcerai moi-même, soient des marques éternelles de ma confusion et de mon désespoir ?

J'irai m'enfermer dans des murs plus terribles pour moi que pour les femmes qui y sont gardées; j'y porterai tous mes soupçons; leurs empressements ne m'en déroberont rien; dans mon lit, dans leurs bras, je ne jouirai que de mes inquiétudes; dans un temps si peu propre aux réflexions, ma jalousie trouvera à en faire. Rebut indigne de la nature humaine, esclaves vils dont

le cœur a été fermé pour jamais à tous les sentiments de l'amour, vous ne gémiriez plus sur votre condition, si vous connaissiez le malheur de la mienne.

De Paris,
le 4 de la lune de Chahban 1719.

LETTRE CLVI

ROXANE À USBEK.
À Paris.

L'horreur, la nuit et l'épouvante règnent dans le sérail : un deuil affreux l'environne : un tigre y exerce à chaque instant toute sa rage. Il a mis dans les supplices deux eunuques blancs, qui n'ont avoué que leur innocence : il a vendu une partie de nos esclaves, et nous a obligées de changer entre nous celles qui nous restaient. Zachi et Zélis ont reçu dans leur chambre, dans l'obscurité de la nuit, un traitement indigne ; le sacrilège n'a pas craint de porter sur elles ses viles mains. Il nous tient enfermées chacune dans notre appartement ; et, quoique nous y soyons seules, il nous y fait vivre sous le voile. Il ne nous est plus permis de nous parler ; ce serait un crime de nous écrire : nous n'avons plus rien de libre que les pleurs.

Une troupe de nouveaux eunuques est entrée dans le sérail, où ils nous assiègent nuit et jour : notre sommeil est sans cesse interrompu par leurs méfiances feintes ou véritables. Ce qui me console, c'est que tout ceci ne durera pas longtemps, et que ces peines finiront avec ma vie : elle ne sera pas longue, cruel Usbek : je ne te donnerai pas le temps de faire cesser tous ces outrages.

Du sérail d'Ispahan,
le 2 de la lune de Maharram 1720.

LETTRE CLVII

ZACHI À USBEK.

À Paris.

Ô ciel! un barbare m'a outragée jusque dans la manière de me punir[1]! Il m'a infligé ce châtiment qui commence par alarmer la pudeur; ce châtiment qui met dans l'humiliation extrême; ce châtiment qui ramène, pour ainsi dire, à l'enfance.

Mon âme, d'abord anéantie sous la honte, reprenait le sentiment d'elle-même, et commençait à s'indigner, lorsque mes cris firent retentir les voûtes de mes appartements. On m'entendit demander grâce au plus vil de tous les humains, et tenter sa pitié, à mesure qu'il était plus inexorable.

Depuis ce temps, son âme insolente et servile s'est élevée sur la mienne. Sa présence, ses regards, ses paroles, tous les malheurs viennent m'accabler. Quand je suis seule, j'ai du moins la consolation de verser des larmes: mais, lorsqu'il s'offre à ma vue, la fureur me saisit; je la trouve impuissante; et je tombe dans le désespoir.

Le tigre ose me dire que tu es l'auteur de toutes ces barbaries. Il voudrait m'ôter mon amour, et profaner jusques aux sentiments de mon cœur. Quand il me prononce le nom de celui que j'aime, je ne sais plus me plaindre; je ne puis plus que mourir.

J'ai soutenu ton absence, et j'ai conservé mon amour, par la force de mon amour. Les nuits, les jours, les moments, tout a été pour toi. J'étais superbe de mon amour même; et le tien me faisait respecter ici. Mais à présent... Non, je ne puis plus soutenir l'humiliation où je suis descendue. Si je suis innocente, reviens pour

m'aimer : reviens, si je suis coupable, pour que j'expire
à tes pieds.

Du sérail d'Ispahan,
le 2 de la lune de Maharram 1720.

LETTRE CLVIII

ZÉLIS À USBEK.

À *Paris.*

À mille lieues de moi, vous me jugez coupable : à
mille lieues de moi, vous me punissez[1].

Qu'un eunuque barbare porte sur moi ses viles
mains, il agit par votre ordre : c'est le tyran qui m'ou-
trage, et non pas celui qui exerce la tyrannie.

Vous pouvez, à votre fantaisie, redoubler vos mau-
vais traitements. Mon cœur est tranquille, depuis qu'il
ne peut plus vous aimer. Votre âme se dégrade, et vous
devenez cruel. Soyez sûr que vous n'êtes point heureux.
Adieu.

Du sérail d'Ispahan,
le 2 de la lune de Maharram, 1720.

LETTRE CLIX

SOLIM À USBEK.

À *Paris.*

Je me plains, magnifique seigneur, et je te plains :
jamais serviteur fidèle n'est descendu dans l'affreux
désespoir où je suis. Voici tes malheurs et les miens ; je
ne t'en écris qu'en tremblant.

Je jure, par tous les prophètes du ciel, que, depuis que
tu m'as confié tes femmes, j'ai veillé nuit et jour sur

elles; que je n'ai jamais suspendu un moment le cours
de mes inquiétudes. J'ai commencé mon ministère par
les châtiments; et je les ai suspendus, sans sortir de
mon austérité naturelle.

Mais que dis-je? Pourquoi te vanter ici une fidélité
qui t'a été inutile? Oublie tous mes services passés;
regarde-moi comme un traître; et punis-moi de tous les
crimes que je n'ai pu empêcher.

Roxane, la superbe Roxane, ô ciel! à qui se fier désor-
mais? Tu soupçonnais Zélis, et tu avais pour Roxane
une sécurité entière : mais sa vertu farouche était une
cruelle imposture; c'était le voile de sa perfidie. Je l'ai
surprise dans les bras d'un jeune homme, qui, dès qu'il
s'est vu découvert, est venu sur moi; il m'a donné deux
coups de poignard : les eunuques, accourus au bruit,
l'ont entouré : il s'est défendu longtemps, en a blessé
plusieurs; il voulait même rentrer dans la chambre,
pour mourir, disait-il, aux yeux de Roxane. Mais enfin,
il a cédé au nombre, et il est tombé à nos pieds.

Je ne sais si j'attendrai, sublime seigneur, tes ordres
sévères. Tu as mis ta vengeance en mes mains; je ne
dois pas la faire languir.

> *Du sérail d'Ispahan,*
> *le 8 de la lune de Rebiab, 1, 1720.*

LETTRE CLX

SOLIM À USBEK.

À Paris.

J'ai pris mon parti : tes malheurs vont disparaître : je
vais punir[1].

Je sens déjà une joie secrète : mon âme et la tienne
vont s'apaiser : nous allons exterminer le crime, et l'in-
nocence va pâlir.

Ô vous, qui semblez n'être faites que pour ignorer tous vos sens, et être indignées de vos désirs mêmes ; éternelles victimes de la honte et de la pudeur, que ne puis-je vous faire entrer à grands flots dans ce sérail malheureux, pour vous voir étonnées de tout le sang que j'y vais répandre !

Du sérail d'Ispahan,
le 8 de la lune de Rebiab, 1, 1720.

LETTRE CLXI

ROXANE À USBEK.
À Paris.

Oui, je t'ai trompé ; j'ai séduit tes eunuques ; je me suis jouée de ta jalousie ; et j'ai su, de ton affreux sérail, faire un lieu de délices et de plaisirs.

Je vais mourir ; le poison va couler dans mes veines : car que ferais-je ici, puisque le seul homme qui me retenait à la vie n'est plus ? Je meurs ; mais mon ombre s'envole bien accompagnée : je viens d'envoyer devant moi ces gardiens sacrilèges, qui ont répandu le plus beau sang du monde.

Comment as-tu pensé que je fusse assez crédule pour m'imaginer que je ne fusse dans le monde que pour adorer tes caprices ? que, pendant que tu te permets tout, tu eusses le droit d'affliger tous mes désirs ? Non : j'ai pu vivre dans la servitude ; mais j'ai toujours été libre : j'ai réformé tes lois sur celles de la nature ; et mon esprit s'est toujours tenu dans l'indépendance.

Tu devrais me rendre grâces encore du sacrifice que je t'ai fait ; de ce que je me suis abaissée jusqu'à te paraître fidèle ; de ce que j'ai lâchement gardé dans mon cœur ce que j'aurais dû faire paraître à toute la terre ; enfin, de ce que j'ai profané la vertu, en souffrant

qu'on appelât de ce nom ma soumission à tes fantaisies.

Tu étais étonné de ne point trouver en moi les transports de l'amour : si tu m'avais bien connue, tu y aurais trouvé toute la violence de la haine.

Mais tu as eu longtemps l'avantage de croire qu'un cœur comme le mien t'était soumis : nous étions tous deux heureux ; tu me croyais trompée, et je te trompais.

Ce langage, sans doute, te paraît nouveau. Serait-il possible qu'après t'avoir accablé de douleurs, je te forçasse encore d'admirer mon courage ? Mais, c'en est fait, le poison me consume, ma force m'abandonne ; la plume me tombe des mains ; je sens affaiblir jusqu'à ma haine : je me meurs.

Du sérail d'Ispahan,
le 8 de la lune de Rebiab, 1, 1720.

FIN DES LETTRES PERSANES.

TABLE DES MATIÈRES

CONTENUES DANS LES LETTRES PERSANES

A.

FIN.

DOSSIER
DES *LETTRES PERSANES*

Dans le recueil manuscrit intitulé **Mes Pensées,** *Montesquieu a fait réunir un certain nombre d'ébauches qu'il n'a pas utilisées. Il les groupe pêle-mêle, sous un titre général. Dans l'édition de Barckhausen et dans celle de Desgraves, ces textes sont numérotés de 1609 à 1619.*

FRAGMENTS DE VIEUX MATÉRIAUX DES « LETTRES PERSANES ». J'AI JETÉ LES AUTRES OU MIS AILLEURS.

LE ROI DU THIBET À LA CONGRÉGATION
DE LA PROPAGANDE, À ROME.

Vous m'avez envoyé ici un homme qui m'a dit que sa religion exigeait qu'il fût habillé de noir. Vous m'en avez envoyé un autre qui se vante de ce qu'il est vêtu de gris. Ils se haïssent si fort que, quoiqu'ils soient à tant de milliers de lieues de leur pays, ils ne se voient que pour se dire des injures ; et, bien que mon empire soit d'une prodigieuse étendue, ils n'y peuvent vivre tous deux. Je leur ai dit qu'ils pouvaient se le partager et s'en aller, l'un, à l'Orient, l'autre, à l'Occident. Mais ils ne veulent pas que l'un soit dans un endroit où l'autre n'ira jamais. J'avoue

qu'ils ont quelque connaissance de mathématiques.
Mais ne pourraient-ils pas être aussi savants sans être
aussi fols ? Comme ils m'ont dit que c'était leur habit
qui leur inspirait une fureur si grande, je les ai fait
dépouiller et ai voulu qu'ils fussent vêtus comme deux
mandarins. D'ailleurs je me suis imaginé que, comme
ils n'avaient point de commerce avec les femmes, cela
leur donnait un esprit rude. Ainsi j'ai résolu de les
marier et de leur en donner, à chacun, deux, etc.[1].

*

Enfin on vient de publier l'arrêt qui met l'Étranger
aux Petites-Maisons et tous les Français à l'Hôpital ! Les
actions et les billets de banque perdent de moitié[2]. On
ôte aux sujets trente fois cent millions d'un coup de
plume, c'est-à-dire une somme qui existe à peine dans
le Monde, et avec laquelle on pourrait acheter tous les
fonds du royaume de Perse. Toute la Nation est en
larmes. La nuit et le deuil couvrent ce malheureux
royaume : il ressemble à une ville prise d'assaut ou rava-
gée par les flammes. Au milieu de tant de malheurs,
l'Étranger seul paraît content de lui-même et parle
encore de soutenir son funeste système. J'habite ici le
Pays du Désespoir : mes yeux ne voient que malheurs
qui accablent les Infidèles. Un vent s'élève et emporte
leurs richesses. Leur fausse abondance disparaît
comme un fantôme.

J'apprends en ce moment que l'arrêt dont je parlais
vient d'être révoqué[3]. Ce changement ne te doit pas
paraître extraordinaire. Ici les projets chassent les projets
comme les nues chassent les nues. L'arrêt est révoqué,
mais non pas le mal qu'il a fait. Le Ministère vient de faire
au Peuple une confidence dont il ne se relèvera jamais.

De Paris,
le 21 de la lune de Rebiab, 1, 1720.

*

Tu me dis que notre grand monarque n'est occupé qu'à rendre à ses sujets une justice inviolable, qu'à retirer les petits de l'oppression des grands, et à faire respecter les grands par les petits. Gloire à jamais à ce généreux prince ! Veuille le Ciel que sa puissance n'ait pas plus de bornes que sa justice !

*

Vous me demandez ce que c'est que la Régence. C'est une succession de projets manqués et d'idées indépendantes ; des saillies mises en air de système ; un mélange informe de faiblesse et d'autorité ; toute la pesanteur sans la gravité du ministère ; un commandement toujours trop roide ou trop lâche ; tantôt la désobéissance enhardie et tantôt la juste confiance découragée ; une malheureuse inconstance à abandonner le mal même ; un conseil qui tantôt se roidit, tantôt se multiplie, qui paraît et se perd aux yeux du public d'une manière sourde ou éclatante, aussi différent par les personnes qui le composent qu'il l'est par la fin qu'elles se proposent.

*

Il y a une espèce de turban qui fait faire la moitié des sottises qui se font en France. Ce prétendant qui veut avoir le chapeau à quelque prix qu'il en soit, s'imagine qu'il couvrira toutes les mauvaises démarches qu'il fait pour l'obtenir.

Il n'y a guère de prince qui ne s'en sente honoré. Il n'y a guère de faquin qui n'y puisse prétendre. Sa

pourpre confond toutes les conditions et s'allie orgueil-
leusement avec elles[1].

*

Je me souviens que, lorsque nous arrivâmes en
France, Hagi Ibbi regardait le Roi avec mépris lors-
qu'on lui disait qu'il n'avait ni femmes, ni eunuques, ni
sérail ; que personne ne fuyait lorsqu'il passait quelque
part ; que lorsqu'il était dans la capitale, à peine la plu-
part des gens distinguaient-ils son carrosse de celui
d'un particulier.

*

Page 64 des *Lettres Persanes*, I[er] volume, j'avais pensé
de continuer l'histoire des Troglodytes, et voilà quelle
était mon idée. C'était un grand spectacle de voir tous
les Troglodytes dans la joie, pendant que le Prince fon-
dait en larmes. Le lendemain, il parut devant les Tro-
glodytes avec un visage qui ne marquait ni tristesse ni
joie. Il ne parut occupé que du soin du gouvernement.
Mais l'ennui secret qui le dévorait le mit bientôt dans
le tombeau. Ainsi mourut le plus grand roi qui ait
jamais gouverné les hommes.

Il fut pleuré pendant quarante jours : chacun crut
avoir perdu son père ; chacun disait : « Qu'est devenue
l'espérance des Troglodytes ? Nous vous perdons, cher
Prince ! Vous croyiez que vous n'étiez pas digne de nous
commander. Le ciel a fait voir que nous n'étions pas
dignes de vous obéir. Mais nous jurons, par vos mânes
sacrés, que, puisque vous n'avez pas voulu nous gou-
verner par vos lois, nous nous conduirons par vos
exemples. »

Il fallut élire un autre prince, et il y eut une chose
de remarquable, c'est que, de tous les parents du

monarque défunt, aucun ne réclama la couronne. On choisit, dans cette famille, le plus sage et le plus juste de tous.

Vers la fin de son règne, quelques gens crurent qu'il était nécessaire d'établir chez les Troglodytes le commerce et les arts. On assembla la Nation, et cela fut résolu.

Le roi parla ainsi : «Vous voulûtes que je prisse la couronne et me crûtes assez vertueux pour vous gouverner. Le ciel m'est témoin que, depuis ce temps, le bonheur des Troglodytes a été l'unique objet de mes inquiétudes. J'ai la gloire que mon règne n'a point été souillé par la lâcheté d'un Troglodyte. Voudriez-vous préférer aujourd'hui les richesses à votre vertu ? »

«Seigneur, lui dit un d'entre eux, nous sommes heureux ; nous travaillons sur un fonds excellent. Oserai-je le dire ? Ce sera vous seul qui déciderez si les richesses seront pernicieuses à votre peuple, ou non. S'ils voient que vous les préférez à la vertu, ils s'accoutumeront bientôt à en faire de même, et, en cela, votre goût réglera le leur. Si vous élevez dans les emplois ou que vous approchiez de votre confiance un homme par cela seul qu'il est riche, comptez que ce sera un coup mortel que vous porterez à sa vertu, et que vous ferez insensiblement autant de malhonnêtes gens qu'il y aura d'hommes qui auront remarqué cette cruelle distinction. Vous connaissez, Seigneur, la base sur quoi est fondée la vertu de votre peuple : c'est sur l'éducation. Changez cette éducation, et celui qui n'était pas assez hardi pour être criminel rougira bientôt d'être vertueux.

«Nous avons deux choses à faire : c'est de flétrir également l'avarice et la prodigalité. Il faut que chacun soit comptable à l'État de l'administration de ses biens, et que le lâche qui s'abaissera jusqu'à se dérober une honnête subsistance ne soit pas jugé moins sévèrement que celui qui dissipera le patrimoine de ses enfants. Il faut

que chaque citoyen soit équitable dispensateur de son propre bien, comme il le serait de celui d'un autre. »

« Troglodytes, dit le roi, les richesses vont entrer chez vous ; mais je vous déclare que, si vous n'êtes pas vertueux, vous serez un des peuples les plus malheureux de la terre. Dans l'état où vous êtes, je n'ai besoin que d'être plus juste que vous : c'est la marque de mon autorité royale, et je n'en saurais trouver de plus auguste. Si vous ne cherchez à vous distinguer que par des richesses, qui ne sont rien en elles-mêmes, il faudra bien que je me distingue par les mêmes moyens, et que je ne reste pas dans une pauvreté que vous mépriserez. Il faudra donc que je vous accable d'impôts, et que vous employiez une grande partie de votre subsistance à soutenir la pompe et l'éclat qui serviront à me rendre respectable. Je trouve à présent toutes mes richesses dans moi-même ; mais, pour lors, il faudra que vous vous épuisiez pour m'enrichir, et ces richesses dont vous faisiez tant de cas, vous n'en jouirez point ; elles viendront toutes dans mes trésors. Ô Troglodytes ! nous pouvons être unis par un beau lien : si vous êtes vertueux, je le serai ; si je suis vertueux, vous le serez. »

LE GRAND EUNUQUE À JANUM, À *** [1]

Je prie le Ciel qu'il te ramène en ces lieux et te dérobe à tous les dangers.

Destiné à remplir une place dans le sérail qui m'est soumis, tu iras peut-être quelque jour au poste que j'occupe ; c'est là que tu dois porter tes vues.

Songe donc de bonne heure à te former et à t'attirer les regards de ton maître. Compose-toi un front sévère ; laisse tomber des regards sombres ; parle peu. Que la joie fuie de tes lèvres : la tristesse sied bien à notre condition. Tranquille en apparence, fais, de temps en

temps, sortir un esprit inquiet. N'attends pas les rides de la vieillesse pour en montrer les chagrins.

C'est en vain que tu te plieras à une lâche complaisance. Nous sommes tous haïs des femmes, et haïs jusqu'à la fureur. Crois-tu que cette rage implacable soit l'effet de la sévérité avec laquelle nous les traitons ? Ah ! elles pardonneraient nos caprices, si elles pouvaient nous pardonner nos malheurs.

Ne te pique point d'une probité trop exacte. Il y a une certaine délicatesse qui ne convient guère qu'aux hommes libres. Notre condition ne nous laisse pas le pouvoir d'être vertueux. L'amitié, la foi, les serments, le respect pour la vertu, sont des victimes que nous devons sacrifier à tous les instants. Obligés de travailler sans cesse à conserver notre vie et à détourner de dessus notre tête les châtiments, tous les moyens sont légitimes ; la finesse, la fraude, l'artifice sont les vertus des malheureux comme nous.

Si tu viens jamais à la première place, ton principal objet sera de te rendre maître du sérail. Plus tu seras absolu, plus tu auras de moyens pour rompre les brigues et la fureur de la vengeance. Il faut commencer par abattre le courage et ensevelir toutes les passions dans l'étonnement et dans la crainte. Tu n'y réussiras jamais mieux qu'en animant la jalousie de ton maître. Tu lui feras, de temps en temps, de petites confidences. Tu arrêteras son esprit sur les soupçons les plus légers. Tu l'y fixeras ensuite par quelques nouvelles circonstances. Quelquefois tu t'abandonneras à lui-même, et laisseras, pour quelque temps, flotter son esprit incertain. Tu te présenteras ensuite, et il sera charmé de trouver en toi un médiateur entre son amour et sa jalousie : il te demandera tes avis. Doux ou sévère, tu te feras une protectrice, ou tu humilieras une ennemie.

Ce n'est pas que tu puisses toujours jeter à ton gré les soupçons de quelque intrigue criminelle : des femmes

abattues sous tant de regards ne peuvent guère être
accusées de certains crimes avec apparence. Mais il
faut les aller chercher dans les ressources que l'amour
désespéré se procure, quand l'imagination furieuse va
se prendre à tous les objets qu'elle trouve. Ne crains
point d'en trop dire : tu peux être hardi à feindre.
Depuis tant d'années que je gouverne, j'ai appris, j'ai vu
même des choses incroyables. Mes yeux ont été témoins
de tout ce que la rage peut inventer et de tout ce que le
Démon d'Amour peut produire.

Si tu vois que ton maître, capable du joug de l'amour,
détermine son cœur sur quelqu'une de ses femmes,
relâche un peu à son égard de ta sévérité ordinaire ;
mais appesantis-toi sur ses rivales, et tâche de lui
rendre agréables et ta douceur et ta sévérité.

Mais, si tu vois que, peu constant dans ses amours,
il use en souverain de toutes les beautés qu'il possède ;
qu'il aime, quitte et reprenne ; qu'il détruise le matin les
espérances du soir ; tu seras dans la plus heureuse situa-
tion où tu puisses être. Maître de toutes ses femmes,
traite-les comme si elles vivaient dans une perpétuelle
disgrâce, et ne crains rien d'une faveur qui se perd à
mesure qu'elle se donne.

C'est donc à toi d'aider son inconstance. Il arrive
quelquefois qu'une beauté triomphe et arrête le cœur le
plus volage. Il a beau s'échapper, elle le rappelle tou-
jours. Des retours si constants menacent d'un attache-
ment éternel. Il faut, à quelque prix qu'il en soit, rompre
ces nouvelles chaînes. Ouvre le sérail ; fais-y entrer à
grands flots de nouvelles rivales ; fais diversion de
toutes les parts ; confonds une superbe maîtresse dans
le nombre ; et réduis-la à disputer encore ce que les
autres ne pouvaient plus défendre.

Cette politique te réussira presque toujours. Par ce
moyen, tu useras si bien son cœur qu'il ne sentira rien.
Les grâces seront perdues ; tant de charmes secrets

pour tout l'Univers le seront encore plus à ses yeux mêmes. En vain, ses femmes, à l'envi, essaieront sur lui les traits les plus redoutables. Inutiles à l'amour, elles ne tiendront à son cœur que par la jalousie.

Tu vois que je ne te cache rien. Quoique je n'aie jamais guère connu cet engagement qu'on appelle amitié, et que je me sois enveloppé tout entier dans moi-même, tu m'as pourtant fait sentir que j'avais encore un cœur, et, pendant que j'étais de bronze pour tous ces esclaves qui vivaient sous mes lois, je voyais croître ton enfance avec plaisir.

Je pris soin de ton éducation. La sévérité, toujours inséparable des instructions, te fit longtemps ignorer que tu m'étais cher. Tu me l'étais pourtant, et je dirais que je t'aimais comme un père aime son fils, si ces noms de père et de fils n'étaient pas plus propres à nous rappeler à tous deux un souvenir affreux qu'à nous marquer une douce et secrète sympathie.

*

RICA À USBEK.

Voici une lettre qui est tombée entre mes mains :

Ma chère Cousine,
Deux hommes tout de suite m'ont quittée. J'ai attaqué celui que vous saviez ; mais il a été comme un rocher. Mon cœur s'indigne des affronts qu'il reçoit chaque jour.
Que n'ai-je point fait pour l'attirer ? J'ai cent fois renchéri sur les politesses que j'ai coutume de faire. « Bon Dieu, disais-je en moi-même, se peut-il que moi, à qui on disait autrefois tant de douceurs, je fasse aujourd'hui tant de restitutions pour rien ! »
Vous avez, ma chère Cousine, deux ans moins que moi, et vos charmes sont bien au-dessus des miens. Mais je

vous conjure de ne me point abandonner dans la résolu-
tion que j'ai prise de quitter le monde. Vous êtes confi-
dente de tant de secrets; je suis dépositaire de tant
d'autres! Il y a plus de trente ans que notre amitié
triomphe de toutes les petites brouilleries que produisent
nécessairement dans une société la variété des intrigues
et la multiplicité des intérêts.

Je vous l'ai dit souvent : ces petits maîtres que j'ai tant
aimés, je ne puis plus les souffrir. Ils sont si contents
d'eux-mêmes, et si peu de nous; ils mettent à un si haut
prix leur sottise et leur figure... Ma chère Cousine, sau-
vez-moi de leur mépris.

Je commence à prendre un tel goût à la société des gens
dévots qu'elle fait toute ma consolation. Je n'ai point
encore assez rompu avec le monde pour qu'ils aient
confiance en moi. Mais à mesure que je m'en détache, ils
s'approchent un peu. Quelle douceur dans ce nouveau
genre de vie, au lieu du tumulte et ce bruit du monde
imposteur!

Je vais, ma chère Cousine, me livrer à eux tout entière.
Je leur découvrirai l'état d'un cœur qui prend toutes les
impressions qu'on lui donne. Il n'est point en moi
d'éteindre toutes mes passions; il ne s'agit que de les
régler.

Il y a une chose qui est le principe fondamental de la
vie dévote : c'est la suppression totale des agréments
étrangers. Car, quoique entre nous ils soient toujours
beaucoup plus innocents dans le temps qu'on les quitte,
que lorsqu'on commence à s'en servir, cependant ils mar-
quent toujours une certaine envie de plaire au monde,
que la dévotion déteste. Elle veut que l'on paraisse devant
lui avec toutes les injures du temps, pour lui faire voir à
quel point on les méprise. Pour nous, ma chère Cousine,
il me semble que nous pouvons encore nous montrer
telles que nous sommes. Je vous l'ai dit cent fois, que
vous étiez charmante lorsque vous paraissiez le plus

négligée, et qu'il y avait en vous beaucoup d'art à n'en mettre point.

Puisse cette lettre vous toucher le cœur et vous inspirer des résolutions que je n'ai prises qu'après les avoir longtemps combattues !

Adieu.

La dévotion, qui, dans certaines âmes, est une marque de force, dans d'autres en est une de faiblesse. Elle n'est jamais indifférente : car, si, d'un côté, elle orne les gens vertueux, elle achève la dégradation de ceux qui ne le sont pas.

À Paris,
le 25 de la lune de Rebiab, 1717.

*

USBEK À ZÉLIS.

Vous demandez devant le juge votre séparation. Quel exemple donnez-vous à votre fille ! Quel sujet d'entretien pour tout le sérail ! Vous m'insultez bien moins en faisant voir le peu d'amour que vous avez pour moi, que le peu de respect que vous avez pour vous-même.

Croyez-vous que la vertu coûte moins à vos compagnes qu'à vous ; que leur vie soit moins laborieuse ? Non, sans doute. Mais les combats soufferts sont inconnus, les douleurs d'une victoire trop contestée sont secrètes, et la vertu, lors même qu'elle tyrannise, paraît en elles sous un maintien modeste et un visage tranquille.

Je crois bien que vous souffrez toutes les rigueurs de la continence. Je compte sur la vigilance de mes eunuques. Ils respectaient votre âge ; ils vous croyaient maîtresse de vos passions. Mais, à présent qu'ils en connaissent l'empire, il ne faut pas douter qu'ils ne

redoublent leurs soins pour vous soutenir. Ils vous trai-
teront comme si vous étiez encore dans les périls de la
jeunesse, et recommenceront à vous plier à une éduca-
tion dont vous vous êtes si fort écartée.

Défaites-vous donc de vos idées, et sachez qu'il ne
vous reste plus que mon amour et le repentir : car je ne
suis point homme à souffrir qu'une femme que j'aime
passe dans les bras d'un autre, quand je devrais être
regardé comme le plus barbare de tous les hommes...

Je n'en dis pas davantage. Vous connaissez mon cœur
et vous m'entendez.

*De ***,*
le premier de la lune de Zilhagé, 1718.

*Les lettres suivantes, retrouvées dans un portefeuille à La Brède,
ont été publiées en 1900 par Barckhausen :*

RICA À USBEK, À LA CAMPAGNE.

Tu restes à la campagne, et moi, je suis dans le
tumulte de Paris. J'étais hier dans une nombreuse com-
pagnie. Un jeune homme parlait beaucoup, et comme
je l'avais vu quelquefois, j'avais déjà compris qu'il avait
une grande impertinence dans les manières et une égale
fatuité dans les discours. Ce jour-là, il employait son
esprit à déshonorer quinze ou vingt personnes. Il se tut
un moment ; ce qui fit que j'eus le temps de lui dire :
«Apparemment, Monsieur, vous ne connaissez plus
personne dans ce pays-ci ? — Pourquoi cela ? reprit-il.
— Je l'ai cru, lui répondis-je, parce que vous ne dites
plus de mal de qui que ce soit. — Vous êtes bien bon
de vous échauffer, me répondit-il. Je parie que vous ne
connaissez pas une seule des personnes dont j'ai parlé.
— Je ne connais pas non plus, lui répondis-je, ceux
qu'on vole sur les grands chemins ; je serai pourtant
toujours fâché qu'on y vole. Je ne connais point les gens

dont vous venez de parler ; mais ils ont une qualité bien respectable, c'est qu'ils ne sont pas ici. »

Cette brusquerie ne déplut pas à la compagnie ; mais elle ne le rendit pas plus sage. Il commença à débiter un athéisme brutal, et, ensuite, me regardant fixement : « Je suis sûr, dit-il, que Monsieur désapprouve ce que je dis. — Point du tout, lui répondis-je. Ce que vous dites ne regarde que Dieu. Il n'y a pas grand mal à cela. Cet Être suprême, qui ne voit un insecte comme vous que parce qu'il est immense, saura bien vous punir. Ainsi vous ne faites que pitié. Mais tantôt j'étais indigné de vous voir désoler tant de familles. »

Il me semble, Usbek, qu'il est bon qu'il y ait des gens qui ne soient pas médiocres, même dans la corruption. Ils font aimer la vertu, plus que ne pourraient faire les hommes les plus vertueux. Il y a des médisances qui m'exhortent à l'amour, et des blasphèmes qui m'élèvent vers le Créateur comme les hymnes que j'entends chanter.

De Paris,
le 10 de la lune de Rebiab, 2, 1717.

*

HAGGI IBBI À GEMCHID, DERVICHE
DE LA MONTAGNE DE JARON.

Heureux Gemchid ! la loi du saint Alcoran ne t'a point été donnée en vain : tu découvres des préceptes cachés dans les moindres paroles de ce divin livre. Il semble grossir sous le nombre de tes pratiques. Tu multiplies les sujets de l'obéissance et ajoutes sans cesse aux commandements de celui qui nous a trouvés faibles lorsqu'il nous cherchait fidèles.

Permets-moi de te dire mes pensées.

En matière de Religion, plus le sujet de la dispute est léger, plus elle devient violente. Elle prend des forces

de la petitesse du sujet. Le feu manque de nourriture, mais il s'allume toujours.

Tu sais les minces sujets de nos disputes sur Hali et Abubeker. Si les sectateurs de ces grands hommes n'avaient pas été plus échauffés pour défendre leurs opinions que ces grands hommes ne le furent eux-mêmes sur leur propre intérêt, la Religion musulmane aurait été tranquille ; la Terre n'aurait pas troublé le Ciel, et le Ciel n'aurait pas troublé la Terre. Ce qui a contribué à aigrir le plus les esprits, ce sont les paroles injurieuses que la fureur a mis[es] dans les deux liturgies. Or, dès qu'une des parties a tant fait que de s'en choquer, quoique ces injures soient si générales qu'elles ne peuvent porter sur personne, cependant l'équité naturelle et la piété religieuse ordonne de les ôter, ne voulant pas qu'on dise aux autres des injures qui les offensent, et le bon sens, qu'on les dise en forme de prières.

À Paris
le dernier jour de la lune de Chahban, 1720.

*

L'envie que j'ai de m'instruire des mœurs de ce pays fait que je me communique le plus que je puis, et que je cherche toujours de nouvelles connaissances. J'ai trouvé pour cela un secret merveilleux : c'est d'écouter ; car un Français est parleur. Il aime à entretenir tout le monde de sa naissance, de son mérite, de son équipage, de ses domestiques, de son bien, de ses bonnes fortunes. Il est ravi de trouver un homme patient. Il serait fâché que vous ignorassiez l'histoire de sa vie, avec ses épisodes. Prêtez-lui des oreilles, il est votre ami. S'il peut vous faire rire, il vous aura une obligation infinie. Sa reconnaissance sera éternelle si vous retenez bien qu'il a deux cent mille aspres[1] de rente, une meute et

vingt esclaves. Convainquez-vous surtout que sa profession est plus excellente que celle des autres. Ajoutez-y qu'il excelle dans cette profession, vous aurez la clef de son cœur.

*

Trois métiers à Paris : celui d'être une jolie femme ; celui d'être une femme d'esprit ; celui d'être prude.

*

Cet homme était pénétré de l'injustice de ces gens qui veulent toujours qu'on les amuse quand on fait un conte, sans songer à l'amusement du conteur.

M. Desgraves a inclus dans son édition des Pensées, *en appendice, sous le n° 2253, ce fragment intitulé* Usbek :

Il n'y a guère de lumière à tirer des livres occidentaux pour l'histoire ancienne. Il y a un vide dans les premiers temps, que tout le monde est convenu de remplir. Les ruines même ont péri et cependant il faut édifier.

Lorsque l'histoire manque, on lui substitue les fables. Il en est comme de ces pays pauvres, où l'on est obligé de donner cours à la monnaie la plus légère. Les poètes deviennent des auteurs graves et, dans leur territoire, ils sont aussi écoutés que les plus judicieux historiens.

Ce n'est point l'histoire des hommes, c'est celle des dieux. Ces dieux se changent en héros, à mesure que les temps deviennent moins grossiers. Ces héros n'ont pour enfants que des hommes parce qu'on voit les enfants de plus près que les pères, et voilà le temps fabuleux qui cesse et le temps historique qui commence.

On ne saurait dire dans quel chaos les siècles historiques ont trouvé la génération des dieux. Les mytho-

logistes ont fait comme deux sectes différentes, aussi opposées dans leurs opinions que dans l'esprit qui les conduit. Les uns, plus attachés à la lettre, distinguent toutes les divinités, sans être choqués de leur multiplicité. Les autres, plus subtils, veulent toujours simplifier et confondent les unes avec les autres.

Les poètes étaient du premier genre, les philosophes du second. Mais il y avait bien peu de philosophie à se charger du pénible emploi de mettre la superstition en système et de ranger ce qui était sans cesse brouillé par les écarts des poètes, les fantaisies des peintres, l'avarice des prêtres et la prodigieuse fécondité des superstitieux. Mais ce n'était pas la seule branche de ce procès immortel. Les uns, plus grossiers, voulaient tout entendre à la lettre, les autres, plus subtils, prennent tout pour allégorie et reportent tout à la morale et à la physique.

Les philosophes révoltés voulaient restreindre ce prodigieux nombre de divinités qui avaient passé jusqu'aux noms abstraits des substances, mais quelle grande différence y avait-il entre ceux qui animaient toute la nature et les théologiens qui la divinisaient tout entière ?

On trouve également, dans Mes Pensées, *ce projet de lettre (n° 1898) :*

On dit que le rebelle Mevis[1] fait en Perse des progrès étonnants et que le Peuple le suit de toutes parts.

Nos princes ont jusqu'ici exercé leur pouvoir avec si peu de retenue, ils se sont si fort joués de la Nature humaine, que je ne m'étonne pas que Dieu permette que les peuples se lassent et secouent un joug trop appesanti. Malheureuse condition des sujets ! Ils n'ont presque point de voie légitime pour se défendre de la

vexation, et quand ils ont raison dans le fond, il se trouve qu'ils ont tort dans la forme.

Prends au hasard l'histoire de quelque trouble d'État. Il y a à parier mille contre un que le Prince ou son ministre en sont la cause. Le Peuple, naturellement craintif, et qui a raison de l'être, bien loin de songer à attaquer de front ceux qui ont une puissance redoutable dans leurs mains, a même de la peine à se déterminer à se plaindre.

Nous sommes en Perse si persuadés de cette maxime que nous en faisons un usage continuel : dans les démêlés qui arrivent dans les provinces, la Cour décidera toujours pour le Peuple contre ceux qui ont l'autorité du Prince.

En effet, l'autorité despotique ne se doit jamais communiquer. Les ordres arbitraires ne doivent point être exécutés arbitrairement, et il est de l'intérêt d'un prince injuste que celui qui exécute ses volontés, même les plus tyranniques, observe, dans la manière de les exécuter, les règles de la justice la plus exacte.

Dans les états despotiques, on est pour le Peuple contre le gouverneur ou l'intendant. C'est tout le contraire dans les états monarchiques.

*

Thémiseul de Saint-Hyacinthe fit paraître, en 1745, dans le cinquième numéro du Fantasque — *journal hebdomadaire imprimé à Amsterdam — huit* Lettres Persanes *inédites, dont la copie se trouvait en sa possession. Élisabeth Carayol, qui les a retrouvées, a pu prouver leur authenticité. La deuxième lettre du* Fantasque *correspond, à quelques menues variantes près, à la lettre XCI, publiée par Montesquieu dans le* Supplément *de 1754. La cinquième lettre du* Fantasque *reproduit la « lettre sur l'eunuque », qui figure parmi les « anciens matériaux des* Lettres Persanes *» (cf. ci-dessus p. 378). La sixième lettre du* Fantasque *reproduit la lettre sur la coquetterie et la dévotion, qui appartient elle aussi à la série des « anciens matériaux » (cf. ci-dessus p. 381). La lettre troisième du* Fantasque *cor-*

*respond à un passage de la quatrième partie de l'*Histoire véritable (Œuvres complètes *de Montesquieu, Paris, Pléiade, 1949, t. I, p. 446-447). Cf. Élisabeth Carayol, «* Des Lettres Persanes *oubliées », Revue d'histoire littéraire de la France, janvier-mars 1965, p. 15-26.*

I

LETTRE DE USBEK À IBBEN À SMYRNE.

Je me méfie si fort des Chrétiens que je suis toujours sur mes gardes quand je me trouve auprès d'eux.

J'en sais des choses qui m'en donnent très mauvaise idée. Ceux-mêmes qui paraissent les plus réglés ont de certaines pratiques qui me les rendent suspects.

Que dis-tu de ces personnages qui ont besoin de se rendre honnêtes tous les huit jours et qui ont l'effronterie d'aller dire à Dieu : *Seigneur, oubliez le passé, il y a cinquante ans que je vous trompe régulièrement toutes les semaines, mais essayez encore cette fois-ci et recommençons.*

Les enfants d'Ali font une fois en leur vie le pèlerinage à la Mecque : ils donnent une fois en leur vie le dixième de leur bien ; mais ils ne tourmentent pas sans cesse la miséricorde par de nouveaux crimes et de nouvelles expiations. Inquiets sur les anciennes dettes, jamais quittes envers le Seigneur, ils craignent d'en contracter de nouvelles, de combler la mesure et d'aller jusqu'au terme où la bonté paternelle finit.

À Paris,
le 28 de la lune de Rhegeb, 1713.

III

FRAGMENT D'UNE LETTRE D'USBEK À *** À ***

Je ne sais comment il arriva qu'un Turc se trouva un jour avec un cannibale. « Vous êtes bien cruel, lui dit le Mahométan, vous mangez les captifs que vous avez pris à la guerre. — Que faites-vous des vôtres, lui répondit le cannibale ? — Nous les tuons, mais quand ils sont morts, nous ne les mangeons pas. »

Il vaut bien la peine pour si peu de chose de se distinguer des sauvages. Nous trouvons de la barbarie à des coutumes presque indifférentes et nous n'en trouvons pas à violer toutes les règles de l'humanité et à faire taire tous les sentiments de la pitié [1].

De Paris,
le 10 de la lune de Chahban, 1715.

IV

LETTRE DE HAGI IBBI À GEMCHID, DERVIS DE LA MONTAGNE DE JARON.

Te dirai-je, Gemchid, combien mon cœur a été déchiré dans le cruel trajet qu'il m'a fallu faire de Smyrne à Marseille : je fus deux fois pendant quarante jours sans pouvoir faire une seule prière. Plus les vents agissaient sur mon vaisseau, moins j'étais en état de parler à Dieu. À mesure que j'avais plus de besoin de la miséricorde, je voyais croître l'impossibilité de la demander. Que me sert, disais-je en moi-même, mon pèlerinage à la Mecque, s'il faut que je vive, peut-être même que je meure ici, comme un infidèle, et qu'en quelque situation que je me mette, je sois remué sans

cesse sans pouvoir être un instant dans l'état conve-
nable pour prier ?

Quelquefois, attentif au temps, je voyais venir le
calme avec plaisir, mais quand je m'étais bien examiné,
je trouvais que je remuais encore, et l'heureux scrupule
qui s'élevait dans mon cœur venait m'empêcher de pro-
faner le saint nom que je voulais louer.

Jusques à quand, disais-je, n'aurai-je pour ma loi
qu'un zèle inutile ? Comment faut-il qu'avec un cœur
pur, je ne puisse remplir ce qu'elle me prescrit ? Ne
serai-je jamais sur cette terre immobile qui repose sur
le chameau, digne de me prosterner devant Dieu et de
conférer avec les anges ! Heureux Gemchid, lorsque tu
pries, tu as sous tes pieds la montagne de Jaron, et c'est
là que le prophète jette d'abord les yeux lorsqu'il les
tourne vers la terre.

La loi du Saint Alcoran ne t'a point été donnée en
vain ; tu découvres des préceptes cachés dans les
moindres paroles de ce divin livre. Il semble grossir
sous le nombre de tes pratiques, tu multiplies les sujets
de l'obéissance, tu ne te bornes point à quelques pré-
ceptes rigides, tu suis avec la même sévérité les conseils
de celui qui aurait pu ordonner tout ce qu'il conseille
et qui nous a trouvés faibles lorsqu'il nous cherchait
fidèles.

De Paris,
le 25 de la lune de Rhegeb, 1713.

VII

LETTRE DE USBEK À *** À ***.

Les premiers héros étaient bienfaisants, ils proté-
geaient les voyageurs, purgeaient la terre des monstres,

entreprenaient des ouvrages utiles, tels furent *Hercule* et *Thésée*.

Dans la suite ils furent seulement courageux, comme *Achille*, *Ajax*, *Diomède* : après cela ils furent de grands conquérants comme *Philippe* et *Alexandre*.

Enfin ils devinrent amoureux, comme ceux des romans.

À présent, je ne sais ce qu'ils font. Ils ne sont plus sujets qu'aux caprices de la fortune. On fait valoir un empire comme un fermier fait valoir sa terre, on en tire le plus qu'on peut. Si l'on fait la guerre, elle se fait par commission et seulement pour avoir des terres qui donnent des subsides ; ce qu'on appelait autrefois *gloire*, *lauriers*, *trophées*, *triomphes*, *couronnes*, est aujourd'hui de l'argent comptant.

À Paris,
le 3 de Rebiab, 1717.

VIII

LETTRE DE RICA À ***.

En matière de religion, plus le sujet de la dispute est léger, plus elle devient violente ; elle prend des forces à mesure de la petitesse du sujet, le feu manque de nourriture, mais il s'allume toujours[1].

L'Allemagne est agitée de mille troubles. Les Molaks catholiques et protestants ont la conscience assez timorée pour mettre le feu et la discorde partout. Les meilleures têtes de l'Europe travaillent depuis un an à terminer des différends qui dans un temps calme ne coûteraient pas un quart d'heure d'attention.

S'il s'agissait des principes fondamentaux des deux religions, peut-être pourrait-on parvenir à les faire taire. Mais il est question d'une affaire de tout autre

conséquence, c'est de savoir qui aura le démenti de six jésuites ou de six ministres, et toute l'Allemagne va combattre pour l'honneur de ces six ministres et de ces six jésuites[1].

Rien n'a plus contribué à aigrir les esprits que quelques paroles injurieuses contre les Catholiques qui sont dans le livre sacré des Protestants[2]. Les premiers ont voulu les faire ôter, les autres ont refusé ; sottise des deux parts.

Il est étonnant que les Catholiques aient voulu se choquer de ces injures qui sont si générales qu'elles ne peuvent porter sur personne, mais dès qu'ils ont tant fait que de s'en choquer, il est encore plus étonnant que les Protestants aient refusé de les ôter ; l'équité naturelle et la piété religieuse ne voulant pas qu'on dise aux autres des injures qui les offensent et le bon sens qu'on les dise en forme de prières.

À Paris,
le dernier de la lune de Chahban, 1720.

COMMENTAIRES

VIE DE MONTESQUIEU

1689. *18 janvier*. Naissance de Charles-Louis de Secondat au château de La Brède.

1696. *16 octobre*. La mère de Montesquieu meurt, trois semaines après avoir mis au monde une fille.

1700. Charles de Secondat entre au Collège de Juilly, chez les Oratoriens.

1705. Charles de Secondat quitte Juilly.

1708. Ayant obtenu ses titres de bachelier et de licencié en droit, Charles de Secondat est reçu avocat au Parlement de Bordeaux. Il résidera toutefois à Paris jusqu'en 1713. On sait très peu de chose sur cette période de sa vie.

1713. *15 novembre*. Mort du père de Montesquieu.

1714. Charles de Secondat est reçu conseiller au Parlement de Bordeaux.

1715. *30 avril*. Charles de Secondat épouse Jeanne de Lartigue, issue d'une famille riche et de noblesse récente. Elle apporte 100 000 livres de dot.

1716. *10 février*. Naissance d'un fils, Jean-Baptiste.

3 avril. L'Académie de Bordeaux accueille Charles de Secondat.

26 avril. À la mort de son oncle, Charles de Secondat hérite de celui-ci sa fortune, sa charge de président à mortier du Parlement de Bordeaux, et le titre de baron de Montesquieu.

Dissertation sur la politique des Romains dans la religion.

1717. Naissance d'une fille. Marie.

Montesquieu prononce, en novembre, le discours de rentrée à l'Académie.

1718. Pratique les sciences en amateur et rédige divers mémoires : *Discours sur la cause de l'écho*.

Discours sur l'usage des glandes rénales.

1719. *Janvier.* Montesquieu fait paraître dans *Le Nouveau Mercure* un « Projet d'une histoire physique de la terre ancienne et moderne ». Il sollicite les informations que pourraient lui fournir les savants de tous les pays.

1720. *Discours sur la cause de la pesanteur des corps.*
Discours sur la cause de la transparence des corps.

1721. *Lettres Persanes.* Le succès est immédiat.

Nombreux séjours à Paris, jusqu'en 1728. Relations avec la famille du maréchal de Matignon. Fréquente le cercle de la marquise de Prie, maîtresse du duc de Bourbon. Fêtes et divertissements à Belébat. Compliments amoureux à Mademoiselle de Clermont. Fréquentes apparitions dans le salon de Madame de Lambert, où il rencontre Fontenelle. Contacts intellectuels avec l'abbé Alary et les habitués du Club de l'Entresol : on y parle librement politique, ce qui inquiète les autorités.

1723-1724. À la mort du régent, Montesquieu écrit la *Lettre de Xénocrate à Phérès*, qui trace un portrait de Philippe d'Orléans, sous le nom d'Alcamène.

1724-1725. *Le Temple de Gnide.* Ce poème en prose, qui se fait passer pour la traduction d'un auteur grec, comporte sept « chants » brefs, eux-mêmes divisés en une série de tableautins rococo.

1725. Montesquieu continue à rédiger des opuscules de morale, en grande partie à l'intention de l'Académie de Bordeaux :
Traité des devoirs.
De la considération et de la réputation.
Sur les motifs qui doivent nous encourager dans les sciences.

1726. Montesquieu vend sa charge de président à mortier.

Fin septembre : Montesquieu envoie à son ami J.-J. Bel le *Dialogue de Sylla et d'Eucrate*, auquel il avait travaillé dès 1724.

1727. *23 février.* Naissance d'une fille, Denise.

Montesquieu fait campagne pour son élection à l'Académie française.

1728. Montesquieu est élu le 5 janvier. Il prononce son discours de réception le 24 de ce même mois. Le directeur, Mallet, le reçoit et l'invite à justifier son élection en rendant au plus tôt « ses ouvrages publics ».

5 avril : Montesquieu commence son grand tour. Il part pour Vienne, en compagnie de milord Waldegrave, neveu du maréchal de Berwick.

Itinéraire de Montesquieu : Vienne, rapide voyage en Hongrie, visite des mines de Chemnitz, Neu-Sohl et Kœnigsberg ; retour à Vienne.

De Vienne, Montesquieu gagne Venise en passant par Gratz. Le

29 août, conversation avec Law sur son « système ». Séjour d'un mois à Milan (septembre-octobre), bref séjour à Turin, puis à Gênes.

Novembre : traversée de Gênes à la Spezia ; séjour à Florence.

1729. *19 janvier.* Arrivée à Rome. Montesquieu ne quittera Rome qu'au début de juillet. Durant ce séjour, une escapade à Naples.

Après s'être arrêté à Bologne, Montesquieu se dirige vers l'Allemagne : Innsbrück, Munich, Augsbourg ; Francfort, Hanovre, visite des mines du Hartz.

Octobre-novembre. Séjour en Hollande, puis traversée vers l'Angleterre.

1730. Séjour à Londres. Nombreux contacts intellectuels et politiques. Montesquieu est élu à la Royal Society. Il est initié à la franc-maçonnerie.

1731. *Mai.* Montesquieu a regagné Bordeaux. Il rapporte des journaux de voyage, des notes sur les pays qu'il a visités. Il compose des *Mémoires sur les mines*, des *Réflexions sur la monarchie universelle en Europe*, des *Réflexions sur le caractère de quelques princes et sur quelques événements de leur vie* ; il remet vraisemblablement sur le métier un livre de jeunesse, imité de Lucien : *Histoire véritable*. Surtout, il entreprend un « livre sur les Romains ».

1734. *Considérations sur les causes de la grandeur des Romains et de leur décadence.*

Montesquieu va se consacrer entièrement à son « livre sur les lois ». Seuls intermèdes : l'histoire orientale d'*Arsace et Isménie* (composée en 1742), et quelques madrigaux et quatrains occasionnels.

1741. « À l'égard de mes *Lois*, j'y travaille huit heures par jour. »

1742. *2 février.* « À mon égard, mon ouvrage augmente à mesure que mes forces diminuent. J'en ai pourtant dix-huit livres à peu près faits et huit qu'il faut arranger. » Montesquieu est très gêné dans son travail par une cataracte bilatérale.

1746. *Novembre.* Montesquieu se décrit comme « un pauvre homme qui tombe et se heurte partout, qui ne reconnaît personne et qui ne sait jamais à qui il parle ».

1748. *De l'esprit des lois* paraît à Genève, chez Barrillot, sans nom d'auteur.

1749. Le livre de Montesquieu est attaqué de divers côtés.

1750. *Février.* Montesquieu fait paraître la *Défense de l'Esprit des lois*.

1751. L'abbé J.-B. Gaultier attaque l'ouvrage de jeunesse de Montesquieu, dans *Les Lettres Persanes convaincues d'impiété.*

1753. Montesquieu rédige l'*Essai sur le goût*, qui paraîtra au tome VII de l'*Encyclopédie* (1757).

1754. Montesquieu fait paraître une édition révisée des *Lettres Persanes*, auxquelles il ajoute un *Supplément*, comportant des « réflexions » destinées à réfuter Gaultier (qui n'est pas nommé).

1755. *10 février*. Montesquieu meurt à Paris, « d'une fièvre chaude ».

CHRONOLOGIE
DES LETTRES PERSANES

Montesquieu a daté chaque lettre. Il a adopté le millésime chrétien pour désigner l'année. Il a retenu le nom des mois lunaires persans, signalés par Chardin, en leur attribuant une équivalence exacte avec les mois solaires du calendrier grégorien. Comme l'a indiqué Robert Shackleton (« The moslem chronology of the *Lettres Persanes* », *French Studies*, Oxford, janvier 1954, p. 17-27), on peut établir la concordance suivante, en faisant commencer l'année au mois de mars :

Maharram	=	Mars	Rhegeb	=	Septembre
Saphar	=	Avril	Chahban	=	Octobre
Rebiab I	=	Mai	Rhamazan	=	Novembre
Rebiab II	=	Juin	Chalval	=	Décembre
Gemmadi I	=	Juillet	Zilcadé	=	Janvier
Gemmadi II	=	Août	Zilhagé	=	Février.

19 Maharram (mars) 1711
Départ d'Ispahan d'Usbek et de Rica, escortés par un groupe d'eunuques noirs (I, XXII).
21 Maharram (mars) 1711
Lettre d'une épouse, Zachi : une partie de campagne a déjà eu lieu, en l'absence d'Usbek (III).
14 Saphar (avril) 1711
Arrivée à Tauris, ville de Perse, à peu de distance de la frontière ottomane.
15 Saphar (avril) 1711
 Première lettre écrite par Usbek (I).
30 Saphar (avril) 1711

Lettre du premier eunuque. Première mention d'un « jeune homme » et d'un échange clandestin de lettres au sérail. Il s'agit là, croit-il, de « fausses confidences », destinées à le troubler (Lettre IX, adressée à Ibbi, membre de l'escorte d'Usbek).

10 Rebiab II (juin) 1711

Usbek est à Erzeron en Turquie. Il s'y trouve encore le 20 de Gemmadi II (août). À son ami Nessir d'Ispahan, Usbek ose avouer la jalousie qui le « dévore » (VI) ; à Rustan, il révèle les motifs politiques de son voyage : en restant en Perse, il eût risqué sa vie, pour s'être montré trop ouvertement ennemi du « vice » à la Cour (VIII).

2 Rhamazan (novembre) 1711

Usbek et Rica sont à Smyrne, après avoir traversé l'Anatolie (XIX). Usbek y retrouve un ami, Ibben.

12 Zilcadé (janvier) 1712

Usbek écrit pour la première fois à l'une de ses épouses, Zachi. Violents reproches sur sa conduite. Elle a été trouvée en tête à tête avec Nadir, eunuque blanc ; elle prend avec l'esclave Zélide des familiarités contraires à la bienséance (XX). La lettre de dénonciation, venue d'Ispahan, ne nous est pas livrée. Le même jour, Usbek envoie une lettre comminatoire au premier eunuque blanc (XXI). Il renonce à ses gardes du corps et envoie l'eunuque noir Jaron « avec tous les noirs de son escorte » renforcer la garde du sérail d'Ispahan (XXII).

12 Saphar (avril) 1712

Les Persans sont à Livourne (XXIII).

4 Rebiab I (mai) 1712

Date approximative de l'arrivée à Paris. Début du voyage d'études de Rhédi, neveu d'Ibben, qui a quitté Smyrne pour l'Italie (XXV).

5 Chahban (octobre) 1712

Abattement d'Usbek (XXVII), qui depuis son arrivée n'a écrit qu'une courte lettre à Ibben (XXV), et une lettre nostalgique à Roxane, sa dernière épouse (XXVI). Le jeune Rica, lui, s'acclimate très rapidement. Depuis juin 1712, il envoie des lettres fort gaies.

25 Zilcadé (janvier) 1713

Usbek parle du vin et des « remèdes contre la tristesse » (XXXIII). Dans les lettres suivantes, il a peine à détacher ses pensées de la Perse, terme constant de référence. Il séjournera souvent à la campagne, aux environs de Paris.

7 Maharram (mars) 1713

Le premier eunuque noir veut faire castrer l'esclave Pharan. Celui-ci adresse une lettre suppliante à Usbek. La réponse d'Usbek, datée du 25 Rhegeb (septembre), fait droit à la demande de Pharan. On apprend ainsi que les lettres mettent environ six mois à franchir la distance d'Ispahan à Paris (XLI, XLII, XLIII).

2 Rhamazan (novembre) 1713

Fin d'une brouille entre Zachi et Zéphis, occasionnée peut-être par leur commun intérêt pour Zélide. Seconde partie de campagne des épouses. Deux imprudents sont abattus par les eunuques; tempête sur la rivière (XLVII).

5 Chalval (décembre) 1713

Passion de l'eunuque blanc Cosrou pour l'esclave Zélide, qu'il désire épouser (LIII).

2 Rebiab I (mai) 1714

Zélis annonce à Usbek que leur fille, «ayant atteint sa septième année», va être désormais gardée dans les appartements intérieurs du sérail (LXII). Cette fille est le seul enfant que Montesquieu attribue à Usbek. (Sur la polygamie cause de dépopulation, cf. lettre CXIV).

9 Rebiab I (mai) 1714

Le chef des eunuques révèle à Usbek le désordre et la confusion qui règnent au sérail. Il attribue ces troubles à l'orgueil des femmes (LXIV).

15 Saphar (avril) 1715

Usbek plaide en faveur du suicide (LXXVI).

1 Rebiab I (mai) 1715

Achat par le grand eunuque noir d'une jeune esclave de Circassie, destinée à rajeunir le sérail d'Usbek (LXXIX).

Fin de Gemmadi II (août) 1715

Présence à Paris d'un personnage «travesti en ambassadeur de Perse» (XCI).

4 Rhegeb (septembre) 1715

Usbek annonce la mort de Louis XIV, et le rôle accru accordé au Parlement par le régent (XCII).

10 Chahban (octobre) 1716

Usbek professe son admiration pour la physique cartésienne et ses doutes à l'égard du Coran (XCVII).

26 Maharram (mars) 1717

Première mention, par Usbek, du renversement des fortunes en France (XCVIII).

1 Rhegeb (septembre) 1717

Lettre du grand eunuque : Zélis a laissé tomber son voile, Zachi a été trouvée couchée avec une de ses esclaves ; le grand eunuque a intercepté une lettre galante ; on a aperçu, dans le jardin du sérail, un «jeune garçon», qui a pu s'enfuir (Lettre CXLVII : cette lettre ne nous est pas communiquée à sa date. C'est la première des quinze lettres qui constituent la conclusion romanesque du recueil).

5 Gemmadi I (juillet) 1718

Mort du grand eunuque. Narsit lui succède (CXLIX). C'est « un imbécile, à qui l'on fait croire tout ce qu'on veut » (CLI). Peut-être a-t-il été « séduit » par Roxane (CLXI).

1 Chalval (décembre) 1718
Usbek est frappé par les revers militaires des Turcs (CXXIII).

25 Saphar (avril) 1719
Rica annonce la mort du « fameux roi de Suède » (Charles XII) (Lettre CXXVII).

6 Rebiab I (mai) 1719
L'eunuque Solim entre en scène : il révèle de nouveaux scandales : une partie de campagne de huit jours a dégénéré en partie de plaisir. « La seule Roxane est restée dans le devoir. » Les lettres d'Usbek n'ont pas été ouvertes, ou ont été interceptées (CLI).

4 Chahban (octobre) 1719
Usbek donne à Solim tous les pouvoirs. « Extermine les coupables » (CLIII). Il adresse, par le même courrier, une lettre menaçante à ses femmes (CLIV). Le même jour, il confie plus longuement ses chagrins à son ami Nessir. Il envisage son retour et sa propre mort. Le motif politique reparaît : « Quoique je doive ma vie à ma retraite [...] je vais rapporter ma tête à mes ennemis » (CLV).

1 Zilcadé (janvier) 1720
Rica décrit les méfaits du système de Law (CXXXVIII).

2 Maharram (mars) 1720
Trois lettres de femmes annoncent le même jour le début du régime de châtiments corporels et de terreur imposé par Solim (CLVI, CLVII, CLVIII).

8 Rebiab I (mai) 1720
Solim a découvert Roxane « dans les bras d'un jeune homme ». Celui-ci a été abattu par une troupe d'eunuques (CLIX). Solim s'apprête à punir Roxane (CLX). Roxane empoisonne les eunuques, puis s'empoisonne elle-même, en déclarant à Usbek sa haine (CLXI).

21 Gemmadi I (juillet) 1720
Rica annonce à Usbek que le Parlement a été relégué à Pontoise (CXL).

9 Chahban (octobre) 1720
Rica transcrit le « Fragment d'un ancien Mythologiste », qui décrit le système de Law sous le travesti allégorique.

11 Rhamazan (novembre) 1720
Usbek retrace à son tour, en les situant « dans les Indes », les désordres moraux causés par la crise financière. À cette date, la lettre révoltée écrite par Roxane mourante ne doit pas tarder à parvenir à Usbek.

HISTOIRE DU TEXTE

L'édition princeps des *Lettres Persanes* paraît au début de 1721, en deux volumes in-12 de 311 et 347 pages. La page de titre donne pour éditeur Pierre Marteau, à Cologne. On s'accorde à croire que nom et lieu sont faux, et que l'ouvrage est sorti des presses de Jacques Desbordes à Amsterdam. Cette édition compte 150 lettres. Un autre groupe de volumes, au texte identique, porte la même date et indique le nom de Pierre Brunel, à Amsterdam. Il s'agit probablement d'un éditeur français clandestin, à Rouen.

Une *seconde édition revue, corrigée, diminuée et augmentée par l'auteur* paraît encore en 1721, chez Pierre Marteau. Cette édition en deux volumes de 312 et 347 pages compte 140 lettres ; elle retranche treize lettres de la publication originale (les lettres I, V, XVI, XXV, XXXII, XLI, XLII, XLIII, XLVII, LXV, LXX, LXXI de la présente édition), et en rajoute trois (les lettres CXI, CXXIV, CXLV de la présente édition).

Montesquieu se désintéresse des nombreuses rééditions (une trentaine) de son livre jusqu'en 1754, date où il fait paraître en deux volumes de 172 et 205 pages, les 150 lettres de l'édition princeps, auxquelles il ajoute un *Supplément* : celui-ci contient les trois lettres nouvelles de la seconde édition (les lettres CXI, CXXIV et CXLV de la présente édition), et ajoute huit lettres inédites (XV, XXII, LXXVII, XCI, CXLIV, CLVII, CLVIII, CLX) ; il apporte des changements aux lettres LXXXVII, XCII, CIX et CXVII. Les lettres du *Supplément* sont précédées d'un préambule intitulé *Quelques réflexions sur les Lettres Persanes*, Montesquieu y répond, sans le nommer, à l'abbé J.-B. Gaultier, qui l'avait attaqué en 1751 dans un ouvrage intitulé *Les Lettres Persanes accusées d'impiété*.

Après la mort de Montesquieu, son fils, et l'avocat Richer, assurent une édition en trois volumes des *Œuvres* (1758). Les lettres du *Supplément* de 1754 sont réparties à l'intérieur du texte, selon l'ordre chronologique ou esthétique souhaité par Montesquieu.

ÉDITIONS CRITIQUES

Henri Barckhausen a trouvé à La Brède trois cahiers de corrections, d'après lesquels il a donné en 1897 la première édition critique des *Lettres Persanes*. (Cette édition a été reprise en 1913 dans la série des *Textes français modernes*.) Les corrections suggérées par les cahiers, dans nombre de cas, atténuent les audaces de l'œuvre de jeunesse. L'édition Richer (1758), tout en apportant des modifications stylistiques demandées par l'auteur, était plus respectueuse du texte original.

Dans leurs éditions des *Lettres Persanes*, Élie Carcassonne (Les Belles-Lettres, 1929) et Roger Caillois (*Œuvres complètes* de Montesquieu, Bibliothèque de la Pléiade, 1949) ont suivi le texte établi par Barckhausen.

Antoine Adam, dans son édition critique publiée chez Droz en 1954, prend pour base le texte de l'édition Richer (1758). Il indique en note toutes les variantes. Le commentaire comprend de précieuses indications sur les circonstances historiques et sur les sources de Montesquieu.

Paul Vernière, dans l'édition qu'il publie en 1960 (Paris, Garnier), part également du texte de 1758. Les variantes sont toutes indiquées. Le commentaire porte une attention particulière aux sources de Montesquieu. Il fait apparaître l'importance de la documentation utilisée par l'écrivain.

Nous reproduisons également le texte de 1758, dans une orthographe modernisée. Nous ne mentionnerons que les principales variantes. Nous sommes restés très près de la ponctuation de 1758, qui indique le rythme d'une lecture, plutôt que des articulations grammaticales.

BIBLIOGRAPHIE

I. ŒUVRES COMPLÈTES DE MONTESQUIEU

a) Texte présenté et annoté par Roger Caillois, Gallimard, Bibliothèque de la Pléiade, 1949-1951, 2 volumes.
b) Sous la direction d'André Masson, Éditions Nagel, 1950-1955, 3 volumes. (Cette édition comporte la correspondance de Montesquieu.)
c) Présentation et notes de Daniel Oster, Seuil, L'Intégrale, 1964, 1 volume.

Depuis 1997, grâce aux efforts de la Société Montesquieu, et sous la direction de Jean Ehrard et de Catherine Volpilhac-Auger, une prestigieuse édition des *Œuvres complètes* en 22 volumes est en cours de publication par la Voltaire Foundation à Oxford.

II. BIBLIOGRAPHIES CONSACRÉES À MONTESQUIEU

Louis Desgraves, *Répertoire des ouvrages et des articles consacrés à Montesquieu*, Genève, Droz, 1988.
La *Revue Montesquieu*, qui paraît annuellement depuis 1997 par les soins de la Société Montesquieu, propose une bibliographie régulière à dater de 1996 (Université Stendhal-Grenoble 3 / UMR *LIRE* n° 5611).

III. OUVRAGES SUR MONTESQUIEU

a) Biographies

Robert Shackleton, *Montesquieu : a Critical Biography*, Oxford, 1961, trad. Presses Universitaires de Grenoble, 1977.

Louis Desgraves, *Montesquieu*, Mazarine, 1986 ; *Montesquieu : l'œuvre et la vie*, L'Esprit du Temps, 1995 ; *Chronologie critique de la vie et des œuvres de Montesquieu*, Champion, 1998.

Jean Lacouture, *Montesquieu, Les Vendanges de la liberté*, Seuil, 2003.

b) Essais et études générales

Sergio Cotta, *Montesquieu e la Scienza della società*, Turin, 1953.

Jean Starobinski, *Montesquieu par lui-même*, Seuil, 1953; nouvelle édition, revue, augmentée et mise à jour, 1994.

Bernard Groethuysen, *Philosophie de la Révolution française* précédé de *Montesquieu*, Gallimard, 1956.

Louis Althusser, *Montesquieu, la politique et l'histoire*, PUF, 1959.

Jean Ehrard, *Politique de Montesquieu*, Armand Colin, 1965; *Montesquieu critique d'art*, PUF, 1966; *L'Esprit des mots. Montesquieu en lui-même et parmi les siens*, Genève, Droz, 1998.

Georges Benrekassa, *Montesquieu*, PUF, 1968 ; *Montesquieu, la liberté et l'histoire*, Livre de Poche, 1987.

J. Robert Loy, *Montesquieu*, New York, 1968.

Mark Waddicor, *Montesquieu and the Philosophy of Natural Law*, La Haye, 1970 (Archives internationales d'histoire des idées, 37).

Corrado Rosso, *Montesquieu moraliste. Des lois au bonheur*. Préface de Jean Ehrard. Trad. de l'italien par M. Régaldo, Bordeaux, 1971.

Simone Goyard-Fabre, *La Philosophie du droit de Montesquieu*, Klincksieck, 1973; *Montesquieu, la nature, les lois, la liberté*, PUF, 1993.

Jeannette Geffriaud Rosso, *Montesquieu et la féminité*, Pise, 1977.

Judith N. Shklar, *Montesquieu*, Oxford-New York, 1987.

F. Wolfzettel, *Le Discours du voyageur : pour une histoire littéraire du récit de voyage en France*, PUF, 1996.

Catherine Larrère, *Actualité de Montesquieu*, Presses de Sciences-Po, 1999.

IV. SUR LES *LETTRES PERSANES*

a) Livres

Pauline Kra, *Religion in Montesquieu's* Lettres Persanes, Genève, 1970 (Studies on Voltaire and the Eighteenth Century, 72).

Alain Grosrichard, *Structure du sérail*, Seuil, 1979.

Charles-Jacques Beyer, *Nature et valeur dans la philosophie de Montesquieu*, Klincksieck, 1982.

Jean Goldzink, *La Politique dans les* Lettres Persanes : *théâtre de l'idéologie, scène de la fiction*, Presses de l'ENS (Fontenay), 1988 ; *Montesquieu*, Lettres Persanes, PUF, 1989; *Montesquieu et les passions*, PUF, 2001.

Christopher Betts, *Montesquieu*, Lettres Persanes, Londres, 1995.

Céline Spector, *Montesquieu. Les* Lettres Persanes : *de l'anthropologie à la politique*, PUF, 1997.

Annie Becq, Lettres Persanes *de Montesquieu*, Gallimard, Foliothèque, 1999.

b) Articles

Paul Valéry, « Préface aux *Lettres Persanes* ». *Variété II*, Gallimard, 1930.

P. Barrière, « Éléments personnels et éléments bordelais dans les *Lettres Persanes* ». *Revue d'histoire littéraire de la France*, 51, janvier 1951, p. 17-36.

R. Grimsley, « The idea of Nature in the *Lettres Persanes* ». *French studies*, 5, 1951, p. 293-306.

A. Boase, « The interpretation of the *Lettres Persanes* ». *The French Mind*, Mélanges Rudler, Oxford, 1952, p. 152-159.

P. Nardin, « La recette stylistique des *Lettres Persanes* ». *Le Français moderne*, 20, 1952, p. 277-286; 21, 1953, p. 13-28 et p. 101-109.

Robert Shackleton, « The Moslem chronology of the *Lettres Persanes* ». *French Studies*, 8, 1954, p. 17-27.

A. Crisafulli, « L'observateur oriental avant les *Lettres Persanes* ». *Lettres Romanes*, 1954, p. 91-113.

Étiemble, « Sur les *Lettres Persanes* ». *Les Lettres Nouvelles* III, 1955, 31, p. 370-381.

R. Mercier, « Le roman dans les *Lettres Persanes* : structure et signification ». *Revue des sciences humaines*, 107, juillet-septembre 1962, p. 345-356.

P. Kra, « The invisible chain of the *Lettres Persanes* ». *Studies on Voltaire and the eighteenth century*, 23, 1963, p. 7-60.

Roger Laufer, « Les *Lettres Persanes* ». *Style rococo, style des Lumières*, J. Corti, 1963, p. 51-72.

Pierre Testud, « Les *Lettres Persanes*, roman épistolaire ». *Revue d'histoire littéraire de la France*, 66, octobre-décembre 1966, p. 642-656.

J.L. Carr, « The secret chain of the *Lettres Persanes* ». *Studies on Voltaire and the eighteenth century*, 55, 1967, p. 333-344.

J.-G. Mérigot, « Montesquieu démographe ». *Mélanges J. Brethe de La Gressaye*, Bordeaux, 1967, p. 510-536.

P. Brady, « The *Lettres Persanes*, rococo or neo-classical ? ». *Studies on Voltaire and the eighteenth century*, 55, 1967, p. 333-344.

R.-L. Frautschi, « The would-be invisible chain in the *Lettres Persanes* ». *The French Review*, 40, 1966-1967, p. 604-612.

Paul Morand, « Sur les *Lettres Persanes* ». *Mon plaisir... en littérature*, Gallimard, 1967, p. 17-23.

Roger Kempf, « Les *Lettres Persanes* ou le corps absent ». *Sur le corps romanesque*, Seuil, 1968, p. 9-22.

N. Melani, « La structure des *Lettres Persanes* ». *Annali dell' istituto universitario orientale* (Naples). *Sezione romanza*, 1968, p. 39-94.

B. Magné, « Une source de la Lettre Persane XXXVIII, *L'égalité des deux sexes* de Poullain de la Barre ». *Revue d'histoire littéraire de la France*, 68, 1968, p. 407-414.

O. Ranum, « Personality and politics in the *Lettres Persanes* ». *Political Science Quarterly*, décembre 1968, p. 606-627.

B. Picard, « La pensée et l'action dans les *Lettres Persanes* ». *The French Review*, 42, 1968-1969, p. 857-864.

A. Vantuch, « Les éléments personnels dans les *Lettres Persanes* ». *Annales de la faculté des lettres et sciences humaines*, Nice, 8, 2ᵉ trimestre 1969, p. 127-142.

R. F. O'Reilly, « The structure and meaning of the *Lettres Persanes* ». *Studies on Voltaire and the eighteenth century*, 67, 1969, p. 91-131.

A. Vartanian, « Eroticism and politics in the *Lettres Persanes* ». *Romanic Review*, 60, 1969, p. 23-33.

J. Solé, « Montesquieu et la Régence ». *La Régence*. Centre aixois d'études et de recherches sur le XVIIIᵉ siècle. Avertissement de Henri Coulet, Armand Colin, 1970.

Jean Ehrard, « La signification politique des *Lettres Persanes* ». *Études sur Montesquieu*, Archives des Lettres modernes 116, Minard, 1970, p. 33-50. Repris dans *L'Invention littéraire au XVIIIᵉ siècle : fictions, idées, société*, PUF, 1997.

Georges Benrekassa, « Montesquieu et le roman comme genre littéraire ». *Roman et Lumières au XVIIIᵉ siècle*, Éditions sociales, 1970, p. 27-37 ; « Le parcours idéologique des *Lettres Persanes* :

figures de la socialité et discours politique». *Europe*, février 1977. Repris dans *Le Concentrique et l'excentrique*, Payot, 1980.

C. Cherpack, «Montesquieu's Uzbek. Paper Persian or anti-hero?». *Kentucky Romance Quarterly*, 18, 1971, p. 101-110.

Jean-Marie Goulemot, «Questions sur la signification politique des *Lettres Persanes*». *Approches des Lumières*, Klincksieck, 1974, p. 213-224 ; «Vision du devenir historique et formes de la révolution dans les *Lettres Persanes*». *Dix-huitième siècle*, 21, 1989.

Michel Delon, «Un monde d'eunuques». *Europe*, février 1977.

J.-P. Schneider, «Les jeux du sens dans les *Lettres Persanes*, temps du roman et temps de l'histoire». *Études sur le XVIII* siècle*, Société française d'étude du XVIIIᵉ siècle, 1983.

Jean Dagen, «La chaîne des raisons dans les *Lettres Persanes*». *Littérature* 17, automne 1987, p. 69-83.

Laurent Versini, «La phrase miroitante de Montesquieu dans les *Lettres Persanes*». *Langue, littérature du XVIIᵉ et du XVIIIᵉ siècle*, Sedes, 1990, p. 357-365.

P. Stewart, «Toujours Uzbek». *Eighteenth Century Fiction*, XI, 1998-1999, p. 141-150.

Catherine Volpilhac-Auger, *Lettres Persanes*, choix de lettres, lecture accompagnée, Gallimard, 1999.

ÉCLAIRCISSEMENTS

LETTRES PERSANES

QUELQUES RÉFLEXIONS
SUR LES LETTRES PERSANES

Page 43.

Ces *Réflexions* paraissent pour la première fois dans le *Supplément* de 1754. En défendant l'aspect fictif de l'ouvrage, Montesquieu s'efforce de désarmer la critique portée contre l'«impiété» des *Lettres Persanes* par l'abbé Gaultier (1751). Les papiers de la Brède contiennent des brouillons et une première version de ce texte. Nous en donnons les principales variantes :

1. Première version manuscrite :

Préface de l'Éditeur. Ce qui fait le mérite principal des *Lettres Persanes*, c'est qu'on y trouve [...]

Brouillon raturé :

Il ne faut pas être étonné que les diverses éditions des *Lettres Persanes* soient pleines de fautes. Cet ouvrage fut abandonné par son auteur dès sa naissance. Ce qui fait son mérite principal, c'est qu'on y trouve [...]

2. Première version :

et c'est une des causes du succès de *Paméla* et des *Lettres péruviennes* (ouvrages charmants qui ont paru depuis).

(*Paméla* de Richardson [1741] connut un grand succès dans la traduction de l'abbé Prévost; les *Lettres péruviennes* de Mme de Graffigny parurent en 1747.)

Page 44.

3. Première version :
ne sont pas choisis, mais forcés.

4. Première version :
les libraires de Hollande.

5. Allusion, selon Roger Caillois, aux *Lettres turques* de Sainte-Foix, jointes à l'édition de 1744.

Page 45.

6. La première version s'achève par ces deux alinéas (nous mettons entre crochets une phrase biffée) :

En parlant de notre religion, ces Persans ne devaient pas paraître plus instruits que lorsqu'ils parlaient des coutumes et des usages ordinaires de la nation ; et, s'ils trouvent, quelquefois, nos dogmes singuliers, on avouera que cette singularité est marquée, dans les *Lettres Persanes*, à ce coin qu'elle n'est jamais fondée que sur la parfaite ignorance où ils sont de la chaîne qui lie ces dogmes avec nos autres vérités. Tout l'agrément ne consiste que dans le contraste qu'il y a entre les choses réelles et la manière dont elles sont aperçues. [J'avouerai même que j'aurais aussi bien fait de faire un moins bon livre que de toucher ces matières, puisqu'on n'est jamais si sûr de la manière dont les autres sont affectés que de celle dont on est affecté soi-même.]

De toutes les éditions de ce livre, il n'y a que la première qui soit bonne : elle n'a point éprouvé la témérité des libraires. Elle parut en 1721, imprimée à Cologne, chez Pierre Marteau. Celle que l'on donne aujourd'hui mérite la préférence, parce qu'on y a corrigé, en quelques endroits, le style de la première et quelques fautes qui s'étaient glissées dans l'impression. Ces fautes, dans les éditions suivantes, se sont multipliées sans nombre, parce que cet ouvrage fut abandonné par son auteur dès sa naissance.

Dans une première rédaction, relevée par M. Desgraves dans son édition des *Pensées* (au t. II des *Œuvres complètes* de Montesquieu, publiées sous la direction d'André Masson, Paris, Nagel, 1950, p. 629), le premier de ces deux alinéas commençait ainsi :

Que si ces raisons n'excusent point l'auteur, il aura, du moins, la consolation de penser que ceux qui viendront après lui apprendront par son exemple, que les moindres fautes en ce genre sont irréparables.

D'autre part, Montesquieu a donné trois rédactions différentes de la fin du second paragraphe :

1° que cet ouvrage fut abandonné dès sa naissance par l'auteur, qui n'y prit de part que par le repentir de l'avoir fait.

2° fut abandonné par son auteur, qui s'attacha à des choses plus sérieuses.

3° fut abandonné par son auteur, qui avait écrit dans un temps où il était assez jeune, et avait publié son ouvrage dans un temps où tout le monde était jeune.

Les papiers de la Brède livrent encore quatre textes appartenant à la même intention apologétique :

LETTRES PERSANES

Lorsque cet ouvrage parut, on ne le regarda pas comme un ouvrage sérieux : il ne l'était pas. On pardonna deux ou trois témérités en faveur d'une conscience qui était toute à découvert, qui portait la critique sur tout et le venin sur rien. Tout lecteur se rendit témoignage à lui-même. Il ne se souvint que de sa gaieté. L'on se fâchait autrefois comme on se fâche aujourd'hui ; mais on savait mieux autrefois quand il fallait se fâcher.

<p style="text-align:center">*</p>

APOLOGIE DES LETTRES PERSANES

On ne peut guère imputer aux *Lettres Persanes* les choses que l'on a prétendu y choquer la religion.

Ces choses ne s'y trouvent jamais liées avec l'idée d'examen, mais avec l'idée de singularité ; jamais avec l'idée de critique, mais avec l'idée d'extraordinaire.

C'était un Persan qui parlait, et qui devait être frappé de tout ce qu'il voyait et de tout ce qu'il entendait.

Dans ce cas, quand il parle de Religion, il n'en doit pas paraître plus instruit que des autres choses, comme des usages et des manières de la Nation, qu'il ne regarde point comme bonnes ou mauvaises, mais comme merveilleuses.

Comme il trouve bizarres nos coutumes, il trouve quelquefois de la singularité dans de certaines choses de nos dogmes, parce qu'il les ignore, et il les explique mal, parce qu'il ne connaît rien de ce qui les lie, et de la chaîne où ils tiennent.

Il est vrai qu'il y a quelque indiscrétion à avoir touché ces matières, puisque l'on n'est pas aussi sûr de ce que peuvent penser les autres que de ce qu'on pense soi-même.

<p style="text-align:center">*</p>

Voiture a de la plaisanterie, et il n'a pas de gaieté. Montaigne a de la gaieté et point de plaisanterie. Rabelais et le *Roman comique* sont admirables pour la gaieté. Fontenelle n'a pas plus de gaieté que Voiture. Molière est admirable dans l'une et l'autre qualité, et les *Lettres Provinciales*, aussi. J'ose dire que les *Lettres Persanes* sont riantes et ont de la gaieté, et qu'elles ont plu par là.

<p style="text-align:center">*</p>

Autrefois le style épistolaire était entre les mains des pédants, qui écrivaient en latin. Balzac prit le style épistolaire et la manière d'écrire des lettres de ces gens-là. Voiture en dégoûta, et, comme il avait l'esprit fin, il y mit de la finesse et une certaine affectation, qui se trouve toujours dans le passage de la pédanterie à l'air et au ton du monde. M. de Fontenelle, presque

contemporain de ces gens-là, mêla la finesse de Voiture, un peu de son affectation, avec plus de connaissances et de lumières, et plus de philosophie. On ne connaissait point encore Mme de Sévigné. Mes *Lettres Persanes* apprirent à faire des romans en lettres.

INTRODUCTION

Page 48.

1. *Envoyé* est la leçon, sans doute correcte, que donne l'une des deux éditions originales (« À Amsterdam, chez Pierre Brunel, 1721 »). Toutes les autres éditions donnent : *ennuyé.*

LETTRE I

Page 51.

1. Com, ville de la province d'Irâk-Adjemi, est située au nord d'Ispahan. On y vénérait Fathmé, fille de Mousa al Kacim. Montesquieu semble la confondre avec une autre Fathmé, fille de Mahomet, aïeule des douze successeurs du Prophète selon la tradition chyite.

2. Cette ville est plus connue aujourd'hui sous le nom de Tabriz.

3. Erzeron ou Erzeroum, chef-lieu de l'Arménie turque.

LETTRE III

Page 53.

1. Il s'agit sans doute des « grandes cuves en manière de berceaux couverts ou fermés » décrites par les voyageurs et notamment par Chardin. Les femmes, dans leur boîte, sont traitées comme des objets que l'on enferme. Elles sont vouées à l'exiguïté. Elles ne connaissent que des sorties surveillées. Autant dire qu'elles sont condamnées à l'immobilité. Usbek et Rica, en revanche, voient s'ouvrir devant eux l'espace du monde.

LETTRE IV

Page 55.

1. On verra reparaître le nom de Zélide dans la lettre XX (Zachi a pris avec elle des « familiarités »), et dans la lettre LIII : Cosrou,

eunuque blanc, a conçu pour elle une vive passion et l'obtient en mariage, du consentement de Zélis.

Page 56.

1. Les Turcs. Ceux-ci, reconnaissant l'autorité d'Abou Bekr, beau-père de Mahomet et d'Omar, sont sunnites. Les Persans voient en Ali, gendre du Prophète, son seul successeur légitime : ils sont chyites.

Page 60.

1. L'échange de lettres avec Rustan (I, V, VIII) jette la lumière sur les motifs du voyage : aspiration à la connaissance de l'Occident, mais aussi : fuite rendue nécessaire par un excès de franchise vertueuse à la cour du despote. Nous savons désormais qu'Usbek est un grand seigneur. Un de ses frères est religieux (lettre XCIII) : un autre frère est gouverneur de la province de Mazendéran (lettre XCVI).

Page 64.

1. *Revers* : « Se dit d'un coup qu'on donne de l'arrière-main. » (*Dictionnaire de Trévoux*, 1752.) Au figuré, *donner des revers* signifie châtier quelqu'un (Littré).

Page 66.

1. Cette lettre, préparée par la lettre VIII, marque l'entrée des thèmes moraux et politiques : bonheur, justice, vertu. Ces sujets de réflexion ne cesseront de reparaître le long du livre. On notera la différence qui sépare l'acception politique du mot *vertu*, et l'acception qu'il revêt dans les propos qu'Usbek et les eunuques tien-

nent aux épouses. En s'achevant en France par le désordre finan-
cier et moral, en Perse par la découverte de la trahison de Roxane,
le livre constate l'absence de la vertu.

2. *Mollak*, ou plutôt *mollah* : « Docteurs de la loi » (Tavernier).

<center>LETTRE XI</center>

Page 67.

1. Dans l'édition revue et corrigée de 1721, qui ne comporte plus
la lettre X, ce premier alinéa est remplacé par les suivants :

> Tu me demandes si les hommes sont heureux par les plaisirs et les satis-
> factions des sens, ou par la pratique de la vertu. Tu veux que je t'explique ce
> tu m'as ouï dire quelquefois, que les hommes sont nés pour être vertueux, et
> que la justice est une qualité qui leur est aussi propre que l'existence.
>
> Si tu consultais les mollaks, ils t'accableraient de passages du Saint Alco-
> ran, sans faire attention que tu ne leur parles pas comme vrai croyant, mais
> comme homme, comme citoyen et comme père de famille.

2. Hérodote et Pomponius Mela font mention de peuplades sau-
vages habitant des cavernes. Ils les situent en Libye.

<center>LETTRE XV</center>

Page 76.

1. Cette lettre apparaît dans le *Supplément* de 1754. On trouvera
dans notre *Dossier* (p. 378), une *Lettre du grand eunuque à Janum*,
que Montesquieu a renoncé à insérer dans son livre, parce qu'elle
fait partiellement double emploi avec celle-ci.

<center>LETTRE XVI</center>

Page 77.

1. Les trois tombeaux sont ceux de Fathmé (cf. Lettre I), et ceux
des rois Séfi Ier et Abbas II.

Page 78.

2. Ali, gendre et successeur de Mahomet.

3. Les imans, au nombre de douze, descendent en droite ligne
de Ali ; et sont les successeurs de Mahomet. Le titre de « treizième
iman » qu'Usbek décerne à son correspondant est une attribution
hyperbolique d'autorité religieuse.

4. Les excès poétiques de cette cosmologie religieuse doivent être relus à la lumière de la lettre XCVII, où Usbek proclame son admiration pour la physique cartésienne, et sa défiance à l'égard du style poétique du Coran.

5. Expression empruntée au *Coran*, II, 183. Montesquieu possédait la traduction du *Coran* par Du Ryer (La Haye, 1685).

LETTRE XVIII

Page 80.

1. Les *Traditions des Docteurs* sont des recueils de commentaires du texte sacré et des paroles attribuées à Mahomet.

2. L'immaum (on écrit aujourd'hui iman) est le ministre du culte en pays d'Islam.

Page 81.

3. La source de ce curieux récit a été retrouvée par M. Paul Vernière. Il s'agit du gros recueil de Hermannus Dalmata : *Machumetis Saracenorum principis doctrina* (s. 1. 1550, in-folio). Montesquieu possédait une traduction italienne de cet ouvrage.

LETTRE XIX

Page 82.

1. Ville de Cappadoce. Étape de caravane entre Smyrne et la Perse.

LETTRE XXII

Page 87.

1. Cette lettre est la deuxième du *Supplément* de 1754.

LETTRE XXIV

Page 90.

1. Pendant les guerres de la Ligue d'Augsbourg et de la Succession d'Espagne, Louis XIV trouva des ressources, non seulement

dans la vente d'offices plus ou moins inutiles, mais aussi dans celle de titres de noblesse... Pendant les vingt-cinq dernières années de son règne, Louis XIV fit varier sans cesse le titre et la valeur des monnaies. En 1706 et 1707 notamment, Louis XIV obligea les créanciers d'accepter des *billets de monnaie* en paiement de leurs créances (Barckhausen).

Page 91.

2. La guérison des écrouelles (fistules tuberculeuses).

3. Il s'agit de la bulle *Unigenitus*. Cette bulle fut promulguée le 8 septembre 1713. La lettre de Rica, elle, est datée du 4 juin 1712. En disant que la *Constitution* a été envoyée « il y a deux ans », la date supposée recule jusqu'à 1710. — On peut alors supposer que celui qui dit « il y a deux ans » n'est pas Rica, mais Montesquieu écrivant, en 1715 ou 1716, cette « lettre persane ». La date communément retenue pour le début de la rédaction des *Lettres Persanes* est 1717.

4. La bulle *Unigenitus* défendait aux femmes la lecture de la Bible.

Page 92.

5. Les *ennemis invisibles* sont les Jansénistes. Les *Dervis* qui ont *sa confiance* sont les Jésuites.

<div align="center">LETTRE XXVIII</div>

Page 98.

1. Rica décrit la Comédie-Française. Le spectacle lui est offert par les spectateurs.

2. Jusqu'à la fin du XVIIIe siècle (1782), le public restait debout au parterre.

<div align="center">LETTRE XXIX</div>

Page 100.

1. L'Irimette (ou mieux : Imirette) et la Géorgie sont des États caucasiens, tributaires de la Perse.

Page 101.

2. Mois de jeûne et d'abstinence. Rica veut parler du Carême.

3. *Distinction* : « Terme de philosophie et de théologie. Elle

consiste à dire les différentes manières dont on entend une chose. »
(*Dictionnaire* de Richelet, 1680.)

4. Dans les éditions antérieures à 1758, on lit : En Espagne et
en Italie.

Page 102.

5. Description du rosaire (ou du chapelet) et du scapulaire.

6. Saint-Jacques de Compostelle, lieu de pèlerinage, se trouve
en Galice.

LETTRE XXXII

Page 105.

1. Comme le rappelle Élie Carcassonne, « l'hospice des Quinze-
Vingts fut fondé par Saint Louis, vers 1254, pour trois cents che-
valiers rendus aveugles par les Sarrasins ».

LETTRE XXXIII

Page 106.

1. Les voyageurs, dont Montesquieu connaissait bien les récits,
avaient parlé des effets euphorisants du café et du pavot.

Page 107.

2. Les esprits animaux, selon Galien et selon la médecine arabe.
L'esprit naturel, élaboré au niveau du foie, subit dans les cavités
cardiaques une distillation qui le transforme en esprit vital ; celui-
ci se subtilise une seconde fois au niveau du cerveau, où il devient
esprit animal (ou psychique). Cette lettre et celle qui lui fait suite
illustrent deux aspects de l'interprétation galénique des relations
entre âme et corps ; l'âme est tyrannisée par les « tempéraments du
corps » ; en revanche, la « vie réglée » peut rendre le « sang » plus
« beau ».

LETTRE XXXIV

Page 107.

1. Les deux éditions de 1721 attribuaient cette lettre à Rica.

Page 110.

1. La *Polygamia triumphatrix* du protestant Johann Leyser (latinisé en Lyserus) avait paru en 1682.

Page 111.

1. Le café Procope, selon toute vraisemblance. On peut penser aussi au café Gradot (comme le suggère Antoine Adam), ou au café Laurent (comme le suggère Roger Caillois).

2. Homère, critiqué par La Motte, puis par l'abbé Terrasson (habitué du Procope), défendu par Mme Dacier. La querelle sur Homère, nouvelle phase de la « querelle des anciens et des modernes », est quelque peu postérieure à la date attribuée à cette lettre d'Usbek.

Page 112.

3. Le latin scolastique.

4. Les prêtres irlandais réfugiés à Paris après la révolution d'Angleterre (1688-1689).

Page 113.

1. Madame de Maintenon, née en 1635, avait épousé secrètement Louis XIV vers 1684. Antoine Adam signale que le marquis de Cany, fils de Chamillart, obtint à dix-huit ans, en 1708, la charge de secrétaire d'État, et « commença presque aussitôt à faire les fonctions de ministre ».

2. Cf. Lettre CXXIV.

Page 115.

1. Allusion probable à Fontenelle, familier du salon de Madame de Lambert.

2. Ou Sarmates, habitants d'une vaste contrée, située entre la Baltique et la Caspienne, à l'ouest de la Scythie. Le géographe romain Pomponius Mela les disait soumis aux femmes.

Page 116.

3. Coran II, 228.

Page 116.

1. M. Paul Vernière a pu prouver que, dans toute cette lettre, Montesquieu suit de très près le texte de Hermannus Dalmata (cf. Lettre XVIII, note 3). *Isben Aben* est la transcription par Montesquieu du nom de l'historien arabe Ibenaber.

Page 118.

1. Le fait est rapporté par les voyageurs Tavernier et Bernier, dont Montesquieu avait lu les récits.

Page 122.

1. Cette relation est celle de Froger, *Relation d'un voyage aux côtes d'Afrique*, Paris, Brunet, 1698, p. 34-35 (P. Vernière).

2. Une brève note de Montesquieu, retrouvée par Barckhausen dans les papiers de la Brède, signale qu'il a « dit la même chose », dans l'*Esprit des lois*, « d'un roi des Natchez ». Cf. *Esprit des lois*, XVIII, 18.

3. Plusieurs commentateurs ont pensé à Quinte Curce, *De gestis Alexandri magni*, X, 5. Antoine Adam a signalé une source plus vraisemblable : *Maccabées*, I, 1-8.

Page 123.

1. *Déplacer* : « Sans déplacer », selon Littré, équivaut à : Sans changer de lieu, sans rien changer. « Nous terminâmes l'affaire sans déplacer. »

Page 124.

2. Nicolas Flamel, mort en 1418, passait pour avoir découvert la pierre philosophale, et acquis de fabuleuses richesses par la transmutation des métaux.

3. Raymond Lulle (1235-1315), né à Majorque, à côté d'une œuvre importante de logicien (*Ars Magna*), a poursuivi des recherches d'alchimie. Celles-ci devinrent rapidement légendaires.

Page 126.

1. En fait, cette interdiction n'apparaît nulle part dans les rites arméniens.

Page 127.

1. *Courouc* : selon Chardin, « mot turquesque qui signifie défense, abstinence, et qui, dans cet usage veut dire que tout le monde se retire et que personne n'approche. »

2. Cf. Lettre III, note 1.

Page 130.

1. *Fermier* : celui qui tient à ferme la levée des impôts et des droits.

Page 131.

2. Allusion à l'adage célèbre : « Fiunt oratores, nascuntur poetae », on devient orateur, on naît poète.

Page 133.

3. *En donner à garder à quelqu'un* : « En faire accroire. Dire des bourdes et des contes. » (*Dictionnaire* de Richelet, 1680.)

4. *Valoir* : comme le fait remarquer Antoine Adam, il ne faut pas « croire qu'il s'agit ici de valeur morale ».

LETTRE XLIX

Page 134.

1. *Fantaisie* : « Une chose inventée à plaisir, et dans laquelle on a plutôt suivi le caprice que les règles de l'art » (*Académie*, 1718).

Page 135.

2. *Casbin* : ancienne capitale de la Perse. Chardin y avait signalé la présence de quarante familles chrétiennes. Il y avait des capucins à Tabriz et à Ispahan. Sur ce que Montesquieu pense du prosélytisme, cf. Lettre LXXXV.

LETTRE L

Page 136.

1. Sur la modestie, cf. Lettre CXLV.

LETTRE LI

Page 139.

1. Le tsar Pierre le Grand.
2. Cf. *Esprit des lois*, XI, 2, et XIX, 14.

LETTRE LIII

Page 142.

1. Montesquieu revient sur le thème de la compensation, abordé dans la Lettre IX.

Page 145.

1. « L'expression *plénier* est appliquée par les Gascons aux choses qui vont sans difficulté, *de plano* » (Barckhausen).

Page 146.

2. Ces événements se situent en 1638 (prise de Bagdad par les Turcs) et en 1649 (prise de Kandahar par les Persans, sous Abbas II).

Page 147.

1. Cf. *Mes Pensées* (*Œuvres complètes* de Montesquieu, Pléiade, I), n° 1138-1140, p. 1292-1293.

Page 150.

1. « Le nom de *Sophi* est celui qu'on donnait aux rois de Perse de la dynastie qui régna de 1502 à 1735 » (Barckhausen).

Page 154.

1. *Esprit des lois*, livre XX, chap. 13 (« Très humble remontrance aux inquisiteurs d'Espagne et du Portugal »).

Page 155.

2. Les juifs furent expulsés d'Espagne en 1492.
3. Allusion à la révocation de l'Édit de Nantes (révocation dont « un ecclésiastique » avait fait l'éloge à la lettre précédente). Le problème des expulsions pour cause religieuse sera repris dans la Lettre LXXXV et dans la Lettre CXXI.
4. Cf. Lettre VI, n. 1.

Page 156.

1. Événements effectivement relatés lors de l'invasion de la Chine par les Mandchous au milieu du xviiᵉ siècle.

Page 157.

2. Théodose Iᵉʳ conquit Thessalonique en 390 et en massacra les habitants. Saint Ambroise lui refusa l'accès de la cathédrale de Milan.

3. Les éditions de 1721 et celle de 1754 ont : « D'un fanatique et d'un fou ».

Page 160.

1. *Toilette.* « On dit : *Voir une dame à sa toilette, l'entretenir à sa toilette*, pour dire : la voir, l'entretenir pendant qu'elle se coiffe. On appelle familièrement *pilier de toilette* un homme qui assiste assidûment à la toilette d'une ou de plusieurs femmes. » (Littré.)

Page 166.

1. Le mot *Guèbre* désigne ici les Parsis, attachés à l'enseignement de Zoroastre, adorateurs du soleil et du feu. Ils furent persécutés par les musulmans. Voltaire composa une tragédie, *Les Guèbres* (1769), où les persécuteurs sont des Romains.

Page 167.

2. Cambyse fut roi de Perse de 529 à 522 av. J.-C. Cf. Hérodote, III, 31.

3. Tiflis, capitale de la Géorgie.

4. Il s'agit du *harem*.

Page 171.

5. Les Sassanides. Leur dernier descendant fut vaincu par les Arabes sous le califat d'Omar Iᵉʳ.

6. Le Zend-Avesta.

7. Balk ou Bactres, aujourd'hui en Afghanistan, passait pour le lieu de naissance de Zoroastre.

Page 173.

8. Gustaspe (ou Vistaspa) régnait sur la Bactriane et fut converti par Zoroastre.

9. Nom formé à partir de l'ancien persan Aurvataspa. C'est le père légendaire de Gustaspe.

Page 174.

10. Monnaie d'or persane. Chardin lui attribue une valeur de quarante-cinq livres.

<div align="center">LETTRE LXVIII</div>

Page 176.

1. *Livres de raison* : « qui servent à rendre compte de l'état du négoce d'un marchand » (Richelet, 1680).

<div align="center">LETTRE LXIX</div>

Page 177.

1. L'histoire de Zeuxis et des cinq modèles qu'il utilisa pour peindre une déesse (Pline l'Ancien, *Histoire naturelle*, XXXV, 36) a été souvent répétée par les théoriciens du « beau idéal ».

Page 180.

2. Ce dernier alinéa n'apparaît qu'en 1754.

<div align="center">LETTRE LXXI</div>

Page 181.

1. Cf. *Deutéronome*, XXII, 13-21.
2. Fille de Mahomet et épouse d'Ali.

Page 182.

1. Jean-Baptiste Tavernier (1605-1689), fit plusieurs voyages en Orient. Ses *Six voyages* parurent en 1676-1677.

2. Le joaillier Jean Chardin (1643-1713) est l'auteur d'un remarquable *Voyage en Perse et aux Indes orientales* (1686), dont la première édition complète date de 1711. Montesquieu y a puisé l'essentiel de sa propre documentation.

Page 183.

1. La première édition du *Dictionnaire* de l'Académie française ne parut qu'en 1694. Le *Dictionnaire* de Furetière l'avait précédé de quatre ans.

2. Allusion aux jetons de présence.

Page 184.

1. *Représenter* : En parlant « d'un homme de bonne mine constitué en dignité, et qui dans les fonctions de sa charge conserve une gravité convenable » on dit que « *C'est un homme qui représente bien, qui représente avec dignité* ; et alors ce verbe s'emploie absolument et sans régime » (*Académie*, 1694).

Page 188.

1. Montesquieu, très probablement après 1750, a songé d'abord à atténuer les audaces de cette lettre par un alinéa final, dont on a retrouvé deux versions dans les papiers de la Brède :

A. Toutes les choses que je viens de dire, mon cher Ibben, sont des paradoxes qui, je crois, ne tiendront pas devant le raisonnement que je vais te faire. Depuis que l'Être suprême a uni nos âmes à nos corps, l'être composé a toujours une horreur secrète de la séparation de deux êtres simples : ce sentiment est une branche de la Loi naturelle. Si les hommes vivent en

société et que ce sentiment prévienne les conséquences de la hardiesse de celui qui, maître de sa vie, le serait bientôt de celle des autres, il deviendra aisément une Loi civile. Si les hommes ont une religion et que ce sentiment marque plus notre dépendance du créateur que l'empire que nous prendrons sur nous-mêmes, il sera encore une Loi religieuse.

B. Mon cher Ibben, j'ai peur que ma philosophie ne m'ait porté trop loin. Écoute ce raisonnement. Si un être est composé de deux êtres et que la nécessité de conserver l'union marque plus la dépendance du Créateur, on en a pu faire une loi religieuse. Si cette nécessité de conserver l'union est un meilleur garant des actions de la vie, on en a pu faire une Loi civile. Si l'être composé a toujours une horreur secrète de la séparation des deux êtres simples, ce sentiment peut être regardé comme une branche de la loi naturelle (Adieu, de Venise, le dernier jour de la lune de Saphar).

Ces deux versions ont été toutes deux biffées, et Montesquieu leur a substitué la Lettre LXXVII, qui apparaît pour la première fois dans le *Supplément* de l'édition de 1754.

LETTRE LXXVIII

Page 190.

1. Joao de Castro (1500-1548) fut gouverneur, puis vice-roi des Indes orientales. Goa était la capitale de cette possession portugaise.

2. Il s'agit du sultan de Turquie.

Page 191.

3. À la place de cette phrase, les éditions de 1721 et de 1754 avaient : « Ils connaissent mieux que les autres le faible des femmes, ils ne veulent pas »...

4. Les éditions de 1721 et de 1754 ajoutaient : « ils savent que l'imagination va toujours, que rien ne l'amuse en chemin ; elle arrive et là on était quelquefois averti d'avance. »

Page 192.

5. Le *Don Quichotte* de Cervantès.

6. « Ce sont deux vallées situées sur les confins montagneux de l'Estrémadure et de la province de Salamanque, vallées si encaissées que (dit-on) les Espagnols en auraient ignoré l'existence pendant des siècles » (Barckhausen).

Page 193.

7. Le voyageur Usbek imagine ici la lettre d'un voyageur espagnol : on assiste à ce procédé de redoublement que les modernes, depuis Gide, appellent « mise en abyme ».

8. Cette lettre a blessé les lecteurs espagnols. Cf. José de Cadalso, *Defensa de la nacion española contra la « Carta persiana LXXVIII »*. Texte édité par Guy Mercadier. Université de Toulouse. Institut d'études hispaniques. Textes et documents I, 1969.

LETTRE LXXX

Page 195.

1. Le sultan Osman II fut déposé et étranglé en 1622.

Page 196

2. Mustapha Iᵉʳ avait lui-même été, en 1618, déposé et emprisonné par les partisans de son neveu Osman II. Il fut rappelé en 1622, mais déposé l'année suivante en faveur d'Amurat IV.

3. Cf. *Esprit des lois*, V, 11 (et aussi VI, 9, 12, et 16). Beccaria reprendra ces idées dans son traité *Des délits et des peines* (1764).

LETTRE LXXXI

Page 196.

1. Les deux conquêtes sont celles de Genghis Khan (xiiᵉ-xiiiᵉ siècles), et la conquête de la Chine du Nord par les Mandchous au milieu du xviiᵉ siècle.

2. Pour Gustaspe, voir note 7, page 173.

LETTRE LXXXV

Page 201.

1. Le shah Soliman régna sur la Perse de 1666 à 1694. Tavernier raconte que la mesure d'expulsion des Arméniens fut rapportée, moyennant paiement par ceux-ci de fortes sommes au shah et au ministre Ali Kouli Khan. Montesquieu, par le biais de cette lettre, émet son avis sur la Révocation de l'Édit de Nantes.

Page 202.

2. Abbas Iᵉʳ, qui régna de 1587 à 1629, conduisit des guerres victorieuses contre les Turcs et fut un grand bâtisseur.

3. Sur les Guèbres, Cf. Lettre LXVII.

4. Pierre Bayle a maintes fois répété que l'émulation des sectes

religieuses rivales était favorable au « bien général de l'État », si elles jouissent toutes de la tolérance et de la liberté. Cf. *Esprit des lois*, livre XXV, chap. 9 à 15.

Page 205.

1. La « preuve du congrès » avait été abolie par arrêt du Parlement en 1677. Mais. comme le rappelle Antoine Adam, le procès pour impuissance, intenté en 1714 par la marquise de Gesvre à son mari, avait fait grand bruit. Montesquieu avait relevé quelques faits relatifs à cette « cause célèbre » dans son *Spicilège* (*Œuvres complètes* de Montesquieu, Pléiade, t. II, p. 1280-1281).

Page 209.

1. Il s'agit du tribunal des maréchaux de France, habilité à juger des affaires d'honneur. Sur l'honneur, principe de l'État monarchique, cf. *Esprit des lois*, livre III, chap. 5-8. La question du point d'honneur et du duel, qui fait l'objet de la lettre suivante, est abordée dans l'*Esprit des lois* au livre XXVIII, chap. 18 à 27.

Page 211.

1. Méhémet Riza Beg, arrivé à Paris au début de 1715, n'était pas un charlatan travesti, malgré les rumeurs défavorables qui couraient à son sujet. Il fut somptueusement reçu, mais s'acquitta mal de sa tâche. Cf. M. Herbette, *Une ambassade persane sous Louis XIV*, Paris, 1907.

Page 212.

2. Cette lettre, que Montesquieu fait paraître dans le *Supplément* de 1754, avait été publiée en 1745 dans *Le Fantasque*, périodique littéraire rédigé en Hollande par Thémiseul de Saint-Hyacinthe.

LETTRE XCII

Page 212.

1. Sur Abbas I^{er} le Grand, cf. Lettre LXXXV, page 207, n. 2.

Page 213.

2. Il s'agit de Philippe, duc d'Orléans (1674-1723).

3. Philippe d'Orléans rendit au Parlement son ancien droit de remontrance, le 15 septembre 1715, soit quelques jours après la date attribuée à cette lettre d'Usbek.

LETTRE XCIII

Page 213.

1. *Santon :* membre d'une confrérie religieuse. Nous connaissions déjà, par la Lettre XXXV, l'existence d'un cousin dervis.

Page 214.

2. Région de l'Égypte méridionale où se retirèrent les premiers ermites et anachorètes chrétiens. Dans la suite du texte, Montesquieu fait allusion, entre autres, à la tentation de saint Antoine.

LETTRE XCV

Page 217.

1. Cf. *Esprit des lois*, livre X, chap. 2 à 4.

Page 218.

2. Il s'agit du roi Amasis, qui rompit son alliance avec Polycrate, tyran de Samos (selon Diodore de Sicile, *Bibliothèque historique*, I, 95).

3. À la place de cet alinéa et des deux alinéas précédents, le texte des premières éditions donnait :

Le droit de conquête n'est point un droit. Une société ne peut être fondée que sur la volonté des associés. Si elle est détruite par la conquête, le peuple redevient libre : il n'y a plus de nouvelle société et si le vainqueur en veut former, c'est une tyrannie.

À l'égard des traités de paix, ils ne sont jamais légitimes lorsqu'ils ordonnent une cession ou dédommagement plus considérable que le dommage causé. Autrement c'est une pure violence contre laquelle on peut toujours

revenir : à moins que, pour ravoir ce qu'on a perdu, on ne soit obligé de se servir de moyens si violents qu'il en arrive un mal plus grand que le bien que l'on en doit tirer.

La nouvelle version apparaît pour la première fois dans le *Supplément* de 1754.

<center>LETTRE XCVI</center>

Page 219.

1. *Visapour :* royaume de l'Inde (province de Bombay).
2. *Mazenderan :* province persane, sur les rives méridionales de la mer Caspienne.

<center>LETTRE XCVII</center>

Page 222.

1. Les éditions de 1721 et de 1754 ajoutent : «comme je te le ferai voir dans une lettre particulière.» Cette lettre marque la conversion d'Usbek à une philosophie mécaniste d'inspiration cartésienne. Il lui reste à prendre connaissance des difficultés que rencontrent les savants dans leurs relations avec le commun des hommes, et dans les relations qu'ils entretiennent entre eux. Ce sera l'objet des Lettres CXLIV et CXLV.

<center>LETTRE XCVIII</center>

Page 224.

1. Le 14 mais 1716, un édit du Régent créait une chambre de justice destinée à enquêter sur les abus commis par les traitants, et à les punir.
2. Allusion très probable à Adrien-Maurice de Noailles, président du Conseil des finances de 1715 à 1718.

<center>LETTRE C</center>

Page 227.

1. Montesquieu fait allusion à la conquête franque et aux lois «germaniques», qu'il considère comme plus appropriées au royaume de France que le droit romain.

2. Le code de Justinien, et, en général, tout le *Corpus juris civilis*.

3. Le droit canonique, s'ajoutant au droit coutumier et au droit romain. Le mot *constitution*, introduit dans ce paragraphe, annonce la Lettre CI, relative à la bulle *Unigenitus* (généralement désignée, à l'époque, sous le nom de « Constitution »). Cf. Lettre XXIV.

4. Dans l'*Esprit des lois*, Montesquieu déclarera que les « formalités » juridiques sont pleinement justifiées, lorsqu'elles sont « le prix que chaque citoyen donne pour sa liberté » (VI, chap. 1 et 2).

<div align="center">LETTRE CII</div>

Page 229.

1. *Dans leur pureté* est une adjonction de l'édition de 1758. Ces réflexions annoncent le livre VIII de l'*Esprit des lois*.

Page 231.

2. Ce roi est Philippe-Auguste (selon la chronique de Rigord). Richard Cœur de Lion aurait tenté de le faire assassiner en soudoyant des membres de la secte des Haschichins.

<div align="center">LETTRE CIII</div>

Page 232.

1. Ravaillac.

<div align="center">LETTRE CIV</div>

Page 234.

1. Ces principes furent invoqués, en 1649, lors du procès de Charles I[er]. On retrouve ces idées chez Locke et chez Algernon Sidney.

2. *Épître aux Romains*, XIII, 1.

3. Selon Barckhausen, ce roi serait Édouard IV, vainqueur du prince Édouard, fils de Henri VI, à la bataille de Tewkesbury (1471).

LETTRE CV

Page 235.

1. La *chimie*, dont il est ici question, et qui « ruine les hommes en détail » est la médecine chimique, ou chimiatrie. Celle-ci recourait à des substances parfois dangereuses, tel l'émétique (ou tartre stibié). Cf. p. 293.

2. Il s'agit, bien entendu de la vérole (syphilis), dont l'origine américaine était généralement admise.

LETTRE CVI

Page 239.

1. Les éditions antérieures à 1758 ont, à deux reprises : *la centième partie*. En disant : *la vingtième partie*, Montesquieu veut rendre son argumentation plus acceptable en refrénant l'hyperbole, et en coordonnant les chiffres avancés dans ce paragraphe et dans le paragraphe suivant. Sur le luxe, cf. *Esprit des lois*, liv. VII, chap. 1 à 7.

LETTRE CVII

Page 240.

1. Barckhausen rappelle très justement que les Bourbons d'Espagne n'avaient pas renoncé au trône de France.

LETTRE CVXII

Page 242.

1. Il s'agit ici des périodiques littéraires, et non des gazettes politiques.

LETTRE CIX

Page 243.

1. Conformément à la légende, Montesquieu fait remonter l'Université de Paris à Charlemagne.

2. Pierre Ramus (1515-1572). Anecdote relatée par Bayle dans son *Dictionnaire historique* (article *Ramus*).

Page 244.

3. Le même fait, extrait d'un « gros recueil » prêté par le P. Desmolets, a été transcrit dans le *Spicilège*, avec la date correcte de 1510. Il s'agit de Ferdinand d'Aragon.

<div align="center">LETTRE CXI</div>

Page 245.

1. Cette lettre, qui manque dans la première édition de 1721, apparaît dans l'édition corrigée de 1721, où elle est attribuée à Rica, mais avec un début très différent :

Le Peuple est un animal qui voit et qui entend, mais qui ne pense jamais. Il est dans une léthargie ou dans une fougue surprenante et il va et vient sans cesse d'un de ses états à l'autre, sans jamais savoir d'où il est parti.

J'ai ouï parler en France d'un certain gouverneur de Normandie qui, voulant se rendre plus considérable à la Cour, excitait lui-même de temps en temps quelques séditions qu'il apaisait aussitôt.

Il avoua depuis que la plus forte sédition, ne lui coûta, tout compte fait, qu'un demi-toman. Il faisait assembler quelques canailles dans un cabaret qui donnait le ton à toute la ville et ensuite à toute la province.

Ceci me fait ressouvenir d'une lettre qu'écrivit, dans les derniers troubles de Paris, un des généraux de cette ville à un de ses amis : « Je fis sortir, il y a trois jours, les troupes de la ville ; mais elles furent repoussées avec perte ; je compte pourtant que je réparerai facilement ce petit échec. »

2. Notamment, ceux du cardinal de Retz, qui parurent en 1717.

3. La deuxième édition (1721) a : *populace*.

Page 246.

4. La deuxième édition (1721) ajoute : *et pourvu que la conjoncture des affaires le demande, nous aurons la ressource d'ordonner au graveur de le rouer.*

5. La deuxième édition (1721) attache cette note au mot « prononce » : « Le Cardinal Mazarin, voulant prononcer l'*Arrêt d'Union*, dit devant les députés du Parlement l'*Arrêt d'Ognon* ; sur quoi le peuple fit force plaisanteries. »

6. La deuxième édition (1721) a : *Jugez, après cela, si le peuple a tort de s'animer et de faire*

Page 247.

1. Montesquieu abordera le même problème au livre XXIII de l'*Esprit des lois*.

2. Toutes les éditions, avant 1758, ont : *que le plus grand*.

3. Deux des cahiers de corrections portent : *la cinquième partie*.

4. Toutes les éditions, avant 1758 ont : *la deux-centième partie*.

Page 248.

5. Toutes les éditions antérieures à 1758 ont : *la cinquantième partie*.

Page 249.

1. Les éditions antérieures à 1758 ont : *dont la plus petite peut les détruire*.

2. La peste noire de 1348, sans doute. À moins que l'allusion ne renvoie à l'histoire de Procope et à la « peste de Justinien ».

3. *Catay :* nom ancien donné à la Chine.

Page 250.

4. La vérole.

5. Le mercure.

6. Toutes les éditions, avant 1758, ont, au début de ce paragraphe : *Ceux qui connaissent la nature et qui ont de Dieu une idée raisonnable peuvent-ils comprendre...* Montesquieu met en doute la « chronologie sacrée », qui gardait des défenseurs vigilants.

Page 251.

7. Cet alinéa tout entier est une adjonction de 1754.

Page 252.

1. *Coran*, II, 183.

2. *Coran*, II, 223.

3. Usbek, à qui Montesquieu n'attribue qu'une fille, est lui-même un exemple de ce qu'il déclare dans cette lettre.

Page 258.

1. En fait, l'âge fixé par le Concile de Trente était de seize ans.
2. Allusion à la loi *Julia*, et à la loi *Pappia Poppaea*, édictées par l'empereur Auguste.

Page 259.

3. Dans toutes les éditions antérieures à 1758, on lisait : *à un équilibre, et aujourd'hui la balance commence à l'emporter de leur côté. Cette supériorité augmentera tous les jours ; les protestants deviendront plus riches.*

Page 261.

1. Cf. Lettre CV, où Rhédi réprouve l'accroissement de la masse circulante d'or et d'argent. Montesquieu reprendra le problème dans ses *Considérations sur les richesses de l'Espagne* (1725) et dans l'*Esprit des lois*, livre XXII, chap. 1 à 8.

Page 262.

1. Tyen : transcription d'un mot chinois désignant le ciel.

Page 263.

1. Détail fourni par Flacourt, *Histoire de la grande isle de Madagascar*, Paris, 1658.

Page 264.

2. Selon un décret de 1556, toute grossesse devait être déclarée. Comme le rappelle Antoine Adam, cette injonction venait d'être renouvelée en 1708.

Page 264.

1. Paragraphe ajouté en 1754.

Page 265.

2. Aujourd'hui *île de la Réunion*. Montesquieu avait lu, chez Flacourt, l'histoire de douze Français déposés sur cette île, et qui y vécurent plusieurs années sans aucune maladie. Ceux qu'on y avait amenés malades recouvrèrent la santé.

Page 267.

3. «*Période*, s. m. Le plus haut point de quelque chose» (Richelet, 1680).

Page 269.

1. Un règlement de 1688 et une ordonnance de 1701 prescrivaient de ne prendre les soldats que parmi les hommes non mariés.

Page 269.

1. Les Turcs avaient perdu Temesvar en 1716 et Belgrade en 1717. L'événement illustre ce que la Lettre LXXXIX disait des « troupes composées d'esclaves ».

Page 270.

2. *Un moufti chrétien* : Barckhausen propose de lire : le cardinal Alberoni, ministre du roi d'Espagne Philippe V, qui encourageait le Sultan contre l'empereur d'Autriche.
3. *Le grand vizir d'Allemagne :* le prince Eugène, généralissime autrichien.
4. Omar I[er], second successeur de Mahomet. Montesquieu a déjà maintes fois mentionné l'hostilité que les Persans (chyites et soumis à la tradition d'Ali) témoignent aux Turcs, sunnites et soumis à la tradition d'Abou-Bekr. Cette lettre, à bien des égards, fait pendant à la Lettre XIX.

LETTRE CXXIV

Page 270.

1. Cette lettre apparaît pour la première fois dans l'édition revue et corrigée de 1721, où elle est la soixantième. Elle portait alors la date du 11 janvier 1715, et visait directement les libéralités de Louis XIV.

LETTRE CXXVI

Page 274.

1. Il s'agit de l'ambassadeur du roi d'Espagne, le prince de Cellamare, arrêté le 9 décembre 1718 et reconduit à la frontière. Il avait ourdi un complot contre le Régent.

2. Il faut entendre : le duc du Maine, fils naturel de Louis XIV et surintendant de l'éducation de Louis XV. Il avait été entraîné dans la conspiration de Cellamare. Son emprisonnement n'empêcha pas une réconciliation avec le Régent.

Page 275.

3. Darius, après sa défaite à Arbèles devant Alexandre (Quinte-Curce, *De gestis Alexandri*, V, 8).

LETTRE CXXVII

Page 275.

1. Charles XII, tué lors du siège de Fredrikshald le 30 novembre 1718.

2. Le baron Henri de Goertz fut exécuté au début de 1719.

LETTRE CXXVIII

Page 277.

1. Selon Tite-Live (I, 54), Tarquin le Superbe, en décapitant les têtes des pavots, indiquait à son fils Sextus le sort qu'il convenait de réserver aux notables de Gabies. C'est l'un des gestes exemplaires du langage sans paroles qu'évoquent volontiers les auteurs

du XVIII[e] siècle (notamment Rousseau, dans l'*Essai sur l'origine des langues*).

2. *Barlong* : « Qui est d'une longueur mal proportionnée » (*Académie*, 1718).

3. Les anciens cadrans solaires, divisés en douze heures depuis le lever jusqu'au coucher du soleil, marquaient les « heures babyloniennes » (P. Vernière).

4. Fontarabie, bourgade du Guipuzcoa, sur le golfe de Gascogne ; elle fut prise le 18 juin 1719 par le maréchal de Berwick.

<div align="center">LETTRE CXXIX</div>

Page 279.

1. Cette lettre était la soixante-dix-septième dans les éditions de 1721 et 1754.

<div align="center">LETTRE CXXX</div>

Page 281.

1. Les Tuileries. Le nouvelliste est défini par l'Académie, au XVIII[e] siècle, comme celui « qui est curieux de savoir des nouvelles, et qui aime à en débiter ». La plupart des nouvellistes faisaient paraître périodiquement, sous forme manuscrite, des *nouvelles à la main*.

Page 282.

2. Cette guerre, commencée en juillet 1716, aboutit aux désastres des Turcs mentionnés à la Lettre CXXIII. Alberoni fit intervenir la flotte espagnole pour affaiblir les Impériaux.

Page 283.

3. Lisez : le comte Joachim de Lionne, qui mourut le 31 mars 1716. Il tenait ses informations d'un réseau de correspondants étrangers.

Page 284.

4. *I Rois*, XII, 8.

5. Aujourd'hui, le jardin des Plantes. Les nouvellistes prennent ainsi l'aspect d'une espèce zoologique.

LETTRE CXXXI

Page 285.

1. *La Bétique :* les anciens nommaient Bétique la région d'Espagne traversée par le fleuve Baetis (Guadalquivir). C'est à peu près l'Andalousie et la province de Grenade. Plusieurs villes de la Bétique étaient des colonies phéniciennes et carthaginoises.

Page 286.

2. Toutes les éditions antérieures à 1758 ajoutent ici : *Il semble que la liberté soit faite pour le génie des peuples d'Europe et la servitude pour celui des peuples d'Asie. C'est en vain que les Romains offrirent aux Cappadociens ce précieux trésor : cette nation lâche le refusa et elle courut à la servitude avec le même empressement que les autres peuples coururent à la liberté.*

Page 287.

3. Cf. *Esprit des lois*, XI, 8. Selon P. Vernière et J. Brethe de la Gressaye, Montesquieu fait erreur : « Les rois mérovingiens exerçaient seuls le pouvoir législatif, et les plaids (*placita*) » consultatifs « n'avaient rien des assemblées de tribus décrites par Tacite ».

LETTRE CXXXII

Page 288.

1. Rappelons que, selon la définition de l'Académie (éditions du xviiie siècle) l'hôpital est une « maison fondée, destinée pour recevoir les pauvres, les malades, les passants, les y loger, les nourrir, les traiter par charité ».

Page 289.

2. Le prince Pio de Savoie commandait les troupes espagnoles en Catalogne, et menaçait de faire incursion en Languedoc.

LETTRE CXXXIII

Page 289.

1. Il s'agit probablement de la bibliothèque de l'abbaye de Saint-Victor, devenue publique en 1707.

Page 291.

1. Le quiétisme, doctrine illustrée par Mme Guyon et par Féne-
lon, faisait reposer la perfection chrétienne dans l'extinction de la
volonté et l'abandon complet à la présence divine.

2. Allusion au *De matrimonio* (1637) de Sanchez.

Page 293.

1. « On appelle à Paris *Petites Maisons*, l'hôpital où l'on renferme
ceux qui ont l'esprit aliéné » (Académie, 1718).

2. *Astrologie judiciaire :* « Science par laquelle on prétend pré-
dire l'avenir en observant les astres » (Richelet, 1680).

Page 294.

3. Allusion à Law et à son système.

Page 296.

1. L'*Iliade* et l'*Odyssée*.

Page 299.

1. Le Régent créa sept conseils en 1715. Ceux-ci furent abolis
en 1718.

2. Le maréchal de Noailles (cf. Lettre XCVIII) présida le Conseil
des Finances jusqu'en janvier 1718.

3. John Law, originaire d'Écosse.

4. La rue Quincampoix.

Page 300.

1. Ulrique-Éléonore, sœur de Charles XII. Son époux était Frédéric de Hesse-Cassel.

2. Christine de Suède abdiqua en 1654.

Page 301.

1. La relégation du Parlement à Pontoise dura de la mi-juillet à décembre 1720.

2. Usbek (Lettre VIII) décrivait dans les mêmes termes ses remontrances au roi de Perse.

Page 312.

1. Il faut traduire Orcades par Orkneys, Calédonie par Écosse, plus loin Bétique par France, Saturne par Louis XIV, etc. Le fils d'Éole est John Law. Noter la fréquence croissante des *lettres insérées* et des *documents cités*.

Page 313.

2. Le tableau où était affiché le cours des actions de la Compagnie des Indes.

Page 315.

3. Comme le rappelle E. Carcassonne, « la lettre contient de nombreuses allusions aux mesures désespérées par où Law tenta, en 1720, de soutenir son "Système" : fixation légale du cours des actions, proscription du numéraire, ordre de rapatrier les fonds placés à l'étranger, défense de fabriquer et de porter des bijoux, réduction de la valeur des billets et des dépôts en banque ». Cf. p. 382.

LETTRE CXLIII

Page 315.

1. Rappelons que les voyageurs persans avaient fait étape à Livourne en se rendant à Paris (Lettre XXIII).

Page 318.

2. Les éditions antérieures à celle de 1758 comportaient la phrase suivante que Barckhausen a retranchée en se fondant sur les cahiers de corrections découverts à La Brède : « Il y a bien des choses que je n'entends pas : mais toi, qui es médecin, tu dois entendre le langage de tes confrères. » Cette lettre citée figurait en note dans l'édition de 1758.

3. Le libraire imprimeur Anisson, spécialisé dans les ouvrages de piété.

4. Identification incertaine. S'agirait-il de la *Connaissance du Globe*, comme le suggèrent d'anciens commentateurs ?

Page 319.

5. Un révérend père Jésuite.

6. Le P. Nicolas Caussin (1583-1651), auteur de *Tragoediae Sacrae*, d'une *Eloquentia sacra et humana*, d'une *Apologie des Jésuites*, et de la *Cour Sainte ou Institution chrétienne des grands*.

7. Le P. Alonso Rodriguez (1526-1616), auteur d'ouvrages de piété.

8. Les recettes burlesques que l'on va lire figuraient dans les premières éditions ; elles ont été supprimées par Montesquieu en 1754. Les éditeurs de 1758 les ont rétablies sous la forme d'une longue note, appelée de la manière suivante : « L'auteur, dans le manuscrit qu'il avait confié de son vivant aux libraires, a jugé à propos de faire des retranchements. On n'a pas cru devoir en priver le lecteur, qui les trouvera ici en notes. »

9. *Julep* : « Potion composée avec des eaux distillées et des sirops, auxquels on ajoute parfois des électuaires, des confections, des poudres et autres médicaments » (Richelet, 1680).

Page 320.

10. Antoine Adam lit : Arrêts du Conseil concernant la Banque et la Compagnie des Indes.

11. Monsieur de Nîmes, c'est-à-dire Fléchier.

12. *Matras* : « Vaisseau chimique propre pour digérer et extraire » (Richelet, 1680).

13. Des *Jeux Floraux*.

14. Le P. Louis Maimbourg (1610-1686), historien et controversiste, Pierre Bayle combattit ses ouvrages.

15. Le P. Quesnel, dernier représentant du jansénisme et cible de la « constitution » *Unigenitus*, ne peut donner qu'une « violente fermentation », si on le met en contact avec le Jésuite Lallemant, qui écrivit contre lui.

16. Molina, Escobar, Vasquez, Bauny et Tamburini sont des théologiens et des casuistes considérés comme laxistes. Ils se trouvent rassemblés ici dans un clystère relâchant.

Page 321.

17. Les « figures » de l'Arétin passaient pour le comble de la pornographie. Diderot en parle encore proverbialement.

18. Le *De Matrimonio* de Sanchez apparaissait déjà dans la Lettre CXXXIV.

<center>LETTRE CXLIV</center>

Page 321.

1. Cette lettre apparaît pour la première fois dans le *Supplément* de 1754.

<center>LETTRE CXLV</center>

Page 322.

1. Cette lettre apparaît pour la première fois dans l'édition remaniée de 1721 : l'auteur ironise sur sa condition.

Page 325.

2. En 1754, Montesquieu supprime ici les lignes suivantes : *Mais que dirai-je de ce siècle, où je vois un savant à la discrétion d'un libraire ? où je vois un homme qui mériterait des statues contraint de consacrer ses veilles pour la fortune d'un misérable artiste ? Ses ouvrages auraient été utiles à la postérité ; mais ils sont précipités par l'avarice, et la fin est entièrement asservie aux moyens.*

(Dans le texte que nous citons ici, le mot artiste désigne le libraire, représentant d'un *art* « vil et mécanique ».)

LETTRE CXLVI

Page 326.

1. Les Indes sont un alibi pour la France, au moment de la crise morale suscitée par l'effondrement du système de Law.

Page 328.

2. La restitution d'une somme importante, en billets dévalués, est parfaitement légale.

LETTRE CLVII

Page 337.

1. Cette lettre apparaît pour la première fois dans *le Supplément* de 1754.

LETTRE CLVIII

Page 338.

1. Cette lettre apparaît pour la première fois dans le *Supplément* de 1754.

LETTRE CLX

Page 339.

1. Cette lettre apparaît pour la première fois dans le *Supplément* de 1754.

TABLE DE L'ÉDITION DE 1758

Page 360.

1. Montesquieu, en effet, s'est maintes fois décrit lui-même dans les mêmes termes. La curiosité d'Usbek, l'éveil infatigable de son esprit se retrouvent dans *Mon Portrait*, dans les *Voyages*, etc. L'étonnement du Persan à Paris est sans doute, comme l'a suggéré P. Barrière, l'expression hyperbolique des surprises du président

provincial. Mais jusqu'où va l'analogie d'Usbek et de Montesquieu ? Faut-il attribuer à l'écrivain, marié depuis six ans, l'insensibilité, la jalousie dont son personnage fait la confidence ? On sait que Montesquieu avait formé le projet d'une *Histoire de la Jalousie*.

DOSSIER DES *LETTRES PERSANES*

Page 374.

1. La lettre, qui fait allusion aux disputes des jésuites et des dominicains en Chine, se retrouve également dans le dossier de l'*Esprit des lois*. Montesquieu songeait à l'insérer à la fin du chapitre 15 du livre XXV.
2. Arrêt du Conseil du 21 mai 1720, Cf. Lettre CXLII.
3. Un nouvel arrêt du Conseil, le 27 mai, cassait celui du 20 mai.

Page 376.

1. Traduisez *turban* par chapeau de cardinal.

Page 378.

1. Note de Montesquieu : « Cette lettre n'a pu être mise dans les *Lettres persanes*. 1° parce qu'elle ressemble trop aux autres ; et 2° parce qu'elle ne fait que redire ce qui y est mieux dit. Je la mets ici à cause de certains fragments que j'en pourrai peut-être tirer, et quelques endroits vifs qui s'y trouvent. »

Il faut en effet comparer cette lettre avec les Lettres XV et XXII.

Page 386.

1. Monnaie d'argent turque.

Page 388.

1. Il s'agit de l'intendant de la province de Kandahar, Mir-Weiss, qui se révolta en 1713 contre la Perse pour fonder le royaume d'Afghanistan. Cf. *Esprit des lois*, III, 9, et XVIII, 19, note 3. On lit dans *Mes pensées : Gouvernements despotiques*. « Ce n'est qu'à force de philosophie qu'un homme sensé peut les soutenir, et qu'à force de préjugés qu'un peuple peut les supporter. Ces sortes de gouvernements sont destructifs d'eux-mêmes. Chaque jour les mène dans la décadence, et là il n'y a presque point de milieu entre l'enfance et la vieillesse. Il serait plus difficile à l'Empereur de dépouiller de

ses états le duc de Parme, qu'il l'a été à Mir-Weiss, avec 10 ou 12 000 voleurs, de détruire le formidable Empire de Perse. La capitale a été assiégée ; les seuls bourgeois l'ont défendue, et, de toute cette puissance, l'héritier présomptif n'a pu amener que 2 ou 3 000 hommes à son secours. » (Édition Desgraves, n° 885.)

Page 391.

1. On trouve, dans *Mes Pensées*, la même anecdote, mais suivie d'un commentaire différent : « Il semble qu'il n'y ait point de peuple qui n'ait sa cruauté particulière ; que chaque nation ne soit touchée que de celle des autres nations, comme si la barbarie était une affaire d'usage, comme les modes et les habits. »

Page 393.

1. Paragraphe identique au troisième de la lettre de Haggi Ibbi à Gemchid. p. 392-393.

Page 394.

1. Allusion, selon E. Carayol, à la conférence de 1719-1720 présidée par lord Stanhope.
2. Le catéchisme de Heidelberg. Cf. p. 386.

Impression Liberdúplex
à Barcelone, le 11 octobre 2004
Dépôt légal : octobre 2004
Premier dépôt légal dans la collection : mai 2003

ISBN 2-07-042934-2./Imprimé en Espagne.

Usbek
Rica

Ibben; friend of Usbek

Rhedi, philosopher in Venice
Fatima, wife
Zephis, wife
Zachi, wife
Roxana, youngest wife of Usbek
Zelis, wife
Solim - Eunuch